北语学人书系

第二辑

李玲
现当代文学研究文集

李玲 著

北京语言大学出版社
BEIJING LANGUAGE AND CULTURE
UNIVERSITY PRESS

© 2019 北京语言大学出版社，社图号 19061

图书在版编目（CIP）数据

李玲现当代文学研究文集 / 李玲著 . -- 北京：北京语言大学出版社，2019.6

（北语学人书系 . 第二辑）

ISBN 978-7-5619-5479-9

Ⅰ. ①李… Ⅱ. ①李… Ⅲ. ①中国文学－现代文学－文学研究－文集②中国文学－当代文学－文学研究－文集 Ⅳ. ① I206.6-53

中国版本图书馆 CIP 数据核字（2019）第 133685 号

李玲现当代文学研究文集
LILING XIANDANGDAI WENXUE YANJIU WENJI

排版制作：	北京创艺涵文化发展有限公司
责任印制：	周 燚

出版发行：北京语言大学出版社

社　　址：北京市海淀区学院路 15 号，100083
网　　址：www.blcup.com
电子信箱：service@blcup.com
电　　话：编 辑 部　8610-82303390
　　　　　　发 行 部　8610-82303650/3591/3648
　　　　　　北语书店　8610-82303653
　　　　　　网购咨询　8610-82303908
印　　刷：北京虎彩文化传播有限公司

版　次：2019 年 6 月第 1 版　　印　次：2019 年 6 月第 1 次印刷
开　本：787 毫米 × 1092 毫米 1/16　　印　张：19
字　数：302 千字
定　价：72.00 元

PRINTED IN CHINA

出版说明

北京语言大学是一所以语言教学与研究为特色和优势，中文、外语及相关学科协同发展的多科性大学，已成为我国中外语言、文学、文化研究的学术重镇和培养涉外高级人才的摇篮。近年来，随着中国语言文学和外国语言文学两个一级学科博士点的建立和发展，中、外语言文学已然成为北京语言大学的两大支柱学科。依托这两大学科，一批学科带头人和学术骨干脱颖而出，其中有的已成为本专业领域的领军人物。北语学人在学界已成为一支不可或缺和不可忽视的力量。

倏忽之间，北语建校已经55周年。55年来，代有才人出。5年前，建校50周年时，在中央高校基本科研业务费专项资金的支持下，学校对北语学人珍贵的学术积累进行了系统梳理，将北语学人的优秀成果集结成册，交由北京语言大学出版社出版，"北语学人书系（第一辑）"得以问世。为体现北语学术的原创性和延续性，"北语学人书系（第二辑）"的出版计划于2017年北语55周年校庆之际制订，科研处根据校学术委员会的遴选标准征集了10位博士生导师的论文，每人自成一册，陆续出版。书系内容涉及语言、文学、文化研究的诸多方面，可谓百花齐放。

为完成这批高质量书稿的征集和出版工作，校科研处做了大量的组织工作，各位作者积极甄选论文，北京语言大学出版社的领导高度重视，编辑们付出了辛勤的劳动。这正是北语精神的具体体现，亦当记录并彰扬也。

北京语言大学

2017年12月

目 录

女性创作的性别意识

003 / "五四"女性文学的青春情怀
021 / "五四"女性文学的自然观
038 / 超越怨恨
　　　——论张爱玲创作中的主体间性思维
051 / 以女性风情阉割女性主体性
　　　——对王安忆《长恨歌》叙事立场的反思

男性创作的性别意识

067 / 哪一种传统观念？哪一种现代意识？
　　　——《玉梨魂》的男性至情观
084 / 易性想象与男性立场
　　　——茅盾小说《蚀》与《野蔷薇》中的性别意识分析
103 / 郁达夫新文学创作中的现代男性主体建构
124 / 老舍小说的性别意识
140 / 巴金前期小说中的男性中心意识
153 / 《围城》的男性偏见
166 / 存在的不完满性与茅盾《霜叶红似二月花》的性别建构

现代知识分子立场

187 / 从重建民族主体性视角审视闲适文化传统
　　　——由《二马》《四世同堂》说开去

197 / 老舍《离婚》中的存在追问与生命悲感

213 / 老舍《牛天赐传》中的现代理性价值和超理性价值

225 / 乐生旷达，优雅风趣
　　——梁实秋散文论

234 / 贾平凹《怀念狼》的原始思维与概念化写作问题

244 / 井上靖小说《敦煌》的生命境界建构

女性文学理论建设及研究现状分析

259 / 中国现代文学传统的性别意识反思

271 / 女性文学主体性论纲

281 / 评新时期的冰心研究

297 / 后记

女性创作的性别意识

"五四"女性文学的青春情怀

"五四"女性文学主要有陈衡哲、冰心、冯沅君、庐隐、凌叔华、石评梅、苏雪林、陈学昭、陆晶清、白薇、濮舜卿的作品以及丁玲早期的创作。"五四"女作家虽然广泛关注社会现实，但其创作中表现最深刻、艺术创造最成功的，则是她们自己作为现代最先觉醒的青春女性的独特情怀。本文以中国女性文学和"五四"文学为背景，从重返社会公共生活领域、母女亲情、童心世界、女性情谊、性爱意识五个方面考察"五四"女作家的女性情怀及其审美表现，从而探究"五四"女性文学开创中国现代女性文学新传统的思想、艺术价值。

"五四"女作家在性别方面具有明确的平等意识。此种平等意识以现代人道主义和个性主义思想为根基，具有鲜明的启蒙文化特色。"五四"女性文学虽然并非自觉的女性主义创作，但第一次全面展示现代女性初步走出男权藩篱时的独特心声，却烛照出女性生活中许多始终不被注意的侧面，开启了女性文学的许多崭新话题，激烈否定了封建男权传统，是中国现代女性文学的珍贵源头。尽管在理论建构层面上，"五四"女作家只关注女性与男性平等的特质，而较少考虑两性平等前提下的性别差异性；但她们的创作由于忠实于现代女性的心灵体验，因此实际上已经既体现出与男性平等的主体意识，又展示了女性精神世界的差异性特质。

一

恩格斯认为："妇女解放的第一个先决条件就是一切女性重新回到公共的事业中去。"① 能否突破传统的社会性别藩篱、介入社会公共生活，实际上是女性主体性建构中的一个根本问题。中国古代女性文学创作中的妇女生活和女性内心世界，绝大多数都在家庭伦理关系、男女两性关系以及日常生活琐事中展开。近代随着社会生活的变化和社会意识的发展，秋瑾等少数杰出女性投身到民族振兴的事业中，在对抗封建君主制的同时对抗男权制度，在创作中表现了女性介入社会生活的愿望和胆识。秋瑾创作中所展示的女性独立不羁的主体精神，在晚清如空谷足音。只有到"五四"时代，妇女解放成为先进思想界的广泛共识后，女性文学才第一次大量表现了女性对社会生活的干预、思考，使女性对社会生活的介入成为一个具有广泛意义的文学母题。

"五四"女作家大多数是中高等学校的学生、教师。作家的生活视野决定了"五四"女性文学更着重于抒写女性重返社会公共生活领域时的心路历程，而较为忽略她们参与社会公共事务的现实情形。"五四"女作家在直面广阔的社会人生时，首先表达了觉醒女性把握自身命运的自觉意识，表达了她们服务社会的人生理想，同时也真实地袒露了她们在追寻这个理想过程中的种种精神困惑。

女性要重返社会公共生活领域，争得做人的权利，首先必须收回自己把握命运的权利。第一位以昂扬的气度高唱把握命运之歌的现代女作家，是陈衡哲。"……世上的人对于命运有三种态度，其一是安命，其二是怨命，其三是造命。"② "造命"相对于"安命"和"怨命"而言，是主体对生命意义和生存方式的主动把握。这种蕴含着现代个性主义内涵的人生观，彻底否定了卑弱顺从的传

---

① 恩格斯：《家庭、私有制和国家的起源》，载《马克思恩格斯选集》第四卷，北京．人民出版社，1995年版，第72页。
② 陈衡哲：《我幼时求学的经过》，载《衡哲散文集》下册，上海．开明书店，1938年版。

统女性意识，使陈衡哲的创作获得了刚健豪迈的力度，有别于偏重婉约的传统女性文学。在诗歌《鸟》、散文诗《老柏与野蔷薇》《运河与扬子江》以及童话《小雨点》中，陈衡哲通过童话思维和象征手法的普遍运用，把激扬的浪漫主义情感外化为一系列具有高度生命自觉的拟人化动植物形象，达到了艺术地表现情感的审美基本要求。但简单的类比对照和随意的拟人化处理，也使其中多数艺术形象仍然跳不出作者思想情感传声筒的窠臼，显得单一、平面化。因此，陈衡哲高唱"造命"之歌的创作难免质胜于文。濮舜卿的三幕话剧《人间的乐园》则把女权启蒙的意义与人的解放结合起来。该剧改编自《圣经》故事，设置一个智慧女神的形象引领夏娃、亚当走出蒙昧的伊甸园，到人间去开创新生活；而在创造新生活的过程中，夏娃又表现出比亚当更为坚定顽强的奋斗精神，被智慧女神称作"女权运动的始祖"。这里，濮舜卿把女性主体性建构作为人的解放的基石，充分表现了现代女性对自我性别主体价值的自信。在独幕剧《黎明》中，濮舜卿再次展示了她的女权解放观念。该剧以象征主义创作方法批判男性世界、礼教、金钱、舆论对女性的压迫，提倡男女两性的"互助"。自觉批判男权力量，而不仅仅是在反叛父权中回避对异性世界的审视，濮舜卿的戏剧充分展示了现代女性主体精神强健的风貌。

  重新建构主动把握命运的现代心理范式，女性才可能以人的自觉去参与广阔的社会生活。冰心、石评梅、陈学昭等"五四"女作家，都在自己的创作中正面抒发了肩负社会责任的主人翁情感，彻底反叛了女性"从父""从夫""从子"的封建礼教。冰心将青年"牺牲自己服务社会"①的崇高理想凝聚成"灯台守"的诗意形象，并由此升华出一种普泛的人生追求，认为"清静伟大，照射光明的生活，原不止灯台守，人生宽广的很"②。石评梅"一想到中国妇女界的消沉"，便觉得重担在身，"我们懦弱的肩上，不得不负一种先觉觉人的精神，指导奋斗的

---

① 冰心：《秋雨秋风愁煞人》，原载 1919 年 10 月 30 日至 11 月 3 日《晨报》，第 7 版；转引自《冰心全集》第一卷，福州．海峡文艺出版社，1994 年版，第 39 页。
② 冰心：《往事（二）》之八，原载 1924 年 7 月《小说月报》，第 15 卷第 7 号；转引自《冰心全集》第二卷，福州．海峡文艺出版社，1994 年版，第 177—180 页。
  编者注：本书中引用的作品原文，由于当时的用字习惯，原文中个别用字与现在的规范用字有所不同，本书引文一概保留原貌。

责任"①。她在书信体散文《露沙》中热忱地向友人倡议道:"露沙呵!我愿你为了大多数的同胞努力创造未来的光荣,不要为了私情而抛弃一切。"②陈学昭则希望女子能在"政治、教育、职业、蚕业、商业、医业、文学、艺术"各方面都能有所建树③。

无论是冰心的形象化表达还是石评梅、陈学昭的直抒胸臆,"五四"女性文学对妇女参与社会公共生活的思考大都偏于诗意和空泛。她们以女性刚刚浮出历史地表的激情关注社会,但对女性应该如何投身民族解放、社会改造与人民革命的时代主潮还无法做出任何具体的设想。与此相应,她们表达理想的创作往往向抒情、议论文体倾斜,在激情、议论的自由表达中回避事件、细节的描摹、想象。这点与后来"左联"和解放区文学对女性参与社会生活的叙事性描写形成鲜明对比。

"五四"女性一旦把服务社会的满腔热忱落实到具体的生活中,往往陷入无法摆脱的苦闷。"五四"女性文学真实地袒露了觉醒女性的这一精神困境。这种困境首先是"五四"女性生存处境对其人生理想的抑制。初步觉醒的女性环顾周遭世界,发现至少有两道难以逾越的关坎阻止女性踏上社会公共领域:一道关坎是传统的家庭生活方式,另一道关坎是黑暗的社会现实。

集中思考女性由于不合理的家庭生活方式而陷入社会困境的女作家包括冰心、庐隐、陈衡哲、凌叔华等人。冰心的《秋雨秋风愁煞人》、庐隐的《海滨故人》、凌叔华的《绮霞》等小说都表达了女性由于不合理的家庭生活方式而难以介入社会公共生活领域这一主题。冰心是站在觉醒男女相一致的立场上质问封建旧家庭的。巴金、曹禺、路翎等在揭露旧家庭时所倾泻的青春的热情和苦痛,均可在冰心的《秋雨秋风愁煞人》中找到最初的现代源头。庐隐、陈衡哲、凌叔华则更多地单独从女性角度,思考妇女家庭生活与社会事业的矛盾。由于缺少究根寻底的深层理性批判,她们都和笔下的主人公一样,无力进一步溯本探源去质疑

---

①② 石评梅:《露沙》,载《石评梅作品集·散文》(杨扬编),北京:书目文献出版社,1983年版,第17页。

③ 陈学昭:《我所希望的新妇女》,载《海天寸心——陈学昭散文集》,杭州:浙江人民出版社,1981年版,第2页。

传统的家庭分工模式，只能或于痛苦的旋涡中憔悴，或在有所回避中寻找慰藉。但正是她们这些不免幼稚的思考开创了中国女性文学的一个崭新传统，为新时期文学对女性生存处境的深入探寻奠定了基础。

"五四"女性文学不仅表现了传统的家庭生活方式阻碍女性进入社会公共领域，也表明了黑暗的"五四"社会现实根本没有提供女性参与社会公共生活的可能。庐隐、石评梅、陈学昭、丁玲等都以大量的书信体、日记体创作倾诉对社会黑暗的痛切感受。她们笔下受挫青年（无论男女）的心态都明显地倾向于柔弱、忧郁，而不同于鲁迅等同时期男作家笔下主人公（如魏连殳）的绝望、冷峻。这是因为，无论从觉醒者成长的历史看，还是从个人成长的历史看，这些女作家都不免年轻、稚嫩。面对社会黑暗，"五四"初期的觉醒女性往往自觉地与同一处境中的青年（无论男女）结成精神盟友。冰心的小说《斯人独憔悴》《去国》、庐隐的小说《彷徨》，都以男性为主人公表现青年所受的社会压抑和精神苦痛。"五四"后期，丁玲的小说《梦珂》中，青年男女精神同盟已经解体，男性世界对女性的情色消费构成了社会的主要黑暗力量。这些围猎女性的男性，有留学归来的学子，也有沪上文豪、戏剧家；而女主人公梦珂虽然清晰地认识到他们的丑恶面目，但"依然是隐忍地，继续着到这种纯肉感的社会里面去"[①]。

觉醒女性在现实中受到家庭和社会的重重围困，难以进入社会公共领域。现实中的不自由感必然会更深地引起女性对生命不自由的形而上感受。"五四"女作家常常借描述人物心理在作品中展开大段的人生哲理讨论，这进一步形成了"五四"女性文学普遍的议论化、抒情化倾向。庐隐的《或人的悲哀》《丽石的日记》《海滨故人》便是其中富有代表性的作品。大量抒写生命不自由的形而上感受，充分证明了中国女性在受封建男权压抑数千年后已经渐渐苏醒，并初步获得了独立的主体人格，能够以人的自觉来审视自身存在了。但另一方面，初步觉醒时期的青春稚嫩往往又限制了"五四"女作家的思想力度，使她们和笔下主人公普遍都无法将充满灵性的生命感悟当作理性思辨的起点，由此出发建构起自己的人生哲学。无论在正视绝望的深度上还是在反抗绝望的力度上，这些女作家都没

---

① 丁玲：《梦珂》，载《丁玲短篇小说选》上册，北京．人民文学出版社，1981年版，第42页。

能达到鲁迅等优秀思想家的理性高度。在面对人生哲理的困惑上，冰心是女作家中的例外，也是"五四"文学中的一个独特存在。她接受了东方哲学的影响，从宇宙万物无论形态如何变化，精神上都是相结合的这样一种感悟中寻找到了心灵归宿，认为"万全的爱"①是世界的本质。冰心把精神看作超时空的存在，她的作品中所流露的广博爱心和乐观精神默默地温暖了在黑暗中上下求索的青年的心，她庄严静穆的诗性情感和优美纯净的语言风格也使其创作在艺术提炼上远远高于同时期的女作家。

从把握命运的自我意识的觉醒到满怀豪情地要为社会服务，再到受困于家庭和社会的层层阻碍，以至感受到生命不自由的苦痛，而去探寻人生的哲理，现代女性初次进入社会公共生活领域这一征程中的豪情与怯惧、觉悟与沉迷在"五四"女性文学中留下了清晰的印迹。20世纪中国文学对女性重返社会公共生活领域过程中内心经历的抒写可谓源远流长。

二

"五四"女性要争回做人的权利，还必须摆脱父权专制，向父母要回自己处理个人生活问题的权利。这样，父母作为压制青年爱情幸福的力量，必然处于被审问的位置。但由于天然的亲情联系和初步觉醒者的稚嫩心态，父母同时又是"五四"青年无法割舍的心灵依靠。这两种矛盾对立的情感互相牵扯，"五四"女作家暂时还无力从中整合出完整统一而又复杂多层的父亲形象，一般总是对青年与父亲的关系保持沉默，从而回避自己反叛父权与渴望父爱的心理矛盾。与此相反，母亲形象、母女深情频频出现在"五四"女性文学中，成为创作的一个聚焦点。这是因为在实际生活中，"五四"女性与母亲之间的事务联系和情感联系都远远大于她们与父亲之间的联系，她们对女性处境的认识最初更是通过对母亲生存境遇的观照而产生。"五四"女作家虽然同样难以在心中整合出富有典型意义

---

① 冰心：《"无限之生"的界线》，原载1920年4月30日《晨报》；转引自《冰心全集》第一卷，福州．海峡文艺出版社，1994年版，第93页。

的母亲形象，但这并没有造成创作中母亲形象的失落，而是使得她们把创作的重心放在表现"五四"青年——尤其是女儿——对母亲的复杂情感上。

在冰心、冯沅君、苏雪林等"五四"女作家眼里，母亲首先是养育女儿、挚爱女儿的恩者。这些女作家很少设置在人生的紧要关头让母亲在自己的利益、集团的利益与儿女的利益之间做出抉择的情节，她们年轻的心也还未曾注意到母亲在孕育、分娩这些特殊时刻的艰辛困苦，而更侧重于从日常生活的平凡琐事中细腻地体察母亲对女儿的关怀。她们固然也通过描写聚散离合中的一些典型细节来表现母爱，但她们对母爱激荡自己心灵的抒写远远多于对母亲具体行为的描述。冰心的创作在这点上最为典型。在大量的散文、小说、诗歌作品中，除悼亡散文《南归》一篇外，冰心极少涉及体现母亲爱心的生活细节，却在别后的思念中恣情歌唱母爱的超功利性和永恒性。

"五四"女作家不仅歌唱母女之间诚挚的天然亲情，还把这种质朴的情感升华为抵挡人生风雨的精神庇护所。比如冰心在作品中表达："母亲呵！天上的风雨来了，鸟儿躲到它的巢里；心中的风雨来了，我只躲到你的怀里。"① 冰心、石评梅、陈学昭等一般都习惯于在精神苦闷的时候直接向母亲倾诉痛苦。尽管作为传统女性的母亲们一般都无法真正理解女儿的内心世界，更不具备引导女儿人生之路的思想素质，但亲密无私的母女之情盖过了思想上的巨大鸿沟，使慈母襟怀成为"五四"女儿最安全的心灵港湾。这与后来革命文学中母女亲情常常引导人物思想觉悟的提高截然不同。由于思想上的差距，"五四"女作家向慈母倾诉痛苦的创作表面上是对话，实际上往往是独语。

冰心感受到母爱对女儿的心灵庇护，还推而广之，把母爱看作整个世界走向光明的精神动力。其推理逻辑虽然幼稚、勉强，但把照耀历史的神圣光辉奉献给只有女性才具有的母爱上，却是对男性中心主义的大胆反拨，是对女性生命价值的热忱肯定。对母爱执着不倦的讴歌使冰心成为最富有代表性的母爱作家。

作为长期被困于旧家庭的传统女性，母亲不仅是女儿的庇护者，还是封建

---

① 冰心：《繁星·一五九》，载《冰心全集》第一卷，福州．海峡文艺出版社，1994年版，第279页。

礼教的受害者，是无法反抗命运的弱者。"五四"女作家还以现代女性的觉悟去审视母亲作为家庭女奴的人生境遇，悲悯母辈的苦难。在苏雪林的小说《棘心》中，婆婆的外部压迫和自己的内心蒙昧把母亲钉在形同奴隶的位置上不得动弹，也不想动弹。对母亲苦难的认识，在苏雪林的创作中并没有指向对男权力量的直接抨击，也没有指向对女性觉醒的热切呼唤，而是与同情、敬爱母亲的情感紧密相连。这说明此时苏雪林对封建男权的否定主要还是一种自发的行为，而不是一种自觉的行动。凌叔华的短篇小说《一件喜事》用一个六岁小女孩儿的视角，表现了男权专制对母亲的无情伤害，以及母亲在这种伤害面前的无可奈何的隐忍。"一件喜事"指的是父亲的第六房姨太太进门。同是姨太太的妈妈、三娘、五娘必须领着孩子，以旁观者的身份向自己的丈夫及新姨太太道喜；同时，又要把丈夫纳妾当作自己的喜事看，自己也去接受孩子们的祝贺。小说揭示了一个残酷的传统女性生存真相：男权绞索勒在母辈女性的脖子上，逼迫她们在受伤害的时候还要做出欣喜的姿态，以掩饰一夫多妻制度的罪恶。另一篇小说《八月节》中，凌叔华则从家族传宗接代的角度再次揭示了母辈女性生命贬值的状况和女性人格异化的现象。

母辈女性在男权桎梏中含辛茹苦地过着家庭女奴的生活，她们从小就在礼教规范的熏陶中成长，很容易把这种奴隶教条视为天经地义。当"五四"女儿要摆脱"父母之命，媒妁之言"，自行处理恋爱婚姻问题时，多数母亲，无论她们怎么挚爱女儿，常常会把占统治地位的思想意识当作不可违逆的原则，以父权代言人的身份来反对女儿争取幸福的举动。觉醒的"五四"女儿常常因此陷入反叛封建父权与维护母女亲情的矛盾痛苦中。

冯沅君笔下争取婚姻自由的女青年，往往无法将母爱与母亲所坚持的封建立场区别开来对待，从而陷入要么辜负慈母、要么向封建父权妥协的两难境地。冯沅君在《隔绝之后》中只好让死神来调和母爱与男女之爱的矛盾，使得觉醒的"五四"女儿得以逃避审判母亲的情感劫难；但避开了这一道关坎，"五四"女儿也就失却了一个进一步走向成熟的精神断乳时机。同是回避矛盾，苏雪林在《棘心》中是以鸵鸟式的自欺欺人，让女青年醒秋在父母安排的婚姻内臆想爱情幸福。叙述者、隐含作者与主人公立场一致，共同沉醉于矛盾妥协调和的梦想中。

这表明苏雪林对封建礼教比冯沅君多一分怯惧，也多一分幻想。

出于初步走上社会人生之路的女儿心态，"五四"女作家多从女儿角度抒发自己对母爱、对母亲生活的感受，陈衡哲和袁昌英则是例外。在对母爱与两性之爱冲突的思考中，陈衡哲独树一帜地把目光投注在一个异域母亲身上。她在小说《一支扣针的故事》中，塑造了一个为了对儿女的爱而牺牲两性之爱的高尚母亲——西克夫人的形象。叙述者"我"完全是以朋友般的平等态度与西克夫人交往，也是从平视的角度来叙述她的生活的。袁昌英的话剧《孔雀东南飞》改写自汉代同名叙事长诗，她把刘兰芝与焦仲卿婚恋悲剧的原因阐释为焦母独占儿子的变态心理。可贵的是，袁昌英既深刻批判了焦母自私、残忍、势利的性格，又深切同情她夫死之后长年守节的精神痛苦。焦母既是礼教的压迫者又是礼教的受害者，袁昌英从这一人物塑造的角度批判了封建礼教对妇女的戕害，展示了现代女作家超越封建孝道、坚守"平等的人"的观念的精神力度。而平等地审视母亲的精神世界，表明陈衡哲、袁昌英比其"五四"姊妹们更早地走出了"小儿女"心态。

"五四"女作家在大量的创作中，通过平凡人生的点点滴滴确认母爱的神圣。这些作品烛照出了女性生活中一个极为温暖而又始终不被注意的侧面。"五四"女性文学对母亲的家庭女奴地位的揭示，则是现代女性对传统女性险恶生存境遇的深刻观照。"五四"女性文学展示"五四"女儿面对慈母爱心与封建父权联盟时的束手无策，则表现了女性踏上现代人生征途的艰巨性。只有走过这一段仰视母亲的女儿路，现代女作家才可能逐渐成长为真正成熟的女人，从而进一步去塑造母亲丰富多面的立体形象。正是从"五四"开始，母亲才成为女性文学中一个书写不尽的重要形象，对母女亲情的揭示才成为一个被广泛咏唱的永恒主题。"五四"女性文学中闪动着眷眷女儿心的青春风貌是现代女性文学无法重复的珍贵源头，"五四"女性文学对母亲精神世界的平等审视则开启了中国现当代女性文学的"审母"传统。

三

青春女性在心理上有依恋母亲的心理需求，同时也自然地有留恋童心、关心儿童世界的倾向。"五四"时代的"儿童的发现"，扫除了阻隔在青春女性与童真世界之间的文化障碍。"五四"女作家首先以成年人的身份反顾儿童世界，从哲理和诗意的角度发出了强烈的赞美之声。冰心是其中最富有代表性的作家。在哲理诗《繁星》《春水》与小说《世界上有的是快乐……光明》《爱的实现》中，她用混沌无知、纯净光明的儿童世界否定、感染精细复杂的成人世界。这显然受到老子、李贽、泰戈尔等的影响。不同的是，在哲理思考中，冰心的童心范围要比老子的婴儿境界、李贽的"童心"世界窄。冰心所说的"童心"纯粹属于儿童的真性情，并不包括成年人身上的童真之心。而且，冰心考虑问题的出发点也与他们不同。老子思考的主要是统治策略问题，李贽考虑的主要是人格修养问题，而冰心关怀的则主要是青年的精神解救问题。冰心认为拒绝知识、智慧可以摒弃烦恼，显然又更接近庄子的思维方式。不同的是，冰心把摒弃知识、智慧的态度确实地限定在儿童身上，在儿童总归要长成大人的客观规律面前就显得比推崇"坐忘""见独"的庄子更为无力了。冰心与泰戈尔的不同则在于，泰戈尔赞美儿童纯粹出于成年人对儿童的喜爱之心，并没有为成年人寻找精神解脱的直接功利性。思想上，冰心是综合继承东方文化传统而面对"五四"现实进行独立思考的。艺术上，冰心对儿童的哲理赞美又更多地受到《圣经》文学的影响。在哲理性的领悟中，她总赋予儿童以宗教般圣洁的气息，虽然她赞扬的并非上帝之子的自我牺牲精神。

"五四"女作家不仅从哲理和诗意的角度肯定儿童世界的纯净美好，而且还兴致勃勃地去深入探究儿童拙稚的内心世界、捕捉儿童生活中的天真童趣。表现这一主题的作品主要有冰心的短篇小说《离家的一年》《寂寞》、散文《寄小读者》《山中杂记》，陈衡哲的短篇小说《孟哥哥》。

这一类创作中，冰心、陈衡哲并不带多少教育儿童的功利目的，而是把儿童心灵看作一个自有其存在价值的独特世界，在细腻的描述中体验儿童那一颗颗小小的心灵中的波澜。她们并未设置激烈的矛盾冲突来表现儿童心理，而是通过揭示儿童在日常生活中的种种心理反应来展示儿童性格。她们把握儿童心理的独到之处也不在于对其某一特点做深入挖掘,而在于对儿童心态整体把握上的适度、逼真。显然,冰心更擅长在相对单纯的背景上以轻灵的笔触捕捉儿童生活中的诗意美,从而创造出轻朗纯净的艺术境界;陈衡哲则并不回避儿童世界中的阴影,她更擅长把儿童心理放在一个相对复杂的社会关系中考察,进而创造出悠远深邃的意境。冰心的儿童小说是诗化小说,陈衡哲的儿童小说则是散文化的小说。

"五四"女作家尊重儿童天真的思维,同时也不忘教育儿童的职责。她们不是"拿'圣贤经传'尽量的灌下去"[1],去制造封建礼教的卫道士,而是侧重于爱的启迪、美的熏陶、智力的开发,着力于把他们培养成为心灵健康、学识丰富的现代文明人。着意于这方面创作的"五四"女作家仍然是冰心、陈衡哲。

在散文《寄小读者》《山中杂记》中,冰心以平等的态度、热情诚恳的心,把自己感受到的母爱、童真、自然美这些美好的东西叙说出来与小朋友共享,也推心置腹地向小朋友忏悔自己的过失,在对儿童的叙说中净化、升华自己的灵魂,满足自己希望人类充满同情、友爱、真诚的心灵渴求。其爱的教育、美的启迪点点滴滴都化为作者的真性情,通过触动儿童的情感而产生作用,与各种以师长面目出现的教训文字有天壤之别。

冰心以现代思想陶冶儿童的性情,陈衡哲的知识童话《小雨点》则把着重点放在开发儿童智力、帮助儿童认识客观世界上。《小雨点》是中国第一篇由作家创作的童话[2]。生动曲折的情节与心理描写相结合,知识性、趣味性与拟人化主人公形象的生动性相统一,显示了《小雨点》艺术上的成熟。这表明中国由作家创作的艺术童话虽然起步很晚,却是从较高的起点上开始发展的。

"五四"女作家不仅怀着真挚的爱心歌唱儿童、表现儿童世界、教育引导儿童,而且还刻意捕捉成年女性心灵中不曾泯灭的童真,着意表现点缀、渗透着童心的女性世界。致力于表现这一内容的女作家主要有冰心、苏雪林、凌叔华。

---

[1] 周作人:《儿童的文学》,载 1920 年 12 月《新青年》第 8 卷第 4 号。
[2] 《小雨点》载 1920 年 9 月 1 日《新青年》第 8 卷第 8 号,而一般被误认为是中国第一篇作家创作的童话的《小白船》(叶圣陶著)首次发表于 1922 年 3 月 4 日《儿童世界》第 1 卷第 9 期。

冰心在创作中回味自己童心回归时的所感所行，表露的是心灵健康的青春少女在成长过程中也会眷恋童年生活的内心隐秘。童年在冰心的心灵中，代表着超越性别限制、超越社会俗规的率性而行。自我童心的流露，表明冰心端庄静穆的少女情怀中也蕴含着激越豪爽的性情。苏雪林的童心则表现为以童话思维改造女性世界。在散文集《绿天》中，她把一对青年夫妻比拟成相互逗趣、闹气的猫、鸽儿、蝴蝶、蜜蜂等，既保留了夫妻生活中和谐相爱的内涵，又滤去了性的色彩，显得纯真无邪。这并非从礼教出发否定人的食色本性，而是青春女性羞涩心理的自然体现。自叙性主人公恰是通过向童话世界的逃遁，否定了封建礼教对夫妻关系的限定，保留了女性的生命热忱。将童心渗透进女性世界，也造成冰心散文情感单纯而任性的特点，作者由此产生特别丰富的想象，使得文章跌宕起伏、摇曳生姿，铸就了一种活泼、单纯的艺术风格。

"五四"女作家和新文学的第一代男作家一起，第一次超越家族传宗接代的意义，无私地赞美、关怀、表现儿童世界，有力地反叛了封建父权文化，为中国儿童文学的开创和最初建设做出了不可磨灭的贡献。"五四"女性文学第一次在创作中大量展示女性的童真之心，则展示了青春女性成长过程中的一段心灵真实，反抗了封建女性规范。无论是表现儿童世界，还是展示女性童真，"五四"女性文学都侧重于表现其美好、纯洁的一面，而很少去揭示儿童心灵中丑恶的东西，很少去表现女性成长过程中的心理障碍，更没有用阶级概念来侵蚀童真世界。这使得"五四"女性文学独具纯净美。"五四"女作家敏锐感受美好事物、热情憧憬未来的本真性情是令人羡慕的，虽然在洞察黑暗的深度上，她们难以与同时期的男作家、后代的女作家相比。

四

"五四"女性文学大量抒写了女性之间的同性情谊，以同性结盟的姿态反叛了封建礼教对女性角色的限定。这里所描写的女性情谊主要有三种形态：一是青年女子之间的真挚友情；二是女性同性恋；三是受男权伤害的女性之间相互同情。

青年女子之间的真挚友情在冰心与庐隐、石评梅、陆晶清笔下具有迥然相异的内质和表现形态。获益于得天独厚的家庭背景和人生经历，冰心明朗、健全的心灵没有受过封建男权的伤害，她对女性友情的呼唤不是旧营垒里的反戈一击，而是女性健康人性的自然流露，所以既没有由于周遭荒芜而产生的苍凉、孤寂，也没有清算历史、批判现实的冷峻、犀利，而具有令人羡慕的单纯、明亮。在小说《最后的安息》、散文《六一姊》中，冰心歌咏超越贫富界限的女性友谊，表现出可贵的现代人道主义思想；在小说《秋雨秋风愁煞人》、散文《好梦》《寄小读者》《往事》《山中杂记》中，冰心又赋予女学生之间的友谊"服务社会"、维系国际和平的理想基础。冰心正面发掘女性美好品格、表现女性之间真挚友情的热忱，压倒了展现女性与封建男权肉搏的热忱。即使是怀想与闰土处境相似的童年伙伴六一姊，冰心仍是侧重于赞美劳动妇女受礼教残害之余仍然保留着的人性美，而不是对受害者的精神病痛进行剖析、疗救。这种偏好固然使冰心对女性情谊的书写难以获得历史的纵深感，但那一道没有阴影的青春光彩却充分昭示了女性人性中的真善美，将永远滋润人心。

与此相对，庐隐、石评梅、陆晶清笔下的女性友谊却总弥漫着浓重的悲哀。这是因为"五四"初期，大学校园这个允许女性与男性一样求学、结友的地方还只是男权汪洋中的孤岛。觉醒的"五四"女性不能不强烈感受到梦醒后无路可走的悲哀、孤独。她们年轻、稚嫩的心还无力与强大的男权力量相抗衡。同性友情，除体现女性摆脱女奴地位后的健康心理需求外，还是她们借以抵御周遭寒气的弱者同盟。而异性爱和婚姻又时时威胁着这个紧紧相抱的弱者同盟，使得这些代表历史正面力量、但暂时还处于弱势的女子面临着今后可能更加孤单无援的险恶处境。弱者面对无物之阵的怯惧使她们无力以更深的理性内省自己的心态、分析自己的处境，只能把情绪宣泄到女性弱者同盟的表面障碍上。这样，哀叹异性情爱、婚姻对女性友谊的侵害就成为庐隐等女作家反复咏叹的固定话题，使《海滨故人》等一系列表现这一主题的作品成为典型的宣泄性文本。这里，同性情谊实际上承载了"五四"女儿生命中不能承受的压力。

女性弱者同盟发展的极端便是女性同性恋。"五四"时代，多数第一批冲出家庭牢笼的女性只是走到女子学校中，并没有立即走到一个男女可以完全自然交往的社会里。异性交往的相对匮乏和同性交往的相对自由，再加上对女性事业与婚姻难以两全这一处境的恐惧，有一部分女性的青春冲动就可能指向同性伙伴。庐隐的中篇小说《丽石的日记》、石评梅的散文《玉薇》、凌叔华的短篇小说《说有这么一回事》均以细腻的感情描写宽容地表现了女性之间的同性恋情。她们固然把女性同性恋摆在不为社会所容的位置上，但并没有把它当作一种变态心理来揭示，而是把它当作青春女性在特定条件下可能产生的一种正常的特殊心态来表现，写出它在异性爱面前的无力，并把它的最终失败当作女性的一种人生痛苦来同情。它的不为社会所容是异性情爱、婚姻对它的自然瓦解，而不是新旧道德舆论的谴责、强制。这种宽容的态度既源于价值重建时代的思想自由，也源于作家对特定时代生活真相的忠实。女性同性恋是"五四"女性文学中的一道特殊景观。它从一个层面表现了女性刚刚踏上解放之途时的特殊心态，同时也在对她们精神痛苦的理解中批判了从现实处境和内在精神两方面压抑女性的不合理社会。

女性弱者同盟的另一种形式是受男性侮弄的女子之间的精神同盟。在庐隐的小说《蓝田的忏悔录》《时代的牺牲者》中，受男子朝三暮四行为侮弄的女性蓝田、李秀贞、何仁夫人等，以人的眼光审视其他女子与自己恋人、丈夫的关系，已经不会再把自己的苦难迁怒于女性同类，而是自觉地与同受伤害的女性同胞结成精神同盟，相互慰藉。尽管这种受害女性间的弱者同盟相对于猖獗的男权势力来说还显得十分无力，根本不足以形成改变女性处境的现实力量，但其中所包含的现代思想内涵却是以往女性文学所不可能达到的。妻妾相安、共同服侍一个男子是女性的彻底奴化；妻对丈夫其他配偶的嫉妒是女性作为人的自我意识未曾泯灭的自然反应；而受害女性之间相互同情则是女性人的意识完全觉醒之后的自觉行为，其中包含着对女性受男权奴役处境的明晰观照，包含着对女性作为人的尊严的共同维护。受害女性同盟的软弱无力状态并不意味着女性对男权的妥协，而是包含着"把女性作为人"的新时代的急切呼唤。作者无以慰藉作为悲剧角色的女性，只能说"唉，你诚然是时代的牺牲者，但是你不要忘了悲哀有更大的意义呵"[1]，并且把悲哀升华为最高形式的美。这实际上表现了作者面对女性人生困境

---

[1] 庐隐：《时代的牺牲者》，载《庐隐选集》上册，福州．福建人民出版社，1985年版，第324页。

时的无奈。

20世纪初，女作家表现女性同性情谊，是出于创作主体健全的爱心，出于对现代女性共同追求解放、同样处境尴尬的确认。她们的悲哀也是对现实和历史不合理性的谴责，不是对人性本身的失望，因而总蕴含着理想和青春的热度，并没有世纪末的颓废、绝望。除《六一姊》等少数文本，女作家们常常把抒发女性情谊作为宣泄情绪、慰藉心灵的手段，这使得她们的人道主义和个性主义思想难以达到一个更深的理性层次，也造成创作总体上浓郁的抒情倾向，还带来概念化、人物性格模糊等具有一定普遍性的缺点。

五

在传统性别限定中，女性从父从夫，被剥夺了主动把握两性关系的权利。由于近现代妇女解放思潮质问性别不平等秩序，女性创作才能突破男权藩篱，逐步建构出现代性爱观念。秋瑾在弹词《精卫石》中借女主人公黄鞠瑞之口抒发了妇女在传统婚姻中"知己不逢归俗子，终身长恨咽深闺"的精神痛苦。她从女性立场出发否定不具备知己素质的男性人物，完全颠覆了妇女被动屈从的本质界定，展示出女性作为平等的人的主体自觉。

秋瑾创作初步涉及女性的爱情痛苦之后，"五四"女性文学充分再现了女性在现代性爱意识建构方面的复杂状况和艰难历程。女性性爱意识的觉醒首先表现在对自身性爱权利的确认上。冯沅君的《隔绝》《隔绝之后》、庐隐的《海滨故人》、白薇的《苏斐》等"五四"早期作品中，作为女主人公恋爱对象的男子，往往都是感伤、忧郁的同学师友，而被否定的都是父母指定的权贵、富家子弟。在对小姐违抗父母之命、与书生私订终身这个古典恋爱模式的套用、改写中，"五四"早期女性文学通过直接的议论、抒情，通过对大团圆结局的突破，从理性层面确立了爱情的神圣性，把它升华到追求生命自由意志的高度上来认识，由此超越了以往才子佳人对性爱的自发向往，反叛了封建礼教对女性性爱权利的剥夺，表现出可贵的人的自觉。

除白薇外,早期的"五四"女作家一般并未着力去表现作为自由恋爱对象的书生与作为结婚对象的权贵、富家子弟在思想气质方面的对峙,没有凸现书生作为现代知识分子的先进特质,同时也对恋爱男女内部的精神差异视而不见。与新时期女性文学寻找男子汉的倾向相反,冯沅君、庐隐没有让笔下的女主人公缥华、露沙等对恋爱对象值不值得爱展开细致的思考,一旦确立爱情,就让她们义无反顾地以母性情怀慰藉爱人。这一方面表明"五四"早期女作家在初步确立现代女性特质时,首先是从传统母性的坚定顽强中汲取灵感的;另一方面,也说明早期"五四"女性文学中的神圣爱情是带着一定的盲目性的。爱情内部可能有的种种危机,男子在现代知识分子身份下可能掩藏着的佳人慰藉才子的封建遗毒,都没有引起早期"五四"女作家的警觉。新式婚姻生活的具体模式也不在她们的思辨范围内。"五四"早期女作家在反抗父权、确立爱情神圣性的激情中,还无暇顾及爱情的内部问题。由于对恋爱男女的个性缺少具体构设,这一类文学作品往往存在人物形象模糊的缺点。

与确认爱情的神圣性相对,早期的"五四"女性文学还以认同的态度表现了女性对异性求爱行为的恐惧。庐隐的《或人的悲哀》《海滨故人》等小说中,女主人公面对自己不爱的男子,总把他们的求爱理解为算计,认为"他们是要抢着钓我的渔夫"[①],由此感到生存之不易,而无法以"每一个人都有爱、被爱和不爱的权利"这一思想坦然面对。这一方面反映了那个时代仍有许多男子视女性为猎物的社会景况,也折射出女性刚刚挣脱男权镣铐、仍然惧怕受到伤害的弱者心态。这表明"五四"早期的女作家实际上还无力完全从平等的人的立场出发来把握两性关系。

到"五四"后期,随着对爱情问题的深入辨析,凌叔华在短篇小说《再见》中,把书生——权贵对立的性爱标准从对子辈——父辈矛盾的附属关系中独立出来,赋予女性的恋爱对象人格气质方面的具体内涵。超越知识分子与官僚的粗线条对立,从心灵、外表多方面综合思考女性性爱标准的是丁玲。在《莎菲女士的日记》中,丁玲既否定了徒有仪表美的凌吉士,也否定了一味忠厚可靠的苇弟。

---

① 庐隐:《或人的悲哀》,载《庐隐选集》上册,福州. 福建人民出版社,1985年版,第176页。

二人都是高等院校的学生，但现代书生的名分已经不具备"五四"早期女性文学所赋予的神圣光环了。"我总愿意有那末一个人能了解得我清清楚楚的，如若不懂得我，我要那些爱，那些体贴做什么？"莎菲的这一段内心独白表明，现代女性对精神共鸣的要求也已经由恋爱立场的一致而发展为整个心灵的相知。女性呼唤男性的理解，只有在女性真正摆脱女奴的心灵阴影时才成为可能。它彻底改变了女性充当男性附属品的历史，充分高扬了女性作为人的主体意识。

　　清晰地审视异性对象，必然会瓦解爱情永恒的神话。"五四"后期的女性文学开始思考爱情保持的问题。凌叔华在小说《花之寺》中，以温婉、轻灵的笔墨对男子"同外边女子讲恋爱，就觉得有意思"的现象表示忧虑。《莎菲女士的日记》中，丁玲通过蕴姊的死，对爱情不能持久的男子表示厌憎。白薇的诗剧《琳丽》则以丰富、奇特的想象抒写女性爱情受挫时的心灵哀痛，鞭挞了"泛爱"的男子。白薇既借琳丽之口赞美男子琴澜是"奇葩初胎"，"合了我幻想美的调子"；又借璃丽之口，痛斥这泛爱的男子。剧终时，《琳丽》以梦幻的方式设想男性死神因为爱恋琳丽而死，通过男性的殉情充分满足了女性的自恋自爱情结；同时，《琳丽》又以梦幻的形式设想琳丽为爱情而死后琴澜被猩猩扑杀、分尸的血腥、恐怖场景，隐秘地表达了女性对负心男子的强烈的恨，以及女子被自己的恨意所惊吓、又立刻否定这种恨的复杂心理。女性对男性世界的爱恋与仇恨，女性的痴情与男性的泛爱，女性的自恋自爱，均在《琳丽》中以最为极端的方式得到了充分的抒写。各种极端对立因素的整合，使得《琳丽》充满奇妙的情感张力。

　　性爱意识包含对性爱权利的确认、对异性对象的审视，还包含对爱情中灵与肉关系的思考。受封建"性不洁"观念的影响，"五四"早期的现代女作家，把爱情中灵的因素高扬到无比神圣的位置上，却不敢确认女性的感性欲望。甚至在郁达夫勇敢地叫出"性的苦闷"后，冯沅君的小说《隔绝》《旅行》等，仍然把恋爱双方的禁欲视为爱情高尚纯洁的要素并引以为豪。丁玲是第一个大胆正视女性的感性欲望、把灵与肉的统一确认为女性合理的性爱要求的女作家。在《莎菲女士的日记》中，她理直气壮地表现了女性内心灵、肉相冲突的情形。主人公莎菲在精神上鄙夷凌吉士，又为凌吉士的美丰仪所吸引，渴望他的红唇。莎菲最后离开俊美的凌吉士并不包含对女性感性欲望的排斥，而只是拒绝了灵、肉相分裂的残缺的性爱。《莎菲女士的日记》对女性感性欲望与深层精神共鸣要求的大胆张扬，说明现代女性只有到丁玲笔下才真正成长为成熟、完整的女人。中国女性文学至此才真正颠覆了封建男权文化对女性人性的异化。基于对人物内心世界的多方位观照，莎菲也成为现代文学史上一个具有丰富内涵的人物典型。

从大胆肯定爱情的合理性到逐步展开性爱标准的思考，从禁欲的爱情观到建立灵肉相统一的性爱观念，"五四"女性文学在发展中渐渐培养出健全的女性性爱意识。以这种健全的性爱心理为基础，后来的女性文学才可能进一步去烛照女性性爱生活中的合理性与异化现象。

"五四"女性怀着"不仅仅作个女人，还要作人"[①]的理想，走向社会。封建男权传统、黑暗的社会现实阻碍着她们的脚步。她们以初步觉醒的青春女性情怀，关注社会人生，感受母女亲情，观照童心世界，体会同性情谊，追求现代爱情。她们歌唱理想，憧憬未来，也抚摸自身伤痛。对女性情怀的忠实抒写，使得"五四"女性文学别具纯真、热烈、柔美的青春特质，也时时弥漫着悲哀的时代气息。执着于青春女性情怀的自我表现，有时会妨碍作品理性的力度，但第一次全面展示现代女性心迹，却是对封建男权传统的激烈否定，是对女性价值的热忱肯定，具有同时代男作家创作无法替代的思想、艺术价值。"五四"女性文学总属于"五四"人的文学的范畴，具有鲜明的女性特色。在此基础上，中国现当代女性文学对女性人性的进一步探讨才成为可能。

原载《文学评论》1998年第1期，收入本书时略有修订。

[①] 庐隐：《今后妇女的出路》，载《庐隐选集》上册，福州．福建人民出版社，1985年版，第31页。

"五四"女性文学的自然观*

"五四"女作家,以刚刚解除束缚的青春女性胸怀面对自我以外的广阔世界,在对自然的感性欣赏中,在与自然的心神交融中,大大拓展了女性的生活面与心灵空间,表现出现代女性熔铸着人道主义思想内涵的人格特征。除了把自然作为独立的审美对象外,"五四"女作家还继承了中国古代以自然物象征、比喻伦理道德和人生景况的文化传统,并且对其进行现代转换,借助自然物积极思考现代女性乃至现代人的人格重塑、理想追求等问题,并以觉醒的人的眼光审视自身处境。"五四"女性文学首次从根本上改变了女性文学中自然美欣赏匮乏的状况,改变了以自然物来比喻、象征的审美内涵。

---

* 本文所引冰心作品,全部出自冰心著、卓如编:《冰心全集》,福州.海峡文艺出版社,1994年版;所引庐隐作品,全部出自庐隐著、钱虹编:《庐隐选集》(上、下册),福州.福建人民出版社,1985年版;所引凌叔华作品,全部出自凌叔华著、陈学勇编:《凌叔华文存》(上、下册),成都.四川文艺出版社,1998年版;所引石评梅作品,全部出自石评梅著、杨扬编:《石评梅作品集》(三卷本),北京.书目文献出版社,1983—1985年版;所引陈衡哲作品全部出自陈衡哲著、朱维之编:《陈衡哲散文选集》,天津.百花文艺出版社,1991年版。

一

对自然美超越一时现实功利的欣赏几乎遍及每一位"五四"女作家的创作。花草树木、大海山川、月光繁星等都频繁地出现在她们的诗歌、散文、小说中。大量歌唱自然美的主要有冰心、陈衡哲、凌叔华、庐隐、石评梅、冯沅君。她们对自然美的欣赏主要在两条思路上展开：一是借助拟人化手法直接抒发自己与自然景物为友的心情；二是通过具体景物的描绘，创造出富有诗意的意境，给读者以美的享受。

"五四"女作家首先把自然景物拟人化为与自己精神相通的朋友，直接抒发主体对自然景物魂绕梦牵的热爱之情。这主要体现在冰心的哲理诗《繁星》《春水》中：

儿时的朋友：
海波呵，
山影呵，
灿烂的晚霞呵，
悲壮的喇叭呵；
我们如今是疏远了么？
（冰心《繁星·四七》）

荡漾的，是小舟么？
青翠的，是岛山么？
蔚蓝的，是大海么？
我的朋友！
重来的我，
何忍怀疑你，
只因我屡次受了梦儿的欺枉。
（冰心《繁星·一二六》）

这里，自然景物给予冰心的主要不是"极视听之娱"的感官享受，而是"犹恐相逢是梦中"的朋友真情。冰心常常以对话的方式与拟人化的自然景物交流情感，并且把自己对童年的留恋、对时光流逝的感伤这些丰富的人生感触都交融在对自然的热爱里，让拟人化的自然景物与自己共同分享、承受人生的种种况味。这种与自然山水风物进行深层精神交流的审美观照，有李白"相看两不厌，只有敬亭山"的亲密、平等，而没有李白知己寥落的不平之气与落寞感。在冰心的创作中，人与自然山水风物的和谐，并没有与社会上人际关系的不和谐直接形成对比，一般并不直接指向对现实社会的批判。如：

父亲呵！
出来坐在月明里，
我要听你说你的海。

（冰心《繁星·七五》）

造物者——
倘若在永久的生命中
只容许有一次极乐的应许。
我要至诚地求着：
"我在母亲的怀里，
母亲在小舟里，
小舟在月明的大海里。"

（冰心《春水·一〇五》）

对自然景物的热爱在冰心心目中倒是常常与人间亲情水乳交融。有时冰心甚至用和谐的人间亲情来比拟自然物之间的关系，把对自然的赞美与人伦亲情相融合，如："西湖呵，你是海的小妹妹么？"（《春水·二九》）对于冰心和一些女作家来说，自然实际上意味着人类社会的延续，而不是与现实社会相对峙的另一个世界。这说明"五四"女作家投身大自然一般不含高蹈出世的意味，而包含着关怀现实人生的温暖情愫。通过拟人手法，把自然景物认同为亲密的朋友，"五四"女作家大大拓展了女性文学的人生内容，并为直接欣赏自然景物的感性美做好了思想、情感上的准备。

除了大海、明月、朝霞、青山这些具体的自然风物外，冰心诗中还不断出现一个作为集合概念的拟人化自然形象。如：

> 我们都是自然的婴儿，
> 卧在宇宙的摇篮里。
> 　　　　　　（冰心《繁星·一四》）

> 自然的微笑里，
> 融化了
> 人类的嗔怨。
> 　　　　　　（冰心《春水·四九》）

> 万能的上帝！
> 求你默默的藉着无瑕疵的自然，
> 造成我们高尚独立的人格。
> 　　　　　　（冰心《人格》）

自然在冰心的心目中显然有两个层面的意味。第一层含义中，自然不仅包括人类社会以外的自然界事物，还包括人类社会本身。而自然景物和人就像卧在同一个摇篮里的孩子一样和谐安宁。第二层含义中，自然仅仅指人类社会以外的自然界，但它也与人类生活密切相关。这两层含义上的自然概念外延大小不等，但在冰心的拟人化想象中都是一个具有母性情怀的人格化形象。冰心认为自然比人类更高一筹，但她对自然的崇拜一般并没有引向对人类生活的否定。在她的心目中，自然令人仰视的特征不仅没有形成对人的压抑，反而具有温暖人心、协调人类嗔怨、培养人性的功能。基于这样的自然观，冰心只有在诗化小说《月光》一篇中，赞同主人公维因的看法，认为人只有"打破了烦恼混沌的自己"才能达到与自然的调和。这里，人对自然的崇拜导致对自我肉体生命的否定。而多数时候，冰心都认为人与万物的和谐是"不可分析，不容分析的"真理。她用"万全之爱"来概括人与自然界万物"共同卧在宇宙的摇篮里"（冰心《"无限之生"的界线》）的和谐的世界本质特征。冰心在自然观、宇宙观上显然综合继承了中国古代文化"天人合一"的思想与印度哲学"梵"的观念，而区别于强调人与自然的对立性的西方文化。这样的哲学观念，与冰心自小培养起来的对自然事物感性美的敏锐直觉相结合，各种自然风物就自然而然地成为冰心与之"心有灵犀一点通"的亲密朋友。

在从哲理层面确认自然对于人类生活的正面意义的同时，"五四"女作家还开放心灵，从感性层面大量感受自然美。在她们笔下，自然景物或直接出现在写景抒情散文中成为主要表现对象，或穿插在小说中作为人物心理、情节氛围的衬托。对自然美的表现，在冰心、陈衡哲、凌叔华的多数创作中，以及庐隐、冯沅君、石评梅的部分创作中，均达到了创造意境美的高级审美层次。自然景物，在冰心、凌叔华、石评梅笔下趋向雅致优美，在陈衡哲、庐隐、冯沅君笔下则优美、壮美两种美学形态兼而有之，但细加分析，各人又有所不同。

同是趋于优美，冰心、凌叔华、石评梅的自然美感仍然有着较为明显的差异。冰心喜爱的自然景物，面极广。无论是外部形态辽阔的大海高山，还是细小的几朵石竹花，都在她的视野内。她主要不是通过描写微小精致的事物来实现其优美的艺术风格，而是从自己清新优雅的审美趣味出发，在一个事物的多个侧面中选择符合自己个性的特点来进行艺术表现。自然事物在其勃勃生机中透出的和谐感、静穆感，是冰心笔下景物优美风格的主要构成因素。大海、高山屡屡出现在她的创作中。这些一般以壮美面目出现的事物在她独特美感的观照下，常常隐去了其浩大壮观的一面。比如，海常常出现在冰心的笔下，但她从未详细描画过大海波涛汹涌的狂暴面目。《寄小读者·通讯七》中提到"海波吟啸着"，但并不进一步描写海面壮观的景象。《寄小读者·通讯二十》也只微微涉及"悲壮的海风"而已。不仅拟人化的大海是一个柔美的女神（《往事（一）》之四），而且冰心对海的正面描写也以和谐、平静、绚丽为主。如：

> 我自少住在海滨，却没有看见过海平如镜。这次出了吴淞口，一天的航程，一望无际尽是粼粼的微波。凉风习习，身如在冰上行。到过了高丽界，海水竟似湖光。蓝极绿极，凝成一片，斜阳的金光，长蛇般自天边直接到栏旁人立处。上自穹苍，下至船前的水，自浅红至于深翠，幻成几十色，一层层，一片片的漾开了来。……（冰心《寄小读者·通讯七》）

"海平如镜"的景象虽然见得少，但一旦相遇，便恨"文字竟是世界上最无用的东西，写不出这空灵的妙景"。它比海涛拍岸的景象更深地占据冰心的心灵。风雪阻隔的沙穰青山在冰心的感受中"只能说是似娟娟的静女，虽是照人的明艳，却也不飞扬妖冶；是低眉垂袖，璎珞矜严"（《往事（二）》之三），具有明显的阴柔气质。作者温柔、矜持而又不失活泼的青春女性情怀，使得她忽略了各类自然事物壮阔、狂暴的一面，而着重发掘其和谐、温婉的特征，造就了创作中景物描写的优美风格。

冰心擅长在光的变幻中捕捉自然景物清新、绚烂的风采。在诗化小说《悟》中，主人公星如半夜见云收雨霁的湖上风光：

> 他凝住了，湖上走过千百回，这般光明的世界，确还是第一次！叠锦般的湖波，漾着溶溶的月。雨过的天空，清寒得碧琉璃一般。湖旁一丛丛带雨的密叶，闪烁向月，璀璨得如同火树银花，地下湿影参差，湖石都清澈的露出水面。

以"火树银花"作比，扫尽夜色的沉寂；而光由树叶带雨向月而生，再加上天空"清寒"的感觉，又不失其自然清新的品味，避免了错彩镂金之病。月光给雨后宁静的湖山带来了灿烂的生机。日光、月光、朝霞、繁星所产生的光明不时笼罩着冰心笔下的山水花树，带来秀丽端庄的美感，从中也折射出冰心纯洁明净、积极健康的心怀，达到了"物与神游"的境界。

与冰心长于表现光的美感不同，凌叔华更擅长把握自然景物细腻的色彩变化。"五四"时期，凌叔华对自然美的描写大都镶嵌在小说中。这些描写在小说的整体构思上起到衬托气氛或折射人物心理的作用。衬托气氛的如《中秋晚》《再见》《花之寺》，折射人物心理的如《春天》《疯了的诗人》。凌叔华"五四"时期对自然美的敏感点在春天的山，以及与之相关的天空、花草树木、飞禽昆虫。《春天》与《疯了的诗人》两篇均以大量的篇幅出色地传达了春天的神韵。秋天的景物只有寥寥几笔出现在《中秋晚》与《再见》两篇中。夏与冬的景物这时期一直未曾进入凌叔华的审美视野。现摘录几段如下：

> 廊下挂了一个鸟笼，里头一双白鸽正仰头望着蔚蓝的天空咕咕地叫着，好象代表主人送迎碧天上来往的白云。西窗前一架紫藤花开了几穗花浸在

阳光里吐出甜醉的芬香；温和的风时时载送这鸟语花香，装点这艳阳天气。

（凌叔华《花之寺》）

灰褐色的天幕已经抹上一层粉蓝，一层密黄了。院子里一株海棠，好象一个游春的妙年女子穿着葱翠色衣裳，头上满簪着细花朵的神气。许多粉蝶黄蜂都绕着树飞，她连头都不动一动，这样更显出她的娇矜风度。

（凌叔华《春天》）

在对景物的描绘中，凌叔华长于充分调动五官感觉，从色彩、气味、声音多方面表现大自然的韵味。她对色彩的感觉尤为细腻，特别善于调配多种粉色，造成柔婉而又鲜明的画面效果。各种细致的感觉再配以想象丰富的比喻，共同创造出春天万物初醒的醉人气氛，巧妙地传达出小说主人公因感应春色而产生的骚动且茫然的情绪，达到了境象与意韵的和谐统一。

而在远景的描绘中，凌叔华除保持对色、味、声的细腻敏感外，还借鉴了中国山水画的透视特色。"中国画的透视法是提神太虚，从世外鸟瞰的立场观照全整的律动的大自然，他的空间立场是在时间中徘徊移动，游目周览，集合数层与多方的视点谱成一幅超象空灵的诗情画境。所以它的境界偏向远景。……在这远景里看不见刻画显露的凹凸及光线阴影。……一片明暗的节奏表象着全幅宇宙的氤氲的气韵，正符合中国心灵蓬松潇洒的意境。"[①]《疯了的诗人》中，诗人兼画家觉生骑驴缓行在迂曲的小路上，随着云雨阴晴的变化和立足点的变换，展现在他面前的连绵的山景正像这样一幅幅气韵生动的长方横轴全景中国画。其云雾开合以及细腻的色彩变幻带来一种空灵缥缈而又清逸柔婉的艺术趣味，得宋元文人山水画超然玄远的神韵，而又比之多一分温婉的气息，体现了女作家高远的襟怀与细腻的柔情。

石评梅对自然景物进行大段描写的文字并不多，但在倾诉情绪、叙述事件时，她常常穿插一些小段的景物描写。如：

---

① 宗白华：《论中西画法的渊源与基础》，载《艺境》，北京．北京大学出版社，1987年版，第119页。

> 旧日秃秃的太行山，而今都报上柔绿；细雨里行云过轴，宛似少女头上的小鬟，因为落雨多，瀑布是更壮观而清脆，……（石评梅《素心》）

石评梅喜欢用拟人化的比喻来描述自然的面貌。她的自然美感偏于清新绮丽，由此造成一种优美、婉约的效果。

冰心、凌叔华、石评梅对自然美的描写均以优美、典雅见长。而陈衡哲、庐隐、冯沅君对自然景物的审美感受则融秀丽、雄伟于一体。庐隐、冯沅君是在优美中糅合着壮美的分子，主要仍以婉约、优美为主调；而陈衡哲则以壮美、瑰丽为基调，辅之以秀丽、优美。

庐隐曾说："……我是喜欢暗淡的光线，和模糊的轮廓，我喜欢远树笼烟的画境，我喜欢晨光熹微中的一切，天地间的美，都在这不可捉摸的前途里，所以我最喜欢'笑而不答心自闲'的微妙人生。雨丝若笼雾的天气，要比丽日当空时玄妙得多呢！"① 在实际的描写中，庐隐确实多写清晨、黄昏的景物，文中也常常出现斜阳、月亮等意象，而少见"丽日当空"之景。在用色上，她却多用对比鲜明的色彩，而且常常以红色为主调。因此，画面的总体效果还是以鲜明醒目为主，而不以朦胧为特色：

> 呵！多美丽的图画！斜阳红得象血般，照在碧绿的海波上，露出紫蔷薇般的颜色来，那白杨和苍松的荫影之下，她们的旅行队正停在那里，五个青年的女郎，要算是此地的熟客了，她们住在靠海的村子里；只要早晨披白纱的安琪儿，在天空微笑时，她们便各人拿着书跳舞般跑了来。黄昏红裳的哥儿回去时，她们也必定要到。（庐隐《海滨故人》）

这黄昏景象中，血红、碧绿两种浓重的色彩形成对比，画面比凌叔华《疯了的诗人》中太阳下的九龙山明艳得多。即使写梅，庐隐写的也是红梅（庐隐《丽石的日记》），而非白梅；月亮意象常常在庐隐创作中出现，而描写最为细致的也是红月（庐隐《月下的回忆》），而非冷月。偏向浓墨重彩、喜用红色的用色偏向，常常造成一种热闹的效果。这表明庐隐精神上更贴近世俗人生，而少一点凌叔华

---

① 庐隐:《愁情一缕付征鸿》，见《庐隐散文》，北京．中国广播电视出版社，1993年版，第297页。

的清逸之气与冰心的肃穆情怀；也暗示庐隐创作中不断宣泄的人生痛苦是一种蕴含着生命炽热的悲哀，而不是心如枯井的绝望。有时，红色的使用也使庐隐笔下的风景在婉约优美中带上了一点粗犷壮美的气息。

庐隐写景，尤其喜欢通过拟人、拟物、比喻赋予自然事物以生动的活力。上文把夕阳比作"红裳的哥儿"即是显例。同是《海滨故人》一篇中，她又把下山的太阳比作"如狮子滚绣球般，打个转身沉向海底去了"。活泼的拟人、拟物、比喻同样表明，庐隐满纸悲哀的背面还隐含着富有生机的精神活力。但有些比喻、拟人，如黄昏雨后"……淡薄的斜阳，照在一切沐浴后的景物上，真的，……比美女的秋波还要清丽动怜"(庐隐《愁情一缕付征鸿》)，喻体陈旧庸俗，反而掩去了自然事物清新灵动的本色。庐隐的景物描写有时也存在情景乖离的毛病，使得自然景物对主人公情绪的影响缺少内在必然，也达不到创造意境的艺术效果。《或人的悲哀》中，女主人公亚侠九月五日的一封信，先抒主人公不绝如缕的种种愁情，末尾一段转而说："现在已经黄昏了。海上的黄昏又是一番景象，海水被红日映成紫色，波浪被余辉射成银花，光华灿烂，你若是到了这里，大约又要喜欢地手舞足蹈了！"说对方一定会喜欢，实际上表现的是说话人自己的欣喜。这里，主人公的心境由悲转喜，由于缺少对自然景物意韵的细腻体会，变化就不免流于简单突兀，缺少层次感，难以在读者心中引起共鸣。

冯沅君对自然美的描写主要存在于她的日记体长篇游记散文《晋鄂苏越旅行记》①以及《隔绝》等部分小说中。其中既有壮美宏阔之景，亦有优美清幽之景。这间接体现出作者个性兼具豪爽与秀媚的特点。但总体而言，冯沅君在《晋鄂苏越旅行记》中的写实之景，多因对景象的意味挖掘不够而流于粗陋；小说中的想象之景，意象新意不足。其对自然美的表现整体成就不大。

陈衡哲是"五四"时期唯一一位在描写自然风景时以壮美为主要风格的女作家。陈衡哲在这一时期较多描绘自然美的创作，只有游记散文《加拿大露营记》与《北戴河一周游记》两篇。荒芜的小岛、宽阔的大海、风雨交加的天气、淡红的霞光，以及火红的太阳、明净的月亮，都是陈衡哲倾心的自然美景。从选材上

---

① 淑兰女士：《晋鄂苏越旅行记》，连载于1922年8月9—21日、9月1—15日《晨报副刊》。

看，她对海上风光的青睐超过对山中景物的喜爱。这点正与凌叔华形成对比，而与冰心接近；不同的是，大海在陈衡哲笔下总是以廓大的景象出现。对色彩的敏感是陈衡哲与凌叔华的相同之处；不同的是，陈衡哲喜欢恰当调配相对浓重的颜色，大面积挥洒：

> 那时的海水，已完全失却了它昨日的恬静与苍翠；弥眼但见灰蓝夹着混绿，拥托着层层的白浪，向着岸上打来。天上的颜色，起初是与海水一样的灰暗；但不久即有红霞一缕，呈现在西方的天际。那一缕的红霞渐扩渐大，后来直把半个天空，都染得象胭脂一样。地上的草木，经过雨的淋洗，本已苍翠欲滴，此时再衬上那淡红的霞光，更是妩媚到了万分。
>
> （陈衡哲《北戴河一周游记》）

雄浑的海天、瑰丽的红霞、妩媚的草木，共同构成开阔的景象，鲜明、富有变化的色彩美，构成既雄伟壮阔又不乏秀逸妩媚的艺术境界，从中也折射出陈衡哲豪放潇洒而又不失细腻秀美的心怀，突破了中国传统女性独偏阴柔温顺的气质特点。

此外，陈衡哲还擅长化用古诗意境，使自然景物在豪放中仍然蕴含着典雅之美，而不失于粗疏：

> 当我们坐在一个短墙之上，正向海面凝望之际，忽见有帆船一只，在月光波影间，缓缓驶来，因念乘坐此船之人，定非俗子。是时月华愈升愈高，海上的银波，也是愈射愈远，直至天际。明知隔海的故人们，离此处的天际仍是甚远；但目见海天交尽，总不免思念到远在他洲的许多故人，好象他们就在那天涯海角似的。"一水牵愁万里长"，遂忘凉露的沾衣了。
>
> （陈衡哲《北戴河一周游记》）

这里显然是化用了唐诗"孤帆远影碧空尽，唯见长江天际流"与"春江潮水连海平，海上明月共潮生"的意境，使得宽广宁静的海上风光与"一水牵愁万里长"的悠远情思相结合。其境象廓大舒展，而思念友人的情谊深邃、绵长。二者交融，表现了陈衡哲胸襟开阔、情深意长的个性特征。

"五四"女作家对自然景物的哲理赞美与具体描写，从理性和感性两方面表现了第一代现代女性面对自然的态度。通过对自然的理性认同与审美把握，

"五四"女作家把现代女性的人生关注范围拓宽到了包括自然界在内的广阔世界。

二

冰心、陈衡哲、凌叔华、庐隐等"五四"女作家还继承了中国古代文化以自然比拟伦理道德、人生理想的传统,借助自然物来表现"五四"女性对人性的思考。以物比拟伦理道德、人生理想,最早见于《管子》,管仲认为禾"可比于君子之德"①。在这种比拟中,人们着重考察的并不是自然作为物的特性或者自然作为审美对象的美学意趣,而是赋予自然物以人格特征,使自然物具有比喻、象征人类某一抽象品格的作用。其考察的着重点是人性问题,但因为这种考察与自然物的形象相连,并且常常伴以拟人化手法,并不完全摒弃自然物的美感作用,只是把自然物的美感意义置于附属位置,所以,其中包含的对人性的思考、表现,就取得了抽象性与形象性相结合的特点,往往能达到既言简意赅又具体可感的效果。《论语》中的"智者乐水,仁者乐山",《楚辞》中的《橘颂》就是典型的以物比拟道德理想、人生理想之作。

以自然物比拟伦理道德、人生理想,"五四"女作家扬弃了表白女性忠贞守节、卑顺多情品格的古代女性文学传统,从现代女性独立面对人生的态度出发,思考现代女性乃至现代人人格重塑的问题。

在对人格修养的思考中,"五四"女作家表现出第一代现代女性截然不同于旧时代女性的独立自强的自我意识。她们继承了传统文化中关于莲花、松柏、幽兰等自然风物的道德、人格含义,经过重新阐释后,赋予它们更为宽广的外延。如:

向日葵对那些未见过白莲的人,

承认他们是最好的朋友。

白莲出水了,

向日葵低下了头:

---

① 参看李浩:《山水之变——论先秦至唐代自然美观念的嬗变》,载人大复印资料《美学》1996年第2期,第50页。

>她亭亭的傲骨,
>
>分别了自己。
>
> (冰心《繁星·二四》)

莲花自古就被赋予"出污泥而不染"的高洁品格,但在古代文化中,其亭亭傲骨一般只是用于赞美男子尤其是士大夫的人格美,而较少包含对女性人格的赞誉。莲花如果用在女性身上,一般只意味着贞洁。冰心把白莲的"亭亭傲骨"与向日葵的低头作比,从女性角度扩充了白莲高傲品格的比拟范围,也拓展了女性的人性深度。它表明冰心心目中的理想人格已全然不是封建男权强加给女性的"敬顺""曲从"[①]的奴隶品性,而是带着人的尊严的自傲自强。凌叔华在小说《绮霞》中也继承了中国古代关于柏树的文化意蕴,并且把它的象征意蕴拓宽到女性生活领域。秋风中:

>只有几十株古柏仍然稳立在游椅左右,显出饱经风霜,睥睨一切的庄严老练的神态,不但衰柳残荷见了自愧形秽,即园中傲风戴雪之假山石也似乎惭愧不如,蜷伏着不动。

柏树傲立秋风的人格化形象,显然是对《论语》"岁寒然后知松柏之后凋也"的详细描述。睥睨一切人生艰险时的"庄严老练",正是初步觉醒的"五四"女性带着青春的稚嫩时所特别渴望拥有的坚定品格。柏树就因此成为凌叔华用以鼓舞、鞭策女主人公绮霞奋发上进、独立自强的人格楷模。

自尊自傲、独立自强的人格理想,在"五四"女作家思想中,具体落实为把握自身命运的个性主义思想与牺牲自己、服务社会的事业追求。陈衡哲更注重表现觉醒的现代人把握自身命运的个性主义思想,冰心则更注重思考青年服务社会的问题。

陈衡哲在诗歌《鸟》、散文诗《运河与扬子江》与《老柏与野蔷薇》中,以鸟儿、运河、扬子江、老柏与野蔷薇作为比拟,表达自己渴望把握自身命运、追求生命价值的个性主义的人生理想。运河象征着命运"成也由人,毁也由人"的

[①] (东汉)班昭的《女诫》中说:"……敬顺之道,妇人之大礼也。""勿得违戾是非,争分曲直。此则所谓曲从矣。"

顺命者，是"快乐"而不觉悟的奴隶；而扬子江穿岩凿壁，自己创造命运，高唱着"生命的奋斗是彻底的，奋斗来的生命是美丽的"（《运河与扬子江》）。鸟儿、扬子江象征着不惜代价、追求自由、执意创造自我生命的奋斗者。老柏与野蔷薇则分别代表了坚贞不移与绚烂短暂的两种生命形态。野蔷薇"美丽""柔媚"，虽然只有三日的寿命，但那"仅仅三日的光荣，终究完成了生命的意义：圆满，彻底，和尽量的陶醉"。（《老柏与野蔷薇》）这些动植物形象相互对比，表现了现代女性摆脱了奴隶命运之后的独立不羁、豪迈坚定的精神面貌。陈衡哲的个性主义思想带着"五四"青年刚刚冲破封建桎梏时的自信、坚定，而没有同时期西方个性主义文学的颓废、绝望。在她心目中，与个体生命相对立的是外在于个体力量之外的命运，而不是代表群体力量的社会。高扬主体生命意义的奋斗行为，赋予了个体生命战胜命运并且创造命运的力量。鸟儿、扬子江、野蔷薇等物的比喻、象征内涵，由于注入了刚健的个性主义思想内容，便取得了以往女性文学所不可能拥有的现代意识，代表着觉醒女性的心声。陈衡哲的个性解放思想没有与群体意识相融合，也没有走向对群体观念的否定。

冰心常常以植物的花、果、树的关系来比拟、表现自己对生命意义的思考：

嫩绿的芽儿，

和青年说：

"发展你自己！"

淡白的花儿，

和青年说：

"贡献你自己！"

深红的果儿，

和青年说：

"牺牲你自己！"

（冰心《繁星·一〇》）

"十年树木，百年树人"，以树木比拟人的成长、变化本是常见的联想，而冰心赋予青年成长"发展""贡献""牺牲"的内涵，就在其中熔铸了"五四"青年的现代人生观。把青年的发展与不惜牺牲自己、为社会做贡献的人生理想相结合，冰心的人道主义思想区别于强调个体有别于群体，甚至把个体置于群体对立面的个性主义思想。如：

墙角的花！
你孤芳自赏时，
天地便小了。

（冰心《春水·三三》）

冰心摒弃个体的孤芳自赏，始终把个体生命存在、发展的意义与社会整体的进步紧密结合，显然是把现代人道主义思想与古代兼济天下的士的人生追求、注重整体观念的民族文化传统结合起来，在对传统的现代性转换中努力建构符合历史发展与民族生存要求的人生观。

冰心的人道主义思想还表现出关怀弱小事物、注重发掘弱小事物价值的特点，从而区别于居高临下同情下层人民、带着贵族主义色彩的古典人道主义，而表现出价值观上的平民主义倾向。对蒲公英、小草、小松树的比喻、象征就体现了冰心的这一思想特点。如：

弱小的草呵！
骄傲些罢，
只是你普遍的装点了世界。

（冰心《繁星·四八》）

三

将以自然物比拟伦理道德、人生理想的思维方式推而广之，还可以以自然物比拟人生景况。以自然物比拟人生景况，赋予自然物象征、比喻意义，借以观照人的生存真相。中国古代文化也形成了以自然物比拟人生景况的传统。"驿外断桥边，寂寞开无主。……零落成泥碾作尘，只有香如故"，陆游的《卜算子·咏梅》就是以自然物比拟人生景况与以自然物比拟人格理想的结合。

作为第一代摆脱封建束缚、初次获得人的生存权利的现代女性,"五四"女作家在执着追寻新生活的同时,不免还时时感受到处于历史转折时期的黎明寒意与青春柔弱,对生命常常有许多偏于伤感的喟叹。总的来说,冰心、陈衡哲、冯沅君虽然也不免有低徊哀伤,但其作品整体上是趋向积极乐观的;而庐隐、石评梅、陆晶清虽然也憧憬未来,但其作品整体上却是沉浸在无法排遣的悲哀中的。她们在直抒胸臆或借叙述故事、描绘客观景象间接抒情之外,还常常以自然物为象征、比喻,形象地传达出自己对生存真相的体悟。以自然物比拟伦理道德、人生理想,"五四"女作家思考的是人性建设的问题;以自然物比拟人生景况,"五四"女作家关注的则是生命的普遍本质与女性的特殊生存处境。如:

> 可怜我们都是在静寂的深夜,追逐着不能捉摸的黑影,而驰骋于荒冢古墓间的人!(石评梅《漱玉》)

石评梅以"静寂的深夜"与"荒冢古墓"比拟自己的周遭环境,以"追逐着不可捉摸的黑影"比拟自己的生命状态,喻体与象征意象造成一种极度荒凉的画面效果,传达出了"五四"女性梦醒后无路可走的深切痛苦。再如:

> 我坐在甲板上一张旧了的藤椅里,看海潮浩浩荡荡,翻腾奔掀,心里充满了惊惧的茫然无主的情绪,人生的真象,大约就是如此了。
>
> (庐隐《或人的悲哀》)

庐隐作为石评梅的精神盟友,在浓重的社会黑暗中,也感到惊惧茫然。在她眼中,奔腾浩荡的海潮成为人生无法驾驭的象征,丝毫没有冰心把波涛摇荡比作"海的母亲,在洪涛上轻轻的簸动这大摇篮。几百个婴儿之中,我也许是个独醒者……"(《往事(二)》之五)的那种从容安恬。石评梅、庐隐代表了一批搁浅在"五四"落潮后的社会现实中、无力解救自己的柔弱的觉醒者。她们同样是感应"五四"思潮而成长起来的时代儿女,只是羽翼未丰,无法克服生命的种种障碍而陷入悲观颓唐。

作为第一代觉醒的女作家,冰心同样经历着"五四"落潮后的黑暗,也难免有生命孤寂的感叹:

> 只是一颗孤星罢了!
> 在无边的黑暗里,

已写尽了宇宙的寂寞。

（冰心《春水·六五》）

由孤星与夜空的黑暗而体会到宇宙的寂寞，折射出的实际上是作者自身的生命孤独感。但与同时代女性相比，冰心格外幸运地生长在一个具有民主思想的家庭中，从童年到青年的人生道路都很顺利，因而培养了一种特别健康的心态，再加上她始终怀有服务社会、安慰青年的使命感，所以，"五四"时期冰心虽然忧郁但并不悲观，而且"忧郁是第一步，奋斗是第二步"（《一个忧郁的青年》）。忧郁只是一种悲天悯人的沉思，并不是对生命的绝望。她说：

沉寂的渊底，

却照着

永远红艳的春花。

（《春水·六九》）

渊底的春花是作者生命信念的物化表现，它红艳的暖意传达出作者乐观的精神，慰藉了无数在黑暗中摸索的青年，所以"冰心女士的作品，以一种奇迹的模样出现，生着翅膀，飞到各个青年男女的心上去，成为无数欢乐的恩物"[1]。

以自然事物比拟人生景况，"五四"女作家不仅从各自的心态出发，从不同角度阐发生命的真相，还以敏锐的女性意识思考妇女的独特生存处境。着意于以比拟的方式表现这一主题的女作家主要是庐隐：

他看那封信上说，他的爱神已不是含苞未放的花了，他怀疑着想，这大约是梦吧！世界上那有这种可惊异的事呢？她娇羞默默，谁说她不是处女的美呢……竟有这种的事吗？……赵海能可鄙的武夫，他也配亲近她吗？那真是含露的百合，遭了毒蜂的劫了！（庐隐《沦落》）

庐隐小说《沦落》中的男女主人公，都以"不是含苞未放的花"比喻女性失去处女身份，在谴责对女性进行性侵犯的男子的同时，也包含着对受害女性生命价值的否定。庐隐以女性的敏感对女性柔弱被动的命运表示深切同情，对男子恣意伤

---

[1] 沈从文：《论冰心的创作》，载《冰心研究资料》（范伯群编），北京．北京出版社，1984年版，第196页。

害女性的行为感到愤慨，却也与笔下的男女主人公一样，无法进一步批判传统文化中的处女崇拜情结，仍然把受到性侵犯的女性当作生命已经贬值的次品看待。其深层心理还是摆脱不了把女性价值定位为男人的性享乐、性专制对象的封建糟粕。这说明庐隐作为第一代觉醒女性，既有批判封建男权的强烈意识，具有可贵的人的自觉，又在一定程度上接受了封建男权对女性的贬抑。"当女人变成花朵的时候，在一种隐喻的物神式距离之中，我们就可以避开女性的欲望与差异，也避免见到她的非'菲勒斯'本质，这样，菲勒斯的完整性就受到保护。"① 庐隐以"含苞未放的花""含露的百合"比喻女性，与以"毒蜂"比喻男子相比，隐匿了女性的主体性，而强调女性传统的被动特质，同样表明庐隐的深层心理受到封建男权文化的影响。

自然对于"五四"女作家来说，既是独立的审美对象，又是借以思考人性建设、表现自身生存处境的工具。在对自然的审美观照中，"五四"女作家拓展了女性的生活视野、心灵空间。自然美在各位"五四"女作家创作中呈现出不同的美学风格，折射出的是"五四"女性丰富多姿的心灵特征与美学趣味。以自然物比拟伦理道德、人生理想，比拟人生景况，"五四"女作家从女性角度参与了民族性格的现代重塑工作，丰富了自然物的象征意义，也表现出观照自身生命存在的自觉意识。在继承以自然物为比拟的传统思维方式时，"五四"女作家吸收、保留了民族文化中的优秀成分，并且对其进行了现代性的转换，从而否定了封建男权对女性生命的贬抑、对女性心灵的压制，但她们中的有些人在批判封建男权的同时，思想上又难免还渗透着一些封建男权意识，从而表现出意识形态上的复杂性。

原载《中国雅俗文学》第1辑，南京．江苏教育出版社，1998年版

---

① Dorothy Kelly, "Gender and Rhetoric". 转引自陈顺馨:《中国当代文学的叙事与性别》，北京．北京大学出版社，1995年版，第111页。

超越怨恨

——论张爱玲创作中的主体间性思维 *

中国现代女性文学的兴起是以反叛男权文化、建构女性主体性为起点的[①]。这就产生了两个值得深入辨析的问题。首先,居于弱势性别地位的女性作家,在批判男权文化的时候,是否会因为所在的性别群体长期处于弱势地位而在心理上带有"有毒"的怨恨气质[②],从而使其作品成为怨恨情结的发泄所?其次,主体性并不是先验、既定的目的物,她们在"摸着石头过河"的时候,会建构起何种主体性,是否会陷入主体霸权之中?

这两个互相关联的问题都必须回到文学史场景,通过辨析中国现代女作家的创作状况来应答。本文即着重探讨张爱玲小说对怨恨伦理进行深度反思的状况,

---

* 本文所引张爱玲作品,全部出自金宏达、于青编:《张爱玲文集》第一至四卷,合肥. 安徽文艺出版社,1992年版。

[①] 刘思谦:《女性文学这个概念》,载《南开学报》2005年第2期,第1—6页。

[②] 舍勒在《道德建构中的怨恨》中说:"怨恨是一种有明确的前因后果的心灵自我毒害。"见刘小枫选编:《舍勒选集》上册,上海. 上海三联书店,1999年版,第401页。

并考察张爱玲小说中的主体间性①建构情况。

这里所说的怨恨（ressentiment），首先是一个西方文化概念，但横移、改造后，在阐释中国文化现代性进程中的心理症候方面同样具有很强的反思力。尼采在对基督教进行批判时所界定的"怨恨"情结，是与"高贵的道德"相对的"奴隶道德"，其基本特点是弱者通过"想象中的报复得到补偿"。舍勒则认为"市民伦理的核心才是植根于怨恨之中的"②，认为"怨恨的根源都与一种特殊的、把自身与别人进行价值攀比的方式有关"③，当"平等"诉求挟裹着对"更高价值的人"的无能的嫉恨时，它自身就不免偏于卑贱、低俗，舍勒判定"启蒙思想从实质上说是怨恨的产物"④。由此可见，被界定为负面价值的"怨恨"情结有如下三个特点：第一，它产生于弱者心中；第二，它是一种斤斤计较而又无能为力的态度；第三，它不能守护自我与他人生命的本真存在。

一些借鉴"怨恨"概念反思中国现代文学创作的研究成果，往往把"怨恨"分为积极的怨恨和消极的怨恨两种，试图在反思中国现代启蒙思想的同时避免一棍子打死⑤；但我认为，基于尼采、舍勒等人关于"怨恨是心灵自我毒害"的否

---

① 关于主体间性（intersubjectivity），请参看杨春时先生的意见："西方近代哲学、美学是主体性的，它呼唤现代性和理性精神。西方现代哲学、美学转向主体间性。所谓主体间性指对主体与主体间的关系的规定，它区别于主体性对主体与主体间关系的规定。""主体间性的根据在于存在本身。生存不是在主客二分的基础上主体构造、征服客体，而是主体间的共在，是自我主体与对象主体间的交往、对话。一方面，在现实存在中，主体与客体间的关系不是直接的，而是间接的，它要以主体间的关系为中介，包括文化、语言、社会关系的中介。……另一方面，哲学范畴的存在，不是主体性的，也不是客体性的，而是主体间的共在。"完成这一转向的哲学家主要有胡塞尔、海德格尔、萨特、伽达默尔、哈贝马斯。见杨春时：《现代性与中国文化》，北京．国际文化出版公司，2002年版，第116页、第156—157页。
② 舍勒：《道德建构中的怨恨》，载《舍勒选集》上册（刘小枫选编），上海．上海三联书店，1999年版，第440页。
③ 舍勒：《道德建构中的怨恨》，载《舍勒选集》上册（刘小枫选编），上海．上海三联书店，1999年版，第409页。
④ 刘小枫：《现代性社会理论绪论》，上海．上海三联书店，1998年版，第377页。
⑤ 杨春时认为："鲁迅提倡狂人人格，反对阿Q人格，实际上是以革命的、积极的怨恨反对传统的、消极的怨恨。"同时，杨春时还认为："从心理学上看，狂人和阿Q都属于偏失人格。"见杨春时：《现代性与中国文化》，北京．国际文化出版公司，2002年版，第17页、第15页。

定性界定，我们在借鉴怨恨概念进行文化反思的时候不应该赋之以正面价值。我们需要借鉴的是尼采、舍勒等在反思平等观中批判无能嫉恨心态、守护"更高价值"这一思想理路，而不应该全盘接受其否定现代平等观、现代博爱观，赞美贵族伦理的具体分析，应把"更高价值"理解为更好地守护生命的本真存在、更好地守望人与人主体间共在的关系。

中国现代文学具有丰厚的批判传统，如果作家在进行批判的时候，是以守护生命本真存在、守望人与人主体间共在关系这一更高的价值尺度，否定压抑生命的不合理现象，那么他（她）的批判便超越了怨恨这一有害心理，富有积极的文化建构意义；如果作家在进行批判的时候，否定的不是伤害生命的不合理现象，不能建构起更高的关爱生命合理存在的价值尺度，那么他（她）的批判便陷入了怨恨情结，必须引起我们的文化反思。

本文认为，张爱玲小说在多数时候都能超越创作主体个体与性别的身份自恋，反思女性人物与男性人物心中的怨恨情结，建构关爱生命、理解人性的价值原则，从而在创作主体与笔下男女之间建立起主体间共在的亲近关系；但在少数时候，创作主体不免把笔下男女视为可憎的"他者"，隔绝了自我与外部世界主体间共在的关系。

一

女作家在诠释性别关系时是超越还是陷溺于有害的怨恨情结，应该看她是如何想象并且对待笔下的女性人物和男性人物的。先看张爱玲的女性想象。张爱玲既直接想象心怀怨恨的女人，对其投以审视的目光；也想象心无怨恨的女人，对其投以赞许的目光。这种文学想象，体现了张爱玲创作守护女性主体间性意识、超越女性怨恨情结的价值走向。

女性长期处于弱势生存状态，可能在心中积攒有害的怨恨情绪，张爱玲创作对这个问题十分警觉。她笔下因受伤害而心怀怨恨的女人，主要有《金锁记》中的曹七巧、《花凋》中的郑太太、《创世纪》中的戚紫薇、《十八春》中的顾曼璐、

《怨女》中的曹银娣这几位。这些怨女的共同特点是她们受到各种男权力量伤害之后，都体会到自我生命被摧残、被压抑的痛苦，但是，她们并没有由此滋养出反思周围生存伦理的思想，不能在受伤的心灵中催生出守护生命的更高的价值追求，而是在极度压抑中怨恨成毒，终把怨恨之气倾泄到其他无辜者尤其是无辜的女性亲人身上，自觉或不自觉地把他们"平等地"拉成和自己一样的受害者。其可怖的"平等"诉求不是指向权力差异格局中的地位更高者，而无能的嫉恨的确是她们心灵中共同的毒素。

张爱玲揭示出这些怨女的怨恨动机中往往包含着"死亡国度中的一个死囚与一个可能遇赦的囚徒之间的嫉妒与仇恨"[①]，同时也写出这些怨女人格多重分裂的特点，写出她们与怨恨、嫉恨并生的关爱情感。值得注意的是，这些怨女都是凭着女性长者的身份对幼者施虐，把怨恨情绪发泄在"长幼有序"这一权力差序格局中的弱者身上，而不是指向压抑摧残她们的强势力量。《金锁记》《怨女》是母亲对女儿、媳妇、儿子施虐，《花凋》是母亲掠夺女儿的爱情、刻薄庶出的儿子，《十八春》是姐姐协助姐夫对妹妹施暴，《创世纪》是祖母对孙女毫无爱惜。"在这些女性家长的带动下，另一些女性（如芝寿）则被赶向更荒野的闺阁底层，代代循环。"[②] 更多地想象女性长者而非女性幼者施虐，并非张爱玲对女性长者的人性特征有着贬义性的本质界定，而是她深刻洞悉中国传统文化中长尊幼卑的权力等级关系，充分认识到正是这一权力等级关系决定了怨恨情结的施暴方向。这一深邃透视，使得张爱玲的创作具有了丰厚的"历史感"[③]。

"这里需要区分的是作者的女性意识与作品人物的女性意识之间的差距。毫无疑问，对于作品中女性的心态，作者是持既同情又否定的态度，对于女性意识中深层意识的展露，表现了作者内审的勇气和诚意。"[④] 隐含作者通过叙述者居高

[①] 孟悦、戴锦华：《浮出历史地表——现代妇女文学研究》，郑州．河南人民出版社，1989年版，第256页。
[②] 林幸谦：《荒野中的女体——张爱玲女性主义批评Ⅰ》，桂林．广西师范大学出版社，2003年版，第222—223页。
[③] 夏志清：《中国现代小说史》，上海．复旦大学出版社，2005年版，第260页。
[④] 于青：《并非自觉的女性内审意识——论张爱玲等女作家群》，载《安徽大学学报》1989年第4期。

临下地俯视着曹七巧、曹银娣、顾曼璐、戚紫薇、郑太太等女性被怨恨情绪所左右的生命状态,并在自己的俯视眼光中投注了犀利反思的理性精神和感慨生命的悲悯情怀。隐含作者与人物之间的遥远距离,提示读者不能简单仿照吉尔伯特和格巴《阁楼上的疯女人》的批评思路①把曹七巧、曹银娣等疯狂怨女看作家女性人格的另一面,而应该在作家对这些多少有点疯狂的女人的审视、把握中看到作家对女性怨恨情结的超越、反思。隐含作者这种既代女性控诉又反思女性人性缺陷的叙述态度,说明这些作品的女性立场不包含弱势性别群体的自怜自恋,而具有尊重一切生命、建构主体间性意识这一更高的价值追求。张爱玲关于女性长者施虐的文学想象,从女性生存的角度继承并且拓展了鲁迅从关爱生命的立场出发控诉礼教吃人的文学母题②。

建构主体间性意识,与女性文学避免受怨恨情结的毒害,是两个相互关联的问题。因为主体间性原则要求把自我和他者都视为平等的主体,同时又强调这两个平等的主体都兼带客体性质,避免把自我和他者贬为纯粹客体或抬高为霸权主体,这也就否定了对任何一种生命的不合理压抑。张爱玲在想象怨女的一系列小说中,借助长安、芝寿、曼桢、潆珠、川嫦等女性受伤害的人生遭际和荒凉的生命感受,对七巧、银娣、曼璐、紫薇、郑太太这些不完整主体身上的主体霸权进行批判,因此作品所建构的女性主体意识终是一种主体间性意识,具备守望"更高价值"的精神高度。

除想象怨女、反思女性人性缺失外,张爱玲还想象心无怨恨的女性,直接从正面建构女性文学守护人性美好价值的精神向度。张爱玲笔下心无怨恨的女性,至少有《红玫瑰与白玫瑰》中的王娇蕊、《心经》中的母亲、《桂花蒸 阿小悲秋》

---

① 美国女性主义文学学者吉尔伯特和格巴在1979年出版的著作《阁楼上的疯女人》中,认为在夏洛蒂·勃朗特的小说《简·爱》中,罗切斯特的前妻伯莎·梅森正是简·爱的另一面;伯莎最后将桑菲尔德庄园烧毁,表达了简·爱反抗罗切斯特男性中心位置的潜在欲望。该书认为疯女人就是叛逆的女作家本人。参看张岩冰:《女权主义文论》,济南:山东教育出版社,1998年版,第80—81页。

② 傅雷在《论张爱玲的小说》中指出:"《金锁记》……颇有《狂人日记》中某些故事的风味。"原载《万象》1944年第5期;转引自《张爱玲文集》第四卷,合肥:安徽文艺出版社,1992年版,第423页。

中的阿小、《多少恨》中的虞家茵、《十八春》中的曼桢等。这些女性都或大或小地受到男权力量及其同谋者的伤害，但是，她们最终都固守自己做人的信条，并未心生怨毒去伤害无辜。"坏女人"王娇蕊在真心恋爱中被佟振保所弃，多年后回首往事却认真地说："是从你起，我才学会了，怎样，爱，认真的……爱到底是好的，虽然吃了苦，以后还是要爱的，所以……"她最终不仅坚守了男女关系中爱非游戏的原则，而且还培育出性格中的母性之爱。虞家茵被不成材的父亲所害，却能超越一己之利悲悯不幸婚姻中可能受伤害的孩子。曼桢身心受到姐姐、姐夫的伤害，却不改关爱他人的母性心怀；尽管她曾经反思自己为了孩子嫁给恶棍祝鸿才"对谁都没有好处"，从而在心中让个性原则与母性原则形成一定程度上的对话关系，但文本最终仍肯定曼桢"最热心""最肯负责"的母性品格。隐含作者、叙述者在这几个文本中均对女性人物的母爱情怀投以赞许的目光。

　　将这些文本对母性情怀的赞许，与《金锁记》《花凋》对母性神话的解构进行互文对照，可以发现张爱玲对现实中母性沦丧的现象有深刻的洞悉，同时还应该看到这些均未使她走向价值虚无主义，她在自己的优秀创作中仍然坚守了高贵的关爱生命的价值原则。这些人物的母性情怀，一般都体现为设身处地为所关爱的人着想，体现为对他人主体性的维护；同时，这种母性情怀又不是无原则的宽恕包容，总与对是非的明确辨析并存。此种母性情怀，自然包含了主体间性的因子。隐含作者投之以赞许的态度，正体现了张爱玲创作对主体霸权的摒弃、对主体间性的守望。

　　想象怨女，悲悯其生命伤痛，批判其对弱者施虐的怨毒；想象无怨之女，赞赏其关爱他人的母性情怀。张爱玲小说在直面女性世界的时候，从正反两方面超越了弱势性别群体可能陷入的怨恨情结，建构了"更高"的关爱生命的价值、主体间性的价值。

二

　　张爱玲小说对男性人物心中的怨恨情结也有深刻的洞悉，《茉莉香片》便是典型文本。主人公聂传庆是个因父亲压抑而生命委顿的青年。他渴望寻找合格父亲、重建自我，却对身心健康的女同学言丹朱充满嫉恨。出于强烈的自卑和自卫意识，他不仅在内心评价中无理贬抑言丹朱，而且憎恨言丹朱对自己的友谊。他既想通过建立恋爱关系来对言丹朱进行精神施虐，又希望能与言丹朱恋爱从而拯救自我，最终却以施暴的方式来报复言丹朱，维护自己被父权文化所阉割的男性气质。自我生命受摧残却对健康生命充满嫉恨，聂传庆的核心心理正是那无力而阴冷的怨恨。聂传庆的外貌"有点老态"，却又是"发育未完全的样子"，且"很有几分女性美"。"但这'雌雄同体'的写照，落在这女性化的男性角色身上，暗中颠覆了聂传庆的男性自我。"[①] 以衰老化、女性化、孩童化的方式来表现男性青年被父权所扼杀、失去主体性的惨状，说明隐含作者深刻洞悉中国传统文化权力格局中子与妇同为阴性他者的奥秘。但对聂传庆进行"去势"、阉割的显然不是隐含作者，而是那施虐的父亲。隐含作者正是通过摹写聂传庆无力反抗父权、无力自我拯救却转而对"更高价值的人"施虐的怨恨心态来控诉父权文化对子辈进行"去势"、阉割的罪恶，也深切批判弱质男性企图通过对女性施虐来重建男性自我的残暴心态。在这个子辈受虐的故事中，张爱玲续写了巴金《家》、曹禺《北京人》的反父权主题，却从子辈女性被子辈男性受害者所害的角度颠覆了上述两部作品中子辈男女同声同气、心心相印的浪漫想象，而回应了鲁迅《狂人日记》那被吃者"未必没有吃过几片妹子的肉"的思想。隐含作者对聂传庆的怨恨心理既深切悲悯又犀利批判，从而表达了女性隐含作者既关爱子辈男性、维护其主体性价值，又充分警惕其霸权意识的中正态度。这样，作品便守护了生命应免遭任何一种霸权的更高的价值，守护了父与子、男与女都应该是主体间共在的价值原则。这篇小说由于对聂传庆的变态心理进行了细致、多重的想象，由于在人性透视中熔铸了深厚的文化内涵，在艺术成就上也远高于从单一层面写女性恋父仇母变态心理的《心经》。

《茉莉香片》所包含的两大主题——关爱男性生命伤痛、反思男性人性缺

[①] 林幸谦：《反父权体制的祭典——张爱玲小说论》，载《张爱玲评说六十年》（子通、亦清主编），北京：中国华侨出版社，2001年版，第340页。

陷，是张爱玲小说多次抒写的主题。张爱玲不仅抒写子辈男性受到父权扼杀的生命伤痛，还抒写男性受到女性伤害的生命悲剧。《沉香屑 第二炉香》中，罗杰受到纯洁天真与色情狂热这两类极端女性的围剿，再加上周围庸众推波助澜、落井下石，虽无辜却陷入性道德评价的绝境而自杀。在想象中同情男性受女性伤害的命运，说明该文本的性别立场绝不是单一地庇护女性，而是维护男女两性的主体间共在。此处，隐含作者对人的主体性的理解不仅包含理性，而且包含与爱相统一的肉体欲望。把罗杰想象为被平庸环境所伤害的一个"安分守己"的普通男人，隐含作者既承接了鲁迅批判庸众的思路，又继承了周作人悲悯普通人、肯定凡人正常欲求的立场①。张爱玲在这个文本中，从女性立场出发，达到了关爱异性生命的主体间共在的境界。

张爱玲在创作中想象了一大批丑恶的男性形象，他们以《沉香屑 第一炉香》中的乔琪、《茉莉香片》中的聂介臣、《金锁记》中的姜季泽、《花凋》中的郑先生、《创世纪》中的匡氏父子、《多少恨》中的虞老先生、《十八春》中的祝鸿才、《小艾》中的席景藩为代表，形成一个颓废残暴、不负责任的浪荡族群。张爱玲以极其轻蔑的态度状写这些男性的丑行恶状。这自然说明张爱玲确实是批判男性人性之恶的叛女②，但并不能由此就判断她对男性世界心怀不健康的怨恨情绪。因为从任何人都不应该践踏其他生命的原则出发，这些文本中关于男性的负面价值判断与对男性丑行恶状的描述是相契合的，而且关于这些丑行恶状的想象也符合社会文化逻辑所包蕴的可能性，也就是说其价值判断与所举证的"事实"是一致的，那么，这种批判便是公正合理而且深含智慧的。尽管张爱玲小说中浪荡男性的族群如此之庞大，说明张爱玲的个人记忆中深深埋藏着不成器男性的形象；尽管关于恶男恶父的记忆时常给她和她笔下的人物（如《多少恨》中的虞家茵）

---

① 刘锋杰认为："张爱玲的日常现代性，建立在对人的欲望与要求的满足上，充分尊重个人生活。她继承了五四的个人主义传统，其间当然包括了对于鲁迅的继承，但更主要的是对周作人的继承。"见刘锋杰：《论张爱玲的现代性及其生成方式》，载《文学评论》2004年第6期，第120页。
② 参看林幸谦：《反父权体制的祭典——张爱玲小说论》，载《张爱玲评说六十年》（子通、亦清主编），北京：中国华侨出版社，2001年版。

带来苍凉的命运悲感;但显然,她并没有由个人或性别的伤痛记忆走向狭隘的怨恨情结,而是以公理为尺度在轻蔑与批判中建构了更高的维护生命合理存在的价值原则。

张爱玲小说还想象了男性品性美好的一面,从而展示了她在痛切审视男性之恶的同时,心中仍存有对异性品性信任与憧憬的一维。张爱玲对男性美好品性的想象主要在爱情诗意与父性情怀两方面展开。张爱玲笔下富有爱情诗意的男性主要有《倾城之恋》中的范柳原,《多少恨》中的夏宗豫,《十八春》中的沈世钧、张慕瑾等。《倾城之恋》把"死生契阔——与子相悦,执子之手,与子偕老"和"……我要你懂得我!我要你懂得我"的心灵渴求赋予浪荡公子范柳原,同情他爱情得不到共鸣的悲哀,展示了张爱玲对人性复杂性的深刻洞悉,也展示了张爱玲内心中诗意浪漫的一维①。虽然,唯有倾城才激发出平凡男女的真爱,而真爱又不能地久天长,这种对人性的犀利审视给《倾城之恋》的爱情诗意定下了苍凉的底色,但显然,关于"张爱玲从来没有给我们对浪漫爱情有任何憧憬与想象"的评价并不确切。关于夏宗豫、沈世钧、张慕瑾这些男性对爱情矢志不渝的文学想象,说明张爱玲苍凉悲观的人生哲学背面确实还存有一抹由信任或者憧憬异性世界所带来的暖意。

张爱玲还以赞许的态度想象了一些具有父性情怀的男性,如《多少恨》中的夏宗豫、《十八春》中的沈世钧。隐含作者显然"相信"并且赞许他们对儿女的关爱。这些都再次说明张爱玲尽管犀利批判恶男恶父,但并没有走进偏激否定男性人性的怨恨心态。她以女性作者身份想象男性世界,无论批判、称赞还是关怀,坚持的主要都是关爱生命合理存在的原则、男女主体间共在的原则。

三

判断一个作家的创作在价值取向上是否健康,关键是看隐含作者对笔下人物

---

① 李欧梵曾指出:"事实上,张爱玲是藉了柳原之口来探讨情的真义。"见李欧梵:《不了情——张爱玲和电影》,载《张爱玲评说六十年》(子通、亦清主编),北京:中国华侨出版社,2001年版,第364页。

是什么态度。张爱玲的许多作品尽管犀利,却是中正的,因而也是超越怨恨的,是着力于建构男女主体间共在这一生存境界的。然而,一个作家的创作心态往往是复杂而非单一的,在《连环套》《留情》等少数作品中,隐含作者未免时常放弃了维护人与人主体间共在这一"更高"的价值追求,丧失了关爱生命、理解人性这一更高的精神境界,而表现出对笔下男女缺少善意的态度。

张爱玲创作中这种偶现的对笔下男女缺少善意的态度主要有两种表现形式。一种是以品鉴、娱乐的态度写他人的人生痛苦,从而陷入看客的无聊中。《连环套》从社会等级制度和自身性格两方面来揭示女性生存悲剧的成因,既揭示男性依靠生存优势随意拿捏霓喜命运的男权实质,又揭示霓喜的性格缺陷,认为她轻佻浮躁,是个纯肉体的动物性存在。这展示了作家的思想深度。但隐含作者以旁观者态度看霓喜的人生悲喜剧时,时而能投以悲悯之心,时而却陷入闲看热闹的冷漠心怀和优越心态中。比如写霓喜与博赫雅、于寡妇打斗那一段:

> 霓喜越发得了意,向柜台上堆着的三尺来高一叠绸缎拦腰扫去,整叠的匹头推金山倒玉柱塌将下来,千红万紫百玄色,闪花、暗花、印花、绣花、堆花、洒花、洒线、弹墨、椒蓝点子,飞了一地上,霓喜跳在上面一阵践踏。博赫雅也顾不得心疼衣料,认明霓喜的衣领,一把揪住,啪啪几巴掌,她的头歪到这边,又歪到那边,霓喜又是踢,又是抓,又是咬,他两个扭做一团,……

这场厮打导致霓喜被博赫雅驱逐出家门,但在场景的大肆铺陈中,与叙述者一致的隐含作者分明感到兴味盎然。这种津津有味的品鉴态度含着一种对他人人生遭际缺少同情而视之为娱乐对象的冷酷。它解构了作者试图表达的"她倒像是在贪婪地嚼着大量地榨过油的豆饼,……人吃畜牲的饲料,到底是悲怆的"[①]这一哀矜悲悯的主题。隐含作者这时缺少了"因为懂得,所以慈悲"[②]的大爱情怀,而对他人陷入倒霉命运有一种居高临下的冷漠,甚至感到快意。隐含作者与人物

---

① 张爱玲:《自己的文章》,载《张爱玲文集》第四卷,合肥. 安徽文艺出版社,1992 年版,第 177 页。
② 胡兰成《民国女子》引张爱玲语,见子通、亦清主编:《张爱玲评说六十年》,北京. 中国华侨出版社,2001 年版,第 26 页。

之间的关系此时并没有一种共在的亲切。隐含作者的冷漠，而非作品中人物的冷漠，亦非仅仅是叙述者的冷漠，这种态度在文本及其预期的阅读活动中都具有权威性质，难以被隐含读者审视，因此这一场景描写，并不具备《烬余录》中那个病人半夜死去时"我们大家都欢欣鼓舞"这一冷漠细节所具有的探索人性、理解生命的意义[①]。这种娱乐化的品鉴态度显然偏离了关爱生命这一更高的价值，背离了隐含作者与笔下人物主体间共在的原则。

张爱玲创作对笔下男女缺少善意态度的另一种表现方式是，有时把强烈的轻蔑、厌憎指向卑微的个人，使得创作风格流于刻薄。这经常体现在张爱玲有些关于人物身体的描述中。《琉璃瓦》中借心心的口说陈良栋"头发朝后梳，前面就是脸，头发朝前梳，后面就是脸"，已显现刻薄风格。随后的《留情》则集中展示了张爱玲这一"看不起她作品中的角色"[②]的写作态度。《留情》写的是再婚寡妇敦凤与丈夫米晶尧以及舅母家诸亲戚的灰色生活。全篇隐含作者对人物有一点理解、有一点悲悯，但占据主导地位的情绪却是轻蔑乃至厌憎。作品先直接描述敦凤，"包在一层层衣服里的她的白胖的身体，实哚哚地像个清水粽子"；随后隐含作者还单一地认同敦凤对米晶尧的感受，觉得"米先生除了戴眼镜这一项，整个地像个婴孩，小鼻子小眼睛的，仿佛不大能决定它是不是应当要哭。身上穿的西装，倒是腰板笔直，就像打了包的婴孩，也是直挺挺的"。隐含作者这种强烈的贬抑性叙述态度，居高临下地用在敦凤、米晶尧这样一对并无多大奸恶，只不过比较庸常、活得相当无奈的男女人物身上，便暴露出隐含作者对卑微生命缺

---

① 宋明炜的《浮世的悲哀——张爱玲传》和刘锋杰的《想象张爱玲——关于张爱玲的阅读研究》两本专著对这一细节的意义有深入探析。刘锋杰认为："从隐喻的意义上来看这里'生'和'死'的精神之战，'生'对'死'无论采取何种冷漠的态度，都是可以理解的。而'生'在'死'的面前的炫耀、贪婪、自私，正是'生'用以抵抗'死'的威胁的惟一方法，不如此，'生'就无法在'死'的包围中获得生存的希望与力量。同时，'生'对'死'的逃避，也反映了'生'的脆弱——它与'死'的任何接近与联系，都可能导致'生'在一瞬间的崩溃与毁灭，这与张爱玲所抱有的悲观主义人生观是一致的。"见刘锋杰：《想象张爱玲——关于张爱玲的阅读研究》，合肥．安徽教育出版社，2004年版，第388页。

② 杨照等：《永不消逝的华丽——告别张爱玲座谈会》，载《张爱玲评说六十年》（子通、亦清主编），北京．中国华侨出版社，2001年版，第236页。

少善意的刻薄态度。这种否定性的态度中并没有提示任何更高的价值原则，因此贬抑性的叙述语言就变成了一种阉割男女主人公主体性的暴力话语。

居高临下地品鉴他人生命伤痛，或居高临下地鄙视庸常男女，张爱玲在她的少数作品中把轻蔑的态度指向生存艰辛的芸芸众生。隐含作者此时摒弃同情，并不像尼采那样从"超人"的价值展望出发，对弱者提出更高的价值期待，从而达到关怀生命的目的。隐含作者与人物的关系就不免陷入了小市民之间"同而不和"、斤斤计较的庸俗刻薄立场。隐含作者此时展示的创作心态，其实不过是自我精神匮乏时对"外界"、对"他人"、对"非我"的隔绝。这种对他人的隔绝，在阉割人与人主体间共在这一更高的价值理想上与怨恨情结一致；它与怨恨情结的不同在于，创作主体未必有弱者的自卑心态，倒有一点居高临下的无端的精神优越感。这种对笔下人物缺少善意的态度，阻断了创作主体与笔下人物、与外部世界主体间共在的道路。

四　小结

综观张爱玲小说创作整体，她在多数时候，都能超越自我个体与性别的身份自恋，反思女性与男性心中的怨恨情结，批判伤害生命的文化力量，悲悯女性与男性的生命伤痛，赞赏心无怨恨、具有爱的能力的男女，从而在创作立场上建构起关爱生命、理解人性的更高的价值原则，在自我与外部男女世界之间建立起主体间共在的亲近关系；但在少数时候，隐含作者陷入对生命缺少关爱的刻薄态度中，以娱乐化的心态品鉴他人痛苦，漠然鄙视芸芸众生，放弃理解人性、关爱生命这一更高的价值尺度，把其他男性和女性均视为可憎的"他者"，隔绝了自我与外部世界主体间的共在关系。

一个作家在丰富的创作中呈现出多样的价值立场，这源于人性固有的复杂性。对人世关爱眷注与刻薄鄙视是张爱玲情感世界的两面。文学史定位总是取每一位作家创作的最高点，从这个角度看，张爱玲无疑以她关怀生命的价值理想和文学实践能力提供给中国现代文学史一份卓越的贡献。但文学史研究除了依据每一位作家的创作最高成就确定其历史地位之外，显然还有更为深广的任务。全面分析张爱玲创作对人与人主体间共在这一生存境界的守护情况、关注张爱玲创作对男女怨恨情结的审视、超越，显然有利于我们全面把握中国现代女性文学的精神特质。

原载《中国文化研究》2008年第1期

以女性风情阉割女性主体性

——对王安忆《长恨歌》叙事立场的反思[*]

《长恨歌》在书写"上海小姐"王琦瑶的一生时,把既日常又时尚的上海风情铺写得入肌入理。这体现了作家在把握地域文化特征、洞悉世态人情方面的卓越才情。但令人遗憾的是,隐含作者在营构女性人物关系时,认同了以情色等级、世俗精明程度评定女性生命价值的世俗观念;在设置男女人物关系时,欣赏的是女人自愿为女奴的乖巧、势利;在品鉴日常生活情味时,表露出的是对女性身上的奴性只有体恤没有反思的态度。这样,《长恨歌》文本就确定了它认同女性女奴身份的文化立场,完成了它阉割女性主体性的文化作用。

一

《长恨歌》主人公王琦瑶的故事分别在她与众女性、众男性的关系中展开。在王琦瑶与众多女性人物的关系设置中,隐含作者在价值立场上纵容了以色相等

---

[*] 本文所引《长恨歌》文本,全部出自王安忆:《长恨歌》,北京.人民文学出版社,2004年版。

级来区分女性生命价值、以世俗精明来睥睨生命真诚的世俗价值观念。

王琦瑶学生时代的女友有吴佩珍和蒋丽莉两个。这两个女同学的共同特点，一是长得丑，二是单方面忠诚于王琦瑶，三是不如王琦瑶精明。小说中提到：

> 吴佩珍是那类粗心的女孩子。她本应当为自己的丑自卑的，但因为家境不错，有人疼爱，养成了豁朗单纯的个性，使这自卑变成了谦虚，这谦虚里是很有一些实事求是的精神的。……王琦瑶无须提防她有妒忌之心，也无须对她有妒忌之心，相反，她还对她怀有一些同情，因为她的丑。……王琦瑶的宽待她是心领的，于是加倍地要待她好，报恩似的。

按照世俗观念说吴佩珍"本应当为自己的丑自卑的"，全知第三人称叙述者居高临下的语气相当冷静。这种冷静，使得这个句子的叙述态度显得复杂难辨。它表明叙述者可能是认可世俗观念而冷眼对待丑人，也可能是不动声色地讽刺了丑就应当自卑的世俗观念。这两重相抵牾的意味并存，叙述者在一定程度上既与丑人"应当"自卑这一世俗观念保持了距离，又与被这个观念所伤害的丑人保持了距离。接下来说吴佩珍"因为家境不错，有人疼爱，养成了豁朗单纯的个性"，是对丑人个性的肯定，仿佛超越了以美丑判断生命等级的世俗观念，但这句话其实不过是欲抑先扬，为下半句对丑人的贬抑做准备。下半句"这谦虚里是很有一些实事求是的精神"的判断中，隐含作者的立场完全倒向世俗价值立场，抹去了与世俗价值观念之间的距离，完全被"丑就应该谦虚"这一庸俗观念牵着鼻子走。以"实事求是"的陈述认可以美丑决定生命等级的世俗观念，那一点冷静中透出的漠然态度就单向度地刺向了丑人，不再在丑人与庸俗生命观念之间走钢丝追求平衡了。这第二个句子，尽管百转千回，事实陈述层次和价值判断层次的内涵都很丰富，充分显出了隐含作者体察人性的功力，也显示了隐含作者价值立场的多重性，但是隐含作者的核心价值立场还是认可了以美丑划分女性生命价值的庸俗观念。

"王琦瑶无须提防她有妒忌之心，也无须对她有妒忌之心，相反，她还对她怀有一些同情，因为她的丑"，显然不是人物独白，而是"即述即议"[①]，是叙述

[①] "即述即议"是徐德明在《王安忆：历史与个人之间的众生话语》中对王安忆叙事特征的总结。该文载《文学评论》2001年第1期，第34—41页。

者对人物关系的陈述,陈述中包含着叙述者对人物王琦瑶心理的揣摩,也包含着叙述者对人情事理的判断。叙述者的这一陈述、判断,是以女孩儿只要长得丑就没有什么值得自傲这一观念为立论前提的。显然,叙述者、隐含作者在对世俗观念放弃审视、批判而采取单一的理解态度时,就已经放弃了客观、中立的价值立场了,所以最终不免完全确认了这样的世俗逻辑:美女与丑女交朋友的心理基础是"同情",性质是"宽待";丑女对美女好则是"报恩"。

在文本后面的叙述中,吴佩珍想方设法讨王琦瑶的欢心,一直处在报恩的被动位置上;王琦瑶动辄给吴佩珍脸色看,一直按照自己的心绪决定着要不要接受吴佩珍的友情。而隐含作者、叙述者对美女的这种特权没有任何质疑,只是在貌似"零度"的叙述中予以全盘理解。这样,隐含作者便进一步确立了其评价女性生命价值的首要尺度是色相美。隐含作者终归默认了这样的世俗观念,即漂亮与否决定了女人尤其是未嫁女人的生命等级。

默认以色相美丑界定女性生命价值这种世俗观念的叙述态度,贯穿全书。它还体现在叙述者对王琦瑶与女儿薇薇的对比评价中,体现在张永红与薇薇的对比评价中。把色相美丑这种自然属性作为绝对尺度来界定女性生命等级,实际上就把女性的主体意识放在无足轻重的位置上,放逐了女性作为超越生物性存在的人的精神价值①。

凭着美色优势,王琦瑶不必把心掏出来与朋友相处;吴佩珍、蒋丽莉没有色相美,只能把心掏出来奉献给王琦瑶。她们除了心之外,还奉献出社会关系、家庭实力为王琦瑶挤进繁华世界服务。吴佩珍把王琦瑶引进电影片场,使王琦瑶获得了一次试镜机会,但王琦瑶终因自己不擅长表演而未成影星,这样吴佩珍就由于目睹了王琦瑶的失败而失去了王琦瑶施舍的友谊。蒋丽莉因为帮助王琦瑶选美成功,而终于在较长一段时间内维系住了王琦瑶施舍的友谊。但在隐含作者的叙事立场中,王琦瑶由冷酷和自恋所产生的种种小心眼,都成了女性的聪敏,叙述者在貌似客观的叙述中投之以温情的体贴、怜惜。而吴佩珍、蒋丽莉对朋友的热

---

① 李静在《不冒险的旅程——论王安忆的写作困境》中曾指出王安忆的写作有一种"社会生物学"的视角。该文载《当代作家评论》2003年第1期,第25—39页。

忧却成了缺心眼、傻帽儿，叙述者在貌似客观的叙述中投之以略带轻蔑的揶揄。

吴佩珍通过表哥的关系安排好带王琦瑶去电影片厂玩儿：

> 不料王琦瑶却还有些勉强，说她这一天正好有事，只能向她表哥抱歉了。吴佩珍于是就一个劲儿地向王琦瑶介绍片厂的有趣，将表哥平日里吹嘘的那些事迹都搬过来，再加上自己的想象。事情一时上有些弄反了，去片厂倒是为了照顾吴佩珍似的。等王琦瑶最终拗不过她，答应换个日子再去的时候，吴佩珍便像又受了一次恩，欢天喜地去找表哥改日子。其实这一天王琦瑶并非有事，也并非对片厂没兴趣，这只是她做人的方式，越是有吸引的事就越要保持矜持的态度，是自我保护的意思，还是欲擒故纵的意思？反正不会是没道理。吴佩珍要学会这些，还早着呢。去找表哥的路上，她满心里都是对王琦瑶的感激，觉得她是太给自己面子了。

王琦瑶如此拿捏造作，不过是要让自己在事情和人面前都占强势地位，至于说待人诚恳，那是不在她的自我要求之中的。然而，权威叙述者在貌似客观的叙述中，还是把一点温情投注给了王琦瑶，把一点嘲讽投注给了吴佩珍。王琦瑶的"矜持"到底"是自我保护的意思，还是欲擒故纵的意思？反正不会是没道理"这一揣测中，叙述者的语气显然是怜惜、理解王琦瑶的。可见，叙述者、隐含作者都愿意悉心理解王琦瑶操纵局面、拿捏朋友的小聪明，并不愿批评她没有真心待朋友的缺点。"吴佩珍要学会这些，还早着呢。去找表哥的路上，她满心里都是对王琦瑶的感激，觉得她是太给自己面子了"，这句话紧接在对王琦瑶的怜惜之后，联系上下文，应该可以排除作者为吴佩珍鸣不平的意味。显然，权威叙述者、隐含作者在貌似冷静中还是暗暗认同了把吴佩珍的真诚界定为不成熟、低智商的世俗观念，从而进一步确认了王琦瑶小聪明中"高处不胜寒"的"境界"。这样，在对女性生命价值的评价上，《长恨歌》在色相等级这一评价尺度外，又添加了世俗精明这一评价尺度。小说在人物设置上总是让女性的色相等级与精明等级成正比，这样，世俗精明这一尺度不仅没有瓦解色相等级尺度，反而对它起了加固作用。

在王琦瑶和蒋丽莉的关系中，王琦瑶原本看不上蒋丽莉这种长得不美、又带着文艺腔的同学，但考虑到蒋丽莉上流社会这一家庭背景，王琦瑶决定接受蒋丽莉的邀请。小说中提到：

> 她（指蒋丽莉）功课一般，却喜欢在课间看小说，终把眼睛看成了近视，戴着洋瓶底厚的眼镜，那样子越发不可接近。……她（指王琦瑶）不喜欢这种文艺腔的把戏，那些写在纸上的字句总有点叫她肉麻。……第二天，王琦瑶又在书本里看见一页信笺，淡蓝色，角上印花的那种，写着诗句般的文字，歌颂的是昨晚的月亮。王琦瑶不免心里有些起腻。

面对蒋丽莉因友情而流的泪，王琦瑶"心里倒有点好笑，也有点嫌烦，还有一点感动，是不得已，被逼出来似的感动"。

从王琦瑶这个"起腻""有点嫌烦"的立场上看蒋丽莉，蒋丽莉少女时代充满激情的友谊、对文艺的爱好就显得十分滑稽可笑。之所以"起腻""有点嫌烦"，是由于王琦瑶心中从来没有产生过和蒋丽莉共鸣的情感。这一是因为王琦瑶极度自恋，心中本就不容易产生忘我的友情；二是因为她原本和蒋丽莉就是两个世界中的人。王琦瑶是现实世界中的人，行为方式极为功利实际；而蒋丽莉则活在小说滋养的梦想世界中。然而，权威叙述者只是不断从王琦瑶这个"起腻""有点嫌烦"的立场上看蒋丽莉，却从没有站在蒋丽莉的"文艺性"立场上理解过蒋丽莉的激情和书卷气。这样，蒋丽莉的世界从来就没有获得和王琦瑶世界对话的权利。由于隐含作者、叙述者拒绝从蒋丽莉的视角看问题，蒋丽莉在小说中就一直没有获得表白心理逻辑的机会，这样，她和现实世界的不和谐，就只能按照王琦瑶的现实生存法则被归咎于性格的别扭。至于她的文学爱好、她的激情，是否有其梦想飞翔、超越现实的合理性，就不被关注了。叙述者体恤的只是王琦瑶因为蒋丽莉过分热情而让王琦瑶产生的压迫感。这就更加重了对蒋丽莉激情、文艺腔的否定、嘲讽。直至蒋丽莉病入膏肓、大限将至的时候，她那些抒写一生爱情之痛的诗句，虽然让王琦瑶深受感动，但王琦瑶的感动仍然只是在认定蒋丽莉是矫情者前提下的感动，包含着判断上的不公平。权威叙述者站在王琦瑶的立场上议论说："它们再是矫情，也因着天真而流露出几分诚心。"然而，蒋丽莉一生陷在无望的爱情中饱受折磨，怎么能说她是矫情的呢？判断蒋丽莉只是在矫情中还含着"几分诚心"，归根结底还是王琦瑶以及代表隐含作者立场的权威叙述者从根本上就认为刻骨铭心的爱就是矫情、写诗就是矫情。她们只相信现实生存层面上的患得患失，不相信激情。文中，尽管全知叙述者是以"混和着欣赏和挑剔的笔致"①来对待笔下人物的，显出隐含作者思维的辩证性；但显然，在叙事部分，对待美人王琦瑶的态度是"欣赏"、怜惜压倒"挑剔"，走向了偏袒，而对待文艺青年蒋丽莉则是"挑剔"、揶揄压倒了"欣赏"，流于刻薄。

整部小说中，叙述者、隐含作者对许多人的内心都有深切的探究和理解，哪怕像李主任这种包养情妇的阔人、像康明逊这种不能对自己的性爱负责的男人、像长脚这种谋财害命的杀人犯，叙述者、隐含作者都愿意去领会他们的生命逻辑。这体现出隐含作者探索人性的兴趣和理解人心的智慧深度。但唯有对蒋丽莉，叙述者只是让她一味地别扭，别扭一生。这种简单化的否定处理，是隐含作者的价值观使然。隐含作者此时的价值观，是认同现实性原则和厌憎诗性原则，是鄙视精神追求的。

尽管吴佩珍、蒋丽莉这两位丑女愿意无条件为王琦瑶服务，王琦瑶倒也并不想占便宜。王琦瑶一住进蒋丽莉家，就立刻帮她们家整顿好主仆秩序。"王琦瑶住进蒋丽莉家，还是和蒋丽莉搞了平衡。她是还蒋丽莉的好，也是还她的权力控制。这样，她们就谁也不欠谁，谁也不凌驾于谁了。"王琦瑶还的是现实的人情，而不是在情感上对蒋丽莉的友情做出回应。这虽说明王琦瑶不是不知好坏、不讲善恶的无耻之徒，但也说明王琦瑶的心是冷的。她遵循现实的人情报答规则而放逐真淳的情感。充分体恤她、不忍批评她的叙述者、隐含作者，在这一点上也就不免降到和她同一精神高度上了。

叙述者、隐含作者并没有让吴佩珍像蒋丽莉那样不得善终，而是把她最后一次亮相的形象定格为一个令王琦瑶羡慕的中产阶级太太。对吴佩珍命运的设置，暗暗透露出隐含作者"憨人有憨福"的宿命观念。这一隐隐的宿命观念，对贯穿全书的欣赏世俗精明的叙述立场构成补充。隐含作者、叙述者尽管认同吴佩珍的命运，但真正怜惜的还是王琦瑶那"心比比干多一窍"的世俗精明。

---

① 王晓明在《从"淮海路"到"梅家桥"——从王安忆小说创作的转变谈起》中评价王安忆的创作说："在她迄今为止所有描写上海弄堂生活的小说中，你几乎都能看到这种混合着欣赏和挑剔的笔致。"该文载《文学评论》2002年第3期。

二

王琦瑶与男性世界的关系首先是她与李主任这位阔人的关系。王琦瑶和李主任的关系有三个特点：首先，这种关系的本质是男性权势与女性情色之间的交易；其次，王琦瑶在这种关系中是一个被动屈从、完全没有主体意识的女奴；最后，王琦瑶是自主选择女奴道路的。致命的问题是，隐含作者是理解了而不是批判了这种男女关系。这样，《长恨歌》文本就确定了它认同女性女奴身份的文化立场，形成了它阉割女性主体性的文化作用。

乖觉可人是"沪上淑媛""上海小姐"王琦瑶女性风情的核心，但这种乖顺只体现在王琦瑶的公众形象上，体现在她与李主任这位权势男性的关系中，而不体现在王琦瑶与吴佩珍、蒋丽莉这些色相不如她的女性的交往中，也不体现在她与程先生、导演这些没有显赫权势的男性的交往中。小说中提到：

> 照片里的王琦瑶只能用一个字形容，那就是乖。那乖似乎是可着人的心剪裁的，可着男人的心，也可着女人的心。她的五官是乖的，她的体态是乖的，她布旗袍上的花样也是最乖的那种，细细的，一小朵一小朵，要和你作朋友的。

成为公众视野中乖顺、贴心的美女，是王琦瑶引起李主任关注的前提条件。王琦瑶终不过是李主任所宠幸的众多女人中的一员。对于李主任而言，"……女人还是那么不重要，给人轻松的心情，与生死沉浮无关，是人生的风景。女人也是李主任的真爱，但爱不是李主任的人生大业，连附丽都谈不上的，有点奢侈的意味。但因李主任有实力，便也谈得上奢侈了。""李主任的正房妻子在老家，……另有两房妻室，一房在北平，一房在上海。而与其厮混过的女人就不计其数了。"之所以心甘情愿做李主任的外室之一，"王琦瑶也不是爱他，李主任本不是接受人的爱，他接受人的命运。他将人的命运拿过去，一一给予不同的负责。王琦瑶要的就是这个负责。"显然，在与李主任的关系中，王琦瑶是不谈爱情、不谈平等的。她谈的是"恩"和"义"。这"恩""义"就是李主任充分保障了她生存的物质条件。她的相思、苦等，她单方面的忠贞不贰，便是对这所谓"恩""义"的回报。显然，王琦瑶是"一个依附与依赖男人、靠出卖色相来换取荣华富贵的依人小鸟"①。而且,在这个交换过程中,她又是恪守"女奴"道德的,决不把自己作为平等交易的主体去审视李主任的世界,去和李主任讨价还价,因为"李主任是权力的象征,是不由分说、说一不二的意志,唯有服从和听命"。王琦瑶凭着本能就明白,把女性的主体性压得越低、把女人的奴性发挥得越极致,就越有可能获得男性主人更多的宠爱,所以苦等李主任的时候,她连赌气也不敢。"赌气这种小孩子家家的事,怎么能拿来去对李主任呢?和李主任赌气,输的一定是自己。"在爱丽丝公寓的日子里,"王琦瑶从不追问李主任从哪来,又到哪去,政局和公务是她不懂也没兴趣的。李主任的私事,她又不便过问,过问也是没趣"。在朋友圈中自尊敏感、精明厉害的王琦瑶,在李主任显赫的权势、充足的金钱面前,变成了一个乖顺被动的"孩子",变成了一个毫不审视男性世界、决不把握男女关系局面的绝对被动者。她唯一的主动就是主动接受李主任的安排。

与张爱玲《倾城之恋》的女主人公白流苏有所不同,王琦瑶以把自己物化为男性消费品为谋生手段时,并没有生存状况的残酷性在背后逼迫着。她这样做,并不是为了维系基本的生存,而是为了追求平凡女性人生之外的浮华享受。这样,她的这一人生选择,就少了白流苏不得不为谋生而谋爱的无奈和苍凉,而多了一份只有物欲、没有灵魂者的精明、虚荣和卑贱。同样,她也少了白流苏不断审视范柳原内心的平等意识、不愿堕为男人情妇的自尊自爱。

王琦瑶借蒋丽莉的家事来阐述自己的人生观时说:"你母亲是在面子上做人,做给人家看的,所谓'体面',大概就是这个意思;而重庆的那位却是在芯子里做人,见不得人,却是实惠。"把妻子的名分看作虚名,把做外室当作女人的实惠,王琦瑶的人生选择不仅放逐了人的尊严,放逐了爱情,也放逐了女人的现实名分,她抓得紧紧的只是黄灿灿的金条,只是丰厚的物质利益。以美色谋生,以温驯邀宠,是王琦瑶的自由选择。这里,自由仅仅是自愿为奴的自由,违背了其维护人的主体价值的本意。

张爱玲在《倾城之恋》中为白流苏、范柳原设置港战这样一个隔断现实瓜葛

---

① 郑文晖:《王琦瑶身后的文化说明了什么——评〈长恨歌〉里的海派文化文本》,载《文艺争鸣》2004年第6期,第44—48页。

的特殊时空来激发他们的真爱，内中所含的价值尺度显然是合理的两性关系应该是超越现实功利的倾心相爱，尽管她几乎不相信这种爱在日常人生中能够实现。这其中就包含着隐含作者张爱玲对现实生存条件抑制理想之爱这一状况的质问、批判。然而，隐含作者王安忆在对爱丽丝风情的铺陈、赞赏中，恰恰认可了女性对物质利益的屈从、对理想爱情的放逐、对女性主体性的摒弃。"她们个个都是美，还是高贵，那美和高贵也是别具一格，另有标准。……她们的花容月貌是这城市财富一样的东西，是我们的骄傲。……她们是美的使者，这美真是光荣，这光荣再是浮云，也是五彩的云霞，笼罩了天地。那天地不是她们的，她们宁愿做浮云，虽然一转眼，也是腾起在高处，有过一时的俯瞰。虚浮就虚浮，短暂就短暂，哪怕过后做它百年的爬墙虎。"这便是隐含作者王安忆通过叙述者的评论为王琦瑶这些自愿入笼、连名分也不要、只想着实惠的"金丝鸟"们所唱的赞歌。尽管以浮云和爬墙虎这两个意象概括、展望这类女性的生存状况，可以看出隐含作者对这类以美色谋生的女性的命运并不乐观，但是她最终在价值取向上还是理解了她们追求短暂浮华、不计长久人生、泯灭自我主体意识的思路。"王安忆对王琦瑶的命运充满了怜香惜玉般的同情，对她的风情之美又充满了赞美。"[①] 理解、认同而不是批判、否定王琦瑶这种人生选择的隐含作者王安忆，也就放弃了悲悯女性生存无奈、关注人的主体性状况的精神高度。

三

隐含作者王安忆对王琦瑶的人生选择也不是全无反思的。李主任坠机而亡、时代变迁后，隐含作者借王琦瑶外婆的眼光怜惜地看着王琦瑶。"其实说起来，外婆要比王琦瑶更懂做人的快活。王琦瑶的快活是实一半，虚一半，做人一半，华服美食堆起另一半。外婆则是个全部。"这"全部"的做人的快乐——准确地说是做女人的快乐，隐含作者通过对外婆生命逻辑的理解把它概括为三个方面：

[①] 郑文晖：《王琦瑶身后的文化说明了什么——评〈长恨歌〉里的海派文化文本》，载《文艺争鸣》2004年第6期，第44—48页。

一是"女人的美",二是"女人的幽静",三是"女人的生儿育女"。"女人的美"和"女人的生儿育女",意思十分明了。"女人的幽静",隐含作者借"外婆"的思路把它解释为:女人"不必像男人,闹哄哄地闯世界,闯得个刀枪相向,你死我活。男人肩上的担子太沉,又是家又是业,弄得不好,便是家破业败,真是钢丝绳上走路,又艰又险。女人是无事一身轻,随着有福同享、有难同当便成了"。这三方面,做外室的王琦瑶缺的就是"生儿育女"的快乐,至于"女人的美"和"女人的幽静",她和外婆是一样的。从外婆的视角看,王琦瑶享受"华服美食",而不享受"生儿育女"的快乐,是"平常心已经没了,是走了样的心,只能领会走了样的快活"。这里,隐含作者王安忆显然是借外婆的立场对王琦瑶做"金丝鸟"的人生选择做出反思。"生儿育女"的快乐是"有名有实"的。"名"是母亲的身份,"实"是自然亲情。被命名为母亲可以克服"爱丽丝"女人因没有名分而难以进入社会秩序的尴尬。相形之下,"美食华服"如过眼烟云,终是虚幻。无名的女人,再美也终是浮云,终要变成无奈的爬墙虎。隐含作者此时的立场显然与前面理解王琦瑶选择做爱丽丝女人的立场形成对话,在一定程度上显出文本在价值指向上的多元性。但这个多元,显然只在女人到底应该选择短暂的浮华还是选择持久平常的欢乐之间进行换位思考,而始终没有思考无论是短暂的浮华还是持久平常的欢乐都以依附于男性为前提,始终没有对王琦瑶跪拜于男性权势之下、跪拜于金条面前的无主体性状态做出反思。"如果说文学的重要价值之一,就在于打破世俗等级规范加诸人类的物质羁束,代之以……精神平等与灵魂自由,那么王安忆的近年作品则表明她已放弃这一价值路向,转向了对世俗规范和现实秩序的认同。"①《长恨歌》正好印证了这一评价。

"女人的幽静"、女人的"无事一身轻,随着有福同享、有难同当便成了",是王琦瑶与外婆共同的欢乐,也是隐含作者认可的女人的欢乐。然而,这种欢乐是女人放弃承担人生的欢乐。在对这种欢乐的认同中,隐含作者回避了人如何对待自我的问题,也回避了男女两性如何相互对待的问题。这种"嫁鸡随鸡,嫁狗

---

① 李静:《不冒险的旅程——论王安忆的写作困境》,载《当代作家评论》2003年第1期,第38页。

随狗"式的思路,不追问女人放弃进入社会历史是否会带来压抑感、是否会带来主体被分裂的痛苦,不追问是否每一个男人都愿意有福同享,不追问是否每一个男人都值得有难同当。设想女人只要愿意放弃进入社会历史,便能"随着"男人"有福同享,有难同当",显然是把男女关系简单化的见识,蒋丽莉的母亲没法拴住丈夫的身心就是最直接的例证。在女人放弃主体人格尊严、放弃进入社会历史便能"无事一身轻"的乌托邦想象中,隐含作者王安忆此时确实成了回避女性生存真相的"逃避者"[①]。

  历尽沧桑之后,王琦瑶以朴素的形象出现在平安里。与康明逊恋爱,似乎是她从追求无名的浮华走向追求平常欢乐的开端。康明逊尽管是富家子弟、大学毕业生,但王琦瑶和他恋爱显然是基于两人的相知,并不是高攀富家以求浮华。康明逊的魅力表现在两方面:一是他在朋友圈中处事大方,二是他理解、体恤了王琦瑶弱者自卫的小心眼。但他们两人有缘无分,只圆了一段野鸳鸯的梦,虽留下一个女儿,却没有让王琦瑶完全享受到外婆所说的"有名有实"、未失"平常心"的人生欢乐。这根本的原因是,康明逊那颗与王琦瑶息息相通的心,其实是弱者只能顾及自己、不能承担爱情的自私的心。因自己是妾生的孩子,在孩提时代,康明逊"一颗小小的心里,其实全是倚强凌弱,也是适者生存的道理"。"他和王琦瑶其实都是挤在犄角里求生的人,都是有着周转不过来的苦处,本是可以携起手来,无奈利益是相背的,想帮忙都帮不上。"王琦瑶虽是美色佳人,但因曾是阔人外室,按照世俗观念显然属于生命价值已经贬值的女人之列,不符合康明逊家庭对媳妇的要求。因此,康明逊只能对王琦瑶说"我没有办法","我怕我是心有余而力不足"。有意思的是,王琦瑶对这种没有担当的男人只有体恤,没有质问。归根结底是因为他们俩本都是不能承担自己人生的无主体性的人,所以,王琦瑶心中并没有人不应该向世俗低头的观念,也没有关于自我人格完整的观念,自然就不会去质问康明逊对家庭的妥协。"像我这样的女人,太平就是福,哪里还敢心存奢望?"这里,王琦瑶表达的不是对自己过去攀附男性的无主体性状态

[①] 李静在《不冒险的旅程——论王安忆的写作困境》中说:"看得出,王安忆在主流意识形态和商业文化的重重包围下一直作着可贵的突围努力而逐渐走向经典化,但我却认为她成为了一个'逃避者'。"该文载《当代作家评论》2003年第1期,第25页。

的反思，表达的恰是对世俗社会认为自己生命已经贬值的看法的认同。这种认命的态度，展示的是主体再度沦陷的昏昧状态。它不可能使王琦瑶的生命迸发出凤凰涅槃式的再生力量，而只能使王琦瑶由过去的凭色相攀附浮华走向因屈从世俗而不敢奢求完整人生。体恤康明逊的王琦瑶仍然不是一个人格完整的、富有主体性的女人。她与康明逊的心心相印，不过是奴在心者之间的息息相通。她对康明逊的迁就、纵容，不过是女人自轻自贱之后的委曲求全、妥协退让。

权威叙述者和隐含作者怜惜王琦瑶这种妥协退让的态度，体恤她作为弱者在小处自卫的小心眼，却没有审视、否定她在自我生命价值这个大是大非问题上认同世俗观念的自轻自贱。这样，作品也就在精神向度上向世俗观念妥协，达不到提升生命价值、维护生命尊严的高度。

终其一生，王琦瑶在与相恋的男人的关系中，始终都没有建构出强健的主体意识。她不能以主体的尊严对待自己的生命，也不能以主体的责任要求异性。直至最后与老克腊相恋，她为维系这种关系所做的最大努力便是捧出那个装着金条的雕花木盒。她延续的还是以物质利益与青春情爱做交换的思路，只不过这时她已经转换成了付钱的消费者和乞求者。她至死也没有否定把人物化、把性爱物化的观念。此时，权威叙述者和隐含作者尽管也通过间接引语让她直接向老克腊表达了自己的寂寞，但小说最后一章已经减少了王琦瑶心理描写的密度，也较少从王琦瑶的视角来叙述人事，而更多地聚焦于老克腊的心理，更多地从老克腊的视角来感受爱欲与年龄的冲突，感受王琦瑶的衰老以及与这个衰老不相协调的欲望。这样，王琦瑶的寂寞和欲望，就显示出压迫老克腊心理的特质，显得既可怜又可鄙。叙述视角、叙述距离的这一转变表明，权威叙述者和隐含作者已经拉大了与王琦瑶的距离。但拉大距离之后，权威叙述者和隐含作者所审视、否定的并不是王琦瑶物化的性爱观念，而是她的年龄衰老与美色衰退，因为叙述者所依赖的视角人物老克腊觉得自己与王琦瑶的距离只在于其年龄衰老与美色衰退。老克腊最后一次离开王琦瑶，"有一种死到临头的感觉"，不过是因为他觉得自己在时空上"没赶上那如锦如绣的高潮，却赶上了一个结局"，而不是因为他觉得王琦瑶物化的情爱观念有什么不对。总而言之，叙述者既没有让老克腊对王琦瑶物化的性爱观念做出审视、批判，也没有超越人物视角对王琦瑶物化的性爱观念做出否定性评论。

以美色作为生命资本的王琦瑶,终因年老色衰被隐含作者和权威叙述者抛弃了!小说的结尾,叙述者还通过长脚的视角加强了对王琦瑶年老色衰的厌弃态度:

> 这时他(指长脚)看见了王琦瑶的脸,多么丑陋和干枯啊!头发也是干的,发根是灰白的,发梢却油黑油黑,看上去真滑稽。

在年老色衰方面厌弃王琦瑶,而不反思王琦瑶把性爱物化的人生观,隐含作者在此时再次显出了其生命观念的庸俗。

四

在《长恨歌》文本中,王琦瑶真正富有精神向度的事有两件:一件是不畏忌世俗观念,以独身女人的身份生养了女儿薇薇;一件是在与程先生的关系中不混淆恩义与情爱的界限。决定把女儿薇薇生下来,是因为王琦瑶在去医院的路上想到"她其实什么都没有。连这个小孩子也要没有了,真正是一场空呢"。留下肚里的孩子,是她正视自己的生存境遇后做出的选择。这种选择,承接了外婆关于女人"生儿育女"的快乐的人生观,而剥离了外婆关于女人依附于男人随之"有福同享、有难同当"的人生观,同时还对抗了世俗观念对单身女人的性爱限定,因而包含着精神自主的内蕴。然而,隐含作者在这一件事的叙述中尽量回避了王琦瑶与世俗舆论必然有的冲突。权威叙述者强调平安里的"经验丰富",强调平安里女人对王琦瑶的"艳羡",这种对弄堂舆论的简单化想象,在最大限度内保全了王琦瑶与世俗民间社会的和谐,尽量消解了王琦瑶这一行为对抗世俗的意义,从而在艺术表现上尽量抑制住王琦瑶在这件事上所达到的主体自强的精神力度。

与程先生结婚,本是王琦瑶后半生最实惠的选择。但在孩子的"满月酒"上,"程先生听她只说恩义,却不提一个'情'字,也知她是借了酒向他交心的意思,……"。严格区分恩义与情爱,王琦瑶尊重了自己内心的情爱感受,也对程先生做到了坦荡无欺。王琦瑶此时在处理与程先生的关系上,显然完全不同于面对李主任时以恩义统一情爱的实惠态度，完全不同于对待萨沙的欺诈态度，也不同于自己在"上海小姐"时代把程先生作为"垫底"的功利态度，而显出超越世俗功利的精神风骨。然而，不久，隐含作者又让王琦瑶摸着那个装着金条的木盒"感伤地想：她这一辈子，要说做夫妻，就是和李主任了，不是明媒正娶，也不是天长地久，但到底是有恩有义的"。隐含作者让王琦瑶在处理与程先生的关系时来一个短暂的精神超拔之后，又让她迅速回归到了固有的实惠至上的两性关系立场上来。

总之，《长恨歌》书写王琦瑶这样一个不关注社会历史的女性的一生，小说在总体价值取向上屈从于以色相美的等级来衡量女性生命价值、以世俗的精明来睥睨生命诗意的世俗观念；在探讨女人的人生道路方面，作品徘徊在女人到底应该追求浮华还是应该安分守己这两端，总体上是体恤了女人为了物质享受出卖情色的精明、卑贱，并不反思女人把自己物化的自轻自贱。王琦瑶短暂的两次精神自强和人格自尊，因为她自己的迅速回归和叙述者的抑制性表达，终未能构成小说的精神突围。作品在总体价值取向上是放逐女性的主体意识的。这样，《长恨歌》对王琦瑶独特女性世界的书写，不仅没有以女性的生命尊严质问、颠覆以男性为中心的文化传统，反而以女性风情的充分舒展，强化了女人是男性世界情色点缀的观念，加固了男权文化物化女性、奴化女性的观念。尽管就题材而言，《长恨歌》确实另辟蹊径，令人耳目一新，其间作家对世态人情的把握亦卓富才情。然而，它终不过是一个阉割女性主体性的文本。

原载《扬州大学学报》2007年第1期

男性创作的性别意识

哪一种传统观念？哪一种现代意识？

——《玉梨魂》的男性至情观[*]

徐枕亚的骈文小说《玉梨魂》1912年在上海《民权报》连载后，成为当时最为畅销的小说。小说的核心内容是书生何梦霞与年轻寡妇白梨影（又称梨娘）相恋，梨娘安排何梦霞与小姑崔筠倩订婚，最终酿成三人相继而亡的悲剧。《玉梨魂》因是鸳鸯蝴蝶派的开山之作而被纳入旧派小说的范围，长期评价甚低[①]。20世纪80年代以来，学术界开始重新评价通俗小说的价值，一些论文主要从三个相关联的方面发掘《玉梨魂》的积极意义：一是认为《玉梨魂》突破封建礼教的束缚，关注了寡妇婚恋这个重要的社会问题；二是认为《玉梨魂》从儿女情中生发出国家、革命观念；三是认为《玉梨魂》提出了恋爱自主的主张。

本文认为儿女私情与国家大义的结合、寡妇的恋爱婚姻问题均非该小说的

---

[*] 本文所引《玉梨魂》文本，全部出自吴组缃、端木蕻良、时萌主编：《中国近代文学大系第2集·第8卷·小说集六》，上海．上海书店，1991年版，第426—595页。

[①] 周作人在1918年7月15日发表于《新青年》上的《日本近三十年小说之发达》一文中说："……《玉梨魂》派的鸳鸯胡蝶体，《聊斋》派的某生者体，那就更古旧得厉害，好象跳出在现代的空气以外，……"见周作人著、止庵校订：《艺术与生活》，石家庄．河北教育出版社，2002年版，第147页。

核心主题。《玉梨魂》的核心主题有二：一是探讨了男性该不该对没有再嫁可能的寡妇忠贞不渝这个问题，二是宣扬了婚姻恋爱必须自主的主张，并在这一主张中贯彻了现代人权思想。就第一个主题而言，《玉梨魂》的男性忠贞内涵在以往研究中一直未曾得到发掘。本文认为，《玉梨魂》在赞赏男性忠贞之情与认同儒家正统家庭观念之间构成了一种思想张力，在赞美男性忠贞之志与认可寡妇不可改嫁原则中对男权传统既有颠覆又有遵从。就第二个主题而言，《玉梨魂》在"五四"之前就明确主张婚姻必须由当事人自己做主，其积极意义自不可否认，现有研究成果对其正面价值已有深入的阐释，但对《玉梨魂》所宣扬的婚姻自主观流于教条化、造成小说后半部心理描写不如前半部成功这一特点，以往研究则鲜有关注。

本文努力把《玉梨魂》文本放在民国初年的文化语境中考察，阐释《玉梨魂》到底继承了哪一种传统观念，又阐发了哪一种现代意识，从特定角度探究民国初年文学情爱观念的变化。

一　寡妇可以恋爱不可以再婚的婚恋伦理

虽然寡妇之恋确实是《玉梨魂》的写作题材，但寡妇的婚恋权利并非《玉梨魂》真正要探讨的问题，尽管这个问题在清末民初已经受到广泛关注，并在随后的"五四"时代引起了热烈讨论。小说以分裂的态度对待礼法与人情，在完全遵从"妇无二适之文"礼教规范与充分肯定才子才女恋爱权利之间形成矛盾。其对才子才女恋情的肯定并没有导向对寡妇是否可以再嫁问题的探讨。与这一保守的思想倾向并存的是，通过抒写两性以心灵共鸣为基础的爱情境界，小说又呈现出现代人文特质。

首先，小说始终把何梦霞与白梨影的恋情控制在寡妇不可再婚的原则之内，并视之为天经地义，小说由此表现出遵从礼教的思想特点。第一，在恋情发生发展过程中，女性人物白梨影始终恪守"未亡人"不可再婚的礼教原则。梨娘给何梦霞的第一封信，就把彼此的"知己"之情期许为"碧落黄泉，会当相见"

的"来世情缘",而主张在现世中把二人关系转化为"先生"与"女弟"的关系。后来,梨娘安排小姑崔筠倩与何梦霞的婚事,显然也是把自己不能再婚视作无可改变的前提。最后,梨娘"惟求速死"以成全崔筠倩与何梦霞的婚事,同样表明她从没有逾越"寡妇不可再婚"这一礼教原则之心。第二,男主人公何梦霞也一直把寡妇不可再婚的礼教原则视为天经地义。何梦霞不愿背叛与梨娘之间的爱情,拒绝与筠倩成婚,甚至愿意孤身一辈子,愿意殉情而死,却从没有与梨娘结婚的"非分之想"。"妇无二适之文"是他心中不可逾越的教条。第三,最为重要的是,隐含作者丝毫没有质疑梨娘、何梦霞遵从"寡妇不可再婚"这一礼教原则的行为。小说固然哀人物之不幸,却并没有怒人物在这一点上之不争。隐含作者与人物在遵从"妇无二适之文"这一礼教原则的立场上完全一致。正如袁进所言:"礼教在他(指徐枕亚)的心目中仍然是至高无上的权威。"① 这样,小说实际上并没有把寡妇不可再婚当作社会问题提出来,也并没有产生质疑"寡妇不可再婚"这一礼教原则的启蒙立场。

其次,小说承袭并发展了才子佳人多情的文化传统,肯定寡妇的恋爱权利,建构了两性心灵相知的爱情境界。小说虽然把"寡妇不可再婚"视为天经地义的伦理规范,却完全认同梨娘与何梦霞的无果恋情,并不质疑寡妇的恋爱权利。第一,小说关于何梦霞与梨娘恋情的抒写在才子佳人故事模式中展开②。作品虽然并没有直接批评"寡妇不可恋爱"的封建礼教,却从才子佳人风流多情这个源远流长的中国古典文学母题中寻找到了疏离"寡妇不可恋爱"礼教桎梏的精神资源。清代才子吴震生曾在《西青散记序之前》中表达了男性心目中理想的才女佳人的标准:"夫色期艳,才期慧,情期幽,德期贞。"③《玉梨魂》中,梨娘为

---

① 袁进:《觉醒与逃避——论民初言情小说》,载《二十世纪中国文学史论·第三卷》(王晓明主编),上海.东方出版中心,1997年版,第258页。
② 徐德明指出:"明代的才子佳人小说经过清代,走上了狭邪的道路,到徐枕亚才又回到了良家妇女意义上的佳人。但有个本质的区别,就是这已不是'佳话',而是'哀话'。"见徐德明:《中国现代小说雅俗流变与整合》,北京.社会科学文献出版社,2000年版,第126页。
③ 吴震生:《西青散记序之前》,载《贺双卿集》(杜芳琴编),郑州.中州古籍出版社,1993年版,第245页。

"二十余绝世佳人也"。何梦霞见她夜晚在梨花树下哀哭,"既惊其幽艳,复感其痴情,又怜其珊珊玉骨,何以禁受如许夜寒"。接着,梦霞又从"诸婢媪"口中进一步得知梨娘是"多才之女子,其抚孤足与画荻之欧阳媲美,其敏慧又足与咏絮之道韫抗衡"。也就是说,色、才、情、德俱全的梨娘正集合了明清以来才子对才女佳人的完美期待。把这一完美佳人想象为年轻的寡妇,固然有现实本事的影响[①],同时也是由于青春守寡是女性最悲苦的人生境遇,因而能最大限度地满足落魄书生的怜惜之心,也能最大限度地满足才子在共通悲感中所激发的自怜之心。此外,梨娘处处为何梦霞的前程着想,既愿意出资帮助他东渡日本留学,又设身处地帮他安排婚事,亦是传统才子佳人故事中女性辅佐男性这一故事模式的延续。第二,小说在薄命佳人与落魄书生共通的命运悲感书写中,建构了两性心灵相知的现代爱情境界。这里,现代并非一种时段上的划分,而是一种文化内涵的辨析。传统情爱观主要是在礼法与情欲的平衡、调节中构建出或偏于维护礼法或偏于认同情欲的不同观点,而现代情爱观则建构了两性心灵相知的情爱境界。现代情爱观萌芽于明代文学,到清代的《红楼梦》才真正确立。尽管《红楼梦》建构了两性心灵相知的现代情爱境界,但这并不意味着《红楼梦》之后的文学作品在情爱问题上都现代起来了。事实上,《红楼梦》之后,许多文学,包括当代的《废都》等,仍然延续着仅仅把女性当作色欲对象的前现代观念,因此《玉梨魂》的这一现代情爱境界建构便十分可贵。到清末民初,受《红楼梦》的影响,才子佳人小说中的佳作已经突破了唐代《莺莺传》那种才子消费美女、又鄙薄消费对象的浅薄男女关系模式,赋予才子才女多情痴情的内涵,而对情的细致描写中已经赋予了男女两性心灵共鸣的现代爱情内涵,尽管有时二人共鸣的精神内容仍不脱礼教规约。《玉梨魂》正是这种在才子才女风流的传统内生发出两性心灵相知的现代爱情特质的代表作。也正是在这个意义上,《玉梨魂》的男女主人公每每自觉地以《红楼梦》中的贾宝玉、林黛玉为楷模,他们显然不是欣赏宝黛批判世俗的思想力量,而是痴迷于宝黛的多愁多情特质。第三,小说将男女之间的

---

① 袁进在《过渡时代的投影——论〈玉梨魂〉》一文中说:"《玉梨魂》不是杜撰的香艳故事,其中有着作者的亲身经历。"见《社会科学战线》1988年第4期,第279页。

情与欲严格区别开来,在肯定情的同时否定欲,从而表现出一定的道德保守性。尽管梦霞首次情挑梨娘时说"……余独宿无聊,寝不成寐……",含有明显的欲望挑逗意味,但此后二人缠绵悱恻、地久天长的恋情便完全与情欲隔绝。小说强调"梨娘固非文君,梦霞亦非司马,两人之相感出于至情,而非根于肉欲",强调"梨娘系出大家,今为孀妇,非荡检逾闲者可比",以对欲的否定建立起才子才女恋情的道德优越感。这种与现实本事完全相反的道德建构[①],"恐怕是出于一种应付外界压力的'需要'。他(指徐枕亚)的小说在'发乎情'方面已经写到了极限,他一定要在'止乎礼'方面取得一种'平衡'"[②]。这表明作者承受着礼教的巨大压力,难以从观念上疏离礼教规训,难以正视两性之爱中情与欲不可强行割裂的人性特点。第四,小说还借周围人羡慕、赞赏的态度,从侧面展示了肯定才子佳人风流多情传统的立场。尽管小说写到恋情被同事李某所窥测后,梨娘、梦霞均万分紧张,唯恐玷污梨娘的寡妇"名节",唯恐"丑声""洋溢乎全邑"。这说明人物及作者都深知寡妇恋爱是违背礼法、不为当时社会舆论所容的,人物及隐含作者面对礼教压力时也没有自觉批判礼教的现代启蒙思想。但另一方面,小说中的正面人物则对梨霞之恋表示艳羡。梦霞兄长剑青读到"梦霞与梨娘唱和之诗词、往返之函牍","惊喜交集";梦霞朋友石痴听到梦霞与梨娘的"奇缘",感叹说"殊令人羡极而妒","虽云恨事,亦艳事也"。这正从侧面再次体现了小说赞赏才子才女风流艳事的态度。这种艳羡态度虽然包含着"情皆轨于正,语不涉于邪"的道德评判立场,却仍不免轻佻浅薄,但也同样蕴含着疏离"寡妇不可恋爱"封建礼教的能量。实际上,"寡妇不可恋爱"的礼法与才子才女可以风流多情的愿望,长时间内都是中国文化中相对立而并存的两个方面。隐含作者的内心激情显然维系在后一点上,却也无心去驳斥前一点,只是尽量对前者视而不见,自顾自地在情的礼赞中抒写自己心中的才子才女风流之块垒。

总之,《玉梨魂》在不违背"妇无二适之文"礼教原则的道德禁忌内充分认

---

① 据徐枕亚与陈佩芬的情书,两人的恋情并非止于情,而包含着欲的满足。时萌的《〈玉梨魂〉真相大白》一文对此有详细考证。原载《苏州杂志》1997年第1期;转引自范伯群主编:《中国近现代通俗文学史》,南京.江苏教育出版社,2000年版,第272页。

② 范伯群:《中国现代通俗文学史》(插图本),北京.北京大学出版社,2007年版,第143页。

可落魄才子与青春寡妇之间的恋情，在肯定男女至情的同时又严厉否定两性欲望。"作者试图通过'发乎情止乎礼'来调和'情'与'礼'的冲突，但他对情与礼的看法都是矛盾的。"[①] 对礼教既有所遵从又有所违逆，而且并不追问其遵从与违逆之间存在什么不可调和的矛盾，《玉梨魂》承袭了中国文学中以分裂的态度对待礼法与人情的一脉传统[②]。正因为不追问其中的价值矛盾，《玉梨魂》文本虽然以寡妇婚恋为题材，但并没有把寡妇是否应该有再婚权利、寡妇是否应该有恋爱权利当作需要正视的问题进行正面探讨。在隐含作者的意识中，寡妇不可再婚是不能违背的礼教，寡妇恋爱却属于可以私下悄悄做、可以在小范围内沾沾自喜而不可以在社会舆论层面上公开言说的事。因此，文本以寡妇婚恋为题材，自然容易引发读者进一步去思考礼教是否合理的问题，但作家的写作立场本身并没有表现出自觉的反礼教意识。而在才子佳人之恋中写出了两性心灵共鸣的现代爱情境界，"以'情'的痛苦方式作了'五四'时期'灵的文学'的先导"[③]，仅就这点而言，《玉梨魂》在思想性上便超过当时流行的一般言情小说、狭邪小说。

二 至情赞歌与《玉梨魂》的俗文学特质

何梦霞是带有自叙传色彩的、为隐含作者所赞赏的至情书生。其至情特质展开为两重：一是在怜花葬花中表现出对生命的敏感，二是在对梨娘的忠贞不渝中体现出对爱情的执着。这两节着重分析其在怜花葬花、自怜自惜中表现出的至情特质。

《玉梨魂》对何梦霞怜花之至情的描写，把中国传统书生柔弱敏感的阴性气

---

① 袁进：《过渡时代的投影——论〈玉梨魂〉》，载《社会科学战线》1988 年第 4 期，第 280 页。
② 段江丽在总结其明清小说研究结论时指出："在具体的家庭生活中，人们对传统礼法观念有遵循的一面，也有背离的一面。……而最重要的是，礼法与人情之间本身就存在'重合'与'分离'的复杂关系。"见段江丽：《礼法与人情——明清家庭小说的家庭主题研究》，北京．中华书局，2006 年版，第 214 页。
③ 徐德明：《中国现代小说雅俗流变与整合》，北京．社会科学文献出版社，2000 年版，第 123 页。

质发挥到了极点。落魄书生何梦霞自觉以《红楼梦》中的林黛玉为榜样，见梨花半残而流泪，负囊扫花，"且扫且哭"，又筑冢葬花，洒洒酹花，为梨花赋诗立碑，在梨花冢前"哭不成声"，其泪水"点点滴滴，沁入泥中，粘成一片"。他不仅眼泪与林黛玉一样多，体质也与林黛玉一样柔弱。扫花哭花葬花后便"瘁心惮力""体倦欲眠"。他赏花的审美品位独偏寒残，也颇似林黛玉之孤高。"人之所弃，彼独爱之；人之所爱，彼独弃之"，窗外有一株落白满地的梨花，又有一株"红艳欲烧"的辛夷，他"独注情于梨花而忘情于辛夷"，是因为"凄凉身世，黯淡生涯，偏与此薄命之梨花无端会合"。

何梦霞在怜花葬花中反复叹惜自己"身世之萍飘絮荡"，飘零的梨花成了自我生命的象征。怜花惜花既是审美的敏感，也是自我生命的敏感。作者把是否具有审美品味、是否能反观自我生命并感慨自我生命视为评价雅俗的标准，认为不解赏花爱月的人是"无情之俗物"，而"世之多情人，无不钟情于花月"。在这里，情的内涵被确定为审美能力与对自我生命的敏感度的结合，而情又成了品藻人物雅俗的标准。越是能够在怜花惜月中自怜自恋，在《玉梨魂》中便越是多情的高品位之人。"才美者情必深，情多者愁亦苦"，这样，在作者的眼中，才、情、愁便有了相同的内涵。而何梦霞便是作者心目中理想的"才人也、情人也，亦愁人也"。

然而，评价文学之雅俗却在能否赏风吟月、能否自我怜惜之外另有标准，关键是看文学作品在礼赞自我生命之敏感中是否蕴含了超越世俗功利的思想力量。

首先，小说对何梦霞人生抱负的书写，并不包含超越世俗功利的内涵。何梦霞自诩为"青陵恨人"，其伤心之怀抱却仅仅指向个人命运之不济，并没有建构出超越世俗功名的价值观。除爱情之外，何梦霞最深的人生感慨便是怀才不遇。当然，如果作家对何梦霞的才华展开细致描述，便有可能流露出人物对民族、国家、文化的独到见解，从而充实作品的思想分量。但实际上，《玉梨魂》并没有刻意显示何梦霞到底具备了哪一种救国济民的抱负或思想文化方面的见解，只是把笔墨重点放在抒写他人生处境不顺的抑郁悲哀上，只对何梦霞抒情的文才做了充分展示。科举时代，何梦霞未得功名；科举刚刚废弃的时代，何梦霞又不能像朋友秦石痴那样东渡留学，只能"潦倒作猢狲王"。令他自己伤怀、令梨娘为他叫屈的，只是个人的"命之丰啬，境之顺逆"。这样，何梦霞"尔之命恶如漏卮""尔何依旧守茅茨"的深切哀痛便不具备屈原、贾谊忧国忧民的思想境界，其自我生命敏感的内涵不过是个人功名不遂的世俗悲哀，并不具备超越性的思想力量。"梦霞虽薄视功名，亦曾两应童试，皆不售，抑郁无聊，空作长沙之哭。"这里，虽然也介绍何梦霞"薄视空名"，但后面紧随的一句因童试不第而抑郁痛哭的矛盾性叙述便消解了"薄视空名"的可靠性。"薄视空名"的介绍性话语，由于与前前后后关于何梦霞具体心境的抒写都不相契合，可能不过是隐含作者对中国文化中文人超俗话语的机械性挪用，并未渗入人物性格的深层描述中。小说第五章，梨娘遣儿送及第花，何梦霞表示不喜欢、不接受，并非是睥睨花名中仰慕功名的世俗气息，而是"不觉触起十年前事，淹滞之感，沦落之悲，兜上心来，旧恨新愁，并成一种"。

正因为在何梦霞的性格刻画中未曾建构出超越个人功名的心怀国家的精神向度，小说结尾让何梦霞在武昌起义中牺牲，使缠绵悱恻的"儿女情"挂上国家、革命这独具时代特色的"英雄气"，便显得十分突兀和概念化，不过是作家对当时流行的革命话语的简单挪用[①]。儿女情与革命话语在《玉梨魂》文本中的连接显得十分生硬，真正具有艺术感染力的仍只是其儿女情，而不是崇高悲壮的英雄气和革命思想[②]。但这种生搬硬套革命话语、国家话语的做法，也正好从一个侧面反映出"儿女情"与"英雄气"的结合是清末民初情爱话语的流行方式。[③] 也正因为这种革命话语不是来源于作家的激情深处，只不过是作家对社会流行观念

[①] 徐枕亚为南社社员，创作《玉梨魂》时正担任上海革命报刊《民权报》的编辑，可高密度地接触到当时的革命舆论。

[②] 刘剑梅曾指出："为国捐躯给这个爱情故事加上了一个光明的尾巴，但是，它也只是男女间爱情走到极致的装饰物。很明显，主人公是为情而不是为了高尚的国家主义或者民族主义的原因而死。"见刘剑梅著、郭冰茹译：《革命与情爱——二十世纪中国小说史中的女性身体与主题重述》，上海．上海三联书店，2009年版，第21页。

[③] 龚鹏程在《侠骨与柔情——近代知识分子的生命形态》一文中说："箫心和剑气，都显示了生命的激情状态，也表现了晚清民初知识分子中普遍的英雄儿女之情。"见龚鹏程：《中国文人阶层史论》，兰州．兰州大学出版社，2004年版，第305—306页。

的简单套用①，所以，徐枕亚"后来创作的《兰闺恨》《余之妻》等作品尚保留了浪漫遗韵，但已无早期的革命／民族意识"②也就顺理成章了。

其次，小说在何梦霞的自我生命之敏感中也没有建构出批判世俗社会的思想力量。何梦霞的自我生命之敏感，既包含对自己人生理想能否实现的感触，也包含对自己与周围人关系的体验。"梦霞离故乡来客土，以乖僻之情性，操冷淡之生涯，自知不合于时，到处受人白眼。"《玉梨魂》欲标榜何梦霞孤高不群的特质，但不仅没有向内拓展发掘何梦霞有何卓尔不群的思想，也没有向外审视，使文本产生批判社会庸俗的力量。小说既没有阐释梦霞所不合的"时"是什么，也没有描述别人到底如何给命运不济的梦霞以"白眼"。这样，《玉梨魂》文本并没有在社会文化思考方面建构出超越世俗的精神资源。给人物梦霞以及梨娘身上贴上性情"乖僻""不合于时"的标签，实际上也不过是作者对林黛玉高洁人格的皮相式的模仿。

由此可见，尽管充满吟风弄月的风情，充溢着才子文人怜惜自我生命的敏感，但因缺少超越世俗功利的思想力量，《玉梨魂》的至情描写在表面的风雅中仍然藏着一颗世俗的心。《玉梨魂》文本似雅实俗的另一个重要因素是其夸饰雕琢、缺少蕴蓄的文风。正如徐德明所说："我以为'雅得这样俗'的见解特别适用于鸳鸯蝴蝶派小说。"③ 他指出，"雅得这样俗"有两层意思：一是指向《玉梨魂》的骈文特征，"……徐枕亚们把一种另样的文体用于小说的表面装饰，反而失落了小说真正动人的艺术风致。这一表面装饰本来是雅致而有艺术趣味的，却

---

① 说他简单套用革命理念，并不是说他没有接受革命观点，而是说他仅仅在理智层面上接受革命立场，并没有把革命立场化为自己的内在激情，化为自己的潜意识。陈建华在《民国初期周瘦鹃的心理小说——兼论"礼拜六派"与"鸳鸯蝴蝶派"之别》一文中说："在小说最后何梦霞投身于武昌之役，捐躯疆场，并非等闲之笔，实即作者'革命'身份的浮现。"见《现代中文学刊》2011年第2期，第39页。陈建华从南社社员身份、《民权报》《小说丛报》的革命倾向判断徐枕亚的革命身份，立论自能成立。
② 李青果：《情感·革命·国家——徐枕亚〈玉梨魂〉、〈雪鸿泪史〉及其周边》，载《清华大学学报》2008年第6期，第87页。
③ 徐德明：《中国现代小说雅俗流变与整合》，北京．社会科学文献出版社，2000年版，第132页。

因为用得不是地方反而见得俗气"①；二是指向《玉梨魂》落于俗套的表达方式，"我们知道原来鸳鸯蝴蝶小说的后面有着那么一些烂熟的表达思路与方式，也就知道了它由'烂熟'到'俗滥'的必然"②。在思想境界与表达方式上并存的似雅实俗的基调，是《玉梨魂》文本拥有广大读者的重要因素。

三 男性阴柔气质与男性身份认同

《玉梨魂》在何梦霞惜花怜己之至情性格的描述中虽然没有建构起超越世俗的精神境界，却典型地展示了中国文化中男性性别身份认同与男性阴柔气质认同之间相辅相成、并不相互颠覆这样一种有趣的现象。

尽管何梦霞认同的至情人格楷模既有林黛玉，也有贾宝玉，但他愁肠百结、涕痕不干的形象显然更像林黛玉。梦霞第一次致梨娘的信中就强调二人精神气质上的同质性，说："哭花心事，两人一样痴情。""仆本恨人，又逢恨事；卿真怨女，应动怨思。"确实，在小说的一、二两章中，他与梨娘先后各自在梨花前一边痛哭一边感伤自己的身世，其行为方式和精神气质更像孪生姊妹，彼此间的精神共鸣完全是阴柔气质之间的相互认同，没有多少阴阳互补、阴阳相吸的特点。作品中的男女人物和隐含作者都毫不担心极致的阴柔气质是否会颠覆何梦霞的男性身份。这再次显示了中国文化传统中男性身份的确立并不依赖男性的阳刚气质，男性的身份认同完全可以与男性的阴柔气质认同并行不悖，而且，至情这一阴柔气质，恰恰是作家心目中的完美男性和完美女性的必备条件③。

何梦霞确立自己的男性身份并不仰仗根本不存在的阳刚气质，他仰仗的是"男主外，女主内"的社会职责分工。何梦霞的阴柔之气根源于其薄命的自我生

---

① 徐德明：《中国现代小说雅俗流变与整合》，北京．社会科学文献出版社，2000年版，第132页。
② 徐德明：《中国现代小说雅俗流变与整合》，北京．社会科学文献出版社，2000年版，第136页。
③ 周蕾曾指出："在中国爱情故事中，男性往往显现出女性特质。"见周蕾著、蔡青松译：《妇女与中国现代性——西方与东方之间的阅读政治》，上海．上海三联书店，2008年版，第117页。

命感受，而薄命感又产生于怀才不遇、功名不遂、壮志难酬这种社会发展方面的人生际遇。这与梨娘青春丧偶的婚姻坎坷不同，具有明显的男性身份特点。正是主外的社会分工，奠定了何梦霞男性身份的基石，作者才毫无顾忌地恣意张扬何梦霞的阴柔气质，让他与白梨影在"同是天涯沦落人"的相互认同中相互怜惜也自怜自惜，成为一对同声同气的知心人。坎坷书生以薄命佳人为自己的镜像，并非《玉梨魂》的创新，其所继承的丰厚传统，至少前有白居易的《琵琶行》，后有明清文人相当普遍的佳人情结。《玉梨魂》小说本身就包含着对这一才子佳人同命同心传统的追溯与认同："名士沉沦，美人坠落，怜卿怜我，同命同心，此侯朝宗所以钟情于李香君，韦痴珠所以倾心于刘秋痕也。梦霞之于梨娘亦犹是焉耳。所异者，彼则遨游胜地，此则流落穷乡；彼则曲院娇娃，此则孀闺怨妇。"

《玉梨魂》男性人物何梦霞身上的阴柔气质，显然不能简单地归因于社会等级结构中低阶层男性因处于阴性屈从地位而不免会产生柔顺屈从的心理，因为何梦霞阴柔之气中的生命感慨，不仅并不认同自己的低阶层社会处境，而且恰恰表达了对自己屈辱社会地位的不平。其不平之气百转千回，化为泪痕点点，显然没有不平则鸣的对抗性特质，却也内含着改变这种社会处境的精神动力。同样是怜惜自我命运，梨娘对镜自叹"貌丽于花，命轻若絮；才清比水，恨重如山"的怨命话语，在具体的文本语境中并不蕴含企图改变自己"未亡人"命运的能量；而梦霞诗中自叹"尔之命恶如漏卮"的怨命话语，却连接着"尔何依旧守茅茨"这一改变自我处境的激情。这提示我们，不仅阴柔气质不至于颠覆男性身份，而且审美风格中的阴柔气质并不一定会通向社会关系中的柔顺品格。

中国文学有抒写男性阴柔气质的深远传统。《西厢记》中的张生，虽然是一副"多愁多病身"，却仍然是"倾国倾城貌"佳人的完美配偶；《西游记》中的唐僧，动不动就滚下马来，仍然不失师父的至尊地位；《儿女英雄传》中的安公子，见强盗吓得尿裤子，仍然是作者理想中治国平天下的大丈夫。只有到了晚清，在"强国强种"这一具有民族救亡性质的现代话语压力下，男性的阴柔气质才开始与"东亚病夫"的形象连接，而受到一定程度的贬抑。这一倾向逐渐加强，发展到当代，娘娘腔才成为足以颠覆男性身份的负面品质。《玉梨魂》显然没有受到贬抑男性阴柔气质这一新兴时代话语的任何影响，仍然从正面书写书生的阴柔至情气质。

四　男性忠贞之情与儒家正统观念

何梦霞至情特质的第二个方面是对爱情忠贞不渝,甚至不计所爱的对象并不具备结婚条件。以"寡妇可以恋爱不可以结婚"这个充满矛盾的婚恋伦理为前提,《玉梨魂》通过抒写何梦霞的至情品质,深入探讨了男性该不该对无婚姻之果的恋情从一而终的问题。文本在赞赏男性对女性的忠贞之情与肯定"男大当婚"的儒家正统话语之间,形成复调和对话性,体现出文化态度的多重性和复杂性。

首先,文本极力铺陈何梦霞对梨娘的忠贞至情,从而有力地颠覆了单一地强调女性为男性守节的封建男权伦理。

梨娘一方面对梦霞情不能已,另一方面又担心自己的"未亡人"身份拖累梦霞,所以她给梦霞的书信诗文总是寓深情于绝情,爱恋之情与诀别之意并存。对此,梦霞在小说第十章中回答说:"来生愿果坚如铁,我誓孤栖过此生。""既不得卿,宁终鳏耳。生既无缘,宁速死耳。"而后的文字交往中,梦霞不断重宣誓言,小说中梦霞表忠贞不渝之心的各种誓言前后共出现了十余次,从爱的至死不渝与爱的单一性两方面把男性的忠贞写到了极致。这种与现实本事不甚一致的悲情抒写[①],早有研究指出其多方面的缘由,其中重要的有两点:一是徐枕亚深受中国文学"感伤——言情"传统的熏陶[②];二是"痛定思痛后真实心态的流露",因为"只有'悲剧'的结局,才能真正显露出作者的痛苦无望的心境和刻骨铭心的记忆"[③]。

尽管隐含作者也认同梨娘以儒家中庸思想批评梦霞的立场,认同梨娘"惜情多而不能自制,致有太过之弊。过犹不及,……"的评价观点,但这种批评更

---

① 现实本事:指徐枕亚既与情人陈佩芬的侄女蔡蕊珠结婚,且感情甚笃,又始终怀念陈佩芬。
② 夏志清:《〈玉梨魂〉新论》(上、中、下),载《明报月刊》1985年第9、10、11期。转引自陈子平:《哀情巨子——鸳蝴派开山祖——徐枕亚评传》,载《哀情巨子——鸳蝴派开山祖——徐枕亚》(范伯群主编、栾梅健编校),南京.南京出版社,1994年版,第252—253页。
③ 陈子平:《哀情巨子——鸳蝴派开山祖——徐枕亚评传》,载《哀情巨子——鸳蝴派开山祖——徐枕亚》(范伯群主编、栾梅健编校),南京.南京出版社,1994年版,第253页。

多的是在惋惜生命的立场上展开,并非在道德批判立场上展开,因而不是一种严厉的否定;而在叙事的整体立场上,隐含作者之所以判断梨娘、梦霞、筠倩之生命犹让人惋惜、敬重,恰恰因他们均是多情重义之人。人物结局上,梨娘以死成全筠倩的幸福、筠倩以死报梨娘、梦霞以战死殉两位女性,他们均重情义而轻生命,而隐含作者也完全认可他们这一价值立场。因此,把情和义看得大于生命是作品更为根本性的立场。隐含作者十分赞赏梦霞之至情至义,在对男性忠贞之情的赞美中颠覆了男主女从的中华传统伦理,在对男性不能移情别恋的书写中树立了情爱必须单一专注的现代观念。

梦霞的忠贞之情向两个相关联的方面展开:一是不割舍与梨娘之间的情爱,二是不移情于筠倩。不能割舍与梨娘之间的情爱,从梦霞的表白看,原因有两方面:一是二人在命运悲感方面产生共鸣,彼此关怀,已在心灵深处生成情丝难以割断之势。如前面所分析的,这表明《玉梨魂》在情爱意识的建构方面并不停留于一般才子佳人小说艳羡男女风流艳事的浅薄层次,而继承了《红楼梦》所开创的现代人文立场,其正面意义十分可贵。二是梦霞关于人不能违背誓言的信念也对自己形成内在规约。"誓言既出,万难追悔,……死生事小,惟此呕心啮血之誓言,当保存于天长地久而不可销灭。"注重誓言的不可违背性,作品实际上又赋予男性忠贞之情以信义的内涵。这是对中华传统道德注重信义观念的继承与改写。无条件地把信义看得高于生命,不追问誓言本身是否合情合理,不在意对方是否认可自己的承诺,这体现了把信义教条化、置于个体生命权利之上的僵化特质;但让男性人物恪守自己对女性的忠贞誓言,则又在传统信义观念中开发出颠覆男权传统的现代思想内涵。中国古代文化固然有尾生不惜性命践行与女性之约的故事,但总体而言,在男性生活视域中,男女关系属于私情领域,男性所要恪守的信义观念往往只指向忠君大义、民族大义、社会公正、朋友情谊等,极少指向男女关系,男女关系方面的大义往往被偏颇地界定为女性对男性单方面的忠贞、单方面的自我牺牲。但《玉梨魂》的信义观却体现出延续传统与颠覆传统并存的特质。这样看来,《玉梨魂》悲情结局的原因,还应该添上作者信义观念的内在规约作用这一条。

其次,小说通过梨娘的劝婚话语宣扬了"男大当婚"的儒家正统理念。

梨娘首先以儒家正统观念劝梦霞节情，另行去追求家庭幸福，再劝梦霞与筠倩成婚。作者虽批评梨娘不该包办梦霞与筠倩的婚事，但也理解梨娘的一片苦心，并不反对梨娘所宣扬的儒家家庭观念、儒家中庸思想。梨娘"男大当婚"的儒家正统话语包含两个层次：一个层次是从男性责任出发，强调"不孝有三，无后为大"，"夫妇居室，人之大伦"，希望梦霞不要为了爱情而做"绝世之独夫""名教之罪人"；另一个层次是从人生乐趣出发，强调"天下不乏佳人，家庭自多乐境"，希望梦霞不要"弃幸福而就悲境"。梨娘劝婚话语内含着这样的儒家文化逻辑：婚姻是人生的根本，家庭是社会的基本元素，放弃婚姻实际上就放弃了人的基本责任，也无法为社会所接纳；家庭生活是人生幸福的根本点，家庭之乐重于男女爱情。这一儒家正统理念并不仅仅是一种礼教教条，还包含着对现世人生幸福境界的建构。这种人生幸福境界的建构自有其正面价值，但普世化后又未免包含着对独身等其他边缘生活方式的压制力量。

梨娘宣扬儒家正统家庭观的立场，固然有以儒家文化规训个体生命的意味，但另一方面也是在深谙社会文化规则的基础上设身处地地为梦霞的生存谋划，同时还包含着不计自己情感痛苦的自我牺牲精神。作品由此建构出女性超越自我利益的爱情境界，进一步塑造了梨娘的贤妇形象。但作品一方面赞赏梨娘宣扬儒家家庭观念、劝何梦霞另行追求婚姻幸福的态度，另一方面又否定梨娘包办婚姻、侵害筠倩婚姻自主权的严重失误，体现出思想的辩证性。饶有兴味的是，隐含作者借梨娘之口宣扬的只是儒家正统的"男大当婚"的男性责任观和"家庭自多乐境"的男性幸福观，主张的只是"惜情"的中庸观念，丝毫没有去质问何梦霞痴情不娶的行为颠覆"男主女从"这一中华传统伦理观念的叛逆性，没有去宣扬"男尊女卑"的教条。这一疏离"男尊女卑"教条的倾向，虽然还不具备男女平等的现代意识，却可以说是通向男女平等现代意识的思想前奏。

总之，在男性该不该对无婚姻果之恋情忠贞不渝这个问题上，隐含作者既赞赏梦霞对梨娘矢志不渝的至情至义品质，也认可梨娘劝梦霞节情的儒家正统家庭观念，这就使得文本在这完全冲突的两种立场之间形成张力，从而表现出坚守爱的激情、反叛男权教条与主张个体节制生命激情、融入社会主流生活这两种思想并存的特质。

五　教条化的婚姻自主观

《玉梨魂》的第二个核心主题是通过崔筠倩的命运悲剧，宣扬了婚姻必须自主的思想。这一思想有其十分可贵的现代人文价值，但从具体文本情境看却不免存在着教条化、概念化的倾向。

梦霞不能移情于筠倩，并非因为筠倩属于梦霞"素不关心"之"狂花俗艳"。实际上，"专肆志于学问"的女学生崔筠倩美艳开朗，有理想有追求，亦通达人情事理，在小说描写中完全是正面形象。这种肯定女学生及女学的写作立场，在对女学生充满偏见的民国初年尤为难能可贵[①]。崔筠倩不能爱梦霞，并不是她觉得二人之性情有何不合之处，只是因为这是一桩包办婚姻，违背了她心中的自由理念。屈从于父亲、嫂子的心愿，筠倩觉得："今日此身已似沾泥之絮，不复有自主之能力。此后妹之幸福，或不因之而减缺，而妹之心愿，则已尽付东流，求学之心，亦从此死矣。"在筠倩的心目中，婚姻自主并不仅仅是选择理想伴侣的手段，还另有关乎个体生命是否有自主性的全盘的象征性意义。筠倩认为自主权至高无上，又不免屈从于并不专制的家长意愿，却独独不去追问包办的结婚对象是否与自己契合。隐含作者完全理解她的思想理路，不质询其自主观念中蕴含的教条化倾向，也不质询其思想与行动不一致的矛盾性。这样，作品之恋爱自主的主题，由于缺乏对崔筠倩细致心理感受的描写而流于概念化，在艺术感染力上就不如梨霞之恋这一苦情抒写。因此，章培恒认为，崔筠倩"这一种觉得自己丧失了独立人格因而痛苦的思想，是我们传统的文学里面所没有的，这是一种新的思想，但是比较起来这样的内容在《玉梨魂》里是次要的，主要的还是男女主人公的恋爱以及他们的痛苦"[②]。尽管未免有教条化倾向，但《玉梨魂》所宣扬的婚姻自主理念中蕴含的反叛封建父权思想是"五四"恋爱自由思潮的可贵先声，具有鲜明的人权内涵和现代特质。《玉梨魂》这种把婚姻自主观念本质化却又在行动

[①] 黄湘金的博士论文《清末民初小说内外的女学生》对清末民初社会文化中丑化女学生的现象有细致的考察。见北京大学2010年博士研究生学位论文。

[②] 章培恒：《传统与现代：且说〈玉梨魂〉》，载《中国现代文学研究丛刊》2001年第2期，第19页。

上极为软弱无力的思想特质,我们可以在20世纪20年代冯沅君的小说《隔绝》《隔绝之后》中看到延续①。

梦霞不能移情于筠倩,文本只反复强调他心中已有梨娘,而"大凡人之富于爱情者,其情既专属于一人,断不能再分属于他人"。文本并没有从何梦霞心理体验的角度落笔去细致探究梦霞与筠倩在性情气质上有何不合之处,也就是说没有从二人直接的关系中去追问其爱情不能发生的内因。仔细推敲文本,小说实际上包含展开内因探讨的可能性,只是隐含作者在后半部的写法上体现出忽略爱情内因探讨的思想偏向而没有去展开这一可能性。梨娘与筠倩均属于隐含作者推崇的完美女性,她们的区别在于:梨娘的未亡人身份造成其气质偏于幽抑,故"梨花为梨娘之影";女学生筠倩则如光明使者,故"弄姿斗艳、工妍善媚之辛夷"是筠倩的"写照"。梦霞"独注情于梨花而忘情于辛夷""终爱梨花有泪痕",从梦霞爱花的审美倾向,从梦霞对梨娘之幽抑气质的认同中,本来完全可以推导出其爱情难以指向气质开朗的女性,从而细致写出梦霞不可能爱上筠倩的个性因素。但小说后半部,作者并不去描写梦霞对筠倩性情气质的感受和理解,并不从这一点出发去阐发二人不能相爱的缘由。可以看出,隐含作者从其爱情理念出发,显然没有充分意识到个性因素在两性之爱中的重要性,而认为爱情专一理念已经可以成为梦霞不能移情于筠倩的充分理由;作者从其小说理念出发,显然也没有充分意识到个性化描写、人物心理探寻的重要性。因此,尽管"徐枕亚的'言说',对中国小说的现代化的最大贡献是将心理描写的技术大量地运用于小说"②,但这种心理描写的贡献仅在小说的前半部,而不在后半部何梦霞与崔筠倩关系的描写上。与成熟的现代作家相比,民国初年转型期的小说家显然更热衷于追问普世的爱情原则问题,而不太热心于人性的深层探索。

---

① 参看刘思谦:《冯沅君:徘徊于家门内外》,载《娜拉言说——中国现代女作家心路纪程》(刘思谦著),上海:上海文艺出版社,1993年版,第27—40页;李玲:《直面封建父权、夫权时的勇敢与怯惧——冯沅君小说论》,载《江苏社会科学》2000年第6期,第172—177页。

② 徐德明:《中国现代小说雅俗流变与整合》,北京:社会科学文献出版社,2000年版,第123页。

六　小结

　　总之,《玉梨魂》是写情小说,亦可视为广义的"问题小说"。它所探讨的首要问题是以往研究未曾关注的男性忠贞问题。这个问题落实在何梦霞与梨娘之恋的书写上,因展开为人物心理的细致描写而感人至深。作品对这个问题并没有提供一个单一的答案,从而体现出文化立场上的复调性和多元性。《玉梨魂》所要探讨的第二个问题是男女婚姻自主问题。这个问题落实在崔筠倩与何梦霞的包办婚姻上,并非如以往研究所认为的落实在梦霞、梨娘的寡妇之恋上。作品明确主张婚姻必须自主、绝不能包办,从而体现出反传统的现代特质,但因疏于人物心理的细致描写而在艺术感染力上有所欠缺。

　　《玉梨魂》在思想和艺术两方面均具有传统向现代转型的特质。这是新时期以来鸳鸯蝴蝶派小说研究所取得的共识。但是,它到底具备哪一种传统观念、哪一种现代意识,却是一个需要重新讨论的问题。本文认为:《玉梨魂》继承并发展了中国文学中寡妇不可再婚而才子佳人可以风流多情的传统,并能从中生发出两性心灵相知的现代爱情境界;《玉梨魂》在严格否定两性欲望的同时又极力铺陈两性生死不渝的至情;《玉梨魂》在抒写男性至情品质中颠覆了男主女从的封建伦理,又在肯定"男大当婚"的话语中遵从了儒家正统的家庭观念;《玉梨魂》既坚定地表达了婚姻必须自主的现代人道理念,又在具体描写中落于概念化、教条化。寡妇的婚恋权利问题并不是《玉梨魂》所要讨论的问题,国家与革命的宏大话语不过是作者对时代流行话语的简单借用。《玉梨魂》虽属俗文学范围,却在对两性爱情痛苦的理解中、在现代婚姻自主观念的宣扬中,表现出可贵的现代人道情怀和人权观念。

原载《南开学报》2012 年第 6 期

易性想象与男性立场

——茅盾小说《蚀》与《野蔷薇》中的性别意识分析*

陈建华曾精辟地分析了茅盾笔下的时代女性与现代时间意识之间的关系，指出茅盾的《蚀》《虹》等早期小说"一再试图构筑'时代女性'与'大一统'的理想时间之间的和谐幻象，却一再遭到他的记忆及女身'欲望语言'的反叛而失败"①。尽管"女身'欲望语言'"妨碍作家整合起理想的时间意识，但他还是不可遏止地把女性形象作为创作的核心点，这背后必有作家潜意识中的性别心理需求在起作用。"女身'欲望语言'"，无论陈建华在使用这个短语时的本意如何，它对于茅盾这样一个男作家而言，实际上都可能包含着三方面的意味：一是女性形象中寓含的男性作家对女性欲望的认识和评价态度，二是男性作家在女性形象塑造中所倾注的男性欲望，三是男性作家化身为女人的易性冲动。

这里需要扫除的理论障碍是男性作家的易性冲动问题。弗洛姆曾说："我们

---

* 本文所引茅盾作品，全部出自茅盾：《茅盾全集》第一至八卷，北京．人民文学出版社，1984—1985年版。

① 陈建华：《"时代女性"、历史意识与"革命"小说的开放形式——茅盾早期小说〈虹〉读解》，载《"革命"的现代性——中国革命话语考论》（陈建华著），上海．上海古籍出版社，2000年版，第337页。

必须永远记着，在每一个个人身上都混合着两类特征，只不过与'他'或'她'性别相一类的性格特征更占多数而已。"①荣格把男人心理中女性的一面和女人心理中男性的一面分别命名为"阿尼玛"（anima）和"阿尼姆斯"（animus）②。这样看来，任何一个人，如果在心理上要向与自己生理性别相反的性别角色转换，并非难事。基于这一性格结构，或许人类在深层心理中根本上就普遍潜伏着或强或弱的易性冲动。让两性差别壁垒森严的主要原因是文化传统的塑造，多数人在日常生活中从一而终地扮演着与自己生理特征相一致的性别角色，易性冲动被压抑在潜意识层面而并不自知。作家在创作的激情迷狂中，放松乃至放弃了对潜意识的压制，平时不占性格主流的易性需求就很可能会在不知不觉中被释放出来。福楼拜对包法利夫人的心理感同身受，汤显祖觉得自己就是春香，欧阳修、辛弃疾在词中大作怨妇语，屈原选定香草美人而非别的美好事物作为自己人格的象征，这类现象大量存在，过去却并未引起我们足够的重视。我们往往以作家具有非凡的想象能力为由，把这类现象视为人类心理中的特例；即使进一步，也仅仅认识到封建君臣关系与男女关系的同构关系，知道封建等级制度下有些男性作家需要借助女性境遇向君王、上司倾诉衷肠③，而忽视支持这一现象的人类普遍心理。实际上，作家创作心理之独特，并不在于进入一种完全特异的心理状态，而是把人类固有的心理潜能从社会文化的压抑中释放出来；君臣关系在文学想象中向同构的男女关系转换，也需要一定的性别认同作为心理前提。作家在创作中把异性心理描写得惟妙惟肖，固然由于两性之间存在着超越性别差异的共同人性，但还植根于人类性别心理中普遍的易性需求和易性能力。作为当代先锋的性文化，实际上已经把人类心理中的易性需求视为常态，而不再把它贬为性变态或捧为创作天才之特殊权利。美国社会学家、激进的福柯主义者巴特勒的社会性别表演理论就认为，性倾向不过是一个不断改变的表演系列，它无须以性感器官为生理基础，每个人都是易性者④。

---

① 弗洛姆：《为自己的人》，北京．三联书店，1988 年版，第 259 页。
② 霍尔、诺德贝：《荣格心理学入门》，北京．三联书店，1987 年版。
③ 舒芜：《"香草美人"的奥秘》，载《串味读书》（舒芜著），沈阳．辽宁教育出版社，1995年版，第 163—171 页。
④ 参看李银河：《性的问题》第五章，北京．中国青年出版社，1999 年版。

固然每一个人在心理上都有或强或弱的易性冲动,但在既有的性别文化规范之下,多数作家的易性冲动虽然比一般人得到更自由的释放,但并没有最终压倒其固守本性(与其生理特征相一致之性)的心理,而是让其易性冲动与固守本性的愿望互相补充,从而构成创作中性心理复调多元的斑斓色彩。作家塑造异性角色是否成功,往往取决于他在创作的某一层面上心理易性是否充分。优秀的作家在创作异性角色时,总是能够按照异性固有的生命逻辑来赋予创造物主体性;与作家自我生理特征相一致的本性特征,在与其易性特征进行对话时,只是增加了作品的内部张力,使其意蕴丰厚,而不会压倒由作家易性特征所带来的作品异性人物形象的主体性。如果作家受阻于自我本性,不能成功地进行易性想象,只是一味地把异性形象当作自我欲望或自我观念的载体,忽视或并不真正了解异性固有的生命逻辑,往往只能塑造出虚假的异性镜像。这类镜像无论何等华美,终不过是玻璃人,缺一口生命灵气。

茅盾身上的男性度和女性度是一个很有意思但在既有性别禁忌中又难以充分言说的话题[①]。在传统的性别禁忌中,女性是低于男性的第二性,如果说女人有丈夫气可能是对她的奖赏,如果说男人身上有女性度则只能是对他的侮辱。今天,在两性平等、心理性别选择自由的文化观念支持下,我们应该能够无所贬抑地正视任何人身上的男性度和女性度,能够无所禁忌地探究一个男性作家在何种程度上固守了男性本性,又在何种程度上进行了心理易性,并进一步辨析其男性立场、女性立场中的现代性成分。这样的问题,是关乎人类心理秘密和艺术创造规律的严肃命题。对这一问题的研究,或许能从性别意识的角度推进对20世纪中国文学现代性的探讨。

---

① 王晓明的论文《惊涛骇浪里的自救之舟——论茅盾的小说创作》涉及这个话题,他说:"他似乎天生就特别能理解静女士,以及一切与她类似的弱者的精神世界,我甚至想说他的感觉颇有点女性化。"该文载《二十世纪中国文学史论》第二卷(王晓明主编),上海.东方出版中心,1997年版,第278页。

一　孙舞阳们：男性视域中虚幻的女性镜像

　　茅盾创作对男性立场的固守是十分明显的，这在下文中将要谈及。同时，茅盾在创作中的易性也是相当普遍的，尽管有时成功，有时并不成功。成功与否，主要取决于他在想象女性人物心理时是否能够暂时放下自我的男性立场，尊重女性人物的主体性。尊重人物的主体性，并非膨胀人物的主体意识，使之成为"高、大、全"式的英雄，而是或喜或悲、或强或弱都让人物遵从自身的性格逻辑。人物为女性，则叙述者、隐含作者审视人物时必须不含男性偏见，人物审视世界时必须取女性视角。

　　以此为标准，茅盾塑造的女性形象中，慧女士——孙舞阳——章秋柳这一"更热情、更合群、对历史方向更具主动性、更符合'时代女性'"的要求[①]的女性系列，显然不如静女士（《蚀》）、方太太（《蚀》）、琼华（《一个女性》）、张女士（《昙》）等性格相对弱一点的女性系列来得成功。

　　在慧女士——孙舞阳——章秋柳这一热情性感的人物体系中，茅盾塑造了一批性格上具有"雄强与脆弱的统一"的时代女性形象，给"五四"之后仍然相当婉约优雅的文坛带来"终于粗暴了，我的可爱的青年们"的审美欣喜[②]；也使潘金莲——赛金花以降的精力旺盛、欲望充足的文学女性系列[③]，在一步步走向正面的途中，借助革命的神力，终成正果，彻底脱去了"祸水"的道德紧箍咒。这些在性与革命两方面都站在时代反潮流潮头的女性，面对历史、时间时，她们一方面高居于众男同志之上，总是有比男革命者更为准确的消息和比男同学们更为高明的洞察力，同时又有比一般男性人物更为焦虑的时间感和更为强烈的颓废冲动。她们的"雄强与脆弱"，均在各自达到极致的状态下形成辩证统一。这把茅盾心

[①] 赵园：《大革命后小说中的"新女性"形象群》，载《茅盾研究》第二辑（《茅盾研究》编辑部编），北京．文化艺术出版社，1984年版。
[②] 赵园的论文《大革命后小说中的"新女性"形象群》对此有精到的论述。该文载《茅盾研究》第二辑（《茅盾研究》编辑部编），北京．文化艺术出版社，1984年版。
[③] 关于这类女性的论述，可参看王德威《潘金莲、赛金花、尹雪艳——中国小说世界中"祸水"造型的演变》，载《想象中国的方法——历史·小说·叙事》（王德威著），北京．三联书店，1998年版。

理中渴望驾驭社会、历史、生命的愿望和难以把握社会、历史、生命的焦虑都淋漓尽致地表达了出来。这种淋漓尽致的抒写，很可能跟作家在某一层面上把自我易为女性之后的自由状态有关。易性想象释放了作家潜意识中的另一种性别需求，同时也给自我戴上了一副面具。戴上性别面具的自我，凭着超越现实之身，自然能够无所顾忌地专注于自我愿望、自我焦虑的自由表达，而无须羁绊于令人烦恼的现实条件和理性束缚，从而在一定程度上带来创作的浪漫主义和心理现实主义色彩。把男性自我渴望"雄强"的愿望以女性面具表达出来，超越了以往男作家借女身之卑微表忠心的思路，其颠覆封建性别等级秩序的意义不言而喻。

其实，岂止时代女性面对社会、历史时"雄强"的性格是作家自我愿望的外化，即便是时代女性明艳的躯体、旺盛的欲望中所流溢出的生命活力，亦是作家驱逐心中虚无"鬼气"（鲁迅《两地书》）的"身外的青春"（鲁迅《希望》），进而亦是作家心中拯救自我于虚无这一愿望的形象凝聚。然而，令人摸不着头脑的是这类女性对待男性有着绝对矛盾的态度：一方面，她们热衷于以性魅力"颠倒所有的男人"，视男人为性玩偶；另一方面，又对男同志们有着"大姊姊"关怀"弱弟"的母性情谊。

把男性视为性玩偶，是女性对封建男权专制的简单报复，其中仍然缺乏现代人性价值尺度。对此，赵园有尖锐的批评。她一针见血地指出了这些女性心中的男女关系"完全符合受到阶级社会现实限制的思维所能设想的唯一的一种'世界秩序'：要么是'主'，要么是'奴'"。"梅行素、章秋柳的自我扩张，决不可能一丝一毫地改变现存秩序，而女性的解放也不能经由男性的被奴役而取得。"[①] 我们还可进一步探究的是这些女性面对自我时的内在矛盾以及作家在设置、解决这些矛盾时所体现的深层性别心理。

"我不能爱你，并不是我另有爱人。我有的是不少黏住我和我纠缠的人，我也不怕和他们纠缠；我也是血肉做的人，我也有本能的冲动，有时我也不免——但是这些性欲的冲动，拘束不了我。所以，没有人被我爱过，只是被我玩过。"

---

① 赵园：《大革命后小说中的"新女性"形象群》，载《茅盾研究》第二辑（《茅盾研究》编辑部编），北京．文化艺术出版社，1984年版。

能够玩弄男性于股掌之间而自我仍然神采奕奕、风姿潇洒,孙舞阳、章秋柳借助的是自我灵肉分离的法宝。把性接触比作恰如"偶尔喜欢""伸手给哈巴狗让它舔着",她们在性之中弃绝爱情,严禁自我心灵的投入,只是把性当作即时消费,把男性当作泄欲的工具,因而能够保持住雄强的精神优势,始终居高临下地君临于众男性之上。与女作家丁玲笔下的莎菲女士不同,这些时代女性并没有因与性对象只有肉欲交往、缺乏灵的交流所带来的自我分裂的痛苦。她们的痛苦只是享乐与奋斗之间的人生总体设计上的矛盾,她们有的只是伤害不伤害、可以不可以伤害男性的道德论证,却没有自我在这种关系中是否必定能享到欢乐的疑问,没有这样做对自己是否道德的自审。这种心理设置表明,作家的逻辑前提是女性人物在没有爱的性中享受欢乐是不成问题的。这种前提设置,体现的是作家对女性心灵逻辑的盲视,是作家现代人的观念的匮乏。

传统男权文化把女性视为传宗接代或泄欲的工具,尽管造成灵肉分离,但并不影响男人们在异化状态中把自我确立为社会历史的主人,因为男权文化界定中的女性从来就没有进入社会历史生活,男性世界可以自成体系地构成社会历史。而这一群新女性,欲成为社会历史主人中的一员,就必须与革命的男人们携手共进;彻底睥睨男性就必然放逐自我于仍以男性为主体的革命历史空间之外。她们不具备传统男性将自己置于纯粹异化状态中享肉体之乐而仍能在一定程度上维持灵相对独立的历史条件。作家解决这些女性睥睨男性世界、又不放弃革命历史空间这一矛盾的做法是,让她们在性方面实行灵肉分离之外,在对待男性的态度上再来一次性与革命的分离。她们在性之中践踏男性尊严,在革命之中又关怀男性境遇。性与革命不能两全,方罗兰既被确认为革命同志,浪漫的孙舞阳除了给他"几分钟的满意"之外在性关系上是止乎礼仪的。似乎时代女性的性兴趣主要在龙飞、朱民生这类她们鄙夷的"妹妹然小丈夫"身上。然而,殊不知"对自我的分割是一种扭曲,会导致人性的丧失"[①]。作者无法正视这种自我分割中的人性丧失,便只能回避描写上的困难,不去构筑她们玩弄男性而取得欢乐、灵魂不受损伤的不可能的场景。在对章秋柳性活动的正面描写中,作家的人性尺度在一

---

① 凯瑟琳·巴里:《被奴役的性》,南京.江苏人民出版社,2000年版,第29页。

定程度上修正了他对时代女性性风姿中灵肉极端分离的想象，使得章秋柳对张曼青、史循这两个既是性对象又是同志的男性没有玩弄和鄙夷，但她和他们的性关系仍不是爱的交流，或是单纯的官能刺激（故需要以刺激的强度取胜），或是激发男性原始生命力从而也拯救自己于虚无的工具。

没有让这些女性整合起一种统一的对待异性世界的态度，想象她们能在自我的一再分割中毫无心理负担地一会儿扮演魔女角色、一会儿扮演圣母角色，只能使这些女性人物失去性格的完整性而背离生命逻辑。茅盾在这一不成功的易性想象中，实际上是让自己的男性心理不断对女性生命逻辑进行干扰，从而造成人物性格支离破碎的尴尬。易性并没有易到女性的生命真实中，只是在对女性性风姿的虚幻想象中，自由地宣泄了"男人在女性肉体魅力面前""软弱不敌"的沮丧感[①]，其实亦是宣泄了男性无法把握自我欲望的生命无力感。同时，书写女性所向披靡的性风姿，也暗暗寄寓了男性自我无限性魅力、无限性放纵的心理渴求，并得以避开"五四"以来敏感的妇女压迫、性别压迫问题，免受道德和现实条件的束缚。性感的时代女性，既是作家男性视域中的欲望对象物，也是作家男性自我欲望的化身。欲望极为强大，既补偿了欲望在现实中受压抑而产生的心理不足，亦造成异化而形成对男性自我的压抑。这些女性形象凝聚了男性作家心中欲望奔突与疲软的复杂情形，亦体现了作家对男权文化中性消费、性压迫观念的集体无意识的继承，展示了男性作家在性爱意识方面尚难以贯彻平等和谐的现代两性关系这一心理格局。

让时代女性在颠倒一切异性的同时，又具备"大姊姊"关怀"弱弟"的母性情怀，时而让孙舞阳"用了类似哄孩子的口吻"劝方罗兰维护婚姻，时而让章秋柳关心张曼青的恋爱选择，体现的也是隐含作者的男性心理需求。作家借助女性形象的母性化塑造来舒展男性渴望受到关怀、庇护的柔弱心怀。这种柔弱具有男性作为人的生命热度，是男性立场但非男权立场的言说。它曲折地暗示了男性在两性关系中灵方面的基本需求，悄悄瓦解了作家在女性性姿态中寄予的放逐灵的性观念。

---

① 王晓明：《惊涛骇浪里的自救之舟——论茅盾的小说创作》，载《二十世纪中国文学史论》第二卷（王晓明主编），上海．东方出版中心，1997年版，第276页。

总之，男权立场以及非男权立场的男性自我过分强大且自相冲突，阻碍了茅盾在慧女士—孙舞阳—章秋柳这一时代女性系列的塑造中进行成功的易性想象，从而使这些形象成为"狂乱的混合物"，终不过是男性视域中虚幻的女性镜像，尽管蕴含丰富的新旧文化代码，却缺乏性格的内在统一性，不能成为真正富有生命力的艺术形象。

二　方太太们：符合女性生命逻辑的易性想象

男性作家在创作想象中把自我易为女性，也并不是如毛毛虫变为蝴蝶一般幻为完全的异类，彻底割断与男性心理的联系；而应该在想象女性的时候，即便借她们来表达自己的人生感悟，也要以不违背女性生命逻辑为前提。当茅盾没有过分沉醉于男性性意识之自恋时，往往能够自由地沉潜进女性生命逻辑中去深入体验女性心理，从而在领悟异性的生命伤痛中突破男权文化的性别禁忌，在将心比心中达到性别观念的人性化。成功的易性想象，造就了茅盾小说中静女士、方太太、琼华这类性格无孙舞阳、章秋柳之神化的潇洒风姿，因而也更具有人性真实的女性形象，使他无愧于"现代中国女子底心理底最好的描画者"[①]之美名。

革命一直是中国现代男作家心头挥之不去的核心情结。女性在中国现代男性叙事的革命叙说中，要么充当引导男性前进的抽象的革命符码、性别符码，如巴金小说中的革命圣女李静淑、李佩珠，茅盾小说中的革命魔女慧女士、孙舞阳等；要么充当落后于男性革命激情的、思想彷徨犹豫的代表，如茅盾小说中的静女士、方太太；要么充当男性革命所要拯救的苦难对象，如《白毛女》中的喜儿。

在茅盾小说《蚀》三部曲中的《幻灭》《动摇》中，较为贴近女性日常生命逻辑的静女士、方太太，分别与坚定果敢、性感动人、超然于日常生命逻辑之上的革命魔女慧女士、孙舞阳相对，是男性作家心中对革命感到犹疑、困惑这一弱

---

① 杨昌溪:《西人眼中的茅盾》，载《茅盾专集》第一卷上册（唐金海等编），福州．福建人民出版社，1983年版，第22页。

质心态的形象投射。尽管茅盾在主观上对自我的这种犹疑、困惑颇为不满——它们与茅盾的革命追求、历史进步观念不相契合，然而，作为一个具有优秀艺术想象力的小说家，茅盾并没有用自我的革命、历史观念对自我的真实生命体验做简单否定。他在借女性形象宣泄自我的某一类情感时，也没有简单地使女性人物成为男性观念的传声筒，而往往能够按照女性固有的生命逻辑来设置人物心理。或者说茅盾简直就是沉潜到女性角色中去体验女性心理，使自我人生经验与女性生命逻辑水乳交融，从而在出色的易性想象中实现了作品男性立场与女性立场的对话效果，实现了作品日常生活逻辑与主流革命观念、历史进步观念相对话的效果，实现了小说艺术上的复调性[①]。

静女士和方太太这两位女性人物都是作家女性视域与男性视域相叠加而创造出的内涵丰富的艺术形象。女性视域在作品中一般体现为对静女士、方太太女性心理的逼真描写。男性视域在静女士的形象塑造中，往往体现为权威叙述者对静女士的议论、批评；男性视域在方太太的形象塑造中，往往体现为人物方罗兰从男性性爱心理出发而对方太太产生的不满，体现为人物胡国光从男性审美标准出发而对方太太产生的审美感受。文本中，静女士、方太太的女性生命逻辑与权威叙述者以及男性人物方罗兰等的男性立场相对峙，构成作品的内在张力，从而深刻地体现了作家茅盾对待革命、性爱等问题的矛盾态度，体现了作家的双重人格[②]。

《幻灭》中，静女士对学潮、革命都有一些不入主流的消极感受：

> 她自去年的女校闹了风潮后，便很消极，她看见许多同学渐渐地丢开了闹风潮的正目的，却和"社会上"那些仗义声援的漂亮人儿去交际——

[①] 丁帆《〈蚀〉的人物主体性》中对此有精到分析。该文载《茅盾研究》第三辑（《茅盾研究》编辑部编），北京．文化艺术出版社，1988年版。

[②] 丁帆在《人格的矛盾，矛盾的人格——20世纪名作家重读之三（茅盾）》中认为："……在灵与肉的搏杀中，茅盾作品中表露出的人格分裂是显而易见的：一方面是革命失败后不甘堕落的政治诱惑，企图重振雄风的心愿在作祟；另一方面又投入肉欲和情欲的海洋中，试图以新的刺激来消解革命失落的痛苦，逃到表象的世界里去。这种人格的分裂几乎成为茅盾终生的政治和写作的悖反情绪。"该文载《夕阳帆影》（丁帆著），北京．知识出版社，2001年版，第157页。

恋爱，正合着人家的一句冷嘲，简直气极了；她对于这些"活动"，发生了极端的厌恶，她的幻想破灭了，她对于一切都失望，只有"静心读书"一语，对于她还有些诱惑力。(《幻灭》)

而在武汉轰轰烈烈的大革命中，"她看透了她的同班们的全副本领只是熟读标语和口号；……有比这再无聊的事么？……同事们之举动粗野幼稚，不拘小节，以及近乎疯狂的见了单身女人就要恋爱，都使静感到不快"。(《幻灭》)

静女士在革命中的种种不适应，与慧女士把握时局、在革命以及两性关系中一直处于主动地位的"老练精干"相比较，显得敏感而脆弱。这种不适应的感受使静女士对群体、对革命都产生了一定的游离感。但正是这一近乎过敏的心理感受从一个侧面敏锐地批评了革命中的混乱情形，使作品内涵溢出了整合现代时间意识、追随时代革命洪流的框架，而在历史宏大叙事场景中凸现出以个体、人性为尺度的审视眼光，产生了反思政治运动的审美张力。隐含作者一方面在对静女士敏感心态的抒写中表达了自己对革命中泥沙俱下情形的怀疑、对世态人情的针砭这些心灵深处挥之不去的人生感悟，另一方面又出于追赶历史洪流、整合现代时间的心理焦虑而对自我的这一带弱质的敏感心态不满，故又以权威叙述者的身份在第十一章中把静女士判定为"怯弱，温婉，多愁，而且没主意"，并通过静女士在心理上仰视、依赖慧女士、王女士的叙说来加强这一判断，从而顺理成章地把静女士不同于慧女士、王女士的游离于群体、革命的感受归于静女士自我的个性缺憾，消解批判的锋芒。然而，恰是这种被权威叙述者判定为有缺憾的个性，支撑了作品的人性深度，支撑了作品反思革命潮流的思想深度。其实静女士相对于慧女士而言的所谓弱质，不过是女性去除革命魔女的虚幻神圣光环之后的人性真实。权威叙述者在价值判断上否定静女士真实生命的敏感体验，把静女士界定为相对落后的人物，体现的不过是作家难以直面真实的人性、难以直面真实的历史残酷这一欲逃避而又不能的痛苦心态。敏感的静女士恰是因为具备了对革命、历史潮流的反思能力，所以较其他人物更具审美现代性价值。审美现代性的尺度首先便是人性的尺度、个体生命的尺度。审美现代性便是以生命"内在的自然和灵性抒发"，为生活理念的"合理化""刻板型"提供"救赎"与"解脱"[①]。

静女士实际上并非如权威叙述者所断定的那样是弱质的旧女性，而是具有独立思考能力、独立行动能力的现代女性，这也可以从她与异性的关系中得到证明。静女士回想与抱素的性关系：

> 因为自觉并非被动，这位狷骄的小姐虽然不愿意人家知道此事，而主观上倒也心安理得。(《幻灭》)

与强连长的结合：

> 在静女士方面是主动的，自觉的。(《幻灭》)

在性爱中始终取主动态度，并以此为"心安理得"的基础，单从这方面看，静女士就决非传统从夫的被动女性，而全然已是自觉把握命运、主动把握两性关系的觉醒的现代女性。

权威叙述者的价值判断与《幻灭》叙事层之间的裂隙，以及权威叙述者在革命、性爱两方面对静女士判断的不一致，在一定程度上造成静女士形象缺乏内在统一性的分裂特征，从而伤害了《幻灭》的艺术完整性。但静女士游离于革命洪流之外的女性敏感、女性心理逻辑，恰恰反映出作家借助女性人生体验，在成功的易性想象中不自觉地完成了作品思想深度的拓进。

《动摇》中，作家对方太太的双重矛盾态度，并没有在作品中造成人物性格的分裂。这是因为作家并没有把任何一种态度设立为权威叙述者的态度，而是一方面展开方太太女性独体心理体验的出色描写，另一方面又把批评她的态度设置为方罗兰的态度，但方罗兰心理活动的展开又不仅仅是为批评方太太而刻意设置，而完全是按照男性生命逻辑的真实展开的，其间不满与眷恋相结合。这样，作品就在方太太、方罗兰心理的出色对话中展现了复调小说的艺术魅力。作品"是用一个人物的主体去冲击另一部分人物主体"[②]。

[①] 参看周宪：《现代性的张力——现代主义的一种解读》，载《文学评论》1999年第1期，第136页。

[②] 丁帆在《〈蚀〉的人物主体性》中对《追求》复调性的这段论述，同样适用于《动摇》。该文载《茅盾研究》第三辑（《茅盾研究》编辑部编），北京：文化艺术出版社，1988年版，第121页。

《动摇》中，作家追随时代革命主流、追随现代历史时间的焦虑外化为方罗兰对太太"很有些暮气"的温婉批评，外化为方罗兰眼中方太太"略带滞涩的眼睛，很使那美丽的鹅蛋脸减色不少"的形象描写。这些批评总与方罗兰对孙舞阳站在革命潮头、自由操纵两性关系中所流溢出的旺盛生命力的崇拜相对照。同时，作家追随时代洪流的焦虑也外化为方太太关于"实在这世界变得太快，太复杂，太矛盾，我真真地迷失在那里头了"的感叹。但另一方面，作家又让方太太辩解说自己"并未绝望"，"因为跟着世界跑的，或者反不如旁观者看得明白；他也许可以少走冤枉路"，从而使女性反思历史、反思革命的眼光与男性人物追赶革命潮流的强烈焦虑在一定程度上形成微弱对话。

如果说，方太太在革命洪流挟裹而来之际坚持旁观思考的话语还太过微弱，其反思革命狂热现象的作用还太过弱小的话，那么，方太太在两性关系中受伤害的感觉，则与作品中与革命激情相交融、相置换的性激进观念形成了势均力敌的对话关系。这种性激情与革命激情的交融、置换关系，在文本中形象地凝聚为孙舞阳艳丽性感而又坚定潇洒的革命魔女形象，凝聚为方罗兰对孙舞阳不能自已的崇拜、迷恋心理。其实，方太太对历史、革命的迷惘有时本就与对爱情的迷惘交织在一起。方太太在向方罗兰提出离婚时说：

> 我近来常常想，这个世界变得太快，太出人意料，我已经不能应付，并且也不能了解。可是我也看出一点来：这世界虽然变得太快，太复杂，却也常常变出过去的老把戏，旧历史再上台来演一回。不过重复再演的，只是过去的坏事，快乐的事却是永久去了，永不回来了。我们过去的快乐也是决不会再来，反是过去的伤心却还是一次一次地要再来。……
>
> （《动摇》）

这里，方太太把夫妻间由于方罗兰对孙舞阳的迷恋而产生的裂痕上升到"悲观的哲学"的高度，其所用语言几乎都与前面她对历史、革命的感叹相同。对两性关系的悲观感受与历史循环论交织在一起，这样，方太太在感叹爱情不再的同时，实际上也对革命所负载的线性历史进步观念形成质疑，对盲目的革命狂热激情进行了反思。其实，即便只是方太太并不直接涉及历史反思的爱情痛苦本身，由于具备审视方罗兰不能直面自己的性爱波动这种懦弱个性的功能，具备审视孙舞阳靓丽风姿中的放荡意味的功能,就已经具备了批评孙舞阳形象中、方罗兰价值观中与革命激情相互激发的性激情的功能。这就使得女性注重爱情生活的日常思维也与革命主流话语并存而构成实际对话关系,没有简单地沦为阐释社会历史进化逻辑的工具,在一定程度上为女性个人情感生活在现代意识形态中争得了一席之地,在一定程度上质疑了孙舞阳形象中所代表的现代历史时间意识,也使得作品的价值取向趋于多元,形成了耐人寻味的思想张力。

游离在革命狂热激情之外的方太太并非传统的弱质女性,这也如静女士一样,可以在她的爱情观念中再次得到确证。方太太固执地追问方罗兰"你爱不爱孙舞阳",着眼点并不在于探究丈夫是否有实际的越轨行为,是否有变异婚姻的企图。她并不执着于守护婚姻外壳,而是执着于两性关系中的情感质量,追求灵的和谐。她的痛苦,有着男权文化中"想做奴隶而不可得"(鲁迅《灯下漫笔》)的传统女性所没有的高贵和尊严,并在一定程度上反驳了作家在孙舞阳等形象设置中所推崇的灵肉分离的性爱逻辑。以灵的共鸣来设置方太太的性爱逻辑,以人的尊严、人的自主性来设置方太太的灵魂高度,说明她全然是在性爱中追求人的价值的现代女性,体现了茅盾在性别意识上颠覆封建男权文化、建设现代人性价值观念的一面。正是由于没有用男性倾心于社会历史广阔空间的立场完全压制住方太太的女性话语,使之得以充分言说,方太太才成为"这部作品中人物主体性描写最成功的一个"[①]。

静女士、方太太,可以说是茅盾性格中敏感、细腻、苦闷、狷傲的一面戴上女性面具后的形象表现。这些女性尽管没有像孙舞阳、章秋柳那样以虚幻的英雄姿态来承担茅盾追逐时代革命潮头、整合现代时间意识、自由操纵两性关系的渴望,却以现代人的真实面貌承载了茅盾另一些丰富、细致的生命体验。她们所谓的落后,恰恰是脱去虚幻的神性与魔性光辉之后的现代女性的人性真实,恰恰是作家对历史、革命进行深刻反思之后的思想深刻。她们的女性生命逻辑质疑了狂热的革命激情,从而使得作品在追赶革命主流之外,又产生了反思革命风暴、质

[①] 丁帆:《〈蚀〉的人物主体性》,载《茅盾研究》第三辑(《茅盾研究》编辑部),北京.文化艺术出版社,1988年版,第118页。

疑历史理性的审美张力。

"谁曾从丰裕跌落到贫乏，从高贵跌落到式微，那他对于世态炎凉的感觉，大概要加倍的深切罢？"（茅盾《一个女性》）茅盾也如鲁迅一般，对庸俗社会中众生的势利、浅薄、冷酷有深切的感受。在对此进行人性批判的时候，他更习惯于把自我的经验变幻为青春少女的人生体验。《一个女性》中的男青年张彦英和少女琼华均可看作作家自我意识的化身。他们无辜而遭到众"蛆虫"少年的伤害，一个不得不远走他乡，一个则在悲伤愤怒中病逝。这里，对青春生命伤痛的描述，寄寓了作家对病态社会的深切痛恨。但显然，作家描写的着重点并不是对"病态社会"众生态的现实刻画，而是对人物自我生命体验的细致体察，由此作品产生了浓郁的抒情性。张彦英受屈辱的形象中凝聚着茅盾自己的身世之感，这一点是相当明显的。但作家很快就让张彦英退场，而后继承屈原"香草美人"的思维方式，把受伤害而狷傲的自我易身为纯真少女琼华，从她的视角来审视这"粪窖"一般污浊的小镇社会，又让叙述者以理解、同情的态度审视琼华的种种内心变化和人生变故。青春少女心怀所独具的未经世故的特点，使得文本在人物敏感、惊愕、焦虑的心灵体验中产生文学经验异常新鲜生动的"陌生化"效果；隐含作者更为深邃冷峻的审视眼光始终没有对人物立场形成压制，仅仅在认同、理解人物心绪的同时做一些补充。细致抒写琼华关于应该爱人类还是憎人类的思想迷惘，抒写琼华狷傲而痛苦的性爱觉醒，人物就已不再是一个早已走过青春期的男性作家之自我观念的简单衍化了，而处处透出青春气息、女性气息。这使得作品在完成人性批判的同时，既实现了作家宣泄过往生命伤痛、整合起理想的自我意识的功能，也创造出富有主体性的圆形人物形象。成功的易性想象，使这篇在一定程度上深受冰心《超人》影响的小说，不仅超越了一般男性作家塑造女性形象时的隔膜，也超越了"五四"时期问题小说直接以人物演绎作家观念的艺术幼稚。作家在小说后半部让琼华把爱情渴求指向孤独倔强的张彦英，实际上是借自我的两个化身的相互肯定来慰藉自我。其女性经验的青春纯美与悲剧结局中的一点精神亮色，也使作品的艺术格调没有如鲁迅的《故乡》那样走向中年人的苍凉沉重，而是在犀利尖锐的人性批判中仍带着女性化、青春化的柔美浪漫。

男性作家通过易性想象抒写符合女性生命逻辑的"真实"的女性经验，其意义并不同于女性作家之抒写自我。它不仅在文学中使女性"浮出历史地表"[①]，改变了女性非人化的第二性地位，更重要的是，它体现了男性理解女性世界、找回"另一半"的生命渴望，展示了男女两性相互理解而不是视对方为异类的最大可能性。这一经验的抒写是否成功，是衡量文学人性化程度的重要标尺。同时，它还提示我们去正视人类潜意识中的易性心理需求和易性心理能力。

三 男性立场与女性立场的对话

茅盾出色的艺术才华不仅在于他比一般男作家更容易自由地进入易性境界、在幻为女身的想象中创造出富有主体性的文学女性形象，还在于他同时也擅长体验、表现男性性爱心理。其心灵中的男性度与女性度往往形成对话，由此支撑起一个分外廓大的人性空间，并形成小说的复调特色[②]。恰如女性立场有女性作为人的现代人性立场，也有女性想做奴隶或做奴隶而不可得的奴性立场；男性立场，既有男性作为与女性平等的人的现代立场，也有男性压抑女性主体性的男权立场。茅盾作为一个现代男性作家，既有在"五四"启蒙运动中建立起来的现代人性观念，也不免受到传统男权文化的浸染，其男性立场也是复杂、矛盾的。

女性立场与男性立场的对话，在茅盾小说中，基本上表现为两种形式。一是同一篇小说中男性人物与女性人物站在不同性别立场的对话；二是不同小说间男性立场文本与女性立场文本之间的互文对话。前者如《诗与散文》《蚀》，后者如《色盲》与《昙》之间的对话。

《诗与散文》中，丙少爷与桂奶奶各持自己的性别立场来审视异性世界，隐含作者并没有在二者之间做出是非判断，而是在充分尊重人物主体性的前提下，让两种立场自始至终形成对话。小说取男性视角进行叙事。反复出现的镜子意象使桂奶奶这个肉感、主动的少妇在丙少爷的男性视域中显得虚幻化、妖魔化。它

---

① 孟悦、戴锦华:《浮出历史地表——现代妇女文学研究》，郑州．河南人民出版社，1989年版。
② 茅盾小说的复调特色，参看丁帆《〈蚀〉的人物主体性》，载《茅盾研究》第三辑（《茅盾研究》编辑部编），北京．文化艺术出版社，1988年版。

折射出的实际是男性主人公对自我本能欲望的恐惧。恐惧，而不是从理智上确认自我欲望，这是基于男性人物心中关于"男女间的关系应该是'诗样的'——'诗意'的；永久是合乎空灵，神秘，合乎旋律，无伤风雅"的观念，实际上也就是基于理想女性应该是"端丽温柔"的而不应该是"肉感化的""现实化的"这一观念。由这种观念所产生的对女性欲望的恐惧和男性实际上对肉欲关系的沉醉这两种描述并举，构成丙少爷这个人物心灵内部的对话关系。二者相互牵扯，造成丙少爷在桂奶奶面前极为软弱无力的矛盾心态。它逼真地揭示了男性在性爱中面临的灵肉冲突，尽管其以"端丽温柔""灵的颤动"作为对异性、对性活动的灵方面的标准还可质疑。"端丽温柔"的标准，含有压制女性生命活力的男性霸权意味；丙的"灵的颤动"有时只是初次性经验的新鲜、神秘，还不是两性在心灵深处的共鸣。这灵的尺度中，还缺少足够的全面解放人性的现代文化内涵，但它毕竟真实地表现了新旧文化交替之际，男性在"封建禁欲主义理性"[①]与生命本能的冲突中的内心煎熬。丙少爷在表妹和桂奶奶这两个女性之间难以取舍的尴尬，也超越了以往才子对众佳人都兼收并蓄的多妻主义的恶德。丙少爷的性爱立场，固然是典型的男性立场，也尚未脱尽男权中心主义的阴影，但毕竟已经展露出男人作为人的生命真实，在一定程度上也体现了男性把女性作为人来尊重的现代意识，以及尚不能完全把女性作为灵肉统一的人来看待所造成的尴尬。

  尽管小说是以丙的男性视角来叙事的，但隐含作者的立场却大于丙的立场，它在丙的男性立场外又融进了桂奶奶的女性立场。桂奶奶雄辩地批驳了丙压抑肉欲、压抑女性的"诗意"的性爱尺度，骄傲地宣称："你教我知道青春快乐的权利是神圣的，我已经遵从了你的教训；这已成为我的新偶像。"而当窥知丙对表妹倾心时，桂奶奶又决然割断自己与丙的肉体关系。桂奶奶的逻辑是女性对自我欲望肯定的逻辑，也是女性坚持灵与肉统一的逻辑。它实际上否定了丙关于桂奶奶只是散文的、肉体的本质界定。然而桂奶奶对灵肉统一原则的坚持，并没有改变丙心中关于桂奶奶的纯粹肉欲化的镜像，尽管桂奶奶的反驳未对丙形成影响，

[①] 曹伟：《冲突与抉择——谈茅盾笔下两类小资产阶级女性的历史内涵》，载《茅盾研究》第五辑（《茅盾研究》编辑部编），北京．文化艺术出版社，1991年版，第303页。

尽管桂奶奶的形象描述相当观念化，但《诗与散文》中，丙的男性立场与桂奶奶的女性立场均未成为相对立的另一方的附属品，两者的对话构成小说性别观念的丰富空间。

《色盲》与《昙》的互文对话关系，是一个奇特的现象。《色盲》和《昙》其实是同一个故事的两种不同的说法。《色盲》是它的男性视角版本，《昙》则是它的女性视角版本。《色盲》中的林白霜、赵筠秋、李慧芳分别对应《昙》中的何若华、张女士、兰女士。性别视角一换，故事只剩一个外壳上的相似了，其主题完全不同。两部作品的男女主人公都是在时代苦闷中感到虚空的青年。《色盲》与《诗与散文》相似，男主人公林白霜面对两种女性无所适从："一个是活泼的，热情的，肉感的，知道如何引你去爱她，而又一个是温柔的，理性的，灵感的，知道如何来爱你。"但人物解决矛盾的办法却不同。林白霜最后决定以游戏的态度同时向两个女性发出恋爱信号，并把承受可能遭到的拒绝视为勇气。这是男性在性爱观念上从人的立场上的退却。游戏即意味着对异性作为人的主体性的漠视，其勇气观念也意味着对批判意味的拒绝。这瓦解了两性关系中灵肉相统一的原则，瓦解了以平等的人的态度对待异性的原则。人物的这一转变，客观上表明激进的现代男性其实是很容易向传统的颓靡者（并非现代的痛苦者、怀疑者）蜕变的。隐含作者充分理解林白霜的困境和转变，始终以认同的态度来表现人物的男性立场。这逼真地展示了男性作家在性爱意识上徘徊于人与非人之间的真实状态。而女性视角版本的《昙》之中，隐含作者除不断地以男性视角感受女性身体的性感外，基本上都是从张女士的女性视角来感知外部世界的。小说细腻地展示了新女性在恋爱婚姻中陷于父亲逼嫁、女友夺爱这一困境的孤独、苦闷、倔强的心理。作者在易性想象中，对女性生命逻辑的细腻领会，实际上从批判的角度回应了《色盲》中对男性游戏的恋爱态度的认可。把两部作品看成一个大系统的话，我们可以强烈地感受到茅盾对两性心理出色的感悟能力，可以看到他比一般男性作家有着更自觉的男性立场，也有比一般作家更强烈的易性冲动和易性才能，因此也更具备小说家的禀赋，当然更可以看到他在性爱意识上的矛盾态度。

这类男性立场与女性立场相对话的文本中，易性想象实际上起着解构、抑制作家男性中心意识的作用。其女性视角，从整体上改变了男性作家文本中的人的观念。它不仅使女性形象打破男性欲望、恐惧所造成的虚幻镜像走向真实，也使男性自我走出性别自恋的狭小圈子，从而在性爱观念上获得解放。男性立场与女性立场形成对话，而不是以一种立场压倒另一种立场，也展示了作家心理双性同体的实质。

在塑造某些次要女性人物形象时，茅盾有时则完全沉浸在男性霸权文化的独白之中，拒绝进入易性想象，只是简单地从外部视点对女性进行漫画式的丑化，从而背离了女性的生命逻辑。《蚀》中的姨太太金凤姐，在老爷、少爷以及自己的眼里，都只是一个性符号、性器具。作家也把她当作一个性道具来对反面人物胡国光进行道德否定，并没有把她作为一个人来体验、表现其受侮辱受损害的内心世界，所以她只能是"吃吃的笑声"，是"你敢？"中"又尖，又俏"的声音，是只有性欲望、物质欲望而没有灵魂的性载体。钱素贞这个人物的设置，同样也是套用民间文化中对小寡妇"人尽可夫"的形象界定，借其丑化胡国光。这类姨太太、寡妇形象的塑造，显现的是传统文化中贬抑女性、诅咒女性的男权集体无意识，是女性立场完全缺席时男性权力话语的恣意独白。后来《子夜》中遭吴荪甫强奸时取迎合态度的吴妈形象，也是这一性别思维模式的延续。

四　小结

茅盾在《蚀》《野蔷薇》等早期创作中，尽管努力要整合起现代时间意识，但作家的艺术冲动使他每每能超越自己阐释历史的观念限制，而立足于自我的生命体验去表现人性的丰富多样性。其性格中坚定地固守男性本性的立场与强烈的易身为女性的生命冲动这两种性别立场，有时互相对话，构成一个富有张力的艺术空间，成就了一批富有主体性的圆形人物形象；有时则互相压抑，造成了虚幻的女性镜像。其男性性别立场中既有现代人的生命真实，也有男权文化的遗迹。其成功的易性想象，使女性作为人而非仅仅是男性欲望对象物的生命逻辑向男性性别心理生成，有力地改变了男权文化臆造女性镜像、歪曲女性生命真实的局面，有效地弥补了封建等级文化所制造的性别鸿沟，同时也提示我们在人类的性别心理需求中本就存在着普遍的易性冲动，合理的性别文化机制应当充分正视人类的这一心理需求。

原载《中国文化研究》2002年夏之卷；后收入钱振纲编《茅盾评说八十年》，文化艺术出版社2011年版

郁达夫新文学创作中的
现代男性主体建构[*]

  郁达夫的诗歌绝大多数是旧体诗,属于现代的传统文学,不属于狭义的新文学[①]。但郁达夫的小说、散文不仅是语体文的,思想意识也明显区别于其古体诗,属于狭义的新文学。郁达夫小说、散文这些新文学创作的意义,就其根本点来说,并不在于建构家国意识。郁达夫曾说,《沉沦》和《南迁》,"这两篇东西里,也有几处说及日本的国家主义对于我们中国留学生的压迫的地方,但是怕被人看作了宣传的小说,所以描写的时候,不敢用力,不过烘云托月的点缀了几笔"[②]。

---

[*] 本文所引郁达夫作品,除加脚注的以外,全部出自《郁达夫选集》(上、下),北京.人民文学出版社,2001年版。

[①] 狭义的新文学指"'文学革命'以来的白话文学",广义的新文学指"民国以来以白话为主干但绝不完全排斥其他语言形式(如文言、方言)的具有现代意义的汉语文学创作"。见丁帆主编:《中国新文学史》绪论,北京.高等教育出版社,2013年版,第1页。

[②] 郁达夫:《〈沉沦〉自序》,原载《沉沦》(郁达夫著),上海.泰东书局,1921年版;转引自《郁达夫研究资料》上册(王自立、陈子善编),天津.天津人民出版社,1982年版,第185页。

可见，郁达夫在其小说中是有意抑制可能被视为宣传的爱国主题的。这倒不是说郁达夫缺少沉痛的家国意识，而是说他认为小说应该远离宣传，应该偏重于表达个人化的生命经验。郁达夫新文学创作的意义，就其根本点来说，也不在于建构真率、不虚伪的道德。尽管确如郭沫若所言："他那大胆的自我暴露，对于深藏在千年万年的背甲里面的士大夫的虚伪，完全是一种暴风雨式的闪击，把一些假道学、假才子震惊得至于狂怒了。"① 郁达夫自己也说："我只求世人不说我对自家的思想取虚伪的态度就对了。"② 但问题是，中国文学自古以来就存在着大胆暴露与真道学、假道学的对立。冲击假道学、坦率地暴露自我，不过是一类文学的共同特征。以冲击假道学定位郁达夫创作，并不能把郁达夫创作与自古以来的欲望写作如《金瓶梅》等区别开来。实际上，20 世纪 20 年代，陈西滢就曾敏锐地指出，郁达夫"所描写的是青年的现代的苦闷"③，周作人则认为"他的小说里的主人翁可以说是现代的青年的一个代表"④。然而，这"青年的现代的苦闷"的内涵是什么，它又何以现代，何以具有代表性，后来的研究却多有误解，往往赋予它太多与家国意识、道德建构等相关的"积极"意义。

卡林内斯库《现代性的五副面孔》一书把颓废界定为现代性的面孔之一，这给郁达夫新文学创作评价带来了新的理论视野。李欧梵受其启发，把"郁达夫早期作品对于'死的意义'和情绪的表述（如《沉沦》《银灰色的死》）"归为美学上的颓废，并确认其为"现代性的另一面"⑤。吴晓东则进一步以多种西方审美现代性理论为参照，引证伊藤虎丸、福柯、柄谷行人、苏珊·桑塔格、阿尔都塞等

---

① 郭沫若：《论郁达夫》，原载《人物杂志》1946 年第 3 期；转引自《郁达夫研究资料》上册（王自立、陈子善编），天津．天津人民出版社，1982 年版，第 93 页。
② 郁达夫：《写完了〈茑萝集〉的最后一篇》，原载《茑萝集》（郁达夫著），上海．泰东书局，1923 年版；转引自《郁达夫研究资料》上册（王自立、陈子善编），天津．天津人民出版社，1982 年版，第 188 页。
③ 陈西滢：《闲话》，原载《现代评论》1926 年第 3 卷第 71 期；转引自《郁达夫研究资料》上册（王自立、陈子善编），天津．天津人民出版社，1982 年版，第 318 页。
④ 仲密（即周作人）：《沉沦》，原载《晨报副镌》1922 年 3 月 26 日"文艺批评"栏；转引自《郁达夫研究资料》上册（王自立、陈子善编），天津．天津人民出版社，1982 年版，第 307 页。
⑤ 李欧梵：《现代性的追求》，北京．人民文学出版社，2010 年版，第 145 页。

人的论述,深入思辨了郁达夫创作"创生"一类"中国现代审美主体"的重要意义①。这就启发我们由此再进一步去做如下探索:把李欧梵、吴晓东借助西方现代审美理论所做出的重要发现置于中国文化历史语境中进行定位,返回中国文学审美主体演变的历史脉络中重评郁达夫重塑中国现代文学审美主体的意义。从这一视角出发,本文认为郁达夫所书写的男性青年之抑郁症之所以如李欧梵、吴晓东所确认的,是颓废的又是现代的,正是由于它疏离了男性文学传统中惯有的宏大理想或权力优势。郁达夫新文学创作的独一无二之处在于他敏锐地感应并坦诚书写了现代男性脱离封建等级制度、脱离文化优势之后所呈现出的凡人的生命状态。这既有男性走下性别神坛后所流露出的柔弱、内在分裂,也有男性面对异性情爱、同性情爱时矛盾、纠结的态度,还有青春期男性向社会撒娇的心态,以及现代人在风景审美时兼收东西方文化资源的开放态度。总之,郁达夫所创生的男性现代审美主体,其柔弱的个性气质后面,蕴含着男性通过放弃文化特权而踏上现代之旅的自觉意识。郁达夫小说、散文的独特性在于,从现代男性主体祛魅化、开放化的角度建构了中国现代文学的现代性。

一 无所依傍的柔弱

郁达夫新文学创作的现代性首先体现在,其男性心理书写中充分呈现了现代男性主体的无所依傍的生命柔弱,从而完成了男性主体的祛魅化。这类代表作品是其20世纪20年代初期抒写男性青春期"忧郁症"的小说《银灰色的死》《沉沦》《南迁》和散文《还乡记》《还乡后记》《零余者》等。

与西方古典文学偏重于推崇男性的英雄气质不同,中国古典文学充分书写并认可男性的柔弱。在男性人物形象塑造方面,即使是金戈铁马的武将军,中国文学也往往喜欢饰之以"羽扇纶巾"(苏轼《念奴娇·赤壁怀古》)的儒雅装束,发掘其"木犹如此,人何以堪"(刘义庆《世说新语》)的多愁善感气质。宋词以婉

---

① 吴晓东:《中国现代审美主体的创生——郁达夫小说再解读》,载《中国现代文学研究丛刊》2007年第3期,第3—34页。

约而不以豪放为正宗，非常典型地体现了中国文学的阴性品格。在明清文学的男性气质建构中，柔弱与敏感多情相关联，甚至普遍地成为才子不俗品质的表征。然而，除《红楼梦》这部超越性极强的经典作品之外，中国古典文学中性格柔弱、气质阴柔的书生、公子，往往与儒家文化所推崇的"自强不息""厚德载物"（《周易》）的君子一样，一般都另有治国平天下的男性人生理想或金榜题名的男性世俗志向或男主女从的男权伦理规范相支撑，其柔弱往往与男性性别群体独享的强大精神力量相关联。男性文人即便是在"虚了浮名"（柳永《鹤冲天》）的边缘状态中，也会在"贱妾茕茕守空房，忧来思君不敢忘"（曹丕《燕歌行》）、"娉娉袅袅十三余，豆蔻梢头二月初"（杜牧《赠别·其一》）的浅吟低唱中建立起品鉴女性情味的男性审美优势。总之，除《红楼梦》外，古典意义上的男性文学主体，无论多么柔弱，本质上都有其区别于女性的内在的精神强势。

郁达夫早期小说、散文中的现代男性书生，不再被古典文化中男性建功立业的人生理想、男主女从的男权伦理规范所荫庇，而像风中的芦苇那样无所依傍。无所依傍，正是东方王权和男权意识形态解体、西方"上帝死了"（尼采《查拉图斯特拉如是说》）之后，人必须独自承担的生存之重。充分抒写生命在无所依傍中种种伤痛而又不指向对有所依傍状态的向往，正是文学现代性的重要表征。郁达夫1921年发表的小说《银灰色的死》《沉沦》都侧重于抒写一位男性留学生孤独忧郁的心怀。作品完全不在意这位无名的男生有何志向追求，也不建构其在女性面前的权力优势。这个男生的孤寂心态源于一种青春期的忧郁症，与古典文学中传统男性惯有的壮志难酬、功名不遂的人生挫折感毫无关系；这个男生在低徊自怜中深陷于性爱苦闷，也没有了传统才子品鉴女色、把玩异性情味的性别优越感；这柔弱的男性在告别古典男性精神优越感的时候，也没有走向现代男性启蒙者的神坛。"他所自居的弱童形象，对男性英雄的神话，对男性启蒙、解放女性的济世角色是无情的嘲讽和彻底的逃避。"[①] 男性在郁达夫早期的小说、散文中因为生命无所依傍的柔弱而走下性别神坛，成为不再优越于女性、而与女性同等平凡的性别群体。

[①] 孟悦朴：《"感伤的行旅"——郁达夫的女性观》，载《中国现代文学研究丛刊》1994年第4期，第158页。

《沉沦》虽在表层涉及民族、国家话语，但实际上并没有真正把民族、国家意识设置为男性主体所仰仗、所向往的精神力量。文中叙述者曾抽象地交代"原来日本人轻视中国人，同我们轻视猪狗一样"，但小说并没有去摹写日本人歧视中国人的事例。男主人公在日本女学生、日本侍女面前的屈辱感，在《沉沦》中完全被表述为自我的心理过敏。因此文中那些贴标签式的国族话语，如"中国呀中国，你怎么不强大起来""祖国呀祖国！我的死是你害我的"，与人物对长兄"同室操戈"的指责一样，由于缺少切身性的经验作为支撑，就只是一种夸张的自怜自惜，并不能真正产生对所涉对象的批判能量。这正如米切尔·伊根所分析的："假如他来自中国同胞那儿的自我想象的精神错乱是虚假的，那么他自认为是日本种族偏见的牺牲品同样是值得怀疑的了。"①这样，郁达夫笔下忧郁感伤的男性，便以其疏离传统男性群体独有而传统女性群体无法分享的家国理想、功名追求及男权优势而呈现出祛魅化的颓废特质、现代特征。正因此，"在审美视野里，郁达夫酷爱'优美'，也不回避'滑稽'、'丑怪'，却只是特别忽略'崇高'"②。

　　当然，这并不意味着郁达夫早期的新文学创作就完全割裂了与古典男性文学传统的联系。这体现在两个方面。首先体现在其古体诗词对新文学创作的渗透上。郁达夫是现代最优秀的古体诗作者之一。天涯寥落、青春失意的孤寂感是郁达夫早期小说、散文与古体诗创作的共同主题，而国家兴亡、个人壮志、出世情怀这些传统男性文学的惯常主题，则是其早期小说、散文中较少出现而古体诗中普遍存在的内容。他的七律代表作《无题·醉拍栏杆酒意寒》，抒写男性"未拜长沙太傅官""五噫几辈出关难"的壮志未酬的寥落心态，以及"也为神州泪暗弹"的忧国情怀③。这首诗以男主人公醉后吟唱的方式镶嵌在小说《沉沦》中。传统的男性人生理想，虽然被郁达夫挡在自己的小说、散文的核心主题之外，却

---

① 米切尔·伊根著、穆桑译：《郁达夫：传统文学与现代文学的过渡》，载《中国现代文学的主潮》（贾植芳编），上海．复旦大学出版社，1990年版，第251页。
② 许子东：《郁达夫风格与现代文学中的浪漫主义》，载《文学评论》1983年第1期，第71页。
③ 整首诗为："醉拍栏杆酒意寒，江湖寥落又冬残。剧怜鹦鹉中州骨，未拜长沙太傅官。一饭千金图报易，五噫几辈出关难。茫茫烟水回头望，也为神州泪暗弹。"见郁达夫：《沉沦》，载《郁达夫选集》（上），北京．人民文学出版社，2001年版，第49页。

又被他接纳到其古体诗中，渗透于新文学文本中，而且还在文学接受层面上受到新旧文学领域乃至日本汉学界的共同赞赏。这一方面说明以个人志向和家国理想为主要内涵的传统男性情怀，虽然不同于无所依傍的那一类现代男性心态，却并不与之决然对立。这一类传统男性情怀也完全可以在现代性转换过程中经过甄别、扬弃而使其合理部分融入现代男性意识中，获得现代社会的广泛认同。也就是说，男性现代意识这个范畴，实际上既包含古典男性没有、现代男性独有的无所依傍的生存体验，也包含由古典男性情怀延续而来的家国情愁。另一方面，两种不同的男性心态分存于不同的文体中，也说明郁达夫这一时期小说、散文中所认取的现代男性无所依傍的柔弱心绪，并不仅仅是创作主体自我心境的自然流露。匡亚明和许钦文早就指出郁达夫与其笔下自叙传主人公并不相同[1]。米切尔·伊根也认为在自叙传问题上，人们对郁达夫小说长期存在误解。他说："郁达夫作为一个真正的作家，个人往往被人同作品中的隐含的作家，或叙述人物混淆起来。"[2] 生活中的郁达夫与《沉沦》的隐含作者、《沉沦》的叙述者之间并不完全重合。在小说、散文这类新文学创作中着意认取凡人的柔弱、着意降低民族和国家意识的调子[3]，是郁达夫在读了一千多本西方小说后在小说内容和文体两方面自觉追求现代性的结果[4]。确实，《银灰色的死》《沉沦》等小说以情绪抒写为核心，在艺术追求上也明显区别于以情节营构见长的古典小说，代表了郁达夫小说艺术的最高成就。

---

[1] 匡亚明：《郁达夫印象记》，原载《读书月刊》1931年第2卷第3期；转引自《郁达夫研究资料》上册（王自立、陈子善编），天津．天津人民出版社，1982年版，第62—65页。许钦文：《郁达夫丰子恺合论》，原载《人世间》1935年第28期；转引自《郁达夫研究资料》上册（王自立、陈子善编），天津．天津人民出版社，1982年版，第393页。

[2] 米切尔·伊根著，穆桑译：《郁达夫：传统文学与现代文学的过渡》，载《中国现代文学的主潮》（贾植芳），上海．复旦大学出版社，1990年版，第248页。

[3] 郁达夫20世纪30年代创作的《郁达夫自传》中对自己留学生活的回忆多有切身的民族屈辱经验。这与《银灰色的死》《沉沦》着意摒弃这种切身经验，只留下标签式的国族话语恰好形成对照。

[4] 郁达夫曾回忆留学生活说："在高等学校里住了四年，共计所读的俄德英日法的小说，总有一千本内外，后来进了东京的帝大，这读小说之癖，也终于改不过来……"见郁达夫：《五六年来创作生活的回顾——〈过去集〉代序》，原载《过去集》（郁达夫著），上海．开明书店，1927年版；转引自《郁达夫研究资料》上册（王自立、陈子善编），天津．天津人民出版社，1982年版，第201页。

其次，郁达夫早期新文学创作与古典男性文学传统的复杂关系还体现在《银灰色的死》《沉沦》中那些贴标签式的国族话语中。"祖国呀祖国！我的死是你害我的"这类国族话语，虽然没有内化为文本中男主人公的深层心理情愫，使得男性主体呈现出不想有所依傍的孤独，但以国族话语为表层情绪标签，仍然使得这一男性主体在深层情感体验中割断与国族认同关系的同时，又在表层上与国族这一宏大主体建立起了某种关联；而且，这种国族话语把中国和日本视为平等的国家，而不是视为华夏与夷狄这种中心与边缘的关系，具有明确的现代民族意识，显然又是古典男性家国情怀经现代性扬弃的成果，体现了郁达夫文学男性主体祛魅化之外的另一面，即在浅层话语场面上仍然与现代国家意识存在关联。

正因为郁达夫新文学创作中的民族、国家话语与作品人物深层心理上的无所依傍状态之间存在断裂，所以"《沉沦》结尾的主人公的喊叫一直是日本人难以了解的问题"①。而几十年来许多海内外研究成果常用《沉沦》的表层民族、国家话语来遮蔽作品人物深层的无所依傍状态，盛赞其爱国情愫，则是接受者自身思维中过分执着于生命之积极意义的固有框架使然。《沉沦》《银灰色的死》中浅层的民族、国家话语与柔弱颓废的深层生命体验立体地建构了现代男性主体精神的重要一维，也体现了文学未必要把"载道"放在首位、也可以偏重于为生命存在作证的"言志"本色。

二 无法统一的内在分裂

郁达夫早期新文学创作实现男性主体祛魅化、追求文学现代性的另一途径是抒写男性性爱意识的无法统一的内在分裂。其笔下自叙传男主人公往往深陷于欲望与理性的冲突，难以自拔。而主体的分裂恰好是现代人的重要特征。

《银灰色的死》《沉沦》中那个无名的留学生困于青春期的忧郁症。这种忧郁症的产生与文学幻想有关。男主人公从中学辍学回家后，沉醉于作诗、写小说，

---

① 大久保洋子：《郁达夫小说研究在日本》，载《中国现代文学研究丛刊》2005年第5期，第222页。

于是,"他的幻想愈演愈大了,他的忧郁症的根苗,大概也就在这时候培养成功的"。这种青春期忧郁症主要表现为相互贯通的两个方面。一个方面是在自我与世人相对立的体验中自怜自恋。《沉沦》的主人公,"他近来觉得孤冷得可怜",自言自语说:"世间的一般庸人都在那里妒忌你,轻笑你,愚弄你。"另一方面则是在男性自我的本能欲望与理性原则相冲突中承担主体分裂的精神痛苦。这被郁达夫表述为"灵肉的冲突"①,但实际上并不是情爱中情感因素与欲望因素之间的冲突,而是男性自我的节欲原则与本能欲望之间的冲突。灵在这里是理性原则,而非明清以来文学中流行的情感因素。《沉沦》中男主人公青春期的本能欲望无法抑制,忍不住沉溺于手淫、窥淫、上娼家买醉这些他的理性所不能认可的行为中。"他本来是一个非常爱高尚爱洁净的人,然而一到这邪念发生的时候,他的智力也无用了,他的良心也麻痹了,他从小服膺的'身体发肤''不敢毁伤'的圣训,也不能顾全了。他犯了罪之后,每深自痛悔,切齿的说,下次总不再犯了,然而到了第二天的那个时候,种种幻想,又活泼泼的到他的眼前来。……他犯罪之后,每到图书馆里去翻出医书来看,医书上都千篇一律的说,与身体最有害的就是这一种犯罪。从此之后,他的恐惧心也一天一天的增加起来。"偷窥房东女儿洗澡、偷听苇草丛中的男女野合之声,他既沉醉又痛骂自己:"畜生!狗贼!卑怯的人!"到娼家去买醉后,他痛责自己:"我怎么会走上那样的地方去,我已经变了一个最下等的人了。悔也无及,悔也无及。我就在这里死了吧。"《银灰色的死》《沉沦》中所着意表现的男性性爱苦闷,不是源于男性与性爱对象的关系问题,如对方是否接纳自己、两人是否感情契合等;更不是源于男性与外部世界的压力问题,如"五四"青年普遍面对的自由恋爱与包办婚姻的冲突问题;而是源于男性自我的内部冲突问题。在郁达夫理性与欲望二元对立的价值框架内,与男性本能欲望相冲突的理性原则主要由道德原则和科学原则两方面构成。道德原则有两条,一条是人必须节制欲望、必须追求高尚情操的道德自律原

---

① 郁达夫:《〈沉沦〉自序》,原载《沉沦》(郁达夫著),上海:泰东书局,1921年版;转引自《郁达夫研究资料》上册(王自立、陈子善编),天津:天津人民出版社,1982年版,第185页。

则。这一道德原则既为古典文化所推崇，也为现代文化所接纳。另一条是"身体发肤""不敢毁伤"的传统孝亲原则。科学原则则是手淫对身体有害的卫生学原理。这一卫生学原理虽然目前已为当代文化所颠覆，但中国传统医学和西方现代医学在长时间内都视之为当然。夏志清认为"郁达夫的罪恶和忏悔……只能用他所受的儒家教化来了解"①，道出了部分真相，却未曾注意到儒家教化原则与现代道德原则、科学原则的相通之处。在郁达夫小说中，追求道德的自我完善、追求身体健康，都被肯定为积极向上的人生态度，但同时又被表述为难以坚守的理性原则；而与之相对立的欲望沉溺，则被评判为下流堕落，但同时又被界定为难以克服的本能。

把理性和欲望设置为二元对立项，表现理性与欲望的冲突，既肯定理性又理解自然人性，这在中国文学创作中可谓古已有之且源远流长。所不同的是，古典文学中这种理性与欲望的冲突问题最终都能得以解决，其主人公和隐含作者最终都能从主体的分裂状态中解脱出来，作品的价值取向一般是理性战胜了欲望或收编了欲望，理性总能取得最终的胜利。人物克服欲望、回归理性的古典代表作是元稹的《会真记》；人物沉溺于欲望而不能回归理性，最终咎由自取、走向毁灭的古典代表作是《金瓶梅》；人物沉溺于欲望但欲望最终被纳入理性轨道，理性与欲望的冲突由此得到化解的古典代表作则有《西厢记》《墙头马上》。郁达夫的早期创作不同于这些古典创作之处在于，《银灰色的死》《沉沦》中的自叙传男主人公始终深陷于理性与欲望的冲突不能自拔。充分抒写男性主体内在分裂的精神痛苦，并不走向矛盾的化解，郁达夫的早期新文学创作从男性性爱意识的角度确认并承担了现代人的主体分裂，从而获得了不同于古典和谐美学形态的现代特质。郭沫若用李初梨的话"达夫是模拟的颓唐派，本质的清教徒"②为郁达夫做道德辩护，这种现象与本质二分的思维又屡屡被后来的研究者用于《沉沦》的评价，实际上就不免遮蔽了郁达夫早期创作中理性与欲望内在分裂、并没有统一于一维的现代特质。

---

① 夏志清：《中国现代小说史》，上海．复旦大学出版社，2005 年版，第 78 页。
② 郭沫若：《论郁达夫》，原载《人物杂志》1946 年第 3 期；转引自《郁达夫研究资料》上册（王自立、陈子善编），天津．天津人民出版社，1982 年版，第 93 页。

当然，性爱意识分裂的紧张特质在郁达夫的创作中并没有持续多久。从1922年开始，郁达夫创作中的男主人公及隐含作者就从理智与欲望的分裂中解脱出来，或归从于欲望，或归从于理智了，郁达夫的性爱意识抒写由此也就迅速失去了其先锋性。人物在理性与欲望二元对立中归从于欲望的代表作，是1922年发表的小说《茫茫夜》《秋柳》。贯穿这两篇小说的男主人公于质夫相当坦荡地出入于风月场所，其欲望不再受制于《沉沦》中的洁身自好的理性原则，因而小说也多了点狭邪的意味。虽然于质夫在嫖娼的时候遵从"劫富济贫"的侠义原则，选择貌丑、年龄大、客少的妓女海棠，但于质夫在与海棠的实际接触中又忍不住不断以嫖客心态居高临下地品鉴妓女的情色等级，他对妓女的态度是"深切的同情中包含着无言的歧视"[①]，而隐含作者、叙述者对此也完全没有审视批评，因此这些小说总体格调上不如《银灰色的死》《沉沦》。人物在理性与欲望的对立中归从于理性的代表作，是1923年发表的小说《春风沉醉的晚上》、1927年发表的小说《过去》和1932年发表的小说《迟桂花》。这几部作品都是男性在美好女性的感召下克服了"卑污"的性欲冲动，完成了精神升华。这类作品确实表现了郁达夫人格中"清教徒"的一维，但这类小说只是郁达夫小说的一部分，因此"清教徒"也只是郁达夫人格中与"颓唐派"并存的一面，并非他的全部。《春风沉醉的晚上》《迟桂花》之所以是郁达夫小说中的优秀之作，源于两方面：一是从男性视角出发，塑造了清新美好的女性形象；二是多方面表现了男性内在的生命状态。除了"清教徒"意识中所体现出的向善的道德力量之外，《春风沉醉的晚上》中的男性自我还兼有郁达夫前期小说中的零余者气质，《迟桂花》中的男性自我则兼有郁达夫后期小说、散文中的名士情怀。

三　纠结的异性恋与美好的男同性恋

郁达夫在思考情爱问题时，尽管对女性世界不乏善意，但却从未着意去领

[①] 孟悦林：《男权大厦的结构者与解构者——郁达夫小说中女性和男性解读》，《文艺争鸣》1993年第5期，第33页。

会女性的生命世界，而仅仅侧重于抒写男性自我，因而其异性恋情描述便不免陷入纠结状态，存在价值缺失，反而是他的男性同性恋情书写达到了灵肉合一的维度，建构了两性主体间共在的美好境界。

由于郁达夫小说中男性性爱苦闷主要被处理为男性自我的内部冲突问题，因此隐含作者及男主人公均未曾全面深入地去审视女性世界，其异性恋书写，实际上从未建构出两性之间既包含欲望也包含同情进而升华到全面领会异性生命的现代爱情境界。这既是情爱中灵的维度的匮乏，也是情爱中两性主体间性价值立场的匮乏。作为欲望对象的女性形象在郁达夫的早期小说中是碎片化的，并不能呈现为具有丰富人性内涵的、与男性并立的另一性别主体。《沉沦》中的房东女儿仅仅因"那一双雪样的乳峰！那一双肥白的大腿！这全身的曲线"而作为强烈的性刺激物存在于男主人公的意识中。《银灰色的死》中作为男性性幻想对象的女性也仅仅止于"红白的脸色""迷人的眼睛""蔷薇花苞似的嘴唇""洋磁似的一排牙齿"这些色相层面，男主人公在酒馆娼家消受的也仅仅是女性"温软的肉体"而已，并不涉及女性的心灵世界。男主人公及隐含作者并没有由情欲向心灵世界进发，全面探问女性作为完整的人的全面性、丰富性，没有去建构两性主体间相互共鸣的情爱境界。郁达夫创作中最著名的情爱宣言是："知识我也不要，名誉我也不要，我只要一个能安慰我体谅我的'心'。一副白热的心肠！从这一副心肠里生出来的同情！从同情而来的爱情……我所要求的就是异性的爱情！"把这句话还原到《沉沦》的语境中，可以发现它所表达的其实仅仅是男性渴望单方面得到女性"安慰""体谅"的意愿，这种"安慰""体谅"也许包含欲望满足和心灵慰藉两个维度，但尚不是男女双方主体间相互关爱的现代爱情理念。大胆地把渴望女性抚慰的男性意愿置于"知识""名誉"之上，其肯定自然人性、冲击伪道学的解放意义固然不可轻视，然而这一异性恋意愿中主体间性思维匮乏的局限亦不容忽视。也就是说，操持现代爱情话语的郁达夫，对两性情爱境界的领会并没有超出渴望"红巾翠袖"（辛弃疾《水龙吟·登建康赏心亭》）来抚慰自己的古典书生。即便到20世纪20年代后期，郁达夫创作中的两性情爱书写，仍常常止于男性对女性性魅力的反应，止于男性欲望层面。《过去》中男主人公李白时与美貌女子老三再相遇时缠绵无比，其实只不过是男性本能欲望使然，其中并无灵魂共鸣的维度，对女性生存境遇的领会也非常有限。老三拒绝李白时的性侵企图后伤心而惋惜地对他说："那一年，要是那一年……你能够像现在一样的爱我，那我……我也……不会……不会吃这一种苦的。"这样，作品就通过女性人物之口把纯粹的男性性欲冲动行为界定为爱。然而这体现的恰恰是隐含作者爱情观念本身的匮乏，即隐含作者的意识中缺乏灵肉统一的爱情境界，只能把爱情理解为纯粹的欲望满足。"爱情"这个新颖而时尚的现代词汇，在郁达夫的话语中是个所指贫瘠的空洞能指。

与此相对照，倒是一些主要不作为男主人公情欲对象出现的女性形象，在郁达夫创作中能够在一定程度上与男主人公建立起相互理解的主体间性关系，在形象塑造上也较为立体化。《银灰色的死》中的酒吧侍女静儿与男主人公"就是一对能互相劝慰的朋友了"。《南迁》中的中华男留学生伊人与日本女学生O虽萍水相逢，却能领会对方的人生感受。这两组男女关系，介于友情与恋情之间，存有一点异性间相互牵挂、不容他人插足的微妙的情爱萌芽，但始终没有走到激发异性情欲的状态中。他们能够在一起倾诉各自的人生苦闷，理解对方的烦恼，安慰对方的心灵。《春风沉醉的晚上》中热忱正直的女工陈二妹和《迟桂花》中天真无邪的年轻寡妇翁莲儿，是郁达夫创作中最富有感染力的女性形象。在她们的感召下，男主人公升华了情欲。这一方面体现了郁达夫视情欲为卑污的一贯立场；另一方面也说明，也许郁达夫只有脱离了情欲方能更好地理解女性世界、想象女性世界，才能与女性建立起主体间共在的关系。对异性的情欲，在郁达夫的心理结构中不仅不是激发两性相互理解的媒介，反而可能是阻碍他全面领会女性生命的魔障。

确实，男性在作为情爱对象的女性面前倍感窘迫以至无法舒展精神、失去思维能力，是郁达夫书写异性恋时经常表现的情状。《沉沦》中的男主人公"他"见到"两个穿红裙的女学生""呼吸就紧缩起来"，上娼家闻到"女人的香味"就觉得"实在是被这一阵气味压迫不过了"。《逃走》甚至写到十二三岁的男孩儿澄儿遇到心爱的小姑娘莲英竟窘迫到自己无法承受的地步，以至"就同患热病的人似的一直一直的往后山一条小道上飞跑走了，头也不敢回一回，脚也不敢息一息地飞跑走了"。《清冷的午后》和《迷羊》两篇小说更是充分书写了男性沉溺于女伶"丰肥鲜艳"的肉体中无法自拔的心理无能情状。稍后的茅盾小说创作继承了郁达夫书写男性在女性性魅力面前倍感压抑的倾向。

郁达夫20世纪20年代的新文学创作中，男主人公常常惑于女性的性魅力，甚至由此滋生出一些恐惧。隐含作者和叙述者深切同情男性的这种窘境，但男主人公并没有把自己由窥淫、买淫所引发的道德焦虑转嫁到女性对象身上，叙述者和隐含作者也没有用尤物、祸水这样的道德贬义词或红粉骷髅这样的虚无意识来污化欲望对象，由此隐含作者和男性人物都对女性世界表现出极大的善意。正如孟悦林所言："……郁达夫很少在他的小说中贬斥女性，更没有象诅咒妖女的封建文人那样视女性为祸水。"①《清冷的午后》中的小老板因发现女伶欺骗了自己而气得发狂，以致落水而死，也仍未去诅咒那负情的女性，只不过深陷于自己的痛苦中无力自拔，只不过幡然悟到自己对不起家中的贤妻而已。

可是，20世纪30年代郁达夫从这种男性既沉醉又无力的胶着心理状态中摆脱出来后，并没有走向对异性生命的深切领会，并没有在创作中建立起男女两性主体间共在的价值立场，而是在试图把握异性世界时走向不合理地诅咒女性欲望。1932年创作的小说《她是一个弱女子》便是这种污化女性欲望之作。小说把女主人公郑秀岳界定为弱女子，隐含作者表达的主要不是传统男作家惯有的怜香惜玉情怀或启蒙男作家救赎受难女性的悲悯心态。郑秀岳之弱乃是意志之薄弱。她一步步背弃高尚的精神生活，屈服于肉欲，终不得好死，也带累了丈夫。郁达夫在这女性欲望审视中，延续了其男性欲望书写时视本能欲望为卑污的价值立场，却明显减弱了其男性欲望书写中既贬斥欲望又充分理解本能欲望难以压抑的人性化态度。小说中，情夫张康发现郑秀岳除自己之外还另有情人，便暴打郑秀岳，并对郑秀岳的丈夫吴一粟说："我今天替你解决了她。"丈夫吴一粟则代淫妇郑秀岳向情夫张康求饶。这里，隐含作者虽然借丈夫吴一粟的宽恕、自责在一定程度上表达了对堕落女性的宽恕和同情，但吴一粟的求饶中、叙述者对张康的叙述态度中都丝毫没有指责张康暴行的意味，作品赋予张康暴行以武松杀嫂、石

---

① 孟悦林：《男权大厦的结构者与解构者——郁达夫小说中女性和男性解读》，载《文艺争鸣》1993年第5期。

秀杀潘巧云般的正当意味，这样，隐含作者、叙述者实际上还是纵容了男性对意志薄弱女性的暴行。由情夫代丈夫伸张男权、惩戒不贞的女性，作品显然还默认了在性道德问题上对待男性和对待女性的双重标准，即男性可以出轨，女人却必须贞洁。在现代文化语境中，这篇小说审判、贬斥不贞女的价值立场和艺术想象都显得过于陈腐、单调。审判恶女人仍是郁达夫20世纪30年代小说中常见的主题。郁达夫创作中女性恶之集大成者是《她是一个弱女子》中的李文卿、《出奔》中的董婉珍。以夸张的方式堆砌女性之恶，这两个恶女人形象在艺术价值上乏善可陈。

郁达夫的异性恋书写虽然在情爱的精神境界建构上、在两性主体间性价值立场的建设上颇为贫瘠，但对男性欲望的书写却丰富多样。除上文已经分析过的理智与欲望的冲突、男性的心理无能外，还有对虐恋快感、恋物欲望的认同。小说《茫茫夜》《过去》均涉及虐恋主题。《茫茫夜》中的男主人公于质夫用女性用过的旧针刺自己的面颊，又用女性用过的旧手帕揩擦血迹，"他觉得一种快感，把他的全身都浸遍了"。《过去》中的男主人公李白时回忆与美女老二交往的往事，记得当年她经常"毫不客气地举起她那只肥嫩的手，啪啪的打上我的脸来。而我呢，受了她的痛责之后，心里反感到一种不可名状的满足"。郁达夫尽管在《茫茫夜》中把这虐恋的快感命名为"变态的快味"，但两篇小说在叙述态度上均理直气壮，并没有道德贬抑和道德焦虑。散文《还乡记》则涉及恋物情结。男主人公"我"在旅途中陷入犯罪想象和恋物想象中，假想自己破窗进入一个大旅馆的屋内，拿了"一个沿口有光亮的钻珠绽着的女人用口袋"，又把一双女鞋"闻了一回，玩了一回"，最终"索性把口袋鞋子一起拿了"。尽管人物在这一幻想中有沉醉也有羞悔，但隐含作者总体上显然视此恋物情结为合理的心理现象。

郁达夫的异性情欲书写虽然丰富多样，却在价值立场上纠结难解；而其男性同性恋书写则建立起了灵与肉统一、情爱双方相知共鸣的主体间和谐共在的美好境界。小说《茫茫夜》和《秋柳》中，二十五六岁的男青年于质夫与十九岁男青年吴迟生的同性恋情一直交叉穿插于质夫的异性恋故事中。于质夫初见瘦弱的吴迟生，就被吴迟生"同音乐似的话声""迷住了"。此后二人相互体贴，彼此间既有知己之情的深切领会，也有感性欲望的满足。当吴迟生"把他那纤弱的身体倒在质夫的怀里"时,"质夫觉得有一种不可名状的快感,从迟生的肉体传到他的身上"。别离后,绵长的相思之情还时常萦绕在于质夫心头。郁达夫小说中,同性恋是与异性恋并行不悖的一种正当的恋情。其情爱境界和谐美好,并没有郁达夫异性情欲书写所承载的道德焦虑、心理压力。这显然继承了中国文化普遍接纳同性情欲的传统。与中国古代传统不同的是,郁达夫笔下的男性同性恋情并无古代男色文化中惯有的一主一从的权力等级关系,于质夫与吴迟生这两个男人之间平等互爱的关系已然具备了主体间共在的现代情爱特质。

与男性同性恋情的美好书写相对照,郁达夫笔下的女性同性恋情则粗鄙不堪,这体现了隐含作者只认同男性同性恋、不接纳女性同性恋的文化态度。小说《她是一个弱女子》中的女学生郑秀岳与同学李文卿的同性情欲,被阐释成她多种淫乱行为的一种。

郁达夫的异性恋书写和同性恋书写广博丰赡,其中既有从现象世界中提取出来的真挚情愫,如男性在异性恋中的局促心理、男性在同性恋中的美好体验都真切动人;但有时也存在"从心理学的书里偷些东西,补他才力的不足"[1]的情况,如其虐恋描写和恋物癖描写便因缺乏心理深度而未免流于炫奇。

四 青春期男性向社会撒娇的心态

郁达夫早期的新文学创作,往往借怜惜男性的处境来控诉社会,但这种充满着自怜自恋情绪的控诉,在多数情况下并不是一种认真的社会批判,表达的主要是青春期男性向社会撒娇的心态。这一主题遍及郁达夫 20 世纪 20 年代初期的创作,而尤以《还乡记》《给一个文学青年的公开状》这两篇人物、叙述者、隐含作者高度统一的散文为集大成者。

《还乡记》中,隐含作者自我认同为"有妻不能爱,有子不能抚的无能力者,在人生战斗场上的惨败者,现在是逃亡的途中的行路病者"。这并不是对社会结构进行客观分析之后隐含作者对自己生存处境的现实描述,而是其弱者认同

---

[1] 夏志清:《中国现代小说史》,上海.复旦大学出版社,2005 年版,第 79 页。

心态的主观投射。在把自己指认为弱者的时候，作品并没有固定的控诉对象，隐含作者基本上是遇到谁便把谁作为对照者，借之哀怜自己的处境。他不仅在与人生得意的"厅长""参谋"的对举中把自己指认为"孤独的异乡人"；哪怕见到农夫，他也要哀感自己的腕力不如他们；遇到载着女学生的人力车夫，他也不免"心里起了一种悲愤"，对他们既"憎恶"又"原谅"，感叹道："你们这些可怜的走兽，可怜你们平时也和我一样，不能和那些年轻的女性接触。这也难怪你们的，难怪你们这样的乱冲，这样的兴高采烈……啊啊，我若有气力，也愿跟了你们去典一乘车来，专拉这样的如花少女。"这种完全不顾人力车夫真实境况的无理慨叹，投射的其实只是隐含作者任性地向社会撒娇的青春心态及渴慕异性的青春欲望。由于抒情的落脚点是哀怜自我，因此厅长、参谋、农夫、人力车夫，乃至自己的妻子、儿子，在《还乡记》中都是隐含作者借以触发自怜自恋情结的道具，并未牵系作者的探索热情，并不是正儿八经的批判对象或关怀对象。同时，隐含作者的自我身份认同也不追求客观真实，而常常落脚于想象世界，仅凭自己的心境选择最边缘人、最悲惨者来投注怜惜自我的悲情。旅馆要求登记籍贯、职业，他就写上"朝鲜""浮浪"，然后就"倒在床上尽情的暗泣起来"。他还想象自己是被绝世佳人抛弃的落魄者，是扶灵柩而归的旅人，从而自怜自惜。

尽管隐含作者及人物偶尔也在小说、散文中标榜自我在世人面前的某种优越性，如《南迁》中的伊人在学问上优于其他学生，如《还乡记》中祖母在梦里对"我"说："达！你太难了，你何以要这样的孤洁呢！"但就总体倾向而言，郁达夫在自怜自恋中一般是以纯粹的弱者自诩的。其自叙传主人公不仅在处境上处于劣势，同时也并不建构自我的道德优越感，并不着意论证自我存在的历史合理性。在这点上，郁达夫既区别于以道德人格傲世的一类传统士人，也不同于以追寻理性为己任的一类现代知识分子，而显出颓废的精神走向。《茑萝行》中，郁达夫说自己是"生则于世无补，死亦于人无损的零余者"。这种自我认同说明，郁达夫确认自我的生命价值并不依赖于社会贡献这一维度，也提示研究者在评价郁达夫创作时应该更加关注个体生命存在的意义自足性。《给一个文学青年的公开状》中，郁达夫以夸张的方式哭诉大学毕业生生存之艰辛，渲染文人处境之悲惨，最后建议可怜的文学青年去做贼。他说："无论什么人的无论什么东西，只教你偷得着,尽管偷吧!"这当然并不是真正的诲盗,因为该文预设的隐含读者并不是标题中所提示的文学青年,而是社会;隐含作者的写作意图不过是撒娇似的向社会哭诉"我们这些大学毕业生、我们这些文人都已经落魄到只有偷盗一条生路了",希望引起社会的怜惜抚慰。然而,做贼尽管是一种不必当真的建议,但以做贼的建议向社会撒娇,至少也表明郁达夫的身份认同中没有多少道德建构意图或历史理性追求。《茫茫夜》《秋柳》,写于质夫在江北某法政学校任教的生活,其中涉及正义校长与恶劣军阀的矛盾,触及学生闹事。尽管与隐含作者贴近的主人公于质夫明了是非,却将自己置身于社会正义问题之外,对其漠不关心,而只眷注于自己的情爱、欲望。这些再次表明,郁达夫创作的现代性理路主要延续的并不是晚清以来的民族救亡图存的思想理路,并不着力于宏大历史问题,而是落脚于个体的解放、人性的解放。

中国文学在文人心态抒写方面,既有认取自我之高洁以傲视世俗的强大传统,也有以哭穷、哭病、哭老、哭弱向社会撒娇的小传统。孟浩然的"不才明主弃,多病故人疏"(《岁暮归南山》),就是以"不才""多病"的边缘窘境向君王、向社会撒娇。相比较而言,郁达夫的撒娇多了青春少年的热情与真诚,少了老才子的酸腐气,因而更具审美感染力。这种真诚热情的撒娇,从"五四"时代起即获得一代代脆弱敏感青年的广泛共鸣。

五 风景审美时的开放心态

在情爱关系上,郁达夫的新文学创作率真地袒露了现代男性主体的内在矛盾;而在与大自然的关系上,郁达夫小说、散文则展示了中国现代男性主体兼收东西方审美资源的宽广襟怀。与同时代作家相比,郁达夫20世纪20年代风景描写的特色在于率先汲取西方审美精神,而20世纪30年代风景描写的特色则在于出色地继承了中国传统审美文化。无论侧重于哪一种审美资源,他在小说、散文中都体现出一种现代主体自信、开放而非封闭、狭隘的文化态度。

日本的自然景色常常出现在郁达夫20世纪20年代初的小说、散文中。自叙传男主人公及隐含作者并没有用猎奇的眼光去看异域风光，而是以平常心态去品鉴日本的自然之美，从而表现出一种主体的从容、淡定。进入郁达夫审美视野的日本风光主要是日光、晴空、稻田、树木、花草、沙滩这些具有普遍性的对象，而非日本独有的奇特风物。面对这些自然景物，作为审美主体的自叙传主人公及隐含作者也并不强调自我的异族身份，作品把日本风景与自我的关系处理成纯粹的自然与人的关系，隐含作者由此流露出审美问题上超越狭隘国族意识的"国际视野"①。

饶有趣味的是，这一时期郁达夫对自然美的鉴赏趣味明显受到欧洲油画的影响。《沉沦》中，男主人公"他"看远方地平线上的高山，只见"山的周围酝酿成一层朦朦胧胧的岚气，反射出一种紫不紫红不红的颜色来"；把审美眼光拉回近处，"他忽然觉得背上有一阵紫色的气息吹来，息索的一响，道旁的一枝小草竟把他的梦境打破了"。这种风景描写着意捕捉光线、色彩、香味的微妙之处，造就温馨明媚的景象，营构令人沉醉的氤氲氛围，显然吸收了西洋画注重"光影的透视法"和"空气的透视法"的特点②，而区别于注重写意、讲究空灵的中国山水诗和山水画。郁达夫是最早在风景描写中吸纳西方审美资源的中国作家之一。

更有意思的是，郁达夫新文学创作中，隐含作者及自叙传主人公在风景审美中所产生的家园认同意识，不仅指向中国传统的世外桃源，也指向他未曾涉足的欧洲景象。"在这清和的早秋的世界里，在这澄清透明的以太（Ether）中，他的身体觉得同陶醉似的酥软起来。他好像是睡在慈母怀里的样子。他好像是梦到了桃花源里的样子。他好像是在南欧的海岸，躺在情人膝上，在那里贪午睡的样子。"慈母怀抱与情人膝上并列，桃花源世界与南欧海岸对举，虽然未免生硬，却正典型地体现了郁达夫这一时期文化认同上东西方资源兼收并蓄的开放状况。

---

① 李欧梵：《引来的浪漫主义：重读郁达夫〈沉沦〉中的三篇小说》，载《江苏大学学报》2006年第1期。
② 宗白华认为西洋透视法不同于中国画法的三个特点是："几何学的透视法""光影的透视法""空气的透视法"。见宗白华：《中西画法所表现的空间意识》，载《艺境》，北京．北京大学出版社，1987年版，第102页。

桃花源世界和南欧海岸，都不是个人对现实景象的追忆，而是作者由文学阅读而建构起来的精神家园，是想象中的诗意栖居之地。由于郁达夫的欧洲文学阅读是在日本完成的，而其创作又是在中国被广泛接受的，因此可以说，郁达夫这一时期的风景描写正典型地表现了彼时欧洲文化对东亚文化的巨大影响，也展示了郁达夫对中外审美资源均不排斥的拿来主义态度。郁达夫正是借助中国古代的乌托邦理想与西方的浪漫幻境打破了东亚现代风景的"自足性"，赋之以"文化和美学的附加值"①。郁达夫的文化立场明显区别于狭隘的民族主义者或单一的进步论者。

郁达夫20世纪30年代的风景描写，欧洲文化的印迹仍然存在。最典型的例子便是散文《钓台的春昼》中，"我"在严子陵钓台上，"立时就想起了曾在照片上看见过的威廉退儿的祠堂"，并觉得"这四山的幽静，这江水的青蓝，简直同在画片上的珂罗版色彩，一色也没有两样"。但这一时期郁达夫风景描写的最大成就却是继承并发扬了中国文学日常生活审美化的美学传统。代表性散文有《故都的秋》《钓台的春昼》《江南的冬景》和《北平的四季》。这些散文中，品鉴风景、感悟季节是抒情主体日常生活的一部分，其中透露着作者从中国名士文学传统中继承而来的闲适心态与落寞情怀。"在北平即使不出门去吧，就是在皇城人海之中，租人家一椽破屋来住着，早晨起来，泡一碗浓茶，向院子一坐，你也能看得到很高很高的碧绿的天色，听得见青天下驯鸽的飞声。从槐树叶底，朝东细数着一丝一丝漏下来的日光，或在破壁腰中，静对着像喇叭似的牵牛花（朝荣）的蓝朵，自然而然地也能够感觉到十分的秋意。"隐于人海、安于破屋，一边品茗，一边从居所周围的景物中体会秋意。这样，一个富有中国情调的士人形象便呼之欲出。丰厚的中国传统文化积淀使得这篇《故都的秋》成为中国现代散文创造性地吸收传统资源的经典之作。

尽管屡有研究从郁达夫钟情于自然山水中发掘其隐逸倾向，比如夏志清就

---

① 吴晓东：《郁达夫与中国现代"风景的发现"》，载《中国现代文学研究丛刊》2012年第10期。吴晓东更侧重于讨论郁达夫风景描写与旅游产业的关系、风景描写中的东西方权力关系。

认为"他在好些文章里以道家的隐士姿态出现"①,李欧梵把郁达夫的人生前后两阶段区分为"浪子"和"隐士"两种形态②,但实际上郁达夫小说、散文中的山水趣味与其说是隐士的,倒不如说是名士的。隐士、名士两者互有交叉,皆疏离社会政治、伦理,寄情于自然山水,但隐士更多超然出尘的隐逸气息,名士更多率性任情的凡间味道。尽管郁达夫的古体诗中多有"日与山水亲,渐与世相忘"③"何当放棹江湖去,芦荻花间结净庵"④的逃禅隐居意味,他在自传中也宣称自己"喜欢遗世而独立",但他的小说、散文中的山水趣味却少有否定世俗社会的意味,而倾向于世俗生活的审美化。郁达夫散文对北平四季、江南冬景的感受,体现的是士大夫将凡间生活艺术化的雅趣,并不含逃离世俗日常生活的意味;郁达夫山水游记皆用外来者视角品鉴闽浙风光,并注重发掘其中由历史文化沉淀下来的人文内涵,其趣味亦不同于"云深不知处"(贾岛《寻隐者不遇》)的悠然隐者。

总之,无论是20世纪20年代在温馨明朗的大自然中舒展渴望得到抚慰的青春心理,还是20世纪30年代在审美化的日常生活中展示自己安恬与落寞并存的中年情怀,郁达夫新文学创作在面对自然风景时呈现出的都是现代审美主体对中外古今文化资源兼收并蓄的开放心态。

六 小结

"'五四'文学在极短的时间里,完成了过渡,迅速地把描写对象从神、半

---

① 夏志清:《中国现代小说史》,上海.复旦大学出版社,2005年版,第80页。
② 李欧梵著、王宏志等译:《中国现代作家的浪漫一代》,北京.新星出版社,2005年版,第102页。
③ 郁达夫:《读唐诗偶成》,载《郁达夫全集》第九卷,杭州.浙江文艺出版社,1992年版,第97页。
④ 郁达夫:《新婚未几,病疟势危,斗室呻吟,百忧俱集。悲佳人之薄命,嗟贫士之无能,饮泣吞声,于焉有作》,载《郁达夫全集》第九卷,杭州.浙江文艺出版社,1992年版,第106页。

神、上层人，转到一般普通人，转到有现代意识的现代普通人。"① 每个"五四"作家所发现的普通人并不一样。除《薄奠》《春风沉醉的晚上》等少数小说，郁达夫一般并不像鲁迅那样关注社会底层人，更未像鲁迅那样同情并批判阿Q等农民的精神创伤；郁达夫也不像周作人那样关注家庭中的边缘人，为妇女与儿童的解放呐喊。郁达夫在小说、散文这类新文学创作中，关注的是现代男性主体祛魅化以后的种种复杂心态。郁达夫也不像鲁迅那样追问"坟之后是什么"这类形而上的难题，而是聚焦当下人生，侧重抒写青春期男性面对自我、面对情爱对象、面对社会和面对自然风景时的心理状况。郁达夫小说、散文所表现的男性青年内心的柔弱、纠结、颓废，都典型地展示了现代男性主体作为普通凡人的生命热度，这些"非意识的不端方的文学"② 也只有从中国文学主体精神的现代演变这一维度来看才能显出其重要意义；郁达夫小说、散文在风景审美时所表现出的兼收东西方审美资源的广阔胸襟，也当放在中国现代审美主体生成的维度上看方能更加凸显其文化价值。郁达夫的小说、散文，虽然深受西方审美现代性的影响，却并非西方审美现代性的简单注脚或东方翻版，而是在西方审美现代性的刺激之下，中国文学男性主体在现代演变进程中所生成的崭新景象。郁达夫的新文学创作是中国文学现代性不可或缺的表征之一。郁达夫的小说、散文表明中国现代文学除"感时忧世"③ 之外，还自有其多样性、丰富性。

原载《中国现代文学研究丛刊》2015年第11期，发表时有删改

---

① 许志英、邹恬主编：《中国现代文学主潮》（上），福州．福建教育出版社，2001年版，第78页。
② 仲密（即周作人）：《沉沦》，原载《晨报副镌》1922年3月26日"文艺批评"栏；转引自《郁达夫研究资料》上册（王自立、陈子善编），天津．天津人民出版社，1982年版，第306页。
③ 夏志清：《现代中国文学感时忧国的精神》，载《中国现代小说史》（夏志清著），上海．复旦大学出版社，2005年版，第357页。

老舍小说的性别意识 *

迄今为止，老舍小说中的女性形象分析、老舍创作中的家庭婚恋观探究，已经取得了相当丰硕的成果。《骆驼祥子》《月牙儿》中的女性形象分析是其中的热点。陈留生《"性别——文化"视域里的虎妞命运》、张丽丽《从虎妞形象塑造看老舍创作的男权意识》、逄增玉《对虎妞形象及其与祥子关系的再思考》等文章，着重批评了作者在虎妞形象塑造上体现的男权意识。凯茜《试论老舍作品中的女性描写》一文则指出了老舍笔下女性形象塑造与传统文学中的泼妇形象塑造之间的关系。王桂妹、郝长海合写的《传统品格的坚守与重塑——论老舍小说中的女性观》一文，以及石兴泽《从女性形象塑造看老舍文化心理的传统走向》一文，则指出了老舍女性观、婚恋观偏于传统的思想特质。这些论者都从自己敏锐感受到的一个侧面深刻地把握住了老舍性别观念的某些特质，推动了相关研究的发展。本文希望在充分吸收已有研究成果的基础上，全面、立体地考察老舍小说创作中所呈现出的性别意识状况。

---

* 本文所引老舍作品，全部出自《老舍文集》第一至十六卷，北京．人民文学出版社，1980—1991年版。

由于文化心理固有的复杂性，一个作家的深层性别意识，往往与他表层的性别宣言、性别观念不甚一致。老舍的小说创作，便充分体现了其性别意识复杂多面的特点。在思考男性婚姻问题时，老舍在理性层面上，往往从男性中心的家庭观念出发认可无知无识的传统女性；但在深层爱情体验层面上，老舍又深切领会男性在传统婚姻中无爱的痛苦，抒写男性渴望得到女性精神共鸣的心灵需求，从而在男性立场上张扬了现代个性主义观念。在思考男性如何对待女性世界的问题时，老舍一方面秉承"五四"人道传统，在现代平等的人的立场上批判奴役女性的封建文化，同情女性受男权伤害的生命苦难；他还从善意的男性立场出发，充分抒写男性庇护美好女性的深情厚谊，塑造了一批纯洁、美好的女性形象；但另一方面，他又从男性自我防御的立场出发，对女性主体性心存恐惧与厌憎，塑造了一批压抑男性主体性的泼妇形象。这样，老舍的性别意识，就呈现出现代文化观念与传统文化观念相交织、男权立场与合理的男性立场及平等的人的立场相渗透的复杂局面。本文将努力通过对文本的综合分析，探究老舍多方面的性别心理，把握其丰富的文化内涵，并做出相应的价值评价，从而在价值取向上实现性别文化既批判男性霸权又关怀男性合理的生命需求这一目的。

一 男性立场上的个性主义追求

老舍尽管经常批评只会享乐的摩登女性，但实际上他并没有因此在男性的婚姻爱情立场上简单地回归于对传统女性的绝对肯定上。老舍一方面在《二马》中借李子荣之口表白过"……我宁可娶个会做饭，洗衣裳的乡下老，也不去和那位'有一点知识'，念过几本小说的姑娘去套交情"，但另一方面，除《骆驼祥子》之外，他很少在小说中铺写男主人公爱上传统女性的爱情心理。在他的小说中，与作家自我比较贴近的知识男性（或有一定知识的男性）一旦在婚姻中选择传统型的女性，叙事一般转为外视点，而且特别理念化，特别简略，似乎男主人公、叙述者、作家面对这一类选择的时候，都难以进入爱情应该有的丰富、细腻的感性体验中。《二马》中，李子荣对乡下姑娘的选择如此；《四世同堂》中，祁瑞全对高第的选择也是如此。瑞全选择高第的理由,一在于高第的抗日立场,二在于高第在抗战中由小姐成长为韵梅式的能伺候老人的好主妇。文本中,瑞全面对高第时的仅有的爱情心理描写是:

> 这个新高第有一种美,不是肉体的,而是一些由心中,由灵魂,放射出来的什么崇高与力量。这点美恰好是和他心中那点劲儿一样,使他仿佛要忘记她的五官四肢,而单独的把那点劲儿抓住,和她心心相印。(《四世同堂》)

祁瑞全对高第灵魂美的肯定,只是使得瑞全"忘记她的五官四肢",而没有使得"她的五官四肢"在瑞全眼中因为烙上灵魂的印迹而升华出美感,也就是说两性灵魂中的心心相印,并没有造成男性对女性感性上的认同。这表明作家对于传统家庭型女性(哪怕是已经具备抗日觉悟者)的肯定,主要在表层理念上,并没有深入到他的深层潜意识中,并没有征服他作为男性的感性体验。这种表层理念层面上对传统家庭型女性的肯定,主要是从男性中心意识出发维护女性传统美德给男性家庭生活带来的实际便利[①],而不是从男性的爱情体验出发。

相反,一旦涉及深层爱情心理,与作家自我比较贴近的知识男性面对传统家庭型女性时的无爱的感性痛苦,却是作家长于铺写,因而也是长于体验的。《离婚》《四世同堂》等小说中,李太太、韵梅这一类传统家庭型的女性,因为无知无识,难以与男主人公形成精神共鸣,使得男主人公在无法摆脱的婚姻羁绊中倍感压抑。如:

> 她不是个十分糊涂的妇人;反之,她确是要老大姐似的保护着他,监督着他,象孤儿院里的老婆婆。他不能受。她的心中蓄满了问题,都是实际的,实际得使人恶心要吐。……她的一切都是具体的。老李偏爱作梦。……(《离婚》)

李太太缺少形而上的超越性思维,缺少生命诗意。这使得"偏爱作梦"的老李痛苦不堪。这种精神痛苦甚至扭曲了夫妻在生存层面上相濡以沫的情意,扭曲了人

[①] 石兴泽在论文《从女性形象塑造看老舍文化心理的传统走向》中曾指出老舍把女性定位在家庭实际问题上是从"男性中心出发"。该文载《聊城大学学报》2002年第5期。

性。老李病重，得到太太的深情照料，结果他清醒过来后反而觉得自己"在生死之际被她战败"，并为自己"欠着她一条性命的人情"而懊恼。作家通过铺写男性在无爱的婚姻中因精神压抑而趋于变态扭曲的深层心理，触目惊心地揭示了缺少心灵共鸣的夫妻关系对人的精神戕害有多么深。《四世同堂》中，韵梅尽管具有传统型女性的一切美德，但是祁瑞宣长时间内却不得不忍受着心灵隔膜的孤独。

在深层爱情体验中充分表现知识型男性面对传统家庭型女性时的精神孤独，老舍从现代男性立场上建立起了以心灵共鸣为尺度的爱情意识，树立起了反对家长包办的婚姻观念，从而从男性立场上坚持了"五四"的个性主义观念，在性爱意识方面取得了现代性的文化向度。

二 男性个性主义与女性主体性

然而，这里还有两个问题值得追问：一是这种男性立场上的个性主义观念是否能够在平等的人的立场上尊重女性；二是这种男性立场上的个性主义观念在中国现代文化语境中能否坚持到底。实际上，老舍在小说中，时而能够把受旧式婚姻制度之害的男女放在平等的人的立场上给予同情；时而又不免滑入男性中心立场，在悲悯男性精神痛苦的同时，否定女性合理的生存需求；时而又受到整合民族意识需求的影响，在盲目赞美女性传统品格的同时放弃了对男女深层爱情体验的观照，放弃了对男女个体主体性立场的坚守。

老舍同情觉醒了的男性在传统婚姻中的爱情痛苦，同时他也在多篇小说中深刻揭示女性在传统婚姻制度中所遭受的精神压抑和生命戕害，从而体现了他在平等的人的立场上关心妇女命运的现代人道精神，体现了他作为"一个启蒙主义者的清醒意识"[1]。这不仅表现在他激烈批判把女性当作性消费品的男权传统观念上，还表现在他对一些具有国民性弱点的传统型女性生存境遇的悲悯中。

《老张的哲学》《赵子曰》《猫城记》《牺牲》《四世同堂》中，老舍都以强烈的

---

[1] 王桂妹、郝长海:《传统品格的坚守与重塑——论老舍小说中的女性观》，载《中国现代文学研究丛刊》1999 年第 2 期，第 265 页。

义愤，批判娶妾的男权陋习，批判男性把女性看作色消费品的非人观念。老张、欧阳天风玩弄妇女、买卖妇女，蓝小山认为"女子就是擦红抹粉引诱男性的一种好看而毫无实在的东西"，蓝东阳、李空山纯粹把女性当作欲望对象物，这些人在老舍笔下都是极端丑恶的反面人物。消费女性成为老舍笔下各类恶人的共性特征，这就充分体现了老舍对消费女性、物化女性的非人观念的强烈厌憎，也体现了老舍偏重于性别伦理批判的思想倾向。

值得注意的是，老舍站在国民性批判立场观照传统女性精神弱点的时候，往往能够把对女性的人性批判与对传统女性生存境遇的悲悯结合起来。比如，《邻居们》中的明太太对邻居特别刁蛮跋扈、凶悍无礼，这与她在父子相承的男权家庭中的卑怯心态密切相关：

> 她一切听从丈夫，其次就是听从儿女，此外，她比一切人都高明。对邻居，对仆人，她时时刻刻表示出她的尊严。……她是明太太，她的霸道反射出丈夫的威严，像月亮那样的使人想起太阳的光荣。（《邻居们》）

明太太的人性恶是女奴之恶，既可鄙又可怜。作家既批判她的愚蠢、刁蛮，也对她在家庭中唯恐做不成女奴的生存境遇有所悲悯。

《新时代的旧悲剧》中，陈廉伯太太不善于陪人打牌，不善于应酬，但是不敢躲开：

> 她知道她的责任是什么，一种极难堪，极不自然，而且不被人钦佩与感激的责任。……她觉得她什么也不是，只是廉伯太太，这四个字把她捆在那里。（《新时代的旧悲剧》）

细腻而深入的心理描写，深刻地揭示出了传统女性在夫权家庭中只有角色义务而没有主体价值的痛苦境遇。在平等的人的立场上悲悯女性命运、关怀女性生命的主体价值，显然是老舍基本的文化立场。

然而，作为一个男性作家，老舍把目光放在知识型男性与传统女性的关系上时，有时却陷入男性中心立场，在张扬男性个性精神时又不免以男性主体霸权压制女性生存权、女性主体性。

《离婚》中，老李对太太任何僭越夫权权威、舒展自我的行为都心怀恨意并予以坚决压制。李太太从乡间到都市，在与丈夫的实际相处中，有逐渐摆脱传统媳妇以丈夫为天的趋向,懂得主动向丈夫要家用的钱,开始主动妆扮自己,主动与其他太太交朋友,懂得在丈夫深夜迟归时跟他耍一点小脾气。也就是说,李太太开始逐渐摆脱家庭女奴意识而逐渐向与丈夫平等的人的观念靠近时,便被丈夫视为大逆不道,并立即予以压制。小说中提到:

> 前几天的要钱,剪发,看朋友去,都是她试验丈夫呢;丈夫没有什么表示,好,叫她抓住门道。今个晚上不等门,是更进一步的攻击,再不反攻,她还不定怎么成精作怪呢!……老李不言语,一口吹灭了灯,专等她放声大哭:她要是敢放声的嚎哭,明天起来就把她送回乡下去!(《离婚》)

这里,老李观念中的夫妻关系、男女关系,显然仍滞留在不是你压倒我就是我压倒你的传统主奴对峙模式上,在此基础上,他必然要严密防范妻子僭越女奴地位的行为,以免自己失去家庭主人的权力优势。这种对妻子人的意识的压制,显然已经完全溢出了老李把家庭生活当作缺少诗意的人生桎梏、追求生命超越意识的思想框架,而透露出男性对女性的强烈的霸权意识。作家尽管并没有把老李看作一个完美的人物,在许多方面对他也有审视与批评,从而实现着作家的男性自审,但在老李这一压制太太女性主体意识的思想、行为上,作者对他并没有什么否定,倒是隐含作者在老李敌视、惩治妻子女性觉醒行为的描述中也恣肆地宣泄着男性把女性重新逼回精神劣势时所产生的快感。这种由奴役另一性别、另一个体而得来的快感显然属于人性恶的范畴,违背了男女平等的现代文化理念。

  一个作家,写了大量关怀女性主体价值的作品,却在同一时期的另一些创作中陷入压制女性主体性的价值泥潭,究其原因,还是作家的男性自省意识不够。当小说中的男性人物距离作家自我比较远的时候,作家往往能够清醒地洞悉他们在男女关系问题上的价值缺陷,能够以平等的态度悲悯另一性别的生命苦难;当小说中的男性人物距离作家自我比较近甚至成为作家自我人格的替身时,作家就很容易陷入心理上的自我保护状态,而放弃对自我的深层人性拷问,从而在不知不觉中膨胀男性的主体霸权、压制女性主体性。

  其实,不仅作家纵容老李这一类男性对女性进行精神施虐的行为,是对女性主体性的压制;作家歌颂某些传统女性美德的行为,也同样走向了盲视女性主体性的价值误区。

《四世同堂》中，传统型女性韵梅与知识型男性祁瑞宣是一对父母包办的夫妻，作家在小说的开头既理解祁瑞宣在婚姻中的精神孤独，也同情旧式女性韵梅唯恐做不成祁家媳妇、"只能用'尽责'去保障她的身分与地位"的生存压力。这体现了作家超越男性视域局限、理解异性生命逻辑的精神宽度，也使得作品在这里因为男女人物心理的对话而取得了复调性。但是，小说的后半部，随着日寇铁蹄下人民苦难的日益加重，韵梅任劳任怨而成为四世同堂大家庭在苦难中的重要支撑力量；同时，韵梅从日常生活经验出发，又生发出对日本侵略者的直觉式的朴素批判。这样，她的形象在祁瑞宣和作者心目中都渐趋高大，成为作品歌颂的人物。这一形象的高大性却遮蔽了韵梅在大家庭生活中、在夫妻关系中的精神压抑之痛。"辛劳一世的劳苦妇女被人记起母亲式的形象特点，因而成了慷慨、博大、宽厚、能承受命运给与的一切的大地之母。哑的女性获得了远远超出自身性别个体之外的价值，她代表着社会革命的新兴的意识形态极要寻找的精神及物质之根——理想中给人安全感和希望的下层劳动大众。"[1]女性因为成为"新兴的意识形态极要寻找的精神及物质之根"而在男性作家的观念形态中浮出历史地表，与民族、国家、社会、历史接上轨。然而这一接轨却仅仅是在男性视域与抽象的观念形态范围内的接轨。它体现的只是男性作家"一种心理上的甚至本能地对于'母性'（'女性'）的依恋、归依"[2]。其抽象的观念形态特点与男性寻找精神支撑的立场出发点，都先在地界定了女性在面对民族、意识形态敌人时既承受苦难又具备批判意识，而在面对女性的自我主体性被为妻、为母、为媳的角色意识所销蚀的精神痛楚时，只能微笑着承受，不能审视，不能反叛。"真实的'生存痛苦'在'想象'（'幻觉'）中转换成了虚幻的'精神崇高'。"[3]在崇高的名义

---

[1] 孟悦、戴锦华：《浮出历史地表——中国现代女性文学研究》，台北：时报文化出版企业有限公司，1993年版，第43页。

[2] 钱理群：《"流亡者文学"的心理指归——抗战时期知识分子精神史的一个侧面》，载《批评空间的开创——二十世纪中国文学研究》（王晓明主编），上海：东方出版中心，1998年版，第254页。

[3] 钱理群：《"流亡者文学"的心理指归——抗战时期知识分子精神史的一个侧面》，载《批评空间的开创——二十世纪中国文学研究》（王晓明主编），上海：东方出版中心，1998年版，第257页。

下把女性钉在"尽责"的角色中，使得女性应该有的超越于角色意识之上的自我主体意识，不仅仅被压抑在文本的叙事层之外，还被排除在作家的价值立场之外了。这样，作品也就背离了最初探究女性内在生命逻辑的轨道，而仅仅把女性当作整合民族与国家意识、为男性寻找精神支撑的工具，小说的复调性也受到了伤害。

其实，作家在这里放弃观照的又岂止是女性独有的生命苦难、女性的主体意识，作家从整合民族、国家意识的立场出发，实际上也放弃了对男性深层情爱意识的探寻，放弃了对男性个性主义立场的坚守。由于把传统型女性神圣化为支撑民族苦难的精神支柱之一，作家逐渐不再去体会祁瑞宣这样的知识男性与无知识的传统女性之间的精神距离，而是臆想他们的传统婚姻在没有什么言语交流的情况下却能够因为抗日立场的一致、因为各自对大家庭尽责而趋于和谐，那么，作品实际上也就从男性立场上逐步放弃了男女之间必须有更为丰富全面的精神共鸣这一婚姻爱情尺度，因而也就从男女关系的角度让个性主义观念消解于民族、国家观念之中，消解于传统家庭观念之中。

三 无边的父性之爱

老舍作品中，真正打动男性情怀的女性，往往是一些气质纯真秀美且富有灵性的女性。20世纪40年代小说《火葬》中的梦莲、《鼓书艺人》中的方秀莲便是其典型代表。故事开始的时候，她们总是分外纯洁美好，在朴素中透出秀美、娇艳；而且她们对周围世界的庸俗污浊乃至一般的世态人情均一无所知；同时她们又都有一种天真的任性，不愿意被外部力量所操纵，想自己安排自己的生活。这种纯真与傲气，在长于以自然物比拟人格性情的中国文化传统中，特别容易让人联想到出淤泥而不染、有着亭亭傲骨的莲花。作家以"莲"为两位女性取名大约本来就隐含着这一寓意[①]。事实上，以莲花为隐喻的思路，在这两部作品中，

[①] 方秀莲的名字在《鼓书艺人》郭镜秋英译本中是 Lotus Charm，Lotus 意即莲花。《鼓书艺人》的中文原稿已经佚失，1980年《收获》杂志和人民文学出版社同时发行的中文本《鼓书艺人》，是马小弥根据郭镜秋英译本回译过来的。

不仅体现在对女性形象的描写上，还展开并渗透进女性命运的故事编织中、体现在作品的叙述视角上。

恰如纯洁的莲花总是面临被淤泥玷污的危险一样，老舍笔下的这两位女主人公也面临着被外部世界伤害的危险。这种伤害力量主要是外部男性世界中以女性为玩物的性消费欲望。这类消费女性的恶男人总是以某种历史反面力量为依仗。他们或是日本鬼子的走狗，如《火葬》中的刘二狗；或是到了新时代就会消失的黑暗力量，如《鼓书艺人》中的张文。这样，女性命运也就与历史理性挂上了钩，成为反侵略战争或时代进步的见证。尽管在《鼓书艺人》中，这种挂钩相当勉强，因为作品仅仅从议论层而不能从叙事层说明为什么张文这样的人一定是旧时代的产物，拯救秀莲的决定性力量方宝庆也看不出与新时代有什么必然联系。

以莲花隐喻女性，老舍摒弃了传统文化"残花败柳"意识中的男性性霸权意识。《鼓书艺人》中，秀莲深受张文的性伤害，但是在养父方宝庆的眼里乃至在作家的眼里，"她是个年青纯洁的妈妈，肚子里怀着无罪的孩子"，依然美好如莲花。小说结尾，作家让秀莲自己相信"幸福还是会有的"，让方宝庆、孟良决心一定要"引她走上幸福的道路"，这样，作品实际上也就超越了传统节烈观中以贞节程度衡量女性生命价值的男性性消费尺度，而能从女性本位立场来理解女性生命苦难、超越女性生命苦难，进而重新确认女性的生命价值。

有趣的是，在这两位美好女性的成长史中，都各有一位怀着深厚父爱的长辈男性宛若护花使者似的给予她们无微不至的关怀与庇护。这位长辈男性，在《火葬》中是佃户松叔叔，在《鼓书艺人》中是养父方宝庆。他们不仅在日常生活细节上给予梦莲、秀莲以细致痴迷的疼爱，还在关键时刻充当拯救的力量。《火葬》中，帮助梦莲克服恋爱困难、帮助梦莲与抗日力量接上关系的是松叔叔，与梦莲分担失去爱人痛苦的人也是松叔叔。《鼓书艺人》中，养育秀莲、保护秀莲免受好色之徒伤害的人是方宝庆，送秀莲去读书的人是方宝庆，把秀莲从爱情苦难中拯救出来的人仍是方宝庆。这些长辈男性对父爱的承当都远远超过亲生的父亲。与这种丰盈无边的父爱相比，这些像莲花一般美好的女性总是处在母爱匮乏、姊妹情谊困乏的困境中——尽管她们都是那样地渴望母爱。因此，这些长辈男性之爱，不仅填补着她们理想父爱的空缺，甚至也填补了她们母爱的空缺、姊妹情谊的空缺。另外，这些莲花一般美好的女性尽管都有热烈的爱情追求，但实际上她们的异性之爱也是匮乏的。梦莲的理想爱人丁一山，在小说一开头就已经死在刘二狗、田麻子手下；秀莲尽管先与李渊、后与张文恋爱，而且曾经一度随张文"走出父亲的家门"，但在这场爱情劫难中她并没有得到真正的异性之爱，反而深受伤害。这样，无边的父爱甚至还填补了女性异性之爱的空缺。作家深入挖掘男性人物心理，以他们温厚真挚的性格为依据大量铺写这种无边的父爱，同时，叙述者还经常取方宝庆、松叔叔那无限疼爱的视角来审视美好的女性世界，这样，可以说，长辈男性那无边的父性之爱，也是作家这一时期对待美好女性世界情意的直接体现。这一种情意，以父性之爱为核心，虽然包含明显的异性视角，但因升华了异性情欲而滋养着女性心灵中方方面面的爱的渴求。这种对莲花一般美好女性的庇护意识，只有奉献，没有索取，不求回报，虽然与古代男性的护"花"意识有一脉相承之处，但显然已经完全摒弃了传统男性赏玩名花美女的男权立场，而以尊重女性追求幸福的权益为基本内涵，所以尽管具有明显的男性视域特征，却无男权的霸性特质，是男性对美好女性世界的一种宽厚真挚的情意。

女性享受这种无边父爱的唯一前提是自身的秀美灵动、纯真不染——这种不染是不受世俗功利人生态度的污染，而不是出于传统节烈观对女性贞节的强调。这种男性视域中对理想女性特质的界定，既是作家对女性世界的形象期待与精神期待，也是作家自我渴望摆脱世俗羁绊、保持生命本真状态这一面人格的对象性显现。

这种对美好女性的父性之爱，主要出现在作家生命趋于成熟的 20 世纪 40 年代，但女性秀美灵动的男性审美标准与男性宽容深情的心怀特征，已经存在于作家早期的创作中。20 世纪 30 年代前期创作的《微神》中，那个永存于"我"心中的"她"：

> 小圆脸，眉眼清秀中带着一点媚意。身量不高！处处都那么柔软，走路非常的轻巧。那一条长黑的发辫，造成最动心的一个背影。

其美感特征与梦莲、秀莲一脉相承。秀美、小巧、灵动，几乎成为老舍关于女性的固定审美模式。《微神》《骆驼祥子》《月牙儿》等前期创作中，作家对这一类美好女性的挚爱，都完全超越了传统道德观中的贞节观念。他不仅在《骆驼祥子》《月牙儿》中理解了女性因为生存困窘而堕入风尘的生命不幸,而且在《微神》中宽容了女性因为"肉体往往比爱少些忍耐力"而逐渐走上堕落之路的人性脆弱。但在前期创作中,作家的男性自我尽管深情宽容、深切理解女性苦难,但尚没有成熟到可以超越男性情爱立场去庇护女性生命脆弱的程度,所以,这些作品中深怀爱情的男性人物尚不具备忘我的父性之爱,有时作品还需用大量篇幅去抚慰男性自我的爱情之痛。《微神》后半部分想象堕落了的女性其实一直对"我"心怀真爱,不过是作家以心造的幻影慰藉痴情的男性自我罢了。

早期创作中,男性爱恋的美好女性,如《微神》中的"她"、《骆驼祥子》中的小福子,都堕入风尘。这既体现了作家自我对生命的苦难意识、悲剧感受,同时也一贯地体现了作家关于美好女性总是面临被玷污、被伤害险境的忧患意识。正是基于这一忧患意识,作家才必然会在男性自我生命成熟之后的20世纪40年代创作中,把庇护纯真美好女性的使命放在男性肩头。

四 对泼妇的厌憎

与对纯真秀美女性的无边的父爱相对,老舍意识中还一直存在着对泼妇型恶女人[①]的恐惧与厌憎。这些恶女人有《骆驼祥子》中的虎妞,《柳屯的》中的"柳屯的",《四世同堂》中的大赤包、胖菊子,《鼓书艺人》中的琴珠、唐四奶奶,等等。尽管这些恶女人有时与各种不同的反面意识形态相关联,如虎妞属于剥削阶级,大赤包、胖菊子是缺少民族气节的汉奸,但是气势强盛、泼辣凶悍,对他人尤其是男性的主体性造成压抑,才是她们基本的性格特征。

老舍笔下的恶女人一般都外表高大粗胖,性格泼辣鄙俗,对他人形成心理威压。虎妞"象个大黑塔",胖菊子像"啤酒桶"。"地方越是小,就越是显得唐四奶奶和琴珠的'伟大'。四奶奶有三个唐四爷那么宽,琴珠至少要比她爹高上两

---

① 凯茜认为:"通过泼妇使父权制度短时间地削弱是清代描写两性关系文学的一个组成部分。有关这样的一个母题,在老舍的某些作品中也可看到,比如短篇小说《柳屯的》。"见凯茜著、马树德译:《试论老舍作品中的女性描写》,载《老舍与二十世纪》(曾广灿、范亦豪、关纪新编),天津:天津人民出版社,2000年版,第214页。

寸。"女人高大的身材，在老舍小说中总是引向无比丑陋的感受。这从一个方面体现了老舍对女性强盛气势的反感。此外，这些恶女人都长于骂街，言语极端粗俗下流。"柳屯的"骂起夏老者，语言"流畅而又雄厚"，内容"老与生殖器有密切的关系"。虎妞"连骂人也有男人的爽快，有时候更多一些花样"。叙述者以揶揄嘲笑的口气向读者交代恶女人这些形象气质上的特点，体现了老舍对女性男性化倾向、粗鄙化倾向的厌憎。

老舍小说中，气势强盛的恶女人对男性主体性的伤害体现在生活的方方面面，而性关系中的伤害尤为典型。恶女人们往往放荡不贞、欲望旺盛，使得男性沦为被动的性客体。这既伤害男性的尊严，又损害男性的健康。《骆驼祥子》中的祥子和《鼓书艺人》中的小刘，便是落入彀中而深受其害的男性。作家站在受害男性立场上向气势强盛的放荡女人表示了强烈的厌憎[①]。然而，老舍关于强势女性对男性造成性伤害的"事实"举证却有许多值得质疑之处，"虎妞是祸害或祸水的观点是站不住脚、不能成立的"[②]。

《骆驼祥子》中，祥子第一次与虎妞偷情后，自以为洁身自好的祥子非常恨虎妞，因为他觉得：

> 她把他由乡间带来的那点清凉劲儿毁尽了，他现在成了个偷娘们的人！

然而，到底是祥子自己的欲望毁了他的"清凉劲儿"，还是满足了祥子欲望的女人毁了他的"清凉劲儿"呢？这里的关键是，性关系中，祥子到底是欲望的主体，还是仅仅被女性当作欲望的客体。事实上，那晚喝了酒之后，祥子对虎妞的绿袄红唇感到"一种新的刺激"：

[①] 陈留生认为："然而平心而论，在男女性角色问题上，作者并不比祥子站得更高，也就是说，祥子对虎妞的感情也即是他对虎妞这类女性的评判。"见《"性别——文化"视域里的虎妞命运》，载《海南师范学院学报》1997年第4期，第57页。这个看法有道理，因为《骆驼祥子》多聚焦于祥子的内心，却极少聚焦于虎妞的内心。在祥子的心理独白中，隐含作者也没有让虎妞的立场构成一种潜在的对话。隐含作者显然只把话语权交给祥子，并没有交给虎妞。这说明隐含作者是单一地认同祥子的性别立场的。

[②] 逄增玉：《对虎妞形象及其与祥子关系的再思考》，载《北华大学学报》2001年第4期，第65—66页。

> 渐渐的她变成一个抽象的什么东西。……他不知为什么觉得非常痛快，大胆；极勇敢的要马上抓到一种新的经验与快乐。平日，他有点怕她；现在，她没有一点可怕的地方了。他自己反倒变成了有威严与力气的，似乎能把她当作个猫似的，拿到手中。

这里，祥子显然也是充满欲望的性主体，而同样充满欲望的虎妞同时也是祥子欲望的客体。两人在性关系中是互为主客体的，是平等的，并不存在一个没有责任能力的、被动的受诱惑者。祥子自己"情欲的力量终于击垮了他的由道德观念支撑的对于生活绝不迁就的意志"[①]，而事后祥子把自我欲望对自我人生观念的背叛归罪于虎妞，是对自己欲望的不能担当。作家认可祥子对虎妞的迁怒，显然是继承了男权文化观念中男性既沉溺于性又恐惧性、把性归罪于女人的思路，不公平地把同等性关系中的女人归入淫荡祸害之列，让她为欲望承受道德鄙视，而满足了欲望的男性却被装扮成被动的受诱惑者，成为道德要保护的受害者。

虎妞在性关系中使得男性失去主体性、成为纯粹客体的言说，看来并不成立；那么，虎妞应对男性在婚姻之中因为性而造成的身体损耗负责这一指控，能否成立呢？祥子在婚姻中的体验是：

> 这个走兽，穿着红袄，已经捉到他，还预备着细细地收拾他。谁都能收拾他，这个走兽特别的厉害，要一刻不离地守着他，向他瞪眼，向他发笑，而且能紧紧地抱住他，把他所有的力量吸尽。……他第一得先伺候老婆，那个红袄虎牙的东西，吸人精血的东西；他已不是人，而只是一块肉。
> （《骆驼祥子》）

这里，性变成了女人来"吸"男人"精血"的事，女人也变成了"红袄虎牙""吸人精血"的妖怪了。然而，如果不是祥子自己也有欲望，虎妞又如何能来"吸"他的"精血"，文本却交代不出来。现代医学早就证明了女人"吸人精血"说法的荒谬性。这里，事实的真相应是，祥子仍然不爱虎妞，但又无法控制自己的欲望，所以，只好一方面沉溺于夫妻间的性关系，另一方面又暗暗咬牙切齿地痛恨

---

① 张丽丽：《从虎妞形象塑造看老舍创作的男权意识》，载《齐鲁学刊》2000年第4期，第66页。

虎妞。祥子自己对性的沉溺愈深，对性对象虎妞的仇恨就愈切，以致在感觉中把虎妞妖魔化、非人化了。作家在叙述中认可了祥子在反思的时候隐匿男性欲望、把性归罪于女性、把自己装扮成受害者的思路，是作家对祥子的纵容、对虎妞的不公平。

那么，虎妞的不贞伤害了祥子这一指控又是否能够成立呢？首先，从文本上看，虎妞与祥子有性关系之后并没有不贞的表现；此前她与其他男性的性关系，是出于爱情还是纯粹的肉欲不得而知。如果出于爱情，并无不道德之处；如果纯粹出于肉欲，其实她的道德水准，也不过与不爱虎妞而又与虎妞发生关系的祥子在同一个档次上而已。无论怎么说，虎妞的性道德并不比祥子糟多少。事实上，即便虎妞有放纵之嫌，在她爱祥子而祥子并不爱她、但又是双方自愿的性关系中，她也显然比祥子奉献出了更多的情和爱。

这样，祥子"经妇女引诱"的性经历，除了虎妞伪装怀孕、胁迫祥子成婚这一段确实是女性主体性无限扩张而压制了祥子的主体性、使他成为受害者之外，实际上是祥子受自己的性欲望摆布不能自拔而又在反思、判断上嫁祸于女性的经历。遗憾的是作品并没有在这一点上开掘下去，并没有对男性欲望与女性欲望取平等对待的尺度。叙事者、隐含作者都一股脑儿地认同祥子把对自我男性欲望的恐惧替换为对女性的憎恨这一思路，轻易地放弃了对祥子、虎妞性心理的多方位审视，简单地借助贴阶级标签、性别标签的办法，把祥子与虎妞错综复杂的性爱、婚姻关系武断地判定为剥削阶级女性对贫民男性的压制、剥夺，从而在对祥子温情脉脉的袒护中失去了小说的人性探索力度。在合理地批判虎妞追求婚姻过程中用欺骗、威胁、强迫手段的同时，又在对虎妞合理欲望的不公平诅咒中回归男权文化把性归罪于女性的仇女立场[①]，使得有着品格缺陷、但也真挚爱祥子、主动追求幸福的女性虎妞最终仅仅被简单化为伤害祥子的社会恶势力之一，成为

---

① 陈留生认为："虎妞性格逸出了其性别模式而趋于'男性化'，进而遭到男权主义文化的鄙弃，这是不公允的。"见《"性别——文化"视域里的虎妞命运》，载《海南师范学院学报》1997年第4期，第56页。张丽丽也认为"虎妞形象塑造分明笼罩着来自作者创作主体的男权意识"，见《从虎妞形象塑造看老舍创作的男权意识》，载《齐鲁学刊》2000年第4期，第63页。

作品完成既定社会控诉主题的一个简单代码，再难与男性主人公、隐含作者构成对话关系。小说的复调性由此也遭扼杀。

作家何以对祥子没有爱的欲望、与理智相分离的欲望那么宽容，而对虎妞的欲望那么苛刻呢？归根结底还是男性作家老舍的心理中，始终存在着对女性主体性的厌憎与恐惧。这一点厌憎、恐惧，与老舍在另一些场合中对女性的宽容、挚爱并存，从而构成一个十分复杂多层的心理空间。

也正是出于对女性主体性的恐惧，除了《骆驼祥子》一篇对小福子的描述外，老舍对女性庇护男性的母性情怀并没有什么好感。因为女性对男性的庇护，尽管是女性对男性世界的美好情意，但它是以女性处于精神优势、男性处于精神劣势为前提的，因而就足以引起作家防范男性主体性受压抑的危险意识、自我保护意识。因此，在老舍的小说中，对男性怀着母性情怀的都是一些受否定的恶女人。虎妞对祥子：

像老嫂子疼小叔那样。（《骆驼祥子》）

琴珠与小刘：

她待他像个慈母，喜欢哄着他玩，在一些小事儿上照顾他，让他舒舒服服。（《鼓书艺人》）

大赤包对待冠晓荷：

在他老老实实的随在她身后的时候，她知道怎样怜爱他，打扮他，服侍他，好像一个老姐姐心疼小弟弟那样。赶到她看出来，或是猜想到，他有冲出天罗地网的企图，她会毫不留情地管教他，像继母打儿子那么下狠手。（《四世同堂》）

作家写出恶女人对男性的母性情怀，体现出作家对人性复杂性的把握；同时，常常把母性情怀归于恶女人，也体现了作家对男女精神谁更占上风问题的过敏。其实，作家的深层心理中，是只要男性去庇护女性，并不要求女性来庇护男性的。对女性（而不是男性）处于精神强势的恐惧，一直是作家深层性别心理中的一个难以超越的情结。同时，各篇小说中，叙述者时时都以喜剧的态度居高临下地调侃这些气势压人的恶女人，并且让这些强悍的女人均无善终，故事的结局总是被恶女人颠覆的"传统的两性之间的权力关系"都得到"恢复"①，又表现出男性作家对女性气势的轻蔑、对男性精神强势的自信。这种对女性精神优势的恐惧、厌憎、鄙夷，体现了作家尚不能完全超越两性对峙的性别心理特点。

五 小结

老舍既受到现代个性主义思潮、人道主义思潮的启蒙，自觉从男性立场上追求爱情幸福、抒写男性无爱的婚姻痛苦；并在平等的人的立场上批判男权文化对女性人格的践踏，同情女性在男权专制下的非人处境；同时，在对传统性女性的歌颂与批评中，老舍又不时陷入男性中心立场而压抑女性主体性。另外，在老舍的深层性别意识中，还存在着对纯真美好女性的无边的父性之爱与对气势压人的恶女人的强烈厌憎并存的心理格局。无边的父性之爱，是男性在尊重女性主体性前提下庇护女性的一种美好情意；而在对泼妇型恶女人的否定中，老舍既在一定程度上合理批判人性之恶，同时又不公平地诅咒女性僭越女奴文化界定的主体觉醒意识。这一切，充分体现了一个现代男性作家在传统与现代之间徘徊的复杂性别心理，充分展示了一个现代男性作家在固守男权立场与坚持平等的人的立场、在理解女性世界与维护男性主体霸权之间徘徊的矛盾心态。

原载《南京大学学报》2005 年第 6 期；后收入张桂兴编
《老舍评说七十年》，华侨出版社，2005 年版

---

① 凯茜著、马树德译：《试论老舍作品中的女性描写》，载《老舍与二十世纪》(曾广灿、范亦豪、关纪新编)，天津．天津人民出版社，2000 年版，第 213 页。

巴金前期小说中的男性中心意识 *

巴金写于20世纪40年代以前的小说，从总体上看，是以男性青年为主体的现代启蒙叙事、现代革命叙事。在其进步与落后、光明与黑暗相对峙的价值体系中，只有男性才真正成为这对立的两个阵营中的主体。纯粹属于落后、黑暗阵营的男性极为明确，他们不外是封建家长及其不肖子弟、剥削阶级及其帮凶两大类。附属于他们的女性，一般被认为是愚昧、不觉悟的，甚至是可恶的，有时还被界定为帮凶，虽然有时也被认为是可怜的，如《家》中的陈姨太、三太太、四太太、五太太等。作家站在进步、光明阵营的立场上，用外视点描述落后、黑暗阵营中的男性以及附属于他们的女性，因此这些男男女女多多少少都是脸谱化、简单化的，被判断为失去历史合理性的过时之物。而在这种启蒙叙事、革命叙事中，真正占据核心地位的则是一批受落后、黑暗力量压迫但尚徘徊于进步与落后、革命与不革命，或刚刚投身革命的现代子辈男性，如：杜大心（《灭亡》），李冷（《新生》），周如水（《雾》），陈真（《雾》《雨》），吴仁民（《雨》《电》），

---

* 本文所引巴金作品，全部出自《巴金全集》第一至二十六卷，北京．人民文学出版社，1986—1993年版。

觉新、觉民、觉慧（《家》），等等。巴金写于20世纪40年代以前的小说从总体上而言，正是这些大致上属于子辈的男性、大致上属于革命阵营的男性的精神挣扎史、精神成长史。作家用以观照他们的价值尺度是：如果他们屈从于落后、黑暗，如果他们不起来革命，他们将被吞噬、被毁灭；如果他们追求进步、追求光明，并且把反叛的激情与革命的理性相结合，他们将获得新生、获得幸福、获得永恒。这一价值尺度对他们起着警告因而也是拯救的作用。其实无论用以观照这些人物的这一启蒙、革命立场，还是尚徘徊于进步与落后、光明与黑暗之间的男性主人公，都是作家自身对立统一的两重自我。前者是他的理想、他的价值追求、他的自我拯救；后者是他对自己以及同辈男性现实处境的认识，是他对自我的反思。巴金的前期小说，实际上只是把这两重自我整合为一体的，以现代子辈男性、革命阶级男性为主体的历史叙事。

这些子辈男性、革命男性的心路历程中，总有美好的子辈女性相伴前后。她们中也有玉雯（《雨》）、慧（《雷》）这类归顺的魔女型女性。归顺的魔女们或曾背叛男性，或曾操纵男性，但她们最终都无可挽回地发觉自己仍然痴心爱着被自己伤害的男性，从而让男性人物虽在爱情上遭受挫折却最终仍然享受到异性爱慕、异性臣服的骄傲。归顺的魔女型女性，承载了男性作家对女性生命张力的恐惧与爱恋，承载了男性征服异性的生命渴求。但这类在茅盾前期小说中反复出现的革命魔女，在巴金的前期小说中毕竟占少数，描写也不充分。20世纪40年代之前，巴金小说中的正面女性文学形象主要集中在自始至终都以美好心愿对待男性世界的女性身上。她们可分为两大类。一类是受难的天使型女性。她们从属于那些本应属于进步、光明阵营却又徘徊、软弱的子辈男性，以鸣凤、瑞珏、梅（《家》）为代表，主要出现在巴金前期的反封建系列小说中。她们共同的性格特征是温驯、纯洁、无条件地爱着男性爱人。她们的形象功能主要是满足男性主人公以及与男性主人公相贴近的作家确认自我、慰藉自我、纵容自我的需求。另一类是新生的圣女型女性。她们从属于作家心目中的启蒙、革命原则，以李静淑（《灭亡》《新生》）、张文珠（《新生》）、李佩珠（《雨》《电》）为代表，主要出现在巴金前期的革命系列小说中。她们共同的性格特征是圣洁、坚定、富有为人民献身的革命精神。她们的形象功能主要是满足男性主人公及作家自我拯救的愿望。还有一些正面女性，如琴（《家》）、张若兰（《雾》）、熊智君（《雨》），则介于天使型女性和圣女型女性之间，对男性自我兼具慰藉、纵容与拯救、引导的双重功能，交叉出现于巴金前期的反封建系列和革命系列作品中。

这些美好的正面女性作为男性主体的精神慰藉者、精神拯救者，应男性自恋、自救的心理需求而诞生于文本中，都被整合进中国现代启蒙、革命思想框架中，因而都获得了某种新的、符合历史必然性的身份标签，成为中国现代文学中最富有诗意美的女性群像之一。但实际上，巴金在多数时候并没有按照女性自身的生命逻辑来设置这些女性的心理活动，而是简单、自恋地按照男性对异性的多重心理需求来演绎这些女性的精神风貌。作家的男性立场制约着他的女性想象；作家的男性主体意识压抑着人物的女性主体性，二者之间构不成对话关系。这些被男性作家确认为诗一般美好的女性，并不具备独立的人格意识，也不负载女性丰富的生命经验，不过是作家男性中心意识阴影下一群没有多少生命活力的傀儡人物，是男性启蒙、男性革命的道具。她们的文学存在，再次从意识形态层面确认了女性作为第二性的从属性地位，充分暴露了中国现代启蒙文学、革命文学反封建之不彻底、现代性之不足的价值缺憾。

一　天使型女性：奴性之爱与死亡结局

爱的哲学，如果是女性弱势群体自身的一种文化选择，那么它可能"虽也阴柔和缓，但却无形中以一种新的理想对抗着已有的和潜在的文化主宰者，即非人的封建式的价值观，一方面又潜在地区别于那种士大夫传统下的主人立场"[①]，所以它能够"发挥着削弱男性侵犯性权威的功能，又容得女性以某种方式寄身其中"[②]，为现代文化建构提供更为合理的人文价值尺度。但当它作为男性强势文化群体派定给女性弱势群体的一种道德准则时，体现的只能是男性对女性的精神麻

[①] 孟悦、戴锦华：《浮出历史地表——现代妇女文学研究》，郑州．河南人民出版社，1989年版，第22页。

[②] 孟悦、戴锦华：《浮出历史地表——现代妇女文学研究》，郑州．河南人民出版社，1989年版，第21页。

醉和文化奴役。爱的哲学在冰心等"五四"女作家的创作中,主要是指主体觉醒之后对生命之脆弱的珍爱、关怀;而在巴金等人的男性启蒙叙事、革命叙事中,则在相当程度上被渗透进了女性对男性爱人的无条件忠诚、无私奉献这一封建女性规范。鸣凤、瑞珏、梅、熊智君这些天使一般美好、温驯的女性所奉行的爱的哲学,实质上便是这样一种从夫的女奴道德,虽然它已被纳入男性青年控诉父权专制、反叛社会罪恶的现代启蒙、革命框架中,天使型女性从的已不再是父辈指定的夫,而是与父权专制制度或阶级压迫制度相对峙的男性青年,但女性泯灭自己的主体意识、以夫为天的奴性实质并没有变,只不过是把"妇人,伏于人者也"(《大戴礼记》)的封建旧酒装入了现代新瓶而已。

鸣凤、瑞珏、梅、熊智君等温驯、纯洁的天使型女性总是无条件地爱着子辈男性、受压迫阶级的男性。无论这些男性将与对立的封建家庭、罪恶社会抗争,救出自我(如《家》中抗婚并获得幸福的觉民),还是将向戕害自我的力量妥协,毁灭自我(如《家》中奉行"作揖主义""不抵抗主义"的觉新),还是介于抗争与不抗争、革命与不革命之间,最终给自己和爱人带来悲剧(如《家》中先放弃鸣凤后来又觉醒反抗的觉慧、《电》中"有信仰,但是不够坚强"的吴仁民),天使型女性对他们的爱始终不变。也就是说,无论这些男性值得爱还是不值得爱,琴、鸣凤、瑞珏、梅、熊智君等天使型女性都只会忘我地去爱。她们的爱总是那么单一忠贞,矢志不渝。巴金甚至不让这些美好的女性拿启蒙、革命的尺度作为自己的爱情尺度来否定、抛弃不抗争的懦弱男性。《家》中,斥责觉新不抵抗主义的只能是男性人物觉慧,而不可能是任何女性人物。觉新的恋人梅、妻子瑞珏,只会用无尽的挚爱来体谅觉新受剥夺的苦楚,而不会居高临下地审视、否定他的弱点,根本不计较正是觉新的不抵抗主义帮助封建势力毁掉了她们的幸福、并将毁掉她们的生命。比如以下文句:

大表哥,你难道还不知道我的心?我何曾有一个时候怨过你!

你如何担得起不孝的罪名?便是你肯担承,我也决不让你担承。

这便是梅和瑞珏这两位贤惠女性对男性作揖主义的理解、体谅。然而,正是这种无锋芒的爱,这种泯灭自我意识的女奴精神,构成了巴金笔下理想女性的美德,构成了她们的生命诗意。

这一切表明，巴金对子辈男性或被压迫阶级男性不抗争行为的批判、反思，都不过是男性内部的自审。因为是自审，所以就容不得女性这一他者来插手过深以致影响到她们作为第二性的忠诚，也就是说不能影响到男性对女性的所有权。巴金无论如何痛切地替现代子辈男性进行自审，终究还是以男性自恋为前提的。女性无条件的爱，正是这个男性自审过程中不可或缺的精神自慰品。这个精神自慰品在价值取向上有时甚至无须与启蒙、革命这一历史理性完全一致。因为在巴金的男性视域中，女性仍旧不一定要进入永恒之历史。尽管他在琴这一从自身幸福出发追求爱情的女性人物身上也倾注了男性作家对女性主体性的尊重、对女性生命逻辑的理解，但他又在对鸣凤、瑞珏的忘却自我、慰藉男性的赞赏中消解了他的女性立场，关闭了他的女性视域。女性之爱，在巴金心目中，在相当程度上仍不过是子辈男性、受压迫阶级男性争取历史主体性地位斗争过程中的安慰品、消费物。巴金心目中理想女性的所作所为，均以不跳出女性从夫的男权原则为度。这些女性绝对不能背叛的是为男性去忘我牺牲的女奴道德原则，那么她们在万不得已的时候所能放弃的便只能是女性的自我、女性的主体意识，乃至女性的肉体存在了。

　　小说《家》中，觉慧无意中听到鸣凤与婉儿的对话，得知她们之中的一人可能要被送去当姨太太，同时也听到鸣凤"我宁死也不给那个老头子做小老婆"的心声时，他首先想到的不是如何去帮助鸣凤逃脱这可能的厄运，也不是"我们"这一相爱的共同体如何去面对可能的封建压迫，而是急于再一次确认女性对自己的忠贞程度。他"激动地"问鸣凤："你不要骗我。假使有一天人家当真把你选去了，又怎么办？"得到鸣凤坚决不去的承诺时，觉慧只是放心地说："我相信你，我不要你赌咒！"这里，男性关心的只是他对女性的所有权，而不是女性的命运、女性的生存境遇。男性在女性承诺反抗时也不必承诺自己作为同盟者应承担的任何责任。反抗封建迫害、维护爱情忠贞成了女性单方面的义务，哪怕她实际上处在生存弱势之中，根本无力把握自己的命运，无力维护自己的爱情。

　　后来，觉慧在确知鸣凤就要被送给冯乐山做小老婆时，他在激愤之中也想到了自己"帮助、同情、怜悯"的责任，但最终的结果是，"不，事实上经过了一夜的思索之后，他准备把那个少女放弃了"。他放弃了爱情的同时也放弃了对鸣凤的同情、解救。他放弃了爱情，也放弃了人道。那么，这时，如果鸣凤决意要追求爱情，势必要顶撞到觉慧放弃爱情、放弃拯救的决定；如果鸣凤只是一味妥协，顺从地被送到冯家，又势必要影响到觉慧对她的所有权。鸣凤投湖、以死抗争，正是以恰如其分的刚烈在精神、肉体双方面都为觉慧保持了贞节，同时又让觉慧获得了不抗争甚至不同情的自由。这个情节的设置，正是以女性生命为代价，最大限度地成全了男性全面占有女性的虚荣和男性可以不为爱情负责的自由：

> 鸣凤从觉慧的房里出来，她知道这一次真正是：一点希望也没有了。她并不怨他，她反而更加爱他。……她应该放弃他。他的存在比她的更重要。她不能让他牺牲他的一切来救她。……她爱生活，她爱一切，可是生活的门面面地关住了她，只给她留下那一条堕落之路。……她要把身子投在晶莹清澈的湖水里，那里倒是一个很好的寄身的地方，她死了也落得一个清白的身子。她要跳进湖水里去。（《家》）

男性的一切，被爱着的女性看得比自己的生命更为重要。这种女性之爱，对觉慧、鸣凤现实身份上的主奴关系毫无超越，完全没有获得爱情双方平等相处、共同承担人生这应有的内涵，实际上是泯灭女性主体意识、使女性空洞化为男性附属物的奴性之爱。处于生存弱势的女性将要被迫放弃爱情去当一个"可怕的老头子"的姨太太，这既被女性视作自己"无终局的苦刑"，也被女性视作自己的"堕落"。"堕落""清白"这一道德评价施加在无力保护自我性爱权利的女性身上，就把外部迫害问题部分地转换为女性自己的贞节问题、道德问题，从而在控诉封建奴婢制度残害女性生命的同时又保留了把女性生命价值界定为男性性所有物这一女性从夫观念。鸣凤的思想观念实际上还在一定程度上延续了鲁迅、周作人在《我之节烈观》《知堂回想录·第二十五节》中早已批判过的封建节烈观。鸣凤这么想，是因为当婢女的现实生存境遇和既有的传统文化规范限制着她的思想高度，无可厚非。然而作家和代表作家立场的小说叙事者以及研究界对此毫无审视和批评，却体现了思想的贫乏。叙事者、作者、研究者长期以来都把鸣凤投湖前的这种牺牲自己、成全爱人、保持贞节的心理与她对自我生命的怜惜混搅在一起，一股脑儿地将其圣洁化、诗意化，未曾加以辨析与批评，实际上是作家和研究界自身爱情观念现代性匮乏的表现。殊不知，前者不过是作家男性中心意识在女性形象上的投射，是性别等级观念的现代延续；后者才是男性作家对女性生命本体价值的爱惜、尊重，是现代人道精神的体现。由此可见，巴金的现代生命观念与性别等级观念、同情女性的人道精神与男性中心意识、现代性爱观念与传统节烈观是隐秘地交织在《家》的叙事中的，使《家》的现代思想倾向显得十分复杂暧昧。

在巴金以男性为主体的现代启蒙叙事、革命叙事中，鸣凤、瑞珏、梅、熊智君这几位温柔可人、忘我牺牲的天使型女性都陷入了受难的境遇，最终甚至都走向了死亡。鸣凤跳湖自杀，瑞珏在城外难产而死，梅抑郁而亡，熊智君为救吴仁民而献身。她们是男性爱人忠贞的同盟者，却常常要比男人们受害更深。这固然是由于在社会历史条件方面，女性长期以来就只是男性主体种族延续的工具和性欲望的对象，难以取得人的生存权；但同时，让女性受难、让女性死亡也是巴金男性启蒙叙事、革命叙事的必要安排。巴金需要借助美好女性的苦难遭际、死亡结局向敌对的封建制度、剥削制度提出控诉。在他的男性启蒙表述、革命表述中，使好女人受难、让好女人死去的力量都是封建家长或反动阶级，而不是她们的男性爱人。这就回避了从女性立场对男性世界的审视，也就回避了男性的自审，而把批判的锋芒集中指向现代男性启蒙精神、革命精神的敌人，绕过了男性在性别观念上的自我启蒙，绕过了女性人生经验的核心内容，也使得男作家巴金与白薇、丁玲、张爱玲、沉樱、苏青等着重从两性关系角度审视女性苦难的现代女作家拉开了距离。

这些天使一般美好的女性都不为自己的苦难乃至死亡提出控诉。鸣凤在挨打挨骂的女仆生涯中，"她顺从地接受了一切灾祸，她毫无怨言"。直至要投湖之际，虽然对生命有无限眷恋，暗自追问过"为什么所有的人都还活着，她在这样轻的年纪就应该离开这个世界"，想到"我的生存就是这样地孤寂吗"，但这种追问是适可而止的，她并没有由此进一步发出对任何人、对社会的诅咒。也就是说，她的生命觉醒仅仅限制在对自我生命的怜惜上，而不指向对任何人、任何制度的直接控诉。瑞珏，在被告知必须到城外生产时，虽曾以在觉新面前哭这个最无力的方式表示过微弱的控诉，但终究还是没有怪罪任何人、没有任何违拗地出城去了，也就是说最终还是撤诉了。这是由于女性一旦坚持控诉，虽然是指向封建大家庭、指向黑暗社会，却可能要连累到不抗争的男性爱人，往往有责备懦弱的男人不为爱情斗争或者逼迫爱人去斗争的嫌疑，不符合男性心中美好女性轻盈如天使、使男人无负担的生命失重标准。同时，叙述者、隐含作者对女性人物的无抗争、无控诉毫无审视、批评，并没有针对觉新、周如水等男性妥协者的那种"怒其不争"的痛切心情，也说明即便是执着于现代启蒙叙事、革命叙事的男作家巴金，在对许倩如、琴的形象塑造上坚持了女性抗争的现代立场的同时，其潜意识深处的某一层面也不免仍积淀着中国男权文化传统中女性必须哀而不怨、即使受苦也不控诉顶多只怪自己命不好的奴性化的审美尺度。巴金固然不要求天使一般美好的女性亲自为自己的生存提出控诉而失去她们柔顺可人的奴性美感，但他在让天使型女性受难甚至死亡的情节安排中，却另有借她们为物证去控诉的意图。他需要借鸣凤、瑞珏、梅、熊智君等美好女性的受难以及她们的尸骸替子辈男性、受压迫阶级男性向封建制度、黑暗社会提出强烈控诉①。

　　在小说《家》以子辈男性为主体的叙事中，尽管作家始终是以悲悯生命的现代人道情怀来理解天使型女性的人生苦难、悲悯青春生命的陨灭的，也曾借人物陈剑云之口质问过："这究竟是一个人啊！为什么人家把她当作东西一样送给这个那个？……"但鸣凤之死在小说结构中的功能，显然主要是表现觉慧受到封建专制制度的掠夺而损失爱人的不幸。因此，过后反思放弃鸣凤这件事时，觉慧固然也曾自责并控诉道："我不敢想象她投水以前的心情。然而我一定要想象，因为我是杀死她的凶手。不，不单是我，我们这个家庭，这个社会都是凶手。"然而，作品并没有在觉慧"想象她投水以前的心情"这一点上展开感同身受的描述，并没有在觉慧体验鸣凤面对死亡、面对命运的痛苦这一点上下功夫，而是把描述的重点放在觉慧等子辈青年受剥夺、受伤害的感受上：

　　　　他皱紧眉头，然后微微地张开口加重语气地自语道："我是青年。"他

---

① 孟悦、戴锦华说："……在五四时代，老旧中国妇女不仅是一个经过删削的形象，而且也是约定俗成的符号，她必须首先承担'死者'的功能，以便使作者可以指控、审判那一父亲的历史。"见孟悦、戴锦华：《浮出历史地表——现代妇女文学研究》，郑州．河南人民出版社，1989年版，第10页。

又愤愤地说:"我是青年!"过后他又怀疑似的慢声说:"我是青年?"又领悟似的说:"我是青年。"最后用坚决的声音说:"我是青年,不错,我是青年!"他一把抓住觉民的右手,注视着哥哥的脸。(《家》)

在这一过于夸张的戏剧性场景中,觉慧关注的是自我的"青年"身份。而"青年"的对应者是老年,是旧家庭。这说明,觉慧主要是面对封建家长思考他放弃鸣凤的行为、探索自己的新生的,而不是以与女人、恋人相对应的"男人"身份来面对鸣凤反思他的放弃的。这样,放弃就只是自我的软弱,而不是自我的罪恶。反思的重心就迅速由"我害了她"这种对自我的谴责转向了对"家"的控诉,转向了"我是青年,我不是畸人,我不是愚人,我要给自己把幸福争过来"的自我勉励。觉慧的角色就轻易地从同谋者转向了受害者,获得了道德赦免。鸣凤的死,成全了觉慧的新生。鸣凤的尸骸,不过是促使觉慧以及与觉慧一样的子辈青年下定决心与旧家庭决裂、走上反叛之路的必要道具。梅和瑞珏的死,在作品结构中的功能,也都在于以尸骸的强刺激方式控诉"家"的罪恶,呼唤觉新以及与觉新一样懦弱的青年奋起与吃人的"家"决裂。出于男性反抗者的意识形态需求,死尸横陈就成了巴金笔下天使型女性必然要承担的命运。女性以受难和死亡的方式,成了男性反抗的替死鬼和控诉物。她们的死亡,使得男性主体从死亡中得到豁免,又促使他们在与死亡擦肩而过的惊惧、愤怒中迸发出自救、新生的力量。作品固然从珍爱青春生命的现代文化立场出发对鸣凤、梅、瑞珏的生命陨灭表示了深切的同情、哀悼,但又纵容了觉慧主要把鸣凤之死当作自己被敌对阶级夺去所有物而使自我批判浅尝辄止、从而避免自我产生深层道德焦虑的男性自我心理保护意识,使得作品在产生强烈社会控诉、文化控诉效应的同时,又失去了人物在灵魂深层进行自我拷问的人性探索魅力,使得现代男性文化失去了一个整合女性生命逻辑的主体间性建构机会。

二 圣女型女性:男性拯救过程中抽象的革命符码、性别符码

如果说巴金小说中的天使型女性,主要是以自己的奴性之爱满足男性的精神

自慰，以自己的尸骸充当男性控诉父权专制、社会黑暗的道具；那么，巴金笔下革命圣女的功能，则主要是在男作家派定的新生中为男性的拯救指明道路，并且慰藉男性奋斗过程中的精神寂寞。李静淑《新生》、张文珠（《新生》）、李佩珠（《雨》《电》）的形象无论多么圣洁、崇高，依然只有符合男性心理需求的角色价值，而没有女性自我的主体性价值。

李静淑、张文珠、李佩珠等人由小资产阶级女性成长为革命圣女的新生历程，远不如她们的男性同胞来得那么丰富曲折。《灭亡》《新生》中，李静淑在杜大心的感召之下放弃优越的生活条件走上了比杜大心更为正确的革命道路，张文珠由新式太太郑燕华脱胎换骨变成工人运动的组织者。《爱情三部曲》中，李佩珠受俄国女革命家妃格念尔《回忆录》的启迪成长为一个坚定的革命者。这些女性的精神成长史中，既没有觉新、觉慧那种受剥夺的伤痛，也没有李冷那种剧烈的思想摇摆，也没有吴仁民个人性爱的焦虑，更没有陈真直面死亡的生命痛感。她们只要一次感悟便能豁然开朗；一旦选定革命目标，顶多只要克服"女性的脆弱"（《雨》），就能成为坚定的革命者。而且，这个"女性的脆弱"，巴金也无心展开具体的描写，不过笼统地借助既有的性别等级文化对女性进行一个先验的本质界定。这些女性一旦成为革命者，便只有一味的圣洁、美好、坚定、庄严，不像她们的男性战友那样因为有种种的烦恼、种种的性格缺陷而生成多种性格面貌。然而，成长经历的单纯与成为革命者之后的过分完美，恰恰使得她们失去了人的生命质感，失去了女性的生命内涵。这些革命圣女在完成自我新生、自我拯救之后，既不是与男性同等的、神性与魔性相混合的人，也不是与男性不同的、富有女性独特生命体验的性别群体。"女人在抑闭自我中升华出一种高尚、神圣的自我图腾。相对于父权文化对女性的异化——物化，这实际上是另一种形式的女性人格异化——神本化，这无疑堵死了女性作为性别主体的'自我'成长道路。"[1] 她们的文学真相，不过是男性视域中一个抽象的革命符码、性别符码。

"我就是门，凡从我进来的，必然得救。"《新生》中，张文珠引《福音书》

---

[1] 王宇：《主体性建构：对近20年女性主义叙事的一种理解》，载《小说评论》2000年第6期，第5页。

上的话进行自我比喻，呼唤不断徘徊犹豫的男性人物李冷跟从自己去革命。女性是男性得救之门，因而具备了符合男性需求的两重特性：一重是负载男性作家心目中牺牲自己、拯救大众的革命原则，也就是男性自救原则；另一重是成为男性感性世界中的性爱对象，也就是充当男性精神寂寞中的慰藉物。女性在把自己当作男性精神拯救之门的时候，独独不具备女性自我的性别主体意识、女性作为人的生命丰富性。这个比喻，把女性神圣化到至高无上地位的同时，也把女性空洞化为有别于男性人物精神丰富性的、毫无生命实感的抽象物。张文珠、李静淑、李佩珠以投身革命来脱胎换骨，无论是死是活，她们都已经把个体生命与永恒的意义相连。这正是男性作家借女性之躯，既为具备血肉真实的男性指明新生之路，也为男性的精神苦斗历程增添明媚"春光"、母性慰藉。这条崇高的新生之路内在地包含着这样的歧途：以革命精神过滤掉人性的丰富内涵，使女人们都在革命中神圣化为没有个性的平面人，使她们的亲情、爱情均变成信仰联盟。因此，李静淑、张文珠这两位女性就像是一对思想合拍、行动一致的孪生姊妹，没有什么个性上的差异。她们带着母性抚慰功能的兄妹之爱、情人之爱，也简单地成为感化李冷去革命的工具，在神圣化中趋于单调、贫乏、失真。李佩珠在与吴仁民的革命爱情中，也不存在有别于男性的性爱心理，不过是以女性之躯简单地回应了吴仁民实际上也是作家本人的关于恋爱并不妨碍革命的观点，回应了吴仁民因而也是巴金本人内心深处的爱情需求而已。李佩珠洞察秋毫、处事不惊这一"近乎健全的性格"表达的不过是作家心目中完美的革命者这一抽象理念，而不是真实的生命感受。

其实，作家描写这些面目相似、内心单纯的革命圣女，本意就不在于探究人性的丰富性，不在于表现女性的生命真实，也不在于为女性探究生存之路、精神拯救之路，只不过是借这些女性的圣洁光辉照亮男性主体的精神之路，让她们的新生为李冷、周如水、觉新等提供一条示范之路，让她们的革命坚定性为李冷、吴仁民等同志者提供一种精神支持，同时也让她们的爱情慰藉李冷、吴仁民等的男性心怀。这样，女性作为男性精神探索过程中的一种辅助性存在，其自身的生命逻辑便自然而然地被忽略不计了，只剩下对男性存在有用的部分。女性在神圣化的革命叙事中即使被封为引路人、领导者，其实也仍不过是男性作家手中类似于火把、红旗一般的象征性道具，成为一个被置换了所指的空洞能指而已，再次受到男性文化的剥夺而丧失了自我的主体性。实际上，一切以圣洁女性为引路人的男性文学想象，其真相都不过是在男性中心意识引导下，抹去了女性自己的声音，借女性被男性派定的新生来代替男性探寻拯救之路，点缀男性的拯救之路，使女性成为男性自救路上一个没有自我主体性的路标、道具。

有时，天使型女性与圣女型女性是合一的，这类女性形象因而兼具了控诉功能与拯救功能、牺牲品与引路人的双重作用。《憩园》中的万昭华始终独自忍受旧家庭的挤压，继承了天使型女性的受难遭际与贤淑品格；又在教育下一代的问题上有比丈夫更为高明的见解，有否定旧式家族教育的现代眼光，具备女性为男性指路的功能。《雨》中的熊智君以自己的受虐、死亡使吴仁民得以逃生，以自己的尸骸代吴仁民向反革命官僚阶级提出控诉，同时又留下遗言：

> 不要来寻我了。我希望你在事业上努力，从那里你可以得到更大的安慰，这种安慰才是真正的安慰啊！（《雨》）

吩咐吴仁民重返革命事业，为吴仁民指明了新生之路，从而也使自己成为男性精神成长过程中一个随手可抛的工具。

三 小结及余论

巴金写于 20 世纪 40 年代以前的小说，尽管在鸣凤与梅的受难、死亡中，作家从平等的人的立场出发，从珍爱女性生命本体价值的角度对青春生命的陨灭表示了深切的哀痛；尽管也在琴的抗争以及对抗争过程中软弱与坚定相交织心态的逼真刻画中，尊重了女性的生命逻辑，肯定了女性为自身幸福而抗争的现代立场，从而在一定程度上实现了对男性中心意识的超越、对女性生命本体价值的尊重，实现了作家主体性对女性人物主体性的尊重；但巴金又在总体艺术构思上把女性当作男性启蒙、革命的道具，在天使型女性的形象塑造中，美化了女性从夫的封建妇德，赞赏了女性对自我主体性的压抑，在革命圣女的形象塑造中，无视女性自身的生命逻辑，仅仅把女性抽象化为男性精神拯救过程中没有生命实感的革命符码、性别符码。那些天使型的受难女性，其纯洁美丽的身影、奴性化的爱的哲学，慰藉着受难中、奋斗中的男性主人公，却遮蔽了女性自我的生命经验，失落了女性作为人、作为女性的主体性。革命圣女的新生，表达的也不过是男性世界的拯救希望与慰藉渴求，其圣洁的幻影并不表现女性生存的真相和女性愿望的真实，未曾为女性在以男性为主体的世界中的艰难生存拓展出合理的话语空间。这两类女性形象的大量书写，暴露了作家在价值立场和思维方式两方面根深蒂固的男性中心意识。这两类女性的文学存在，使得巴金在反叛父权压制、反对人类不平等的真诚呼号中，又在性别意识问题上回归他一直要解构的封建等级秩序，流失了现代性思想中应有的平等内涵，使得巴金前期的小说由于部分人物性格扁平而不能充分拥有复调小说的艺术魅力。正是由于巴金前期的启蒙叙事、革命叙事在中国现代文学中属于富有代表性意义的扛鼎之作，笔者才要说，巴金前期小说在男性中心意识方面的局限性，从一个重要方面暴露了中国现代启蒙文学、革命文学现代性不足的致命缺陷。

这个致命缺陷，巴金在20世纪40年代的小说创作中有较大程度的克服。巴金20世纪40年代的代表作《寒夜》塑造了一个生命力旺盛的女性人物曾树生。这个形象由于蕴含了女性独特的生命感受，已经超越了仅仅承载男性生命愿望的局限性，从而在一定程度上获得了独立于作家男性心理需求的女性人物主体性。在价值取向上，作家也对女性脱离从夫道德的自我生命意识予以深切的认同、理解，从而在较大程度上超越了男性的自恋，实现了对异性生命需求的尊重。尽管由于政治批判主题对人性探索主题的压抑、限制，小说由汪文宣、曾树生、汪母三个人之间的人性冲突而造成的悲剧意义并没有得到最大限度的挖掘，但这夫、妻、婆母三个人大致上都已是构成人性对话关系的圆形人物，《寒夜》也因此成为巴金小说中最具复调性的成功的现实主义之作。

原载《太原师范学院学报》2004年第4期

《围城》的男性偏见[*]

关于《围城》中的女性形象，多数的研究都顺着隐含作者的思路，批评她们的人性缺陷。隐含作者、作品中的男性人物把鲍小姐、苏文纨、孙柔嘉、范懿等界定为"围捕"男人的可鄙又可笑的女人，读者、研究者往往也对她们嗤之以鼻。只有倪文尖的《女人"围"的城与围女人的"城"——〈围城〉拆解一种》等少数论文，能敏锐洞悉《围城》的"男性沙文主义"特质，指出这些女性"在男性中心的叙事结构、叙事语态里，被歪曲了、被淹没了、被'阉割'了"而成为"空洞的能指"，可谓犀利深刻、独具慧眼[①]。本文将在前人研究的基础上，深入分析《围城》在鲍小姐、苏文纨、孙柔嘉这几位女性形象塑造方面的男性偏见。

---

[*] 本文所引《围城》文本，全部出自钱锺书：《围城》，北京．人民文学出版社，1980年版。
[①] 倪文尖：《女人"围"的城与围女人的"城"——〈围城〉拆解一种》，载《二十世纪中国文学史论》第二卷（王晓明主编），上海．东方出版中心，1997年版，第485页。

一　鲍小姐

按照作者的叙述，鲍小姐的性格一点儿也不可爱。她欲望强健，主动诱惑方鸿渐。既是她主动跟方鸿渐说"方先生，你教我想起我的 fiance，你相貌和他像极了"来跟方鸿渐套近乎，又是她主动到方鸿渐的房间来偷情。这说明她没有道德感。她喜怒无常，无缘无故就跟方鸿渐翻脸。这说明她没有逻辑。她毫无幽默感，方鸿渐一跟她打趣，叫她"黑甜""朱古力小姐"，她就生气。这说明她精神贫瘠，性格乖张。她婚姻观念十分功利，选择了一个又老又丑又老实的未婚夫，以便能够出国留学，以便能够红杏出墙。这说明她庸俗粗鄙。

但是，这样一个看来似乎一无可取的女性，为什么能够让方鸿渐看都不看苏文纨一眼就去接受诱惑呢？根本原因是方鸿渐自己的欲望在作怪。因此，鲍小姐说方鸿渐像她的男朋友时，"方鸿渐听了，又害羞，又得意"。鲍小姐借点烟接吻的时候，"方鸿渐那时候心上虽怪鲍小姐行动不检，也觉得兴奋"。那晚鲍小姐来私会方鸿渐，方鸿渐听清是鲍小姐的脚步声，就"快活的要大叫"。这说明方鸿渐仅仅是勇气不足而已，他在性爱观念上与鲍小姐并没有什么差异。也就是说，方鸿渐其实还是需要女人的行为不检的。行为不检的性感女郎，不仅符合方鸿渐的欲望，而且还能够补充方鸿渐的勇气不足。"她的所谓主体性是男性的恩准，是男性主体欲望的映射。"[①] "有贼心没贼胆"的书生一贯需要行为不检的性感女郎来帮助他们实现欲望。司马相如需要卓文君主动私奔，张生需要崔莺莺主动投书约他跳墙偷欢。在这一点上，现代书生方鸿渐与他的汉唐先辈并没有多大差别。

但是，这一类女性在完成她们帮助男性实现欲望这一任务的时候，常常要受到道德批评。"她不是变心，因为她没有心；只能算日子久了，肉会变味。"这既是方鸿渐对鲍小姐变心行为的否定，同时也是对鲍小姐欲望的否定。鲍小姐是否如叙述者、男性人物所言只有欲望没有心灵呢？我们不得而知，因为《围城》中除了一句"她看方鸿渐是坐二等的，人还过得去，不失为旅行中消遣的伴侣"

---

① 倪文尖：《女人"围"的城与围女人的"城"——〈围城〉拆解一种》，载《二十世纪中国文学史论》第二卷（王晓明主编），上海．东方出版中心，1997 年版，第 476 页。

外，对鲍小姐的心理感受都没有交代。"人还过得去"，到底仅仅是肉的尺度、欲望的尺度呢，还是包含对方鸿渐的整体评价呢，亦不得而知。也就是说，小说中鲍小姐的心理描写基本上是缺失的。读者根本不知道鲍小姐在想什么。一夜情之后，第二夜，她就不理方鸿渐，到底是因为对方鸿渐不满意了，还是因为"要把身心收拾整洁，作为见未婚夫的准备"呢，抑或只是没有理由的喜怒无常呢？由于文本中缺乏对鲍小姐心理逻辑的交代，读者照样不得而知。小说先从男性视角大量铺垫对鲍小姐性感形象的鄙夷，而后仍然从男性视角大量铺写方鸿渐在一夜情中断之后的受挫感，从而让鲍小姐的形象永远定格在"鲍鱼之肆"的臭气中得不到申辩的机会[①]；而方鸿渐却由于鲍小姐"无言"的主动，既能满足欲望，又能金蝉脱壳成为纯粹的受诱惑者、被抛弃者。把富有欲望的女人归为道德不好的一类人，正好可以从侧面把这场"一夜情"可能产生的道德缺憾都归于女性，使得男性人物的道德纯洁免受挑战、免受玷污。这就在一定程度上遮蔽了他既不爱鲍小姐又热衷于消费鲍小姐性感肉体的道德缺憾，从而能够以实际上并不可靠的纯情面目来迎接唐晓芙的出现。对女性的这种道德批评有利于男性对自己进行道德粉饰。

方鸿渐既在欲望层面上等待鲍小姐的诱惑，又在道德人格层面上批评鲍小姐，正是延续了中国传统男性文化既要消费女性欲望又要否定有欲望的女性这一思路。塑造妲己、潘金莲，就是这一类男性文化立场的典型体现。现代男作家老舍塑造虎妞的形象（《骆驼祥子》），当代男作家曲波塑造蝴蝶迷（《林海雪原》）、古华塑造李国香（《芙蓉镇》）的形象，和钱锺书塑造鲍小姐的形象一样，延续的都是这一类思路。现代作家茅盾在《蚀》三部曲中则完全转换立场，用仰视的态度来膜拜这类性感女郎，延续的则是蒲松龄《聊斋志异》中赞美性爱主动的女性的思路，但是这种赞美仍然是从男性利益出发而对用性爱奖励穷书生的女性狐仙表示感谢的思路，并不包含对女性生命逻辑的理解[②]。曹禺的《雷雨》、李劼人

[①] 杨绛在《记钱锺书与〈围城〉》中说："鲍鱼之肆是臭的，所以那位小姐姓鲍。"见杨绛：《杨绛作品集》第二卷，北京．中国社会科学出版社，1993年版，第133页。
[②] 关于《聊斋志异》的分析，参看叶舒宪：《高唐神女与维纳斯——中西文化中的爱与美主题》，北京．中国社会科学出版社，1997年版。

的《死水微澜》，才真正从女性生命逻辑出发塑造了蘩漪、蔡大嫂等正面而又主动的女性形象。

二　苏文纨

《围城》中，作者常常是从方鸿渐的视角来叙述苏文纨和方鸿渐之间的感情纠葛的。这样，关于苏文纨与方鸿渐之间的是非，在《围城》文本中常常以方鸿渐的一面之词作为依据和结论。作者既没有描写苏文纨的心理活动，从而剥夺了苏文纨为自己辩解的机会；也没有审视、批评对苏文纨进行不合理指控的方鸿渐，这就使得《围城》文本陷入方鸿渐的男性偏见中。撇开方鸿渐的评价，回到叙事层面对苏文纨言行的描述中，回到苏文纨的心理逻辑中，就可以发现方鸿渐思维的不公正之处，发现作者对这种不公平的偏袒之处。

《围城》通过方鸿渐的心理体验对苏文纨所做的第一个指控是苏文纨利用方鸿渐"心太软"的弱点诱惑方鸿渐，使得方鸿渐受到了心理压迫。回国的邮船上，苏文纨以"善意的独裁"为方鸿渐"洗手帕，补袜子，缝纽扣"，让方鸿渐感到"毛骨悚然"，因为"他知道苏小姐的效劳是不好随便领情的；她每钉一个纽扣或补一个洞，自己良心上就增一分向她求婚的责任"。方鸿渐"毛骨悚然"的感受，就提示读者苏文纨是个很有心计的女人，是个貌似温柔的阴谋家。回到上海后，苏文纨的种种情话让方鸿渐产生如坐针毡的感受。这也让我们体会到苏文纨是方鸿渐的精神压迫者。

然而，到底是方鸿渐"心太软"差点儿落入苏文纨的婚姻圈套，还是方鸿渐不负责任让苏文纨落入恋爱游戏的圈套呢？是苏文纨压迫了方鸿渐的心理，还是方鸿渐游戏了苏文纨的情感呢？

香港鲍小姐上船后：

> 鸿渐回身，看见苏小姐装扮得袅袅婷婷，不知道什么鬼指使自己说："要奉陪你，就怕没福气呀，没资格呀！"

正是这句明显献殷勤的话，才使方鸿渐、苏文纨的恋爱故事有了个开端。苏文纨正是领会了方鸿渐这句话中的仰慕之意后，才开始给方鸿渐"洗手帕，补袜子，缝纽扣"，含蓄表达自己的爱情。倪文尖对此分析说："虽然叙述者在此加了按语'不知道甚么鬼指使'，但有一点终算客观：即使有'鬼'，这'鬼'也在方鸿渐自己内心！……甚至，换个角度解读，点明'鬼指使'又有为男性主人公进一步推脱的嫌疑，因为从意识层面降到无意识层面，一般来说总能减轻个人作为主体应负的责任。"①

回到上海，方鸿渐伤春感怀，就决定去看苏文纨，他：

明知也许从此多事，可是实在生活太无聊，现成的女朋友太缺乏了！

好比睡不着的人，顾不得安眠药片的害处，先要图眼前的舒服。

"明知也许从此多事"，可见他对苏文纨的情感、对自己行为的性质了然于心，只不过不想去顾及后果、不想严肃对待而已。他在"现成的女朋友太缺乏"的情况下，把一个爱自己而自己又不爱的女性当作暂时的情感安慰，根本不管她会在这件事上受到怎样的情感伤害。此后方鸿渐一直假戏真做，只是苏文纨一直蒙在鼓里，还以为方鸿渐真的在和自己谈恋爱呢。但这并不能怪苏文纨自作多情，因为除了最后的一封信之外，方鸿渐从来没有给苏文纨种种的情感暗示做过一点否定。倒是两个人共处的时候，方鸿渐有"伸手拍她的手背"的亲昵举动，还写了表示嫉妒王尔恺、曹元朗这两位男性的信件②。月夜在花园里，又是方鸿渐率先向苏文纨表达自己的欲望，他说："我要坐远一点——你太美了！这月亮会作弄我干傻事。"正是因为方鸿渐有种种暧昧的情感表达，苏文纨才理所当然地把自己摆在情人的位置上表现出种种脉脉温情。

这样看来，是认真恋爱而又不明真相的苏文纨落入了把恋爱当儿戏的方鸿渐的圈套。苏文纨在这场恋爱中是动中有度、自尊自爱也尊重他人的。方鸿渐"心太软"、不善于说"不"的实质是：当他女朋友缺乏的时候，他需要把苏文纨当作暂时的情感替代品；当他已经有明确的爱恋对象的时候，他意识不到自己有不

---

① 倪文尖：《女人"围"的城与围女人的"城"——〈围城〉拆解一种》，载《二十世纪中国文学史论》第二卷（王晓明主编），上海．东方出版中心，1997年版，第476页。
② 信件的内容是："昨天承示扇头一诗，适意有所激，见明章隽句，竟出诸伧夫俗吏之手，惊极而恨，遂厚诬以必有蓝本，一时取快，心实未安。叨在知爱，或勿深责。"后又补充写道："当曹君之面而失据败绩，实所不甘。恨恨！"

能误导苏文纨情感的责任。归根结底，是方鸿渐不懂得尊重别人的情感，不懂得尊重别人的人格，也不懂得自尊自爱。他"心太软"，是对自己太放纵，以致不能承担自己行为的后果。"心太软"是方鸿渐值得批评的、不能对自己对别人负责任的道德缺陷和人格缺陷，而不是他值得同情的、受制于女人的弱点。

方鸿渐把自己在这场恋爱误会中所应该承担的责任全部转嫁到苏文纨头上，是对苏文纨的不公平。隐含作者也以悲悯的态度来同情方鸿渐不负责任的"心太软"，以嘲弄的态度来讥讽苏文纨认真诚挚的爱情追求，使得苏文纨成为一个可鄙可笑的喜剧人物。《围城》并没有把苏文纨的言行本身过度夸张化、漫画化，而是每当对苏文纨的言行进行一次符合女性心理的合度刻画之后，总是让方鸿渐从旁悄悄来一番否定性的心理独白，使得苏文纨动中有度的爱情举动在男性视域的无情审视之下显出自作多情的滑稽相来，成为叙述者、隐含作者、隐含读者暗中共同嘲笑的对象。这正好印证了张爱玲曾经敏锐批判过的男权逻辑：

> 一个女人上了男人的当，就该死；女人给当给男人上，那更是淫妇；如果一个女人想给当给男人上而失败了，反而上了人家的当，那是双料的淫恶，杀了她也还污了刀①。

同样是刻画女性由于误会而自作多情的故事，女性作家凌叔华在《吃茶》中，就采取女性视角叙事，叙述者对女主人公芳影小姐的爱情渴求有细腻的理解与同情，故事的悲剧性压倒了喜剧性，小说由此获得了尊重男性选择自由同时也理解女性人生伤痛的思想深度。而《围城》的男性视角，把女性爱情失败的生命伤痛界定为咎由自取，甚至还是使男人产生心理负担的不应该的行为，使之完全失去了被悲悯、同情的价值，而成为喜剧嘲讽的对象。得不到男性世界认领的女性恋情，在叙述者、隐含作者的眼中就成了应该"撕破给人看"的"无价值"的东西。这样，一个女人受男性有意误导的、悲剧因素大于喜剧因素的爱情失败，就被隐含作者从男性本位的立场出发，做了完全喜剧化的处理后成了冷嘲的对象。从中可见作家审度苏文纨爱情举动的价值尺度是：一是看它能否契合男性需

---

① 张爱玲：《倾城之恋》，载《张爱玲文集》第二卷，合肥．安徽文艺出版社，1992年版，第77页。

求,也就是说看它能否被男性认领;二是看它是否符合压抑女性主体意识的封建男权道德准则。这就暴露了隐含作者的人的观念中并没有整合进女性群体、依然坚持把女性作为第二性看待的价值缺陷。

《围城》的议论层面对苏文纨的第二个指控是,苏文纨故意激发方鸿渐、赵辛楣之间的矛盾,满足女性的虚荣。文本中有如下的直接议论:

> 她喜欢赵方二人斗法比武抢自己,但是她担心交战得太猛烈,顷刻就分胜负,二人只剩一人,自己身边就不热闹了。她更担心败走的偏是方鸿渐。她要借赵辛楣来激发方鸿渐的勇气,……

这种描述、议论中传达出的意味是:苏文纨既虚荣又富有心机,而且十分残忍,根本不尊重别人的人格,极度自私。

后来,方鸿渐又对唐晓芙说"赵先生误解了我跟你表姐的关系",唐晓芙说:"这话真么?只要表姐有个表示,这误解不是就弄明白了?"方鸿渐答道:"也许你表姐有她的心思,遣将不如激将,非有大敌当前,赵先生的本领不肯显出来。"唐晓芙和方鸿渐的话,更进一步表明苏文纨故意拿捏两个男人,激化他们之间的矛盾,让他们争斗,自己坐收渔利。

然而,从作品的叙事层面上看,在赵辛楣向方鸿渐挑衅的时候,苏文纨始终明确表示爱方鸿渐、不爱赵辛楣,并没有拿捏二人的行为。赵辛楣一出场,苏文纨就立刻对方鸿渐改口,不叫"方先生",而叫"鸿渐",而且处处护着方鸿渐。赵辛楣要请她吃饭,方鸿渐告辞,她立刻当着大家的面说"鸿渐,你坐一会儿,我还有几句话跟你讲——",挽留方鸿渐,同时客气地回绝赵辛楣的饭局,鲜明地表现出对方鸿渐的亲近和对赵辛楣的疏远。后来,赵辛楣请客灌醉了方鸿渐,苏文纨细心照料方鸿渐、提早退席送方鸿渐回家,也再次当众明确表示了亲方鸿渐而疏远赵辛楣的意思。

叙事者推测"她担心交战得太猛烈,顷刻就分胜负,二人只剩一人,自己身边就不热闹了",显然不符合事实。唐晓芙说"只要表姐有个表示",赵辛楣也就不至于误解了方鸿渐和苏文纨的关系,也没有道理。因为苏文纨恰是一个被蒙在鼓里、不知道真相的人,她又如何有可能对真相"有个表示"?方鸿渐反咬一口,说"也许你表姐有她的心思",把自己游戏恋爱的道德过失转嫁给苏文纨,然后把自己装扮成受害者来指责苏文纨,可以说是有意诬陷。隐含作者对方鸿渐这种不实之词,没有辨析,没有批评,隐含作者在这个问题上也就成了方鸿渐的同谋。

《围城》对苏文纨的第三个指控是:苏文纨破坏方鸿渐和唐晓芙的爱情,以报复自己追求方鸿渐不成的失败。

苏文纨遭方鸿渐拒绝之后,把方鸿渐的信给唐晓芙看,"并且把从船上到那天晚上的事全告诉"唐晓芙。正是因为这些,唐晓芙才拒绝了方鸿渐的追求,使得方鸿渐的生命留下永远的遗憾。然而,到底谁应该对方鸿渐与唐晓芙的爱情破裂负责任呢?到底是方鸿渐本人还是苏文纨?这里的关键是,苏文纨叙述的是不是事实。如果苏文纨说的都是事实,那么,恰是方鸿渐应该对自己的行为负责,而不应该让如实说来的人对方鸿渐的行为负责。如果苏文纨的转述之中有什么不实之处,那么苏文纨才应该对她的不实之词负责任。接下来,就让我们看看苏文纨到底对唐晓芙说了什么。唐晓芙拿方鸿渐给苏文纨的信来质问方鸿渐,又说"你在外国几年有没有恋爱,我不知道。可是你在回国的船上,就看中一位鲍小姐,要好得寸步不离","鲍小姐走了,你立刻追求表姐"。我们从唐晓芙质问方鸿渐的话中,并没有发现苏文纨的转述有什么失实之处。既然苏文纨是如实向唐晓芙陈述方鸿渐的所作所为的,那么无论她出于什么目的,都还是在公共道德允许的范围内行事的。这样,对方、唐恋爱失败负责任的只应该是方、唐本人,而不应该是苏文纨。方鸿渐骂苏文纨"好不要脸!你捣得好鬼!我瞧你一辈子嫁不了人——",在苏文纨失恋的心上捅一刀,把自己应负的责任再次转嫁到苏文纨头上,也使自己失去了一个内省的机会。而隐含作者通过方鸿渐的这个电话,通过方鸿渐"相信苏文纨一定加油加醋,说自己引诱她、吻她,准备据实反驳"的独白,通过"唐小姐抱歉过信表姐,气愤时说话太决绝"的心理描写,也从侧面遮蔽了苏文纨不过是如实说出真相这一事实,使得苏文纨担上恶女人的坏名声且得不到辩解的机会。隐含作者在此再一次表现了他的男性中心意识。

《围城》对苏文纨的第四个偏见是把她界定为一个没有才学的女才子,既乏味又低智商。苏文纨的相貌特点是皮肤白得干滞、虽然"眉清目秀",但"嘴唇嫌薄","身段瘦削,也许轮廓的线条太硬,像方头钢笔划成的"。这从男性尺度出发暗示了苏文纨这种女性是乏味的、没有魅力的。文本还安排她最终选择曹元朗这样一个写歪诗的诗人做丈夫,从而说明她既没有鉴赏诗歌的能力,也没有品鉴人物的能力,智商不高。隐含作者安排她做这一选择,并不是出于对苏文纨自身性格逻辑的把握,而是出于贬损女才子、贬损心怀爱情的女性这个目的,同时也出于"恶有恶报"的思路,惩罚一下给方鸿渐苦头吃的女性,尽管如前所析她这种"给男人苦头吃"的指控实际上根本不能成立。这一安排,再次表现了叙述者、隐含作者的男性中心意识。

三 孙柔嘉

读者对婚前的孙柔嘉一般也印象不好,主要是因为作者让赵辛楣提示方鸿渐、同时也提示隐含读者说孙柔嘉工于心计、长于阴谋。赵辛楣在去三闾大学的船上就"先知先觉"地对方鸿渐议论孙柔嘉说:

>……唉!这女孩儿刁滑得很,我带她来,上了大当——孙小姐就像那条鲸鱼,张开了口,你这糊涂虫就像送上门去的那条船。

方鸿渐、孙柔嘉订婚后在香港遇到赵辛楣,赵辛楣又对方鸿渐说:

>"我不是跟你讲过,孙小姐这人很深心么?你们这一次,照我第三者看来,她煞费苦心——"鸿渐意识底一个朦胧睡熟的思想像给辛楣这句话惊醒。

顺着赵辛楣的提示,读者回想孙柔嘉的种种表现,很可能会觉得孙柔嘉刁滑阴险、富有心机,最终才把方鸿渐捕入婚姻圈套。在赵辛楣的这种提示之下,孙柔嘉第一次与他们见面时,"怕生得一句话也不敢讲,脸上滚滚不断的红晕"也像是一种伪装,至少是一种做作。她那张平常看来并无修饰痕迹但其实却是件"艺术作品"的脸,更像是一种象征,象征她在恋爱问题上长于作伪。她时常请方鸿渐拿主意,更是以弱取胜的阴谋。然而我要指出的是,这种评价在事实认定和价值判断两方面都存在严重的偏颇。

首先，被赵辛楣描述成像"张开了口"的"鲸鱼"一般可怕的孙小姐，其实并没有任何侵犯他人的恶意，只不过是对方鸿渐早就"有了心事"、有了爱情而已。女人一旦以自己的爱情去暗中期待男性的爱情共鸣，在赵辛楣看来便成了要吞噬男人的可怕可恶之物了。孙柔嘉"千方百计""费煞苦心"谋得方鸿渐这样一个丈夫的爱情追求，在赵辛楣的点评之下，罩上了一种阴险的气氛，让人不禁联想起狎邪小说中妓女对嫖客的引诱、暗算。赵辛楣的点评，一是承袭了把性爱当作一种性别对另一种性别的征服、而不是两性相悦相知这一野蛮时代的文化观念，二是承袭了男性为主体、女性为客体的封建性道德。它使得作品从根本上模糊了女性爱情追求与妓女暗算嫖客这两种不同行为的本质区别，遮蔽了女性的爱情是女性对男性世界的一种真挚情意、女性的爱情追求不过是要与男性携手共度人生这一基本性质，背弃了女性在爱情上也拥有与男人同等主体性地位的现代性爱伦理。

其次，孙柔嘉在搞不清楚方鸿渐爱不爱自己的情况下把爱情隐藏在心里，完全符合常理，不能作为她富有心机、长于阴谋的证据。在这部作品中，方鸿渐爱不爱孙柔嘉是一个连他自己也搞不清楚的问题。方鸿渐从来没有像爱唐晓芙那样刻骨铭心地爱过孙柔嘉，但是听范小姐说孙小姐跟陆子潇"天天通信，要好得很"，他当场就感到"刺心难受"。他可能是已经爱上了孙柔嘉而自己没有明确意识到而已，至少他对孙柔嘉很有好感。这种情况下，孙柔嘉把自己的爱情藏在心里，不像范小姐那样直接把爱情暴露出来，只能说明她性格比较含蓄、处理事情比较有分寸而已，不能作为孙柔嘉富有心机的证据。在这个文本中，女人把爱情暴露出来，如苏文纨、范懿那样，是要受到男性人物乃至隐含作者的嘲讽、鄙夷的。女人如果把爱情藏在心里，如孙柔嘉，又要受到男性人物乃至隐含作者的厌恶、敌视。归根结底，在隐含作者的价值观中，女人大约是只能等待男性来挑选而不应该有自主爱情追求的第二性。

再次，孙柔嘉不直接表达爱情，而是创造各种机会让方鸿渐先表达感情，正是女性在男权文化压迫下的无奈。孙柔嘉最为人诟病的莫过于两件事，第一件事是她总以弱者的面目在方鸿渐面前出现，表达自己无助的感受：

"怕死我了！……我真不会教呀！……我真不知道怎么教法，学生个个比我高大，看上去全凶得很。"

>"我什么事也不懂,也没有一个人可以商量,只怕做错了事。我太不知道怎样做人,做人麻烦死了!方先生,你肯教教我么?"

这些往往被阐释成有意做作,被阐释成以弱取胜地来诱骗方鸿渐入套。然而,孙柔嘉大学毕业初次出远门工作,虽然性格中有坚强独立的一面,但同时还有一些无助的怯惧之感,亦符合常理,不可武断地把它判断为作伪。孙柔嘉爱慕方鸿渐,把自己性格中柔弱的一面真实地展示在方鸿渐面前,含蓄地表达渴望得到怜爱的愿望,也是恋爱中人的正常心理,未必是阴谋。

孙柔嘉为人诟病的第二件事是,借助外部力量促成方鸿渐确认婚事。她对方鸿渐假说有人写信给爸爸造自己和方鸿渐的谣;李梅亭、陆子潇出现的时候她又"伸手拉方鸿渐的右臂,仿佛求他保护";尽管从没有与方鸿渐商量过婚事,却当着李梅亭、陆子潇的面"迟疑地"对方鸿渐说:"那么咱们告诉李先生——"这是孙柔嘉假借外部舆论力量促使方鸿渐向自己表白爱情,既是情动于中,又有计谋有策略,因而确实失之于不够光明磊落。但是,孙柔嘉为什么不愿意直接向方鸿渐表白爱情,而要假借外部环境力量促使方鸿渐表白爱情呢?这是因为男权文化传统规定了女人是应男性需求而生的第二性,女性主动的爱情追求都被视为大逆不道的僭越。孙柔嘉在这种文化压力之下不得不把追求异性的权力留给男人,而竭力保持女性被动、矜持的形象。尽管如此"煞费苦心"地使自己合理的爱情追求隐秘化,孙柔嘉却终究没有赢得"好女人"的声誉。这是由于文本内有以赵辛楣为首的男性群体用火眼金睛严密审视着女性的任何僭越女奴道德的行为。如此"千方百计""煞费苦心",其可怜甚于可鄙。赵辛楣及隐含作者等毫不悲悯女性受压抑的生命无奈,而笼统地把它归于女性的品格缺陷,有违文学关怀生命、关怀弱者的基本准则。

读者对结婚后的孙柔嘉一般也印象不好。文本外,杨绛那一句广为流传的名言可以代表这种印象:

>……她是毫无兴趣而很有打算。她的天地极小,只局限在"围城"内外①。

---

① 杨绛:《记钱锺书与〈围城〉》,载《杨绛作品集》第二卷,北京.中国社会科学出版社,1993年版,第138页。

杨绛的批评成为对孙柔嘉的权威性评语，使得孙柔嘉难脱在婚姻家庭问题上精打细算的庸俗小女人形象，因而在可怖可恶之外，又增加了一层可鄙可怜的渺小。但如果孙柔嘉果真是"毫无兴趣而很有打算"的女性，她何以独独会爱上方鸿渐这样一个不仅毫无心计，就连基本的生存应付能力都欠缺，倒是充满了机智的幽默感，且心软善良的"不讨厌，可是全无用处"的男人呢？何以自始至终都能坚持"我本来也不要你养活"的女性自主呢？虽然孙柔嘉在方鸿渐讲到"全船的人""整个人类"这些人生哲理的时候，忍不住哈欠，体现出思维、兴趣的有限性，但文本在孙柔嘉与方家二奶奶、三奶奶这两位只会在"围城"内外搞家庭斗争的姐娌的对比中，与认定"女人的责任是管家"的方老先生、方老太太的对比中，分明已经从叙事层面确立了孙柔嘉自主谋事、独立承担人生的现代女性品格，使她从根本上区别于在家庭小圈子内斤斤计较的依附型女性。《围城》的叙事层，实际上既与赵辛楣对孙柔嘉的不公正指责形成对峙，也与杨绛《记钱锺书与〈围城〉》中对孙柔嘉的鄙夷不相符合。而这文本内外的评点、议论，恰如层层枷锁，紧紧压制着小说的叙事层，使得叙事层中本来无辜的女性主人公在读者眼中变得阴险鄙俗。其实，即便最让孙柔嘉显得琐屑凡庸的种种夫妻口角，也不过是婚姻中的常态之一，并不是由于孙柔嘉独具小女人庸俗品格才带累了并不庸俗的大男人方鸿渐。这种琐屑凡庸，正是人必然要坠入的一种生存境地，而不是女人独有、男人原本可以超越的处境、品格。也正因为如此，《围城》关于人生"围城"困境的现代主义命题才显得深刻且更具有普泛性。《围城》的这一深刻人生感悟正与其男权文化视角的狭隘、不公共存。

四　小结

《围城》因为悟到人生的一切追求不过是"城外的人想冲进去，城里的人想逃出来"，悟到生命无意义、琐屑平庸的一面，而显得特别深刻，独具现代主义思想特质，但是这种深刻的人生智慧却是与文本中对女性的偏见、与作品中的男性中心意识交织在一起的。作者在塑造鲍小姐的形象时延续的是传统男权文化消费女性欲望又鄙视女性欲望的思路;在塑造苏文纨、孙柔嘉等形象时,隐含作者放任笔下的人物,主要是一些男性人物,对主动追求爱情的女性提出种种不公平的指控,并运用作者和叙述者的权威剥夺这些女性为自己辩护的权利。这使得《围城》文本成为妇女解放时代中仍然饱含男性偏见的文本。而这种男性偏见由于与作品的现代主义思想交织在一起,尤其富有遮蔽性。

原载《海南师范学院学报》2004年第5期;《新华文摘》2005年第2期论点摘编;后收入《2004文学评论》,人民文学出版社2005年版

存在的不完满性与茅盾《霜叶红似二月花》的性别建构

茅盾20世纪40年代初发表的《霜叶红似二月花》(以下行文中简称《霜叶》)[①]精美残篇，综合其早期创作中的两类女性形象，塑造了"既具有东方女性文化的阴柔资旨，又富于雄强的质素"[②]的张婉卿形象。作品关于张婉卿以母性情怀包容生命陷于颓丧状态的丈夫黄和光这一艺术想象，在已有研究中产生了不同的看法。一些学者认同隐含作者的立场，赞赏张婉卿的母性情怀。竹内实认为："茅盾把这种温暖人心的爱情当作人生内在的中心问题来描写（这里的'人

---

① 该小说的前九章登载于1942年8月至11月《文艺阵地》第7卷第1期至第4期，第十至十四章登载于1943年1月至6月《时事新报·青光》第1期至第29期。本文的论述对象限于小说第一至十四章这已完稿部分，不涉及仅以梗概和大纲形式呈现的续稿。本文所引该小说的文本内容，全部出自茅盾：《茅盾全集》第六卷，北京．人民文学出版社，1984年版。
② 孙中田：《〈霜叶红似二月花〉与40年代小说》，载《东北师大学报》1996年第5期，第63页。

生'不单是那两个民国初年的青年夫妇的'人生'),创造出一种场景美。"①是永骏认为:"黄和光和婉小姐的结合可以说是胜过肉欲的生命之爱。"②钱理群、温儒敏、吴福辉的《中国现代文学三十年》(修订本)也吸收竹内实的观点,认为:"……《霜叶红似二月花》中描写婉卿对待性无能丈夫的那些场景,流露母性的温柔情怀,是很能揭示人性的美丽的。"③但另外一些研究者则持相反的观点,认为张婉卿对丈夫无怨无悔的爱带有屈从于传统伦理道德规范的性质,隐含作者在这个问题上的写作立场值得反思。孙中田说:"这个女强人所遵奉的依然是儒家的规范。她牺牲了女人的生命活力,屈就于无生命的伦理规范,这无疑是一种扭曲和错位。她不无矛盾,却又心安理得。作家是热爱这个人物的,在塑造这个历史转型期的人物时,他看到了人物心灵深处的裂痕,但是他自觉不自觉地依然留下了传统男性文化的投影。"④韩素梅、何希凡也持类似观点。韩素梅说:"……而对黄和光的母性之爱属于缺乏主体品格的伦理道德规范。"⑤何希凡说:"婉小姐虽然在生活面貌上显得趋慕时尚,但内在精神上既难冲破传统社会意识的樊篱,更难冲出传统伦理规范铸就的自我精神围城……"⑥

这两种观点的交锋,实际上涉及性别批评中两个相关的重要理论问题。一是如何看待女性的自我牺牲,二是如何看待男作家对女性自我牺牲精神的赞美。本文认为,男尊女卑、夫为妻纲的男权文化,要求女性无条件地把丈夫的利益置于自己的利益之上,这自然是应该被清算、否定的,然而并不是说女性为丈夫所

---

① 竹内实著、劲松译:《日文版〈霜叶红似二月花〉介绍》,原载《中国的名著》(东京大学文学研究室编),东京劲草书房,1961年版;转引自李岫编:《茅盾研究在国外》,长沙.湖南人民出版社,1984年版,第352页。
② 是永骏:《中国现代小说的结构和文体——从茅盾小说作品的状况形成谈起》,载《茅盾研究》第二辑(《茅盾研究》编辑部编),北京.文化艺术出版社,1984年版,第324页。
③ 钱理群等:《中国现代文学三十年》(修订本),北京.北京大学出版社,1998年版,第234页。该书"第十章 茅盾"由吴福辉负责修订,本段引文为修订本增加的内容。
④ 孙中田:《〈霜叶红似二月花〉与40年代小说》,载《东北师大学报》1996年第5期,第64页。
⑤ 孙中田:《〈霜叶红似二月花〉与40年代小说》,载《东北师大学报》1996年第5期,第64页。
⑥ 何希凡:《〈霜叶红似二月花〉与茅盾的矛盾》,载《中国现代文学研究丛刊》2002年第4期,第184页。

做的牺牲都必然含有男权文化压迫的性质。辨析这一问题的关键要看女性所做的牺牲是否形成对女性主体性的压抑，而且对女性主体性的理解，也应该充分吸收当代存在论哲学、主体间性哲学提供的思想资源。首先，女性主体性不仅应该包含女性权益的维度，还应该包含女性精神境界追求的维度。传统伦理道德固然倡导女性的牺牲精神，然而现代伦理道德也并非弃绝女性的牺牲精神。为他人而牺牲自我，无论在传统伦理道德中还是在现代伦理道德中均可能损害自我的主体性，导向自我的奴役状态，也同样可能生成自我的主体性，导向崇高的精神境界。到底属于哪一种情况，必须把主体放置在具体的存在场域中进行辨析，不能脱离存在场域对主体的状态做教条化的阐释。性别批评既维护女性权益，也同样维护女性精神境界中的崇高性追求，只是在倡导崇高性精神追求时比传统伦理道德更加警惕虚假崇高对人的奴役，即警惕非本真存在对存在的倾覆。其次，维护女性主体性，不仅要警惕外部力量对女性主体性的压抑，同时，还应该领会到女性主体性是在与他者主体间共在的境遇中生成的。女性与男性主体间共在，就意味着女性既要自觉抵御男权文化的侵蚀，同时也应该在无男权文化压抑的时候自觉与男性共同承担存在，哪怕此一男性存在中渗透着命运带来的非存在的阴影。女性崇高精神境界的生成正有赖于对人的存在的无可避免的不完满性的自觉承担。

本文首先在以上理论思考的基点上辨析《霜叶》在张婉卿形象塑造中的价值取向问题，其次，本文还将从恂少奶奶、恂少爷、钱良材等主要人物形象分析中多方位阐释该小说在思考个体生命存在方面的思想成就。

之所以把论述对象限定在张婉卿、恂少奶奶、恂少爷、钱良材这几个主要人物身上，而不去讨论王伯申这个新兴的民族资本家与赵守义这个封建地主之间的斗争，是基于这样的认识：文学作品对个体生命存在主题的深度阐发一般发生在作家对其持有悲悯、关怀立场的人物身上。而在已完稿部分，王伯申、赵守义都是完全反面的角色。作品尽管入木三分地刻画出这两个劣绅唯利是图但新旧有异的类型化特征，但并未深入去想象他们除谋利、满足淫欲之外的丰富内心世界。本文认为《霜叶》的核心主题有两个：一个是关怀个体生命存在的状态，并追问其中的价值合理性问题；另一个是追问社会历史发展的复杂性，并思索其中的价值合理性问题。茅盾1943年的《〈秋潦〉解题》①和1958年的《新版后记》②完全把小说的主题归为第二个主题，尽管该主题仍存在阐释空间，但就总体而言，这一社会历史层面的宏大叙事主题在以往的研究中已经有相当充分的讨论；而第一个个体生命存在主题，尽管索罗金、是永骏的论述中已经涉及相关问题，但该主题一直未得到正面阐释。索罗金认为，恂如、静英、恂少奶奶、黄和光，"他们大家都很不幸，而且每个人的不幸都不是因为自个儿的过错"。③是永骏认为：与《红楼梦》相似，"《霜叶》同样是在时不挽回的过程中描写出人生种种悲哀之境。例如恂如想从不如意的结婚生活中解脱出来，思念那可爱的少女，黄和光和婉小姐的结合可以说是胜过肉欲的生命之爱，……这一双凝视着悲哀的作家的眼睛，在对作家生存的时代充满着批判精神的认识与思索底下闪烁着宁静的光辉"④。这两位外国学者都格外推崇《霜叶》中作家凝视个体生命存在之不幸与悲哀的有情态度。索罗金提示我们去探问人物不幸命运的境遇性因素。是永骏则点明该小说对个体生命悲哀的领会，在具体社会历史批判之外另有更深的价值。这正启示我们不应忽略该小说社会历史宏大叙事之外的个体生命存在主题。近年吴福辉、吴晓东、秦林芳均从不同角度指出，该小说的家庭生活题材书写在艺术成

---

① 茅盾：《〈秋潦〉解题》，原载1943年1月22日《时事新报·青光》；转引自《茅盾全集》第六卷，北京．人民文学出版社，1984年版，第245—246页。
② 茅盾：《新版后记》，载《茅盾全集》第六卷，北京．人民文学出版社，1984年版，第247—251页。
③ 索罗金著、曹万生译：《论〈霜叶红似二月花〉》，载《茅盾研究在国外》（李岫编），长沙．湖南人民出版社，1984年版，第446页。
④ 是永骏：《中国现代小说的结构和文体——从茅盾小说作品的状况形成谈起》，载《茅盾研究》第二辑（《茅盾研究》编辑部编），北京．文化艺术出版社，1984年版，第324页。

就上要居于其历史叙事之上^①。本文认为，该小说在家庭题材、日常生活题材的书写中蕴含的思想深度，正在于其对个体生命存在的关怀与探问。本文探讨该小说的个体生命存在主题，自然要分外关注主要人物在私人空间的所言所行所思，但也不会忽视主要人物介入社会历史宏大事件时的言行，只是在解读小说的社会历史想象时，主要落脚点是个体生命与社会历史的关联性，而非社会历史的发展规律。

一 张婉卿形象：通过对非存在的自觉承担建构女性生命的崇高境界

在已完稿部分中，对张婉卿这一熠熠生辉的女性形象的建构主要在家庭伦理关系和家庭事务管理中展开。本节主要从夫妻关系、主仆关系这两个层面分析《霜叶》在张婉卿形象塑造中的价值取向问题，认为张婉卿对丈夫不离不弃是通过对非存在的自觉承担建构了女性生命的崇高境界，小说对张婉卿这一崇高生命境界的赞赏，成功地探索出了一条传统女德经过扬弃而实现现代性转换的道路；而在主仆关系中，张婉卿的权威意识却违逆了平等的现代人道理念，小说在赞赏这一女性雄强特质时未免产生了回归封建等级意识的价值缺憾。

张婉卿以阳刚之气支撑自己和丈夫的人生，到底是颠覆男权传统还是屈从于男权传统，关键要看其夫妻关系中的女性主体性状况。

---

① 吴福辉说："它的历史'提纯'度的不足，或许正是它的精彩所在。未来的人要了解'辛亥前后'中国外省富裕家庭的日常生活场景与实际的青年思想面目，《霜叶红似二月花》才真能给你带来丰富多样的审美感受。"见吴福辉：《且换一种眼光》，上海．上海教育出版社，1998年版，第51页。吴晓东认为，该小说"尽管理念和思想组织了宏大叙事的构架，但真正支撑小说艺术生命力的却是作家的经验化背景，即女性经验、乡土记忆与家族生活的日常叙事。"见吴晓东：《在经验与理念的张力之间——以茅盾的〈霜叶红似二月花〉为中心》，载《茅盾研究——第七届年会论文集》(中国茅盾研究会编)，北京．新华出版社，2003年版，第273页。秦林芳也认为："在《霜叶》中作者自己注重的并希望唤起更多注意的不是那些'动乱'的生活，而是那些平凡的家庭琐事。"见秦林芳：《历史转型期的文化反思——〈霜叶红似二月花〉思想意蕴新探》，载《茅盾研究——第七届年会论文集》(中国茅盾研究会编)，北京．新华出版社，2003年版。

首先，张婉卿婚姻生活中的缺失，固然完全由丈夫的生存境遇造成，但丈夫并没有伤害张婉卿的主观责任，而且，小说并没有在张婉卿对丈夫不离不弃这件事上建构任何男权教条。因此，张婉卿选择与丈夫共命运并努力拯救丈夫就不是屈从于男权，而是在让渡女性的部分权益中成就了女性的崇高精神境界，并从建构女性崇高精神境界这一维度建构了女性主体性。

张婉卿的婚姻生活至少有两个方面的缺失：一是性爱的缺失，其婚姻有爱无性；二是对未来的无望感，这由缺少子嗣、丈夫精神不振两大因素造成。这两种缺失都是由丈夫黄和光单方面造成的。黄和光有生理缺陷，"严重到不能尽丈夫的天职"，又因治病心切而染上鸦片烟瘾不能自拔。"人到绝望时每能达观，何况黄和光早已把'达观'作为治疗痛苦的灵药"，然而黄和光仍然不免觉得自己的世界"竟是秋光已老，萧杀凄凉，我就像那匹蜷伏在墙角的老蚯蚓，不过有时尚能浩然一悲吟罢了"。

黄和光肉体和精神上的委顿显然不属于个体伦理道德上的自我放弃，亦非脾气性格上的自我放纵，而是受人为或先天因素影响、受环境或外力所困的难以摆脱的生命无奈。黄和光这种非由自己后天不努力、而因人不可把握的命运偶然性所牵扯出的生命颓丧，正昭示了存在难以避免的不完满性。这种存在的不完满性作为一种境遇向亲人展开，由于其非主观故意的性质，黄和光本人对张婉卿因与之共同承担存在而浸染上的生命悲凉，就没有应遭谴责的责任，因此，张婉卿对黄和光的呵护，就不是女性对男性的不合理纵容，而是生存强者对生存弱者的人道关爱，造就的就不是男权对女性的奴役，而是女性在牺牲自我时产生的崇高的精神之美。《霜叶》不仅通过充分抒写黄和光的生存无奈，排除了男性人物压迫女性主体性的主观可能性；而且，在对张婉卿婚姻体验的正面抒写中，也未曾建构任何男尊女卑、三从四德的男权话语，从而堵住了女性虽未屈从于具体男性人物却屈从于男权文化教条的可能。

这里，张婉卿牺牲自我去承担丈夫的生存之痛，与《北京人》中愫芳对曾文清长时间内盲目的爱不同。曾文清既无法割舍婚外的爱情，又从没想过结束无爱的婚姻，因性格软弱、无决断而造成表妹愫芳在大家庭中的尴尬处境。虽然他们俩之间"同气相通"的爱情从来没有语言上的承诺，但曾文清显然对愫芳的生存困境负有主观上不作为的责任。愫芳长时间内不去审视曾文清的这一责任缺失，那么其爱情执着中就难免包含着蒙昧、愚忠的色彩。

仅仅由于丈夫的生存陷入无法排除的困境，便判断妻子只有放弃与丈夫共同承担命运、救出自己才是唯一合理的人生选择，这种价值评判内含着把主体能力乌托邦化和爱情婚姻关系乌托邦化这两种思维误区。把主体能力乌托邦化即把每一个人都预设为能够且必须完全承担自己人生的独立个体，未曾想到生命常常有个人所不能承受之重这一问题，忽视了命运的偶然性因素。把爱情婚姻关系乌托邦化，即把爱情、婚姻预设为没有缺陷的完美状态，因而不能承担有缺陷的爱情和婚姻。这两种乌托邦设想都导致把人与人之间的合理关系，包括夫妻间的合理关系，推向完全原子式的、不互相承担命运缺陷的冷漠关系。这显然是对现代个人主义的误解。

其次，文本通过书写张婉卿悲凉与欢欣相交织的心境，直面了存在具有难以克服的不完满性问题，作品在理解女性真实生命痛苦的基础上赞美女性的奉献精神，便具备了尊重女性生命的根基，使得作品在肯定存在之勇气时避免了虚假崇高对生命的异化。张婉卿对黄和光不离不弃，夫妻关系是他们各自生存状态向对方生成的一种机缘。张婉卿在婚姻中自觉地与丈夫承担起有缺陷的命运，其心境是悲凉与欢欣相交织。悲凉来自她对自己与丈夫共有的生命境遇的清醒认识。张婉卿与弟媳恂少奶奶谈心的时候说："我心里有什么快活呢，不过天生我这副脾气，粗心大意，傻头傻脑，老不会担忧罢哩！……有时我想想，真是又好气又好笑：我算是干么的？又像坐关和尚，又像玩猴子戏！可是坐关和尚还巴望成佛，玩猴子戏的，巴望看客叫好，多给几文，我呢，我巴望什么？想想真叫人灰心。"体验到这种灰心无望感，说明人物张婉卿以及隐含作者茅盾对生命遭非本真存在阴影侵袭的沉重感有深切的认知。这为张婉卿自觉承担悲凉命运之勇奠定了生命自觉的根基，割断了以虚假的未来希望自欺而异化当下生命的路径。欢欣则来自张婉卿本身的性格气质。丈夫不在跟前的时候，张婉卿不免体会到灰心与无望；但在丈夫面前，她只有温柔、坚定、乐观。她总是"满面春风"地用自己的乐生态度去温暖丈夫的心，聆听丈夫的诉说，激发丈夫的生命热忱。她既包容丈夫为烟瘾所困的无奈，深夜为丈夫烧烟泡；又有计划地逐步减少丈夫的烟土量，帮助丈夫戒烟，和丈夫一起憧憬戒烟后的美好生活。深夜，"和光再睁起眼来，婉小姐已经偎在他身旁，满脸的温柔，满脸的慈祥，凝眸看着他，宛然是一个母亲在看护她的病中的小宝宝"。这种女性庇护男性的母性情怀，正是人自觉用自己内在的精神力量去抵抗非本真存在的侵袭，并且把这种守护生命本真存在的勇气向亲人渗透，使亲人认识到生命摆脱非本真存在阴影的可能性。

体会到自己因与丈夫一起承担悲凉而带来无可摆脱的生命荒芜，仍然无怨无悔地用自己的生命热度去帮助丈夫抵御四周弥漫的生命颓废感，从而使自己的生命也呈现为希望与悲凉交杂的斑驳样态，张婉卿的人生选择显然完全不同于茅盾早期小说《虹》中要自觉"克制自己的浓郁的女性和更浓郁的母性"①的叛女梅女士，也不同于巴金《寒夜》中虽然没有放弃关爱丈夫、但心中仍不免对丈夫委顿的生命状态感到烦倦的曾树生。显然，茅盾以赞赏的态度塑造张婉卿的形象时未曾走向《虹》《寒夜》中的个性主义思想路径，但也并没有非此即彼地回归到压抑女性的男权伦理道德。这种女性庇护男性的母性情怀，与强调女性以家庭为重的传统伦理有一脉相承之处，但因为已经剔除了传统伦理中男尊女卑、男主女从的男权内涵，所以正代表了传统伦理经过扬弃而成功地实现现代性转换的方向。男性隐含作者在赞美女性庇护男性的母性情怀中，肯定女性自我献身的崇高情怀，固然不能排除其动机中包含着对男性这一性别群体生命软弱一面的领会，包含着男性渴望被拯救的需求，但也因这种男性期待并未压制女性主体性，所以仍然值得肯定，毕竟其关爱了生命存在的脆弱，维护了人类的崇高精神追求。理解男性生命的软弱一面，也是建构男女两性主体间共在关系的重要内容。此外，张婉卿形象固然代表了隐含作者对理想女性的期待，但又何尝不是熔铸了隐含作者在超性别立场上对本真生命状态的普遍向往呢？

对存在的不完满性到底应该承担还是应该拒绝并不能一概而论，而是应该依据其性质进行具体分析。也许，由客观因素造成的存在的不完满性，是人应该承担的命运；而由主观因素造成的存在的不完满性，是人应该反抗的命运，虽然导致存在之不完满性的主观因素和客观因素有时可能是合一、混杂的。人性总是不

---

① 茅盾：《虹》，载《茅盾全集》第二卷，北京．人民文学出版社，1984年版，第6页。

完满的，因此守护本真存在便要警惕人性无可避免的缺陷对存在的侵袭。当然，现代伦理在理解人性的不完满性时，分外强调必须把自我与他人放在平等的位置上来审视，否则便有可能膨胀自我，造成主体的霸权，造成人与人之间的等级观念。

张婉卿的性格建构，最重要的一维是她如何处理夫妻关系；此外，她在管理家庭事务时与其他家庭成员、与仆人之间的关系也不容忽视。张婉卿在家庭中的权威性，并未对丈夫构成压制，只是形成庇护；对弟弟张恂如固然形成一种精神强势，但最终亦只是产生庇护的效果。因此丈夫、兄弟等家族中的男性家庭成员对她只是佩服、赞赏，作品在赞赏张婉卿对亲人的权威性时守住了不建构主体霸权的边界。但作品在赞赏张婉卿对仆人的权威性时却未免走向对主体霸权的认同。男仆阿寿和女仆阿巧在婉卿面前总是"惶恐"的。阿寿的绰号是"少爷肚里的蛔虫"，"然而自少奶奶进门以后，这条'蛔虫'也就一天一天不灵。少爷的喜怒变成了少奶奶的喜怒，而少奶奶的喜怒呢，便是从小侍候她的阿巧也摸不清楚"。张婉卿对男女仆人的威慑力，并不仅仅就事论事地指向仆人的某一具体过错或具体性格缺陷，并不包含对"自己和仆人一样，都必然是有人性缺陷的人格平等的个体"这一现代理念的领会。其权威意识主要是由主人发出的对仆人在心理上、人格上的整体控制力。这样，小说实际上就把抵御人性之不完满性对存在的侵害这一命题阐释成主人对仆人的全面操控，从而损害了作品的思想性。正如韩素梅所言："不过，也正是此种主体内涵的影响而使作品在追求美的过程中，失去了审美关键的一环——善。婉卿的爱是有亲疏远近上下尊卑的前提的。"[1] 张扬权威意识、等级观念，《霜叶》不仅由此显出了与左翼文学推崇阶级反抗意识之间的距离，而且也违逆了人与人之间平等的现代人道理念，走向了对封建等级观念的承袭。

---

[1] 韩素梅：《霜叶红于二月花——评茅盾小说〈霜叶红似二月花〉》，载《广西师院学报》2001年第22卷第2期，第58页。

二　恂少奶奶形象：对女性存在境遇的理解与曲解

存在的非本真性可能由生命本体带来，可能由同样是自我无法操纵的生存境遇造成，也可能由自我应该对其承担责任的性格缺陷造成。《霜叶》文本的性别话语建构中还存在这样的现象：时而能理解女性被抛入境遇性人生困局时所产生的无奈心情，从而体现出关怀生命、理解人性的深度；时而却将造成存在之不完满性的境遇性因素阐释成性格缺陷因素，从而形成对不幸女性的贬抑。这主要体现在恂少奶奶的形象塑造上。恂少奶奶宝珠和恂少爷张恂如是由包办婚姻造成的一对无爱的夫妻。恂少爷一直暗中爱着出色的表妹许静英，恂少奶奶对此惴惴不安，却又不敢对家人点破。叙述者及隐含作者对恂少奶奶这种由境遇造成的不幸采取一种矛盾、分裂的态度。

隐含作者尽管理解恂少爷因无爱而对恂少奶奶的言行感到厌烦的心情，但同时也在部分场景描写中理解了恂少奶奶惧怕丈夫出轨、想挽回夫妻关系的忧惧心情，因此，文本在对恂少爷、恂少奶奶各自苦恼的理解中形成复调性，在对无爱丈夫、失爱妻子各自境遇的悲悯中展现了人性理解的深度。对恂少奶奶生存境遇的理解，体现在对恂少奶奶言行的直接描写和他人对恂少奶奶的侧面感想两方面。首先，小说有三处集中、直接地描写了恂少奶奶的言行。一处是她规劝晚归迟起的恂少爷，一处是她欲言又止地与大姑子张婉卿聊天儿，谈论恂少爷的婚外情问题，还有一处是她告诉恂少爷老太太要给许静英做媒的事。直接描写能够有效地表现人物的真实内心，避免他人话语、他人心理活动这些侧面描写可能产生的不公平评价。这几处描写尽管都写到了对话者恂少爷、张婉卿对她的言语很反感，但仍然通过她的话语原貌直接表现出她的处境和心态：虽知道丈夫钟情于其他女子，但仍然想守住婚姻，却在实际上又无可奈何，改变不了局面；虽然对丈夫"遇事规劝而且又不厌琐屑"惹得丈夫更厌烦，但其实不过是在尽妻子的责任，对人并没有什么凶言恶语或者什么坏心思。总之，这直接的语言描写，有力地说明了她的生存境遇是无奈的，她的心境是有点焦虑的，而她的品性是善良的。其次，小说在侧面描写中能体谅恂少奶奶人生无奈的，主要是恂少爷的一处感想。当恂少爷见到女儿小引天真的笑容时不禁在苦笑中想到："三年前他第一次向命运低头而接受了家里人给他安排好的生活模子的时候,也曾以现在这样冷漠的心情去接待同样天真的笑。而今这笑只能在小引脸上看到了,但这是谁的过失呢?当然不是自己,亦未必是她。"在恂如的回忆中,恂少奶奶三年前有着"天真的笑",但现在却没有了。这个叙述显然对恂少奶奶在三年不幸福的婚姻生活中所经受的精神折磨有深切的悲悯,同时也交代了他们婚姻不美满的根本原因是包办——恂少爷一开始便是以"冷漠的心情"对待恂少奶奶的"天真的笑"的,而不是在婚姻生活中恂少奶奶有什么让恂少爷不能忍受的性格缺陷。

但在写到大姑子张婉卿及祖母老太太、婆婆张太太对恂少奶奶的批评时,隐含作者却在一定程度上纵容了她们的话语霸权,从而对不幸女性形成不合理的贬抑。祖母老太太和婆婆张太太对恂少奶奶的批评明显不合理。张太太说:"只是宝珠这人,脾气也古怪;一天到晚,总爱在你耳朵边有一句没一句的絮聒,等到你要细细问她的时候,她倒又支支吾吾不愿说了。"婆婆的这番评价,显然对恂少奶奶不敢揭出恂少爷的情感隐私之苦衷缺乏理解,对传统女性难以直面婚姻不幸的人生无奈缺少悲悯。老太太则把小夫妻关系不好归咎于恂少奶奶"不会做人",完全无视在家庭生活中任性的是恂少爷,恂少奶奶并没有什么过错这一事实。隐含作者对老太太和张太太的话,虽然没有给予应有的批评,但也没有流露出明显的赞同态度。而对张婉卿不公平地贬抑恂少奶奶的心思这件事,因文本在叙述态度上对张婉卿十分赞赏,所以隐含作者实际上便偏袒了张婉卿对弟媳的偏见。大姑子张婉卿对恂少奶奶的不合理评价有两处。第一处是恂少奶奶告诉张婉卿恂如"整天没精打采的是为了一个女的"时,张婉卿却"相信恂如的确是没有外遇的",便规劝恂少奶奶"不要多疑",而"恂少奶奶只是听着,一声不出。但是只看她那似笑非笑的神气,就知道婉小姐那一番话,她是东耳朵进,西耳朵出。婉小姐想到:硬是不肯把人家的话语心平气和想一想,难怪恂如和她搞不好"。婉卿的这番心思显然对恂少奶奶不公平,因为事实上恂少爷确实一直爱着表妹许静英,张婉卿规劝恂少奶奶"不要多疑"的话显然不得要领,恂少奶奶听不进这种单方面偏袒自己弟弟的话实在没有什么不合理的。而且张婉卿在这里把恂如夫妻关系不好的原因归咎于恂少奶奶听不进别人的规劝更是不合事实。第二处是张婉卿在洞悉恂如对许静英的深情后,对恂如亲切地说:"宝珠这人,也是教不乖的。少见多怪，一点儿眉毛大的事儿，就疑神疑鬼似地！"更是明显偏袒有婚外情的弟弟，对因为丈夫有婚外情而陷入精神痛苦的女性不仅缺少理解，还给予明显不合理的贬抑。隐含作者及叙述者完全站在张婉卿的立场上，对张婉卿流露出明显喜爱的态度，对张婉卿的不公没有任何批评，因此作品也就存在这样的价值缺失：在话语层面上把女性由境遇造成的生存之不完满性阐释成了由主观因素造成的生存之不完满性。这也就在一定程度上把原本应该和恂少爷一样得到理解、同情的恂少奶奶变成了被贬抑的对象。韩素梅从主仆关系分析中得出的"婉卿的爱是有亲疏远近上下尊卑的前提的"这一评价，也同样适用于张婉卿与弟弟、弟媳的关系。在评价恂少爷和恂少奶奶的关系时，张婉卿的是非观不是基于公理而是基于亲疏——弟弟比弟媳妇更亲，因此无论如何都是弟弟对、弟媳妇错。张家的婆婆、祖母也都持这种祖护自家骨肉、贬抑媳妇的立场。

总之，作品在恂少奶奶的形象塑造中表现出矛盾的态度：时而能理解恂少奶奶被抛入不幸婚姻中的人生痛苦，时而又不公平地把恂少奶奶由境遇造成的生存之痛归咎于不幸的女性本身。

三 张恂如形象：探问存在的不完满性中境遇因素与性格因素相交织的状态

《霜叶》中，隐含作者的男性立场显然影响了作品对男性人物与女性人物的想象。在塑造女性人物形象时，隐含作者更多地从女性能否在承担或抵抗非存在中建构生命境界的立场出发品藻女性人物，并做出清晰的价值判断，从男性立场上表达了作家对女性的生命期待。在塑造张、钱、黄这几大家族的男性人物时，作家并不急于做出清晰的道德判断，而是更着重于探究本真存在与非本真存在相互渗透的状态，探究存在的不完满性中境遇因素与性格因素相互交织的状况。

与王伯申、赵守义等地方劣绅相比，张恂如、黄和光、钱良材显然是隐含作者以温馨笔触进行塑造的男性人物。作者通过抒写张恂如、黄和光这两个弱质而又不乏美好品质男性的生命状况，探究了其生命状态中境遇因素与性格因素互相渗透、互相牵制的情形。

张恂如的生命被非本真存在的阴影所笼罩，其境遇因素与性格因素相交织。这体现在家庭关系和恋爱关系两个方面。在家庭中，无爱的婚姻让张恂如觉得人生如坐监牢，"日长如年，他这份身心却没个地方安置"，他整日心情无聊烦躁，因而无聊烦躁这种不完满的生命状态便是由生存境遇造成的。作品以内视点写他在家庭中面对妻子、母亲、祖母时的烦躁心情，可见隐含作者充分理解了包办婚姻这一人生境遇对他的生命造成的侵害。同时，作品又在生动的心理描写中刻画出他的无聊烦躁中包含的任性成分，从而揭示出这种无聊烦躁状态的形成实际上还与主体自身的性格缺陷有关。恂如在日常的家庭生活中一直扮演着拒绝承担家庭责任、拒绝成长的任性大男孩儿角色，这典型地体现在两件事上。一件事是以恶作剧的心态与妻子、母亲、祖母等捉迷藏。姑太太来做客，他对姑太太并无反感，但因心情烦闷，就决定躲出去，"再让他们找一天罢"。另一件事是变动屋内的家具布局。恂如没有认真对待家庭的其他任何事务，包括店里的生意，唯一认真做的一件事就是变动屋里的家具布局。尽管他的"并不好看，也不舒服，可是你要是打算换一个式样布置一下，那他们就要异口同声来反对你了"这一想法，很容易让人想到鲁迅的名言——"可惜中国太难改变了，即使搬动一张桌子，改造一个火炉，几乎也要血；而且即使有了血，也未必一定能搬动，能改装"，容易引人去追问隐含作者是否想通过恂如的这一牢骚来思考中国社会的改革艰难问题，但实际上在小说的第九章，恂如改变房屋布局、要把家具"安放的不落'俗套'"的"大事"，在具体文本语境中并没有产生任何变革的深意，其意义仅止于顽皮大男孩儿的刻意捣乱和情绪宣泄。这样，小说就揭示出，缺乏爱情的婚姻使张恂如心情烦闷，使他的生命蒙上非本真存在的阴影，但他因烦闷而拒绝承担责任、以烦躁的态度对待他人又是他的性格缺陷。作品由此展现了存在的不完满性中外在境遇因素与内在性格因素相互交织的状态，隐含作者对张恂如的态度也是理解、悲悯与批评、审视相结合。

无法忘却而又难以直面真挚的爱情，是张恂如的另一人生困境。在个人生活层面上执着于纯洁的爱情，与社会公共生活层面上不同流合污，共同构成张恂如生命中良善的道德基调，因此张恂如是隐含作者喜爱的人物。但同时，作品也写出了境遇因素与性格因素共同构成张恂如爱情困局的状况。张恂如与表妹许静英暗中倾心多年，"似乎两人都有意在彼此之间保持着一定限度的距离，又都知道如果这中间的距离——这仿佛是某种绝缘体，而被撤除，他们都将受到猛烈的灵魂的震撼，他们盼望这震撼突然来到，但又谁也不敢主动地去催促它即来，因此，他们的话语只在这'绝缘体'的四周绕着圆圈"。当他"决心要消灭那沉闷的中间距离"时，仍只能以第三人称的方式从旁表白自己的心迹和苦楚："他谈不到甚么办法"，希望表妹能说一句"我待如何，你该怎样"，尽管他在得到表妹的"不是答复的答复"和"却又是富于暗示的答复"后，毅然说道"我懂得了我该怎样办"，但实际上一直到残稿的结尾，恂如尽管一直保持着"汹涌的感情"，却并没有什么具体行动。总之，真挚的爱情是恂如生命中的诗意追求，但这一追求却陷入由境遇与个性因素共同造成的困局。境遇因素是恋爱不能自由、婚姻已被包办的生存状况，这一客观因素显然是张恂如爱情痛苦的主要因素，但是隐含作者在深切同情张恂如为包办婚姻这一境遇所阻隔的爱情之痛时，对他"总是被生活拖着走"[①]的"优柔"的性格因素也有所批评。张恂如确实"有点象《北京人》中的曾文清"[②]，只是茅盾多从内视点写张恂如陷入婚恋困局中的烦闷性情，因此对他是同情理解大于批判否定的。而曹禺借曾文清形象思考人应该如何对自己和他人负责，探究传统文化的更新问题，怒其不争的心情十分急切，因此是批判否定大于同情理解的。

总之，《霜叶》在对张恂如婚姻爱情困境的描写中，既深切理解他为包办婚姻所困的情感痛苦，从而写出了存在的不完满性侵蚀生命的无奈；同时又写出了这一存在不完满性中境遇因素与性格因素相交织的复杂局面，在对人物的深切同情中倾注了对人性的批评。

[①] 王晓明：《惊涛骇浪里的自救之舟——论茅盾的小说创作》，载《二十世纪中国文学史论》第二卷（王晓明主编），上海．东方出版中心，1997年版，第295页。

[②] 吴组缃、李长之：《〈霜叶红似二月花〉》，原载《时与潮文艺》1944年第3卷第4期；转引自唐金海、孔海珠编：《中国当代文学研究资料·茅盾专集》第二卷下册，福州．福建人民出版社，1985年版，第1332页。

四 钱良材形象：追寻历史理性，并探问存在的本体性问题

钱良材是隐含作者心目中理想的男性形象。作家既正面书写他在社会实践中所表现出的理想品格，又通过他对生命的思考来追问存在不完满的特质及其成因，赋予他追问存在本体的思想者品格。作品由此既展示了一条个体生命在中国社会变动的复杂图景中探寻历史理性、守护本真存在的路径，又展示了对个体生命存在的不自由性、孤独性这些生命本体问题的深沉思考。

在社会公共生活方面，作品着重写钱良材以对话的方式与劣绅斗争，以守法和牺牲自我利益的方式为公众谋利益，赋予他理想者兼行动者的特质。"良材和他的父亲一样的脾气：最看不起那些成天在钱眼里翻筋斗的市侩，也最喜欢和一些伪君子斗气。"但他的斗争绝非组织暴力革命，而是出面积极地与损害公众利益的劣绅王伯申对话、协商，行不通时仍然坚守理性原则，反对农民打轮船，组织本村农民以放弃一些水田的方式保护大片农田免招水涝，并为公益事业不惜牺牲自己的田产。作品在钱良材这一地方良绅的形象塑造中张扬了良知与理性的价值尺度，既批判了地方劣绅对农民的压榨，也将暴力斗争视为利益团体对农民大众的愚弄、利用。夏志清认为该小说的主题之一是"追溯自由理想主义者和传统的封建主义者的冲突"①。这"自由理想主义者"的角色当指钱良材这个有"托尔斯泰"②特色的青年绅士，只是钱良材这个"自由理想主义者"的斗争对象不仅有夏志清所指的"传统的封建主义者"赵守义，还有唯利是图的新兴的民族资本家王伯申。作品否定暴力斗争的立场，显然不同于《子夜》赞赏双桥镇农民暴动的立场；否定暴力斗争的理由，也不同于《蚀》三部曲之二《动摇》中"惊惧于群众骚动中的非理性因素"这一理由。这展示了这一时期茅盾关于社会变革的另

---

① 夏志清著、刘绍铭等译：《中国现代小说史》，上海．复旦大学出版社，2005年版，第231页。

② 胡仲持指出："良材有些受到托尔斯泰的影响。"见王由、政之记录：《〈霜叶红似二月花〉第一部座谈记录》，原载《自学》1944年第2卷第1期；转引自唐金海、孔海珠编：《中国当代文学研究资料·茅盾专集》第二卷下册，福州．福建人民出版社，1985年版，第1323页。

一种现代设想。良知与理性构成钱良材的核心性格,尽管作品充分写出了社会环境的恶劣,但并没有让这种恶劣的社会环境侵蚀或压抑钱良材追寻历史理性的本真追求。社会劣绅难以战胜,王伯申与赵守义最终达成和解,钱良材并不能改变这个小社会弱肉强食的大格局,不免发出"越是卑鄙无耻、自私自利的人,越是得势,横行霸道"的感叹,但钱良材的自由理想主义精神并没有因此退减,也就是说,直面社会黑暗,他生命中的本真追求并没有被境遇的不完满性因素所侵蚀,作品由此显示出现实主义的冷峻风格与理想主义的浪漫激情并存的特质。

真正让钱良材感到烦闷无解的是个人存在的哲理性问题。作品赋予钱良材探问生命存在本体的思想者品格,这体现在四个方面。第一个方面是思考个体生命不自由的问题。夜晚与张恂如畅谈,钱良材问道:"我们为人一世,忙忙碌碌,喜怒哀乐,究竟为了什么?究竟为了谁?""在五伦的圈子里,你又哪里有一个自由自在的自己?"这种无解的质疑并非指向对伦理道德的批判,而是在体认生命本体不自由的基础上追问生命的意义。第二个方面是关于婚姻问题,钱良材思考了男女情感会不断变动的哲理问题。尽管他认为"静英何尝不是个出色的女子",但他还是拒绝了外祖母的提亲,原因是他还在思考这样一个抽象的问题:"好的上边还有更好的,要是你又遇到了一个更好的,你又打算怎样?"作者不仅赋予他追求心灵共鸣爱情的真淳品格,还赋予他思考爱情哲理的思想者品格。第三个方面是钱良材思考了至爱亲人之间的心灵隔膜问题,从而使作品具备了追问生命存在难以逃避的孤独性问题的思想深度。他深夜看亡妻的照片,"却觉得她的眉目之间含有无限的幽怨","他待夫人不坏,然而直到夫人死了,他才知道夫人心中的抑塞悲哀;他们何尝不'相敬如宾',然而他们各人的心各有一个世界;他整天沉酣于自己的所谓大志,而这,他自信将给别人幸福的,然而他的最亲近的人,他的嗣母,他的夫人,却担着忧虑,挨着寂寞,他竟还不甚感觉"。这表达了作者对生命的敏感,也体现了作者对个体生命间的隔膜这一存在本体带来的无可避免的不完满性的感叹。钱良材眼中幽怨的妻子形象,具有传统怨妇所没有的心灵共鸣的精神需求。对妻子精神世界的滞后式的理解与想象,仍然赋予钱良材追求两性心灵相知境界的本真内涵。第四个方面,作者还借钱良材的思索探问了存在之不完满性的成因。钱良材看母亲的照片,觉得她"似乎在说:因为我对什么都满意，所以世界上也没有不满于我的。良材忽然感动得几乎掉下眼泪。'可是我又不可能完全像我母亲，'他惘然想到，'而且我的夫人虽然处境和母亲相仿，她不能学母亲那样一无所求，恬然自适。这又是什么缘故呢？'"这里，钱良材对自己及夫人不似母亲的追问中，似乎把存在的不完满性归于各人不同的性格，然而"这又是什么缘故呢"的追问中，显然又包含着对性格决定于什么这个问题的思考，这就是说性格的形成也不能完全排除先天因素的规约。这样，作者对生命不完满性探问的答案再次显出境遇外因与性格内因相互交织的特色。钱良材的这些思考显然已经超越了道德评价的层面，而探问到了生命存在的根底。这些无解的问题使作品由此呈现出穿越历史与道德层面去思索生命存在本体的思想特质。

由于社会公共生活领域的理想主义者特质与夜深人静时思考生命本体问题的思想者品格相结合，钱良材的形象便兼具开朗与幽邃的双重气质，显得较为立体。

五　小结

本文主要针对《霜叶》追问个体生命存在这一尚未得到应有关注的主题展开阐释，认为该作品的深度在于直面了这个问题：个体生命存在必然具有不完满性，它或由境遇生成，或由个性造成，或由生命本体带来，或由以上两三种因素合成。小说以此为基点展开了两个层次的追问：第一个层次是在道德的层面上关怀个体生命的脆弱，探究存在的勇气问题；第二个层次是在超越道德、历史的层面上追问生命的本体性问题。在道德追问层面上，作品赞赏张婉卿与丈夫共同承担非存在的阴影，从而建构出女性生命的崇高境界，赞赏钱良材在介入社会公共生活时坚守良知与理性、拒绝暴力的现代性追求，悲悯张恂如、黄和光、恂少奶奶、徐淑贞、朱克成等人陷入生命境遇性困局中的生存之痛，也对恂如等人的性格缺陷有所批评。作品仔细辨析存在之不完满性的境遇因素与性格因素，因此在价值尺度上将对生命之脆弱的悲悯与道德之良善追求结合起来，构成错落的思想层次，从而显出隐含作者生命态度的深邃与雍容。但作品也未免因认同价值立场上的亲疏有别态度而形成了两个微瑕：一是混淆了存在之不完满性的境遇因素和性格因素，从而对不幸女性如恂少奶奶进行了不合理贬抑；二是对违反人人平等原则的封建等级话语缺少反思，从而偏袒了以威权震慑仆人的张婉卿。作品对生命本体性问题的追问主要落实在钱良材的哲理思考上。通过探问个体生命不自由、现代人的孤独隔膜等问题，作品获得了形而上的思想深度。

《霜叶》作为一个精美的残篇，其思想内涵十分丰富，对一些次要人物生命状态的探问也十分独到、深刻。如老绅士朱行健正直善良却忽视女儿的婚恋需求，其性格"不惟突出纸上，就是他的谈吐，也恰如其分，铿然有声"①。青年女子徐淑贞被贪财的哥哥嫁给财主的疯儿子，这个形象可以说是一年后张爱玲创作的《金锁记》中曹七巧的前身，作品亦入木三分地揭示出其悲苦幽怨而又不失刚强温情的丰富的内心世界。

早期小说《幻灭》《动摇》是茅盾"惊涛骇浪中的自救之舟"②，情绪宣泄的意味较浓。相比较而言，《霜叶》则是茅盾在心态相当沉着从容的状态下深入思考个体生命存在与社会宏大历史问题的优秀作品。《霜叶》中，隐含作者既能进入人物的内心世界去体验其生命状态，又能超越单个人物对其进行审美把握。而1970年以后续写的第十五章至第十八章的提纲与梗概中，其日常生活书写仍然丰富多彩，从而体现出作家创作心态的从容。但因为把张婉卿、黄和光等主要人物的命运发展想象得完美无缺，对人物内心世界的刻画也只侧重于谋略，所以后期的提纲与梗概达不到20世纪40年代完稿的前十四章中通过直面个体生命的不完满性来探索生命存在问题时产生的思想深度。

原载《扬子江评论》2011年第5期，收入本书时内容有所增补

---

① 李长之：《〈霜叶红似二月花〉》，原载《时与潮文艺》1944年第3卷第4期；转引自唐金海、孔海珠编：《中国当代文学研究资料·茅盾专集》第二卷下册，福州．福建人民出版社，1985年版，第1333页。
② 王晓明：《惊涛骇浪里的自救之舟——论茅盾的小说创作》，载《二十世纪中国文学史论》第二卷（王晓明主编），上海．东方出版中心，1997年版，第264页。

现代知识分子立场

从重建民族主体性视角审视闲适文化传统

——由《二马》《四世同堂》说开去 [*]

中国文化中有一脉闲适无为的强大传统。闲适无为人生哲学，关怀的是人超越现实生存功利、超越社会羁绊层面上的生命自由。它以老庄哲学、佛教禅宗哲学为根基，倡导人放下操劳奔波的进取态度，与蝇营其间的现实社会拉开距离，在超然悠闲的心境中享受生命的自由自在。闲适无为传统，与朝乾夕惕、发奋自强的有为传统相反相成，共同构成华夏文明的宝贵财富。前者眷注的是生命超功利的自由，后者倡导的是人把握现实生存的自为精神。两者在相互牵制、激发中构成互补关系。

晚清以来，中华民族面临生存危机。这种危机既是现实层面上国族存亡的危机，也是精神层面上华夏文明如何承传更生的危机。面临这双重危机，中国近现代文学对中国闲适文化传统的重述，便与古典文学有了不尽相同的价值走向。

---

[*] 本文所引老舍作品，全部出自《老舍文集》第一至十六卷，北京．人民文学出版社，1980—1991年版。

老舍从重建中华民族主体性立场出发重审闲适文化传统。他既从国民性反思立场出发，批评闲适无为的人生态度不能对生存负责、其末流屈从于官场文化的价值缺憾；又从民族文化自我认同的立场出发，阐释闲适无为人生态度中所蕴含的审美精神、普世价值，并以民族气节作为认同闲适无为人生哲学的价值底线。在全球化语境中重叙中国闲适文化传统，老舍创作所建构起的中华民族主体性实质上具备了与其他民族主体间共在的和谐共存、平等对话的意识。

一　反思闲适人生态度的价值缺憾

老舍创作既从国族生存的危机意识出发，反思闲适无为人生态度的生存无力；又从伦理道德评价出发，反思闲适人生态度之末流对善恶是非的放弃。这两重国民性反思立场，均以激发民族自强意识为基本立足点。

老舍从个体与民族的生存出发，审视闲适无为文化传统，首先看到的是这种人生态度对个体生存与民族危亡问题麻木漠视的价值缺憾。这一国民性批判立场首先体现在早期小说《二马》中，并延续到晚年创作的长篇小说《正红旗下》。

《二马》中，父亲马则仁"带着中国素来重视的名士派气象"[①]，其核心性格是闲适无为。把马则仁超功利的审美人生态度置于商业竞争环境中审视，隐含作者并没有像古典诗人那样去批判商业世界的功利、庸俗，也没有像他自己后来的小说《老字号》那样去吟唱传统诗情式微的挽歌，而是从个体生存和民族生存的实际出发，批判马则仁生活审美化所造成的生存无力。《正红旗下》隐含作者视日常生活艺术化的追求为"小刺激与小趣味"，叙述态度中显然包含着沉痛的批评。

中国古代闲适文化着重从摆脱社会羁绊和物欲奴役的思路出发追求人的心灵自由。老舍着重从把握人的生存基础的角度出发，反思闲适无为态度中不对自己的生存负责的价值缺憾。这两种文化立场以各自偏至的深刻关怀人的生命存在

---

① 霍逸樵：《〈二马〉及其他》，原载《南风》1934年第10卷第1期；转引自《老舍研究资料》下（吴怀斌、曾广灿编），北京．北京十月文艺出版社，1985年版，第750页。

的两个层次。这一思想理路，蕴含着老舍希望唤醒民众去直面现实人生的启蒙倾向，也展示了老舍民族救亡的诉求。因为马则仁、亲家爹、大姐夫等人闲适无为态度所产生的生存危机，既是个体生命的困境，也是八旗后裔的困境，还是中华民族在全球化历史语境中的困境①。老舍这一注重人把握现实生存的思路，显然受到晚清以来民族存亡成为迫切问题这一社会背景的影响。"老舍民族心理的形成与其自我民族的坎坷遭逢直接相关，他的民族观则闪现着跨越民族藩篱的现代人文光芒。"②

饶有兴味的是，老舍在对马则仁闲适无为工作态度的反思中，建构起的民族救亡实业是商业，而支撑商业竞争能力的是知识。可见老舍在民族救亡中关注民生的思路，而且在文本中把提高商业能力的路径定为读书，定为知识，认为"真本事是——拿真知识挣公道钱"，又蕴含着追求商业竞争公平化而非霸权化的思想理路。

老舍创作对闲适无为人生态度的第二重反思，落脚于批评这一人生态度之末流对官场文化的附庸、对民族是非的泯灭。中国传统闲适文化在其价值制高点上包含着超越官场功利、追求生命自由的思想魅力。但在学而优则仕、重官轻商的社会机制下，文人雅士往往就是官员，这种身份上的重叠，既可能使文化人对官场秩序束缚生命自由的体验更深刻，也可能使文化人由于浸淘在官场中而失去对官场气派的反思力。中国雅文化确实还存在着"翩然一只云间鹤，飞来飞去宰相衙"③的雅中含俗的一维，社会大众文化也普遍存在官派为雅、商人为俗的价值偏向。

老舍在小说《二马》《牛天赐传》《新时代的旧悲剧》《四世同堂》中都反思了中国闲适人生态度之末流在放弃是非评判中屈从于官场文化、屈从于现实俗利的价值缺憾。在老舍的反思性视野中，闲适人生态度之末流屈从于官场文化有两种情形。一种是，假名士并无闲适之人生趣味，不过以闲适之优雅作为自己的伪

---

① 老舍在《我怎样写〈二马〉》中说："……我不能完全忽略他们的个性，可是我更注重他们所代表的民族性。"
② 关纪新:《老舍与满族文化》，沈阳．辽宁民族出版社，2008年版，第57页。
③ 蒋士铨:《临川梦》，上海．上海古籍出版社，1989年版，第19页。

装,从而更好地谋实利。《牛天赐传》和《新时代的旧悲剧》就揭示了这类假名士的虚伪。长篇小说《牛天赐传》中的云社诸人以诗愁与官派为雅,其诗情造作虚假,其闲适态度已经与官场势利难分难解,失去了制衡官场文化的思想张力。他们在闲适自傲中仿佛不屑于关注经济利益,但实际上他们的诗愁与官派恰恰就是他们从经济上诈骗商人之子牛天赐的手段。短篇小说《新时代的旧悲剧》中,自诩为"儒生、诗人、名士"的陈老先生,熟练地操纵中国传统文化话语,风度翩翩地表演父慈子孝、儒士风雅,背地里却纵容儿子无止境地非法揽钱,最终送了儿子的命。闲适的诗情与有为的壮志,都成了陈老先生表演的道具,丝毫没有理想主义的精神向度。老舍小说对假名士的揭露,秉承《儒林外史》等中国古典文学的讽刺传统。《牛天赐传》侧重于以漫画笔法在夸张的调侃中进行讽刺;《新时代的旧悲剧》则锋芒内敛,寓讥讽于庄肃笔调中,庄肃与讽刺浑然一体。

在老舍的反思性视野中,闲适人生态度之末流屈从于官场文化的另一种情形是,人物固然有闲适的真实情趣,却缺少对现实社会的批判性眼光,其闲适趣味终成为其庸俗追求之附庸。《二马》文本中,隐含作者主要是把老马向往官场、认可官派的态度作为一种集体无意识来揭示,批评了中国闲适文化传统之末流重官轻商的价值偏向。《四世同堂》中,闲适的生活趣味,既流为官场文化不可缺少的点缀,也只有通过向官场文化献媚才能维持;而在日本人入侵的年代里,闲适生活趣味与官场的结盟,又另有一层丧失民族气节的价值缺失。老舍通过阐释冠晓荷等一类汉奸的生活逻辑,深刻揭示了闲适文化之末流在政治操守、民族气节这些重大历史是非问题上的过失。

老舍从无力承担个体与民族的生存责任,在政治是非、国族关系等大是大非问题上缺乏操守这两个角度,反思了中国闲适文化传统的价值缺憾。这种国民性反思立场,上承儒家文化"吾日三省吾身"(《论语·学而》)的自省精神,其根本内驱力是在全球化语境中重建中华民族主体性的自强意识。这种民族文化立场内的反思态度,不仅没有迎合帝国主义歧视中华民族、泯灭中华民族主体性的立场,而且与之形成直接对抗。

《二马》文本中,隐含作者既反思本民族的国民性,又直接回击、批判英国人的种族歧视观念。隐含作者讽刺英国人荒诞的民族想象,以厌憎的态度居高临下地嘲讽了歧视中国人的伊太太、亚历山大等人。《四世同堂》,老舍对闲适文化之末流的汉奸立场进行揭露、贬斥。这些都表明,老舍对中华民族闲适文化的反思,与西方人、日本侵略者对中国人的贬抑,完全是两码事。刘禾认为,"梁启超和孙中山两人都曾是抨击西方帝国主义的先驱,然而,他们的话语却不得不屈从于欧洲人本用来维系自己种族优势的话语——国民性的理论。这是他们当时的困境,也是后来许多思考民族、国家问题的中国知识分子所共有的困境。"① 显然,老舍在审视闲适文化传统时的国民性反思写作,并不存在"不得不屈从于欧洲人本用来维系自己种族优势的话语——国民性的理论"的困境。他固然未必没有受到欧洲国民性理论的启迪,但他的国民性反思是民族本位立场上的自我反思,包含着希望中华文化在民族存亡之际获得凤凰涅槃般的自我更新力量这一期盼。这就决定了其决然不认同且直接抵抗欧洲种族中心主义的特质。"他将'启蒙'与'救亡'有机地结合在一起。"② 反思民族文化的立场,在老舍的创作中不仅没有引起民族身份认同的危机,反而恰恰以在殖民主义横行的全球化语境中重建民族主体性为根基。

把闲适文化传统置于民族危亡的历史关头和全球化的民族国家语境中进行审视,反思其价值缺憾,老舍的这一重建民族主体性的现代启蒙立场,使得中国现代文学对闲适文化传统的阐释,既承接《儒林外史》的反思性立场,又开拓出了与古典文学完全不同的文化视域。以老舍为代表的现代京味儿文学创作,也具备了自我反思的理性高度,具备了宏阔的民族文化视野和全球化视野。

二 确认闲适无为人生态度的正面价值

启蒙立场并没有使老舍成为单一的反传统者,他在创作中还细致辨析了闲适无为人生态度的正面价值,在其中华民族主体性现代建构的设想中整合进了中国传统文化的审美精神,并且把它确认为具有普遍人性根基的普世价值。

---

① 刘禾:《跨语际实践——文学,民族文化和被译介的现代性(中国,1900—1937)》,北京.三联书店,2002年版,第77页。
② 石兴泽:《老舍与二十世纪中国文学和文化》,北京.人民文学出版社,2005年版,第70页。

老舍不仅看到了闲适无为文化不关注现实生存的缺点，还看到了其超越生存功利的审美价值、人性关怀价值。《二马》《四世同堂》《正红旗下》都集中体现了这一文化立场。

谢昭新曾经指出："如果说，老马的性格在西方文化环境里处处显出荒唐、愚蠢，那么，他进入东方文化环境后，则会显出如此和谐、静穆。"① 确实，老舍既把马则仁的闲适态度放在西方文化环境中审视，思考中华民族在全球化语境中的发展问题；又能超越单一的发展眼光，从更为普泛恒久的人性关怀层面发掘中国传统闲适人生态度的审美价值。《二马》中，雨中种花看花的马则仁显然已经进入陶渊明"采菊东篱下，悠然见南山"的物我两忘境地。这一细节在文本中有两重意味：一重意味是批评马则仁麻木敷衍的精神品质，另一重意味则由叙述者借助温都母女的反应来完成。种花的马则仁显然深深打动了温都太太的心。他们俩坐下"谈了一点多钟"，由花草的共同爱好谈到各自亡故的伴偶，固然由于文化差异，"两个越说越彼此不了解，可是越谈越亲热"。种花、遛狗这些超越生存功利的爱好，显然是马则仁与温都太太这两个异族男女的爱情基础②。爱花、爱狗在文本中被赋予了普世的人性价值。叙述者这时的幽默态度，也透着亲切的温馨。

老舍从中华民族文化认同与人类普世价值建构的角度确认中国闲适文化传统之正面价值的立场，贯穿他的整个创作过程。《四世同堂》中钱默吟和小文夫妇的形象塑造便典型地承袭了这一思路。不管生计而沉浸于诗意世界的现代隐士钱默吟，不仅获得了祁老太爷等小羊圈胡同众街坊的普遍敬重，而且得到了隐含作者的深深赞许。隐含作者显然把不计生存功利的钱默吟视作中华文化高洁人格的代表。而对于小文夫妇的形象塑造，隐含作者则在一定程度上投注了自己对老庄哲学关于"复归于婴儿"（《道德经·第二十八章》）生命境界的理解。《道德经》第十章说："载营魄抱一，能无离乎？专气致柔，能如婴儿乎？"认为人如果能

---

① 谢昭新:《老舍小说艺术心理研究》，北京：北京十月文艺出版社，1994年版，第185页。
② 韩经太、李辉在《中国新文学发展中的老舍》一文中认为："作家安排了老马与温都太太的爱情和小马与玛力姑娘的爱情，并借此而揭示了人类情感相沟通的基础和现实中不可能沟通的障碍。"载《文学评论》1987年第1期，第106页。

保持婴儿的赤子之心，便能神不外游、意不散乱。《四世同堂》中，小文夫妇便像赤子一般闲适地生活在审美世界中，不为稻粱忧，心绪也不受民族、国家观念的侵扰。高洁闲适、隐逸优游的钱默吟与安恬自在、不卑不亢的小文夫妇，都是隐含作者心目中中国闲适文化传统的典型代表。

即便在对满族闲适生活方式多有反思的长篇小说《正红旗下》中，老舍也流露出对闲适人生态度的深深眷恋之情，从而使得文本的价值情感显得丰富立体。老舍写亲家爹和大姐夫对他们的态度是"半是谴责半是怜惜"①。写定大爷的态度，明显是怜惜多于谴责了。率性自在的定大爷，不仅不屑于关注生存问题，即便对于艺术也不屑于执着，可谓行云流水、心无挂碍。《鼓书艺人》中，隐含作者既欣赏方宝庆"靠作艺挣钱养家"的踏实勤勉的人生态度，也在一定程度上理解了以"窝囊废"方宝森为代表的京旗文化将不屑于关注生存视为清高的价值标准。

从对老马、钱默吟和小文生活方式的肯定性叙述中，从对亲家爹、大姐夫、定大爷、"窝囊废"等人的怜惜中，老舍张扬了中国传统闲适文化的审美精神，肯定其中所蕴含的超尘出世的高洁人格与纯真生命样态。这样，在老舍的现代价值设计图景中，中国传统的闲适无为的审美人生态度便在全球化的现代文化建构中保留了一席之地。老舍的创作由此也显出京味儿文学从容恬适的风韵。

在老舍创作中，从生存层面上反思闲适无为人生哲学的价值缺憾，与从审美追求、人格建构层面上肯定闲适无为人生哲学的精神向度，构成错落互补的两个精神层次。这两个精神层次尽管互相质询，却没有消解对方，而是在其张力中凸显现代京味儿文学的精神丰富性。但是，老舍对闲适无为人生态度的肯定并非没有底线，这一底线并不是个体生存，而是民族气节、国家大义。"'国家至上'，是老舍一以贯之的社会理想。"② 老舍笔下受到赞赏的闲适之士，总是要么在闲适中兼有强烈的民族观念，要么虽无明晰的民族、国家观念，却也能不自觉地守住民族气节。前者的代表人物是钱默吟，后者的代表人物是小文夫妇。

---

① 赵园:《北京：城与人》，北京．北京大学出版社，2002 年版，第 119 页。
② 关纪新:《老舍评传》，重庆．重庆出版社，2003 年版，第 303 页。

《四世同堂》中的闲适诗人钱默吟有明确的民族气节观念，"我是向来不问国家大事的人，因为我不愿谈我所不深懂的事。可是，有人来亡我的国，我就不能忍受！我可以任着本国的人去发号施令，而不能看着别国的人来作我的管理人！"从钱默吟的这一宣言以及随后自觉反抗侵略者的行为描写中，可以看出隐含作者心目中对闲适无为人生哲学赞许的底线是：民族气节问题上不能泯灭是非，不能无为。钱默吟重民族气节而疏于叩问国内政治合理性的思路，也可以看作隐含作者自身的思想倾向。小文夫妇虽然对民族、国家观念天真无知，却也能凭着纯真之心朴素地维护民族气节，最终用自己的生命去殉历史的大是大非，这也再次展现了隐含作者关于闲适无为人生哲学不能逾越民族气节是非的价值底线。至于隐逸闲适的钱默吟，为何没有生存意识，没有国内政治观念，而独独有强于一般北平市民的民族反抗意识，天真无知的小文夫妇何以能够在严酷的生存环境中不随波逐流，保持赤诚刚烈之心，都是隐含作者没有细心去思索也未曾认真回答读者的问题。由于没有细致地去营构这三个人物的生命逻辑，关于钱默吟和小文夫妇的形象塑造便在一定程度上呈现出思想概念压倒艺术想象的特点①。

　　把闲适无为的审美人生态度纳入现代文化建构体系中，老舍创作实际上颠覆了历史进化论的偏见。19世纪以来流行的线性历史进步论，以黑格尔哲学为基础，认为中华文化主客不分、缺乏个体自觉精神，因而尚停留在非历史的历史阶段，中华民族在文明程度上属落后民族。老舍创作一方面敏锐感知中华民族在种族主义霸权话语包围中的生存危机，站在民族本位立场上进行自我反思；另一方面又能抗拒西方历史哲学简单界定进步与落后的霸权话语，从主客交融、物我两忘的诗意境界中发掘出契合生命需求的普世价值，为中华文明的现代承传立言。"烟雨归舟咧，踏雪寻梅咧，烟雨与雪之中，总有个含笑的瘦老头。这个瘦老头便是中国人的美神。这个美神不是住在天宫的，是住在个人心中的。"这样的文

---

① 韩经太、李辉在《中国新文学发展中的老舍》一文中指出："至于钱默吟、瑞全，甚至还有明月和尚，他们作为艺术形象的光彩显然要比瑞宣黯淡得多，实际上他们都是负载着作家理想和信念的文学寄体。"载《文学评论》1987年第1期，第110页。关纪新也指出："在正面人物钱默吟的形象塑造上，就依稀可辨作者把握不稳和概念化的刻写倾向。"见关纪新著：《老舍评传》，重庆．重庆出版社，2003年版，第381页。

学抒写中,老舍更是融合了自己对中国传统审美文化精神的深切领会和真挚热爱,从更广泛的人性关怀层面上抗拒了西方线性历史观的狭隘性、霸权性,维护了中华文明的精神价值。

另外,老舍在现代化、全球化背景中对中国闲适审美文化的这一普世价值的体认,也并未迎合当时国内流行的西方物质文明强、东方精神文明强的[①]观念而陷入狭隘的文化民族主义思路。《二马》中,爱花爱狗乃是中英共同的普遍人性,而非某一民族独有的、必须向其他民族灌输并在灌输过程中实施文化霸权的人性标准。老舍在对爱花爱狗普遍人性的肯定中构建起了民族间主体共在的平等意识。生存弱势民族如何保护民族尊严、建构民族主体性的视角,在老舍创作中并没有导向狭隘的怨恨气质。老舍不仅没有在张扬中华闲适文化传统时建构另一种进步与落后的种族等级话语,而且在《二马》文本中,隐含作者还平心静气地去思考英国人许多独到的优点。这种对其他民族的赞许,并不以自我为尺度,而能超越民族身份限制,从人性应有的普世价值出发去思考异质文明的优点。显然,老舍创作具有人类不同种族文明相互融合、取长补短的广阔胸怀、恢宏气度,老舍创作所建构的中华民族的主体性乃是不同国族文明和谐并存、共同更生发展的主体间性。当然,老舍在《二马》中肯定英国人积极有为等奋发精神,却对伦敦市民各阶层均有不同政治主张、且好在街头论辩这一点不以为然,居高临下地对其进行调侃讽刺,亦可见老舍在吸收异族文化长处时重实干、重商业、重知识而轻民主自治精神的选择偏向。"他的传统文化创造性转化的构想,要实现的是现代公民行为与传统认知思维的统一,但公民行为方式与公民权并未从根本上进入他的认知思维。"[②]

[①] 张君劢在《人生观》一文中认为:"自孔孟以至宋元明之理学家,侧重内心生活之修养,其结果为精神文明。三百年来之欧洲侧重以人力支配自然界,故其结果为物质文明。"原载《清华周刊》1923 年第 272 期;转引自《科学与人生观》(张君劢等著),合肥. 黄山书社,2008 年版,第 36 页。

[②] 吴小美、魏韶华、古世仓:《老舍与中国新文化建设》,北京. 民族出版社,2006 年版,第 183 页。

三 小结

　　反思闲适文化传统在生存责任承担、民族大义承担方面的价值缺失，与肯定闲适无为人生态度对生存功利的超越、对人性的守护，是老舍创作并存的两种价值倾向。这表明，老舍的精神世界，既有敏于感受个体与民族生存危机、敏于回应全球化走向的一维，又有笃守中华文明合理价值、守护生命自由追求的一维。他看到本民族老大愚弱的一面，但并没有以偏概全，没有简单地以全面反传统为价值立场；他渴望民族的新生，但并未盲目维护民族文化传统，亦未狭隘排外，而能够立足于中华民族当下的现实生存与精神建构来思考问题，对闲适传统文化各侧面进行仔细辨析，有所扬弃，亦有所承传。无论是反思闲适文化传统的价值缺憾，还是弘扬闲适文化传统在现代文化建构中的普世价值，老舍的立足点都是在全球化语境中重建中华民族主体性。从重建民族主体性视角审视中国闲适文化传统，老舍创作所建构的民族意识是一种既自尊自强又开放兼容的主体间性意识。他既抵抗了以线性历史观为支撑的西方殖民主义思想，也否定了闭关自大的文化民族主义思想，从而构建起各民族和谐并存、共同发展，既勇于自我反思又自信自尊的平等意识。

　　原载《民族文学研究》2009 年第 2 期，收入本书时有所修订

老舍《离婚》中的存在追问与生命悲感*

1933年初版的长篇小说《离婚》，是老舍反思北京市民文化和抒发人生悲感的重要作品。作者本人对它的喜爱程度甚至超过了《骆驼祥子》[①]。这部小说固然在一个层面上一如既往地延续了老舍创作注重道德批评的思路，这既体现在对恶人小赵仗势欺人的控诉中，也体现在关于老李仗义帮张大哥、丁二爷除暴杀小赵的侠义想象中，还体现在对张大哥某些妨碍公共理性行为的批评中；但是，奠定这部小说思想价值根本点的并不是这种未免老生常谈的道德批评，而是在对张大哥、老李等人的人生态度的对照书写中，超越一般道德批评的界限，在存在论层面上探讨人生观问题，批判市民的庸人哲学，叩问诗意生存境界，并且抒发了逃离和反叛只能归于徒劳的生命悲感。对生命存在的哲学性思考，才是《离婚》思想的深刻性之所在。《离婚》中的存在追问，既在思想深度方面与当代卓越的

---

* 本文所引《离婚》文本，全部出自《老舍文集》第二卷，北京：人民文学出版社，1981年版。

[①] 1941年，一批文艺界朋友推举《骆驼祥子》为老舍的最佳作品，但老舍却说："非也，我喜欢《离婚》。"参看吴晓铃：《老舍先生在云南》，载《老舍和朋友们》，北京：三联书店，1991年版，第611页。

思想家殊途同归，又完全立足于老舍对北京市民人生的深切关怀，熔铸着老舍独特的情感体验。这种存在论层面上的人生价值追问和人生悲感体验，展示了老舍这个长于民生关怀、长于民族存亡思考的"市民诗人"鲜为人知的一面：他亦长于在超越现实功利的层面上对生命存在进行哲学性的思考。

一　对张大哥的道德肯定与现实反思

《离婚》的主人公张大哥是北京市民的典型，其处世态度是作品的反思对象。这种反思固然包含道德批评和现实生存功利思索的内容，但应该注意的是，作品对张大哥的道德批评和道德肯定是并存的。尽管杨义曾指出，《离婚》所反思的是"市民社会的凡庸空气和'好人'哲学"[①]，关纪新也点明张大哥"是个十足的'好心人'"[②]，但仍有相当多的研究成果没有充分注意到作品对张大哥进行道德肯定的倾向。这主要是因为对张大哥的道德肯定在作品中被设置成对张大哥生存状态进行形而上反思的前提，不是主旨所在，因此作品并没有着意在议论抒情中进行深入阐发；而作品对张大哥道德肯定的立场，又总与作品对现实生存功利反思的思想交织在一起。确实，对张大哥的道德肯定不是《离婚》的核心主旨，但是如果没有充分认识到作品对张大哥人生态度的反思是以相当的道德肯定为前提的，则很容易产生这样的误读：把作品对张大哥人生态度的超道德反思阐释成道德批评，从而削去作品在存在论层面上思考生命的深刻意蕴，同时也在道德是非问题上造成混淆。本节主要探讨作品对张大哥人生态度的道德批评和道德肯定，以及熔铸在道德肯定中的现实生存功利反思。至于作品在超道德、超功利层面上反思张大哥人生态度的内容，将在后几节中讨论。

作品涉及对张大哥道德批评的，主要是以往研究已经充分注意到的两件事：

---

① 杨义：《中国现代小说史》第二卷，北京．人民文学出版社，1988年版，第190页。
② 关纪新：《老舍评传》，重庆．重庆出版社，2003年版，第180页。

为庸医托人情使之逃脱应有的法律惩罚；为儿子上学升学请客送礼[1]。需进一步强调的是，作品并没有从受害病人的角度、从其他学生可能因之被挤出去的角度来批评这两件事。也就是说，作品并没有着意凸显受害者，而是强调从理性原则出发这种行为就是不可取的。这说明，作品着意维护的是必须把公平正义置于人情之上的普世的现代性原则，而不仅仅是为某些人或某类人争利益；作品对人情至上这一前现代生存原则的质问，其心理基础就不是狭隘的怨恨之气，而是隐含作者自觉建构公平合理的现代文化的责任心、使命感。在尼采、舍勒等西哲的阐释中，怨恨是一种负面情感，是现代社会转型中弱者因无能为力而对价值更高者所产生的嫉恨心理[2]。而《离婚》中，隐含作者对张大哥人情至上法则的批评，则是老舍把自己深切地体认为北京人中的一员而从主体内部出发对北京市民文化所展开的反思，其价值目标则是超越一己的狭隘利益、建构公平合理的现代社会秩序。二者在文化心理基础和价值追求上都有巨大差别。

作品固然批评了张大哥将人情置于公理之上而妨碍社会合理秩序的行为，但同时又书写了张大哥张大嫂在道德大是大非问题上绝不糊涂的良善品质。作品既肯定张大哥明了是非，又批评了他不敢决然反抗的软弱性格。作品在这里弘扬的是追求公平正义的现代文化理念和中国传统的以直报怨的伦理原则，而不是宽恕忍让的基督教精神或守空禁嗔的佛家态度。

首先，作品赞扬了张大哥不与恶人小赵同流合污的道德操守，又批评了张大哥不敢直接反抗恶人的软弱性。恶棍小赵以救出张大哥的儿子张天真为要挟，想娶张大哥的女儿张秀真。张大哥张大嫂在选女婿这个问题上表现出把人品看得高于利益的道德立场。虽然无耻之徒小赵"现在是科员，不久便是科长，将来局长所长市长部长也还不敢一定说准没我的份儿"，但是张大哥夫妇都坚持"我只有那么一个姑娘，不能给个骗子手"。虽然张大哥想不出任何硬办法对付小赵，只想到给小赵送房产，只知道交代老李："你可别为我们的事动——凶啊！给小赵

---

[1] 关于这两件事，最早的批评见赵少侯：《论老舍的幽默与写实艺术（评〈离婚〉）》。原载1935年9月30日《大公报》"文艺"第18期；转引自《老舍研究资料（下）》(吴怀斌、曾广灿编)，北京．知识产权出版社，2010年版，第643—647页。

[2] 参看舍勒：《道德建构中的怨恨》，载《舍勒选集》(上)，上海．上海三联书店，1999年版。

钱！"这里，隐含作者借老李的眼光批评了"张大哥至死也是软的""张大哥是地狱中最安分的笑脸鬼"，批评张大哥只知道敷衍，不知道反抗恶人；但作品对张大哥的这一反思有一个基本前提：肯定张大哥有着分清基本善恶、不同流合污的道德操守。因此，作品对张大哥不硬气的批评显然不是一种道德批评，不是站在正义立场上对不正义行为的审判，而是道德认同前提下的"怒其不争"，表达的是隐含作者对张大哥这类市民现实生存状态的深切关怀之情。

其次，作品书写了张大哥对老李等人的诚挚关怀之心。虽然张大哥完全不能理解老李的诗意人生追求，但他始终从自己的立场出发去关怀老李的生存状态。从请老李吃饭到安排老李接家眷，再到帮老李布置新家，张大哥张大嫂都对老李倾注了最大的善意和热忱。尽管老李未必需要这种安排，但这显然并不能消解张大哥动机的良善性质。作品还强调，张大哥这种与人为善的态度并不仅仅指向老李一人，而是他惯常的处世态度。作品对张大哥好做媒、好请客的批评，都是以肯定他的道德善意为前提的。与契诃夫的《装在套子里的人》比较，我们尤可清晰地看出老舍与契诃夫在批评保守人生态度上的不同立场。尽管张大哥的好做媒、好请客、好劝人维持婚姻，都有维护庸常生活现状、不开启反抗之路的性质，但是作品并没有把张大哥写成别里科夫式的专制制度的同谋者，对他的不幸也没有取任何幸灾乐祸的态度，而是强调他仅仅是在善恶分明的前提下敷衍恶人，强调他的软弱只是使自己的受害加深而并没有同谋的性质。也就是说，作品在这些事情上对张大哥并没有道德谴责。

小说中有一段老李关于张大哥是小赵同谋的心理感受，属于不完全可靠叙事，并不能作为张大哥的敷衍实际上是助纣为虐的论据。小赵探知老李从乡下接了太太来，就抱着看妇女和看乡下人出丑的恶意心态，逼老李请客。席间，张大哥在不直接反驳小赵的前提下，尽量以自己的人情练达来帮李太太解围；席后，张大哥又告诉李太太："那群人专会掏坏，没有正经的，再遇上他们的时候，我告诉您，大妹妹，不管三七二十一，和他们嘴是嘴，眼是眼，一点别饶人，他们管保不闹了；您越怕，他们越得意。"这里，张大哥表现出了爱憎分明的是非观。当夜老李的心理活动中，关于"张大哥不敢得罪任何人"的批评是合理的，而关于张大哥差不多是同谋的批评则失之偏颇。老李想：

这场玩笑，第一个得胜的是小赵，第二个是张大哥。看张大哥多么细心圆到，处处替李太太解围，其实处处是替小赵完成这个玩笑。为什么张大哥不直接的拦阻小赵？或是当场鼓动我或太太和小赵，嘴是嘴，眼是眼？张大哥哪敢那么办！他承认小赵的举动是对的，即使不是完全有分寸。他承认李太太是该被人戏弄的，不过别太过火。

把张大哥不当面对抗小赵的行为视作认同小赵的行为，看不到张大哥不对抗亦未迎合中的不同流合污性质，老李此时显然陷入了非对抗即同谋的二元对立的简单化思维中。隐含作者这里虽然没有直接批评老李的这段未免失之公平的心理活动，但上下文中关于张大哥善意劝慰老李夫妇、明确批评小赵的言行描写，实际上已经与老李的这段心理活动形成一定程度上的对抗，因而老李的这段话在文本中应该视作不完全可靠叙述。它既深刻地揭示出张大哥虽然善良、明是非却软弱、没有勇气直接对抗恶势力的特点，同时又表现出老李在备受压抑的特殊情境下心理未免陷于偏狭，未免有失公正。隐含作者不直接批评老李此时的偏狭，实际上说明，关于张大哥不直接抵抗小赵是否在客观上就有同谋性质，隐含作者的评价态度此时显得有点犹疑；但就整部作品的总体倾向而言，隐含作者虽不赞成张大哥的妥协软弱，但并不否认张大哥对待老李的道德善意。

二 呼唤诗意存在的生命境界

《离婚》的核心主旨，是从守护存在诗意的立场出发，反思以张大哥为代表的平庸的市民人生哲学。"诗意"一词，并非简单挪用海德格尔"人诗意地栖居"这一哲学表述，而是摘引自《离婚》中人物老李的一段宣言：

我并不想尝尝恋爱的滋味，我要追求的是点——诗意。家庭，社会，国家，世界，都是脚踏实地的，都没有诗意。大多数的妇女——已婚的未婚的都算在内——是平凡的，或者比男人们更平凡一些；我要——哪怕是看看呢，一个还未被实际给教坏了的女子，情热象一首诗，愉快象一些乐音，贞纯象个天使。我大概是有点疯狂，这点疯狂是，假如我能认识自己，

> 不敢浪漫而愿有个梦想,看社会黑暗而希望马上太平,知道人生的宿命而想象一个永生的乐园,不许自己迷信而愿有些神秘,我的疯狂是这些个不好形容的东西组合成的;你或者以为这全是废话?

这里,老李所追求的"诗意",显然不是一种文学特性,而是一种存在境界。它与"家庭,社会,国家,世界"乃至一般的男女关系这些实际事物相对,而与"梦想""疯狂""神秘"这些超常的心灵体验相关联。提炼出"诗意"一词来表达老李的心灵向往,隐含作者借老李对人生展开思考,显然并不仅仅是在探寻现实公平正义的现代性追求维度上质问不合理秩序,展望更合理的社会秩序,而且还在超越现实的层面上展开生命眺望,守护不应该被现实社会法则所规训的个体灵魂世界。"梦想""疯狂""神秘"这些形容词,指涉的便是不能被合理或不合理的现实法则所规训的心灵世界。不合理的现实法则自不用说,哪怕是合理的社会秩序、婚姻秩序、国家制度,一旦固定下来,便有可能因其僵化特质而演变成以平均化的常识从外部规约生命,从而抑制住个体生命体验的独特性,遮蔽住存在的诗意。正如小说中另一个人物邱先生所言:

> 没意思!生命入了圈,和野鸟入了笼,一样的没意思。……我不甘心作个小官僚,我不甘心作个好丈夫,可是不作这个作什么去呢?

尽管邱先生没有憧憬任何诗意存在的可能,但他关于模式化生存方式禁锢生命的感言却道出了老李的心声。老李所向往的"还未被实际给教坏了的女子",所提示的也是一种不入俗套的生命境界,而非如有的研究文章所言是女子"尚未进入现实的婚姻家庭"这种外在身份。这样,《离婚》中的"诗意"一词,与海德格尔的"诗意地栖居"不仅在形式上巧合,而且在内在精神上也相通了。

海德格尔在《……人诗意地栖居……》中说:"人竭力创造丰裕的劳绩,然而人又被赋予此种能力:在此范围中,由此范围出发,超越此范围而仰望神圣。此'仰望'跨越了天穹与大地'之间'。这'之间'是赐给人之栖居的。"[1]他阐释荷尔德林的诗句"神本是人之尺规":"对于受造物之传统观念来说,这样一种

---

[1] 海德格尔:《……人诗意地栖居……》,载《人类困境中的审美精神——哲人、诗人论美文选》(刘小枫主编、魏育青等译),上海.东方出版中心,1994年版,第566页。

奇异的尺规似乎是荒诞不经的；对于常识之廉价的无所不知来说，它又是颇令人不快的。常识的这种无所不知沾沾自喜地以一切思想观念之标准尺规自居。"①再联系海德格尔的《存在与时间》中对本真存在的阐释，我们应更能充分体会到，他所说的"神圣""奇异的尺规"绝不是外在于个体生命体验的社会法则、宗教戒律，而恰恰相反，是被各种现成法则所遮蔽住的个体独特的生命体验。"诗意地栖居"昭示的乃是一种使存在者从"常识"和"思想观念"的遮蔽中显现出来、使自我真正在场的本真生命状态。

海德格尔哲学中所阐释的"诗意地栖居""本真存在"的内涵，与老舍《离婚》中的"诗意"及"梦想""疯狂""神秘"等表述，都指向一种难以用概念描述因而也就不能为理性所规范的个体独一无二的、富有内在体验性的生命境界。这并不意味着老李没有自己可以认同的人生哲学，而是他所认同的人生哲学超乎本质界定，具有灵动性。

此外，老李质疑"家庭，社会，国家，世界"观念，小邱质疑"小官僚""好丈夫"身份，而隐含作者及叙述者完全认同这种质问。这说明，老舍固然确实在《四世同堂》《大地龙蛇》《国家之上》等作品中明确表达了"国家之上"的信念，但他的精神中还有注重个体生命价值、疏离民族与国家等集体理念的一面；老舍固然在《骆驼祥子》中批判了社会的无序状况，呼唤公平合理的社会秩序，但他的思想中还有反思常规秩序压抑个体生命存在诗意的一面。老李、小邱质疑模式化生存方式的思想根基是现代个性主义。这说明老舍虽然在《黑白李》等作品中表现了珍视传统牺牲精神的思想，但他也绝非就与"五四"个性主义思想无缘。这些都提示我们，在概括老舍整体思想特点时，要充分注意其丰富性、多层次性，避免以偏概全。

---

① 海德格尔：《……人诗意地栖居……》，载《人类困境中的审美精神——哲人、诗人论美文选》（刘小枫主编、魏育青等译），上海．东方出版中心，1994年版，第568页。

三　反思平庸的市民人生哲学

《离婚》中，隐含作者借老李追问存在诗意的眼光，反思北京市民文化，首先洞照出了张大哥生活的庸常特质。张大哥以常识为人生指南，规避对存在的个性化思考，规避人对存在方式的新鲜探索，在日常生活的繁忙劳碌中放逐了生命的内在体验，放逐了心灵世界，其人生观的根本特征是敷衍生命。他不仅敷衍他人，也敷衍自己，尽管这种敷衍在多数时候并不导向道德上的恶，甚至还因其真诚而透着主观动机上的善，但却锁住了生命通往诗意存在的路径。

"张大哥一生所要完成的神圣使命：做媒和反对离婚。"这个问题的要害，首先在于放逐了婚姻中的爱情体验内涵，其次在于不能理解有个性的生活方式。"张大哥的全身整个儿是显微镜兼天平。……在天平上，麻子与近视眼恰好两相抵销，上等婚姻。""自然张大哥的天平不能就这么简单。年龄，长像，家道，性格，八字，也都须细细测量过的；终身大事岂可马马虎虎！"张大哥越是热衷于掂量男女双方的条件，就越是遗忘了婚姻中应有的感情契合、个性认同这些开启诗意存在之境的因素。

张大哥的庸常人生状态，以"做媒和反对离婚"这一"事业"为核心，涵盖张大哥生活的方方面面。除了因儿子被抓而精神崩溃那一非常时期外，他一直乐滋滋地陶醉于自己的庸常人生世界中，并且努力使得这种庸常人生状态臻于精致圆熟。这体现在张大哥对饮食起居的细致化追求上，也体现在张大哥对人情关系的细心维护上。张大哥的饮食起居越是精致，越是使人陶醉，便越是放逐了人面对自己存在的独特生命感悟。作品写他的服饰不趋新不守旧，并不是站在进化论的立场上批评他保守，而是站在守望个性化生存的立场上批评他不敢新也不敢旧，只愿在半新不旧中随着社会潮流的演变与时俱进。张大哥的人情关系复杂。在张大哥的花销中，"人情来往又是一大宗，况且张大哥是以出份子赶份子为荣的。他那年办四十整寿的时候，整整进了一千号人情，这是个体面，绝大的体面，可是不照样给人家送礼，怎能到时候有一千号的收入？"张大哥注重人情关系，有个人融入群体中逃避自由、寻找归宿的心理需求，有办事方便的功利目的，也还透着与人为善的诚意，但唯独放逐了人与人之间思想碰撞的灵的维度。

"张大哥的每根毫毛都是合着社会的意思长的","他的经验是与日用百科全书有同样性质的。哪一界的事情他都知道。哪一部的小官,他都作过。哪一党的职员,他都认识,可是永不关心党里的宗旨与主义。无论社会有什么样的变动,他老有事作;而且一进到个机关里,马上成为最得人的张大哥。"即便是不同党派,张大哥也把它们处理成不相冲突的人情关系群体,而不关心其思想同异。总之,日常生活的精致化、人情关系的平面化,与做媒、反对离婚一样,是张大哥悉心维护日常人生平庸状态、锁闭诗意存在生命之路的方式。

《离婚》以"常识""合着社会""日用百科全书"来概括张大哥缺乏诗意的精神特质,与海德格尔在《存在与时间》中以"常人"概括非本真生存者亦有异曲同工之妙。隐含作者对张大哥生存状态的评价正类似于海德格尔对"常人"生存方式的看法。"常人以非自立状态与非本真状态的方式而存在。"[①]"常人本身有自己去存在的方式。……平均状态是一种常人的生存论性质。常人本质上就是为这种平均状态而存在。"[②] 张大哥正是在常识世界中忙忙碌碌、自得其乐,遗忘了个体生命存在的独特性、内在体验性,锁住了自我生命通往本真存在的道路。因此,"他的生命就是瞎热闹一回,热闹而没有任何意义"。

《离婚》不仅仅把张大哥当作一个独特的人物来塑造,还着意强调张大哥与北京市民文化的关系,强调其放逐个性的平均化生活态度具有普遍性,从而达到对北京市民文化的深度反思。从质的方面说,张大哥自觉追求常识性,他本身就是"'复数'的象征"[③],就是北京市民与科员的代表。从量的方面说,财政所诸同事以及李太太都有这样的特征:只注重礼节人情而不关注他人的真正之需。"这群人们的送礼出份资是人情的最高点,送礼请客便是人道。救救天真?退一步说,安慰安慰张大哥的心?出了他们的人道范围!"他们把张大哥敷衍生命的人生态度推到了极端。极端的情境使得他们的请客送礼少了一份张大哥惯有的热忱,多了一份冷漠。然而张大哥渡过难关后又理解了他们曾经的冷漠。这既表现了张大哥的温厚性格,也展示了张大哥之热忱与他们之冷漠在遵循常识、敷衍生

---

① 海德格尔著,陈嘉映、王庆节合译:《存在与时间》,北京.三联书店,1987年版,第157页。
② 海德格尔著,陈嘉映、王庆节合译:《存在与时间》,北京.三联书店,1987年版,第156页。
③ 魏韶华:《论老舍〈离婚〉的现代性》,载《兰州大学学报》2000年第4期,第129页。

命上的本质共通性。这样，作品既通过张大哥所遭遇的人情冷暖强调其生存方式的无意义性质，也把这种敷衍生命、不能真正切合人之所需的生存方式普泛化而达到对北京市民生存状态的普遍反思。

其次，作品不仅揭示出张大哥自己沉浸于平均化的庸常人生状态中自得其乐、放逐诗意的特点，而且通过张大哥与老李的思想交锋揭示出这一庸常人生态度对他人诗意存在的压抑性质。

承接老李展望生存诗意的话语，张大哥说："神秘是顶有趣的，没事儿我还就是爱读个剑侠小说什么的，神秘！《火烧红莲寺》！可是，希望剑侠而不可得，还不如给——假如有富余钱的话——叫花子一毛钱。诗，我也懂一些，《千家诗》，《唐诗三百首》，小时候就读过。可是诗也没叫谁发过财，也没叫我聪明到哪儿去。……哎？我老实不客气的讲，你是不愿意解决问题，不是不能解决。因此，你把实际的问题放在一边，同时在半夜里胡思乱想。""哼，据我看诗意也是妇女，妇女就是妇女，你还不能用八人大轿到女家去娶诗意。"这里，张大哥把老李难以言说清楚的、带着点神秘色彩的生命诗意追问，阐释成《火烧红莲寺》一类"顶有趣"的"神秘"刺激，就已经削去了老李原话中所蕴含的思考存在可能性的思想向度；随后，以"解决问题"的思路反驳追求"诗意"的思路，更是以常人沉沦的生存状态平整个性化的生命思考。老李无言以对，张大哥便热心地帮助他安排解决实际问题的办法。张大哥这种对他人的热忱、善意，让人从人情上难以拒绝，从而赋予其庸常人生哲学一种强制的力量去平整旁人追问生命诗意、追寻个性化生存的思想萌芽。正如徐德明所言："张大哥成了一种文化的'匿名统治'的象征。"[①]《离婚》批评张大哥的庸常人生哲学压抑了老李不愿落入俗套的诗意追求，亦如海德格尔对平均状态的批评："平均状态先行描绘出了什么是可能而且容许去冒险尝试的东西，它看守着任何挤上前来的例外。任何优越状态都被不声不响地压住。一切源始的东西都在一夜之间被磨平为早已众所周知的了。……这种为平均状态之烦又揭开了此在的一种本质性的倾向，我们称之为对

---

① 徐德明：《中国现代小说叙事的诗学践行》，北京．社会科学文献出版社，2008年版，第206页。

一切存在可能性的平整。"① 海德格尔批评"平均状态"对"存在可能性的平整",显然不是在道德探问的层面上进行的。同样,《离婚》批评张大哥热忱地把老李拉入平均化生活方式中,既不是道德批评,也不是对现实秩序合理性的追问,而是在存在论层面上拒绝生活的庸常性质,守护"梦想""疯狂""神秘"所开启的诗意生命之境。

老舍在《离婚》中通过老李和张大哥人生态度的对照书写,展示了自己对生命存在的深邃思考。其建立在对北京市民人生深切反思基础上的生命感悟,正与西方当代哲学家海德格尔的存在探问殊途同归。这从一个角度体现了当代东西方智慧的共通性。而在具体文化现象的把握上,《离婚》对市民灰色人生的书写,又独具北京市民日常生活民俗画的特征。相比较而言,海德格尔的《存在与时间》着重从好奇、闲谈、两可这些日常言谈方式中洞照出常人沉沦的生存状态,从而体现出当代西方哲学对语言与存在关系的敏感;而《离婚》则着重从做媒、反对离婚、请客、送礼这些北京日常生活习俗中展开反思,充分体现了老舍关注文化习俗的思想倾向。《离婚》固然不乏对人物好奇心的描写,如张大嫂对马家故事的好奇心;亦不乏对无聊闲谈的讥讽,如借老李的心理活动烛照出李大嫂与丁二爷对话的无意义性;亦有对张大哥两可态度的批评;但是该作品文化反思的着力点却不在于对人物言语方式及社会公共舆论的批评,而在于对做媒、反对离婚、请客、送礼这些北京日常习俗放逐深层精神追求、压抑个性化生存方式的深度文化反思。

四 人生徒劳的悲感与无望的救赎

《离婚》的故事主线是老李诗意追求与张大哥庸常人生哲学的对峙关系,副线则是小赵作恶欺人及丁二爷除暴杀小赵。副线上丁二爷成功杀死小赵的侠义行为,并没有带来主线上的大团圆结局,而是使得张大哥等人复归于庸常人生状态。然而,如果只是张大哥及财政所诸同事复归旧辙,那只能说明儿子被捕这一非常事件并没有成为张大哥顿悟的契机。这固然令人遗憾,但尚不至于导向作品

---

① 海德格尔著,陈嘉映、王庆节合译:《存在与时间》,北京.三联书店,1987年版,第156页。

整体上的悲观基调。《离婚》的大结局是所有人的生存包括老李都无法逃脱敷衍、瞎混的生存方式。这一无希望图景，表达了隐含作者关于人生只是徒劳的生命悲感。这种悲情抒发，与作品的幽默讽刺语调相交织，造就了《离婚》悲喜交融的美学风格。

《离婚》悲剧意味最浓的是，写出老李自身的存在被封闭住了通向诗意境界的出路。老李的诗意生存追求曾经具体落实为三个方面。一是不送礼不赴宴，拒绝人情敷衍，只以最切合他人之需的方式助人；二是虽生活在无爱的婚姻中，却一厢情愿地把爱情追求投注在形象静美的邻家弃妇马少奶奶身上；三是心中存着"不十分清楚而确是美的乡间风景"。然而，老李的爱情幻想从一开始便具有虚幻性质。他与马少奶奶之间从来没有过真正有深度的精神交流。私奔的马先生回来后，马少奶奶无声无息地与之和解了。这粉碎了老李在爱情问题上关于诗意生存的希望。"'诗意'？世界上并没有这么个东西，静美，独立，什么也没有了。生命只有妥协，敷衍，和理想完全相反的鬼混。别人还可以，她！她也是这样！"乡间风景，不仅在老李准备返回之际在脑海中就是"不十分清楚"的，而且之前关于乡间的描写还因联系着李太太的小脚、孩子的"红裤子绿袄"而显得粗陋寒碜，始终就没有被赋予乌托邦世界的美好特质。《离婚》在进行北京文化反思的时候，并没有如沈从文《边城》那样把与都市相对立的乡村理想化。小说最终一句话是张大哥的预言："可是，老李不久就得跑回来，你们看着吧！他还能忘了北平跟衙门？"隐含作者尽管完全不赞同此中张大哥陶醉于"北平跟衙门"的生活态度，但并没有否定张大哥关于老李最终不得不从乡间回到灰色都市的预言，从而写出追求诗意存在者终难脱"无地彷徨"的命运，表达了隐含作者关于反抗和逃离只是徒劳的生命悲感。老李之"无地彷徨"，显然不是由于他的软弱[①]。尽管老李确实如他自己所反思的那样，也有妥协的时候，如听张大哥的

[①] 李长之1934年在题为《离婚》的评论中说："书呆子虽然和非书呆子不同，但有相同者，便是怯懦，对生活的要求并不强烈，对理想的目标并不彻底和执着，因而，他的归宿，也不会在生活于灰色的生活中的人物以外。"其中以"对生活的要求并不强烈，对理想的目标并不彻底和执着"来概括老李的特点并不准确，尽管作者在这篇评论中同时还贡献了其他许多有见地的看法，诸如《离婚》的知识分子立场、幽默特点等。此后，把老李无法逃离灰色人生的原因归于老李自身的思路似乎曾为研究界的共识。但这并不符合文本实际。

安排去接太太来北京，如答应小赵的请客要求，等等，但他并不仅仅是一个没有行动性的思想者。最终，是马少奶奶而不是老李自己泯灭了他离婚的可能性，而且，老李也确实把逃离衙门的思想付诸行动了。老李"无地彷徨"，是因为缺少诗意栖居之地，而不是他的人生哲学不够明确或意志不够坚韧。"无地彷徨"是他难以挣脱的命运，而不是他的过失。隐含作者设想这一结局，目的是感同身受地抒发人生没有出路的生命悲感，而不是批评老李这一类诗意追寻者的不足之处。

尽管生命没有出路的悲感是老舍创作尤其是他20世纪30年代小说惯有的基调[①]，但《离婚》却有其独特的思想向度。《骆驼祥子》《月牙儿》中浓重的悲感，主要来自对底层人现实生存之艰辛的理解，体现了老舍的民生关怀意识和社会控诉心态，包含着对合理社会秩序的呼唤。《老字号》《断魂枪》抒写的则是个人与社会历史发展方向相错位而产生的生命无力感及坚守态度，体现了老舍创作珍视宏大历史潮流之外的个体生命体验的精神。《离婚》中的生命悲感，与人的现实生存之艰辛无关，亦与历史发展方向无关，而是在超越现实生存功利的层面上，在与具体社会历史阶段无关的层面上，思考个体本真生命追求与模式化生存方式之间的对峙关系。小说结尾，老李在财政所这个衙门中的位置并没有受到任何威胁。作品对衙门这个"怪物"的否定，固然在一个层面上牵涉行政机关的腐败问题，但还有一个层面与衙门秩序是否公平合理无关，那就是衙门所带来的程式化的生活方式压抑了生命的自由感。"那个黑大门好似一张吐着凉气的大嘴，天天早晨等着吞食那一群小官僚。吞，吞，吞，直到他们在这怪物的肚子里变成衰老丑恶枯干闭塞——死！"北平的衙门标识了老李的科员身份，保障了老李的中产阶级生活，但是老李"知道他已经被北平给捆起来，应当设法把翅膀抽出来，到空中飞一会儿"。这种形而上层面上而非现实层面上的生命悲感，仅仅从老舍的

[①] 孙洁曾指出："对人生虚妄感的开掘是山东时期老舍创作的第三大主题。"见孙洁：《世纪彷徨：老舍论》，南昌．百花洲文艺出版社，2003年版，第33页。

穷人出身或满族在现代史上的悲剧命运中寻找根据显然不够[①]。它源于更为深层的关于生命本体存在的感悟,因其超越现实功利和超越历史具体条件而在人生哲学和文化心理两方面都更具本源性质。想象人物由追求诗意生存而走向"无地彷徨",老舍由此亦显示出与海德格尔的同中之异。海德格尔既细致辨析了本真存在与非本真存在的差异,又强调本真存在并不在非本真存在之外,从而敞开了一条在大地上寻找诗意的道路。而《离婚》尽管写到儿女确实给老李带来生命欣喜,写到雨后的北海确实让老李感受到诗意盎然,但作品并没有赋予它们以照亮老李灰色人生、点燃老李生命诗意的力量。老李仍然在整体上觉得家庭生活、科员人生如牢狱般难以忍受。侧重于抒写主要人物"无地彷徨"的生命悲感,老舍《离婚》中悲郁的情感倾向显然更接近鲁迅的散文诗集《野草》。

似乎写出老李之"无地彷徨",隐含作者还觉得没有抒发尽关于人生徒劳的悲感。作品的结局部分还写了就连原先被隐含作者认定为爱瞎折腾的财政所诸太太也无法逃脱敷衍、妥协的悲剧命运,再次强化其生命悲感。方敦太太,虽然想阻止丈夫纳妾,可无论如何不想离婚。她说:"哎,说着容易呀;吃谁去?我也想开了,左不是混吧,何必呢?"一向以"个性强"自豪的邱太太,面对丈夫有外遇的情况也无奈地说:"我也想开了,大家混吧,不必叫真了,不必。"这些人"混吧"的生存宣言,引发了老李"有一个不离婚的了""又一个不离婚的"的感慨。作品之前一直以嘲讽的态度写这些女性企图与丈夫的男权抗争,在性别文化立场上表现出不能理解女性合理生命需求的价值失误[②],此时作品仍没有改变冷嘲中所含的漠然态度,没有改变对女性人生无奈缺少理解的男性中心立场,但值得注意的是,女性人物放弃抗争的做法并没有使隐含作者产生男权复归的欣喜,而是产生了连不善的生命意志也终归于徒劳的感慨,作品由此进一步强化了人生如陷天罗地网、谁也不可能摆脱敷衍妥协命运的生命悲感。

---

① 关于穷人出身与老舍创作的关系,于昊燕的著作《童年经验方程式——贫穷与文学叙述之老舍个案研究》(云南大学出版社,2009年版)有细致的研究;关于满族身份与老舍创作的关系,关纪新的著作《老舍与满族文化》(辽宁民族出版社,2008年版)有深入的阐释。

② 李玲:《老舍小说的性别意识》,载《南京大学学报》2005年第6期,第74—82页。

《离婚》中人生一切努力终归于徒劳的悲感，与曹禺《雷雨》中"宇宙正像一口残酷的井，落在里面，怎样呼号也难逃脱这黑暗的坑"①的理念有一定的相似之处。所不同的是，《雷雨》所抒写的毁灭生命的力量主要是指"天地间的'残忍'"②这种神秘的力量，隐含作者关于命运不可把握的理念与其命运不可知的意识交织在一起；而《离婚》中压抑生命的主要是社会中的庸人哲学，并无神秘色彩，隐含作者思考的是个人与群体生活方式之间的关系问题。此外，《雷雨》中徒劳的反抗导向死亡和精神病等极端形态，其悲剧形式惊心动魄；而《离婚》中徒劳的反抗则导向无个性的庸常的生活方式，其悲剧在外部形态上则显得平淡。

　　《离婚》结尾中弥漫的人生的一切努力终归于徒劳的悲感，是一种无可救赎的生命悲感。尽管老舍是一个受洗的基督徒，但在这部作品中隐含作者并没有提供任何救赎这一生命悲凉的力量。该小说叙述态度中所呈现出的有"技巧与控制"③的幽默戏谑，便是隐含作者悟出人生之虚无时的苦中作乐。《离婚》中的幽默，显然有两个相交织的层次。一个是内容方面的，作品写出了"……人类的喜怒哀乐种种情绪及求生求安乐的各种行为，常常是处处矛盾而幽默的"④，在这一层面上，幽默便是荒诞之义。另一个方面，则是在写作态度与叙事语调上，《离婚》自觉追求叙述语言的喜剧风格。这后一层面的幽默之于老舍，恰如品茗之于周作人，并不能形成根本性的救赎。"老舍的幽默，终于因无法承受（化解）他对社会、对文化、对人生的重重悲观而反为悲观所化解。"⑤但悲喜交融确实造就了《离婚》美学风格上的繁复多姿，也表现了老舍直面虚无只能苦中作乐的悲凉与无奈。

---

① 曹禺：《〈雷雨〉序》，载《曹禺选集》，北京．人民文学出版社，2002年版，第183页。
② 曹禺：《〈雷雨〉序》，载《曹禺选集》，北京．人民文学出版社，2002年版，第182页。
③ 老舍：《我怎样写〈离婚〉》，原载《宇宙风》1935年第7期；转引自《老舍研究资料（上）》（曾广灿、吴怀斌编），北京．知识产权出版社，2010年版，第471页。
④ 赵少侯：《论老舍的幽默与写实艺术（评〈离婚〉）》，载《老舍研究资料（下）》（吴怀斌、曾广灿编），北京．知识产权出版社，2010年版，第644页。
⑤ 孙洁：《世纪彷徨：老舍论》，南昌．百花洲文艺出版社，2003年版，第51页。

五 小结

老舍"始终没离却的,便是以一个知识分子的立场来看社会上的一切"[①],因而,"北京之于老舍是乡土又是'异乡'"[②]。《离婚》的独特性在于,"它是现代中国历史语境中的普通知识者对生活的体验与认知和构成匿名统治的'生活哲学'的冲突,及其在冲突中的敷衍、妥协和必然失败的生活轨迹"[③]。而这种"普通知识者对生活的体验与认知"所敞开的存在境界,既有对现实公平合理秩序的呼唤,更有对超越现实规则的诗意生命境界的向往;这"匿名统治的'生活哲学'"则是放逐心灵内在体验、抹平思想锋芒的平庸的混事态度。作家在《离婚》中思考生命存在问题,其创作心态并没有写作《二马》《猫城记》《四世同堂》时面临民族存亡这一严峻社会历史问题所带来的心理上的逼仄感,《离婚》的北京文化反思主要不是基于民族存亡这个现实功利目的展开的,而是在常态的社会生活背景下探索个体的人怎样才能活得更加合理的问题。《离婚》,也不同于《骆驼祥子》《月牙儿》批评不合理的社会现实、呼唤社会公平正义的思路,而主要是在超越现实的层面上呼唤生命存在的诗意境界。《离婚》中的哲学智慧与海德格尔等西哲息息相通,而又完全源于作家对现代中国人尤其是北京市民生存状态的独到思考;其荒凉无望的生命体验与幽默诙谐的叙事风格水乳交融,也是现代中国文学经典中的一道独特风景。《离婚》的风格化语言和北京风俗画特征使之成为京味儿文学的代表作,《离婚》的文化反思特征与形而上思想追求又和京派文学与现实生活保持审美距离的态度遥相呼应。这正从一个角度证明了老舍创作"集'京派'与'京味'于一身"[④]的特点。

原载《中国现代文学研究丛刊》2012 年第 6 期

---

① 李长之:《离婚》,原载《文学季刊》1934 年创刊号;转引自《老舍研究资料(下)》(吴怀斌、曾广灿编),北京. 知识产权出版社,2010 年版,第 625 页。
② 赵园:《北京:城与人》,北京. 北京大学出版社,2002 年版,第 11 页。
③ 徐德明:《中国现代小说叙事的诗学践行》,北京. 社会科学文献出版社,2008 年版,第 207 页。
④ 刘勇:《"京派"文学的文化底蕴——从老舍创作的文化品格说起》,载《北京师范大学学报》2005 年第 4 期,第 112—118 页。

老舍《牛天赐传》中的现代理性价值和超理性价值[*]

中国社会文化要完成从传统向现代的转型,既要实现儒家主流思想的现代性转换,在继承儒家关于人的德性修养的合理内涵的同时,摆脱其意识形态上的专制倾向;又要消除长期作为亚文化存在的官场潜规则和底层暴民文化对社会正常秩序的破坏。确立中国现代文化的关键在于确立现代理性精神。现代理性精神既体现在社会建设层面上,也体现在对人的内在要求上。在社会建设方面,现代理性精神的核心内涵是自由与民主、公平与正义,即必须摆脱专制文化,确立公民的基本权益。在对人的内在要求层面上,现代理性精神要求人对外要有反抗强权、维护个体自由权的自觉意识,对内要能自律自为、按照理性的法则行动。现代文化高扬理性精神,又催生了其对立面——对一些非理性价值、一些超理性价

---

[*] 本文所引《牛天赐传》文本,全部出自老舍:《牛天赐传》,载《老舍文集》第二卷,北京.人民文学出版社,1981年版。

值的现代认同。因此，现代文化生成的基本点虽是现代理性，但现代文化却包含现代理性、现代非理性和现代超理性。东西方各国在由传统向现代转型的过程中，由于各自历史语境的差异，对现代文化的建构便有不同的侧重点。

当代中国在回望中国现代文化建构早期的思想资源时，也会有自己独特的烛照视野和一些疏漏之处。有些珍贵的现代思想资源，长期以来一直被忽视。这反映出的恰恰是中国现当代文化建设中存在的价值偏颇。重返中国现代文化建设早期的"现场"，寻找那些被遗忘的声音，有助于我们总结中国现当代文化建设方面的成就与不足。

满族作家老舍1934年创作的长篇小说《牛天赐传》，在建构现代理性价值和超理性价值方面，都有其独到的贡献。《牛天赐传》强调人要自律自为、勤勉谋生，呼唤公平和谐的社会秩序，倡导人与人之间合理的交往理性。其从现代市民立场出发所建构的这些理性价值，正是中国现代文化所忽略的现代文明的重要基石。《牛天赐传》赞赏"无为无不为"的生活态度，理解人在不直面人生之惨痛的幻想中守护自我心灵的需求，肯定游戏的正面价值。其所建构的这些现代超理性价值，开拓出了生命存在的独特境界。《牛天赐传》的价值建构，一直未曾受到学界的关注。这一接受状况折射出的恰是中国现代文化建构方面的价值偏颇，即在强调反抗不合理的社会秩序时不够重视现代人性、现代社会秩序的正面建设，在合理地强调人的觉醒时不免对人的脆弱缺少悲悯和理解。

一　建构现代理性价值

《牛天赐传》对现代理性价值的建构，可展开为人对自身的要求、人对社会秩序的要求、人与人之间的交往规则三个方面。

第一个方面：《牛天赐传》否定不规划人生的散漫生活态度，倡导人自律自为、在合理的社会秩序内勤勉奋斗。在思考人应该如何活着的问题上，老舍《牛天赐传》着重强调的现代理性，不是中国现代启蒙文化所关注的人在严酷的环境中如何维护自我权益、使自我主体性免遭外部力量阉割的那一种现代理性，而是王权、族权、父权退场后人应当按照理性规划自己的人生的这一种理性。这既体现在对牛老者、虎爷、王宝斋谋划生路的肯定性叙述中，也体现在对诗人赵老师形象的讽刺性描述上，还体现在对纪老者形象的赞赏上，以及牛天赐对老黑一家态度的变化上。

首先，作品赞赏人为了改善经济状况而勤勉奋斗的人生态度。牛老者一直勤勉经商，虎爷在牛老夫妇过世后安排牛天赐一起摆水果摊谋生，王宝斋帮助牛天赐理财、为他规划人生之路。这些人为改善经济条件，按照合理的社会规则努力奋斗，受到了作者的赞赏。而诗人赵老师缺少基本的民生意识，不知道家庭经济状况对生存的重要性，则受到了作者的嘲讽。牛老者的生意受挫，赵老师却说"应当庆祝商业精神的死亡"，还认为牛老者也"应当欣赏此举。钱在哪儿心就在哪儿。三个铺子都倒了，岂不完全省了心，作了自由的灵魂"。作品在诗与生存功利的对立中调侃了今朝有酒今朝醉的、没心没肺的浪漫诗人，赞赏了人在经济上对自己的生存负责的勤勉人生态度。

其次，作品礼赞了尊重他人财产权、不能随意占用他人财物的观念。《牛天赐传》以漫画式的态度描述了赵老师这样一个虽然真诚、无心机但毫无私有财产观念的诗人形象。赵老师在财物观念上完全不分你我。在牛家当教师，"没钱买书或别的东西"，他便随意地卖牛家的物品。赵老师得了二百五十块大洋的稿费，便邀请牛天赐一起去上海享受"醇酒妇人"。牛天赐感到惭愧的是："……他分三别两，谁的是谁的，妈妈的教训；他不能跟赵老师去，完全花老师的钱。"隐含作者和高高在上的全知第三人称叙述者嘲讽了赵老师侵占他人财物的坦荡态度，暗笑牛天赐为正确的个人财产观感到惭愧的心态，使得作品充满喜剧趣味。《牛天赐传》由此树立起的尊重个人财产的价值取向，显然区别于"有饭同吃，有衣同穿"的江湖义气观念。《牛天赐传》中对纪老者形象的塑造也从正面强化了这一价值观。纪老者极为贫穷，却坚决不接受牛天赐赠送的一块洋钱。牛天赐觉得"这些人，穷，可爱，而且豪横；不象城里的人见钱眼开"。"豪横"一词，在北京方言中是"刚强有骨气"之意。隐含作者用这个词赞美纪老者在贫困中自尊自爱、不贪恋他人财物的品格。作品由此礼赞了尊重他人财产权、不随意占用他人财物的观念。

最后，作品树立了遵守日常行为规范、注重卫生的价值尺度。对于老黑的孩子们，牛天赐"原先，他爱他们的自由，赤足，与油黑的脊背；现在，他以为他们是野，脏，没意思"。通过书写牛天赐对老黑一家态度的前后变化，隐含作者认同了牛天赐最终否定散漫人生态度、肯定行为的规范性的立场。

总之，倡导人自律自为、积极向上、不贪恋他人财物、按照合理的社会生活秩序勤勉奋斗，《牛天赐传》所张扬的是一种从传统向现代演进的理性精神。它既不同于忠君孝亲的儒家正统理念，不同于"五花马，千金裘，呼儿将出换美酒"(李白《将进酒》)的传统浪漫豪情，也不同于以鲁迅为代表的呼唤人的觉醒的启蒙理性立场，更与暴力理念水火不相容，与以郁达夫为代表的纵容人的非理性冲动的立场风马牛不相及。

赞赏人在合理的社会秩序内兢兢业业、勤勉奋斗，是老舍一贯的价值立场，也是老舍以文学创作参与中国现代文化建设的最重要的思想贡献之一。《骆驼祥子》中堕落之前的祥子、《我这一辈子》中的"我"、《四世同堂》中的祁天佑、《鼓书艺人》中的方宝庆、《茶馆》中的王利发、《正红旗下》中的福海，与牛老者一样，都是老舍愿与之共呼吸的敬业良民；而《离婚》中的张天真、《末一块钱》中的林乃久、《新韩穆烈德》中的田烈德、《正红旗下》中的大姐夫和亲家爹，则与赵老师一样，都因不知生存艰辛、不愿踏实奋斗而受到老舍的揶揄。

第二个方面：《牛天赐传》表达了对乱世的恐惧、对暴民的厌憎，呼唤公平合理的社会秩序。

首先，《牛天赐传》通过写兵乱颠覆正常的商业秩序，表达对乱世的恐惧。抗日战争之前，老舍创作一般不从宏大的历史视角探讨战争的正义与否，他甚至不关心战争的双方到底是谁。他只是从普通民众的视角出发，控诉战争颠覆了正常的社会生活秩序、扰乱了民生。因此，兵乱是老舍抗战之前的创作中经常出现的乱世场景。《牛天赐传》中，不知名的军队占据云城，要完东西，又实施抢劫。最终城中烟火四起，牛老者经营三十年的隆福号"只剩下点焦炭与瓦块"，牛老者因此大病了一场。

其次，《牛天赐传》通过写学校缺乏公平正义，表达对无秩序社会的厌憎。《牛天赐传》中的师范附小，并无现代文化建设过程中令人羡慕的光明景象，也不同于福柯文化批判视野中凭借普遍理性精神规训个人生命的现代教育机构，而是一个缺少公平正义、不遵守现代理性规则的地方，是前现代社会的缩影。在这个学校里，大同学欺侮小同学，老师动辄给学生"脖儿拐"，老师之间也钩心斗角。"……学校里的一切都没有准稿子，今天这样，明天那样……这个学校是试验的，什么都是试验。"而且，"附小向来有这个规矩——榜示的名次是可以随意编排的"。只因其他同学"不甘心在私孩子的后面"，"主任嘱咐先生把天赐降到第十五名，原来他本是第四名"。学潮在《牛天赐传》中更是社会混乱的表现之一，毫无正义性可言。老舍在此显示出与鼓吹学生运动的左翼文学之间的差异，表达了自己对公平、正义、和谐这类有序社会生活状态的向往。

再次，《牛天赐传》通过写亲戚们的不善，表达对暴民的厌憎。牛老太太过世，"吊丧的人很多，可是并没有表现多少悲意，……妈妈死了，一切的规矩也都死了，他们拿起茶就喝，拿起东西就吃，话是随便的说，仿佛是对妈妈反抗，示威呢"。在牛天赐的感受中，亲戚们闹丧的场景，像是吃大户、抢劫，完全颠覆了日常生活秩序，毫无伦理亲情可言。牛老者的本家弟媳妇带着四个儿子大闹牛老太太的丧事，要把牛天赐这个"野孩子"赶出去，目的只是为了争牛家的财产。牛老者最终只能不情愿地花一百块洋钱来平定这场闹剧。《牛天赐传》这一批判传统家族文化残酷性的立场，与鲁迅在短篇小说《孤独者》中写魏连殳的堂兄要赶走老女仆相似。只是老舍更侧重于凸显亲戚不善对正常生活秩序的倾覆，鲁迅更侧重于凸显魏连殳的个体生命孤独感。

最后，《牛天赐传》对乱世的批判，还体现在为传统商业秩序在现代商业的无序竞争中受挫感到惋惜的立场上。牛老者，"他相信那些老方法，在相当的程度上他也货真价实。可是他赔了钱。那些卖私货的，卖假货的，都赚。商人得勾结着官府，甚至得联着东洋人"。隐含作者在此与牛老者一样，从外视点看现代商业竞争，表现出不解、排斥的心态，视之为无序、混乱。作品从内视点写传统商人的迷惘、无奈，表现出为之扼腕叹息的同情态度。《牛天赐传》在此重现了与老舍同时期短篇小说《老字号》相似的主题，展示了隐含作者重视传统商业秩序中合理的一面，而在传统商业秩序与现代商业竞争的比较上偏于文化守成的保守态度。

总之，老舍在《牛天赐传》中通过批判种种乱世景象，表达了对合理社会生活秩序的向往。其笔下的乱世景象，既有古今一致的兵乱场景，也有传统大家族内的钩心斗角，还有现代学校中的混乱景观、现代商业圈的无序竞争。从中可以看出，老舍的社会文化批判，以追求合理的社会秩序为旨归，并不拘泥于单一的文化进化立场或文化守成立场。《牛天赐传》所向往的常态社会生活秩序，并无带有专制性质的君权秩序、父权秩序、男权秩序，在文化守成立场上坚守的是那一类可以从传统向现代转化的价值。《牛天赐传》所向往的常态社会生活秩序，亦无暴乱的冲动，而是内含着和谐、公平、正义的合理性诉求。这正是我们当下社会文化建设中亟须重新拾取的重要思想资源。

第三个方面：《牛天赐传》还通过辨析市民"官派"的人生态度，肯定追求公平合理、注重礼义廉耻的交往理性。

《牛天赐传》重笔塑造了牛天赐养母牛老太太的"官派"形象。她的"官派"包含三个层次。第一个层次是做官的人生理想。牛老太太殷切希望儿子长大了能做官，光宗耀祖。抓周的时候，她希望儿子能抓代表官运的小铜图章、笔与书。临终时，她把小铜图章郑重地交给儿子，嘱咐儿子"要强，读书，作个一官半职的"。作品由此嘲讽了市民阶层平庸的人生观。牛老太太"官派"的第二个层次是盛气凌人的作风。"她的娘家是作官的。虽然她不大识字，她可是有官气。她知道怎样用仆人，怎样讲排场，怎样讲身份。""她有官气——世界上的一切是为她预备好的，一招手就得来，什么都有个适当的地方，一丝不乱的等候着命令。"与牛老者相比，"牛老太太比他厉害得多，可是偏偏投了女胎，除了欺侮老伴儿，简直没有英雄用武之地"。对牛老太太这种以气势压人尤其是压丈夫的做派，隐含作者也通过讽刺性的描述语言表达了自己的反感，作品由此从反面建构起人与人之间和气谦和的交往准则。牛老太太"官派"的第三个层次则是与人交往按照规矩办事、追求公平合理、注重礼义廉耻。文本对此的叙述态度是调侃与赞赏相结合，在不乏幽默中礼赞了合理的交往理性。首先，作品赞赏牛老太太在经济利益上不亏待他人、讲究公平交易的处事原则。在处理家庭对外事务上，牛老太太精明利索，把气势强盛与大大方方花钱均视为"官派"应有的气度。她在给仆人开工钱、给老师送束脩、给介绍人发赏钱的问题上，均强调按规矩办事，讲究"以好换好",毫不吝啬。在牛老太太的"官派"面前,介绍人"……败下阵来,可是知道自己并没吃亏,太太的办法正碰在痒痒筋上"。介绍人心中对牛老太太的评价是"能非常的慈善,同时眼里又不藏沙子"。作品从相关人士对牛老太太的满意态度上、从作品的叙述语调上,表达了对这种遵从合理规矩、公平待人的处事态度的赞赏。其次,作品推崇牛老太太注重脸面、把尊严看得高于实际利益的处事原则,并为这一原则在现代社会的受挫表示伤感。牛天赐在学潮中被学校不合理地开除了,牛老太太"象位太后"似的到学校去把主任训斥了一通。"在精神上,胜利是她的;事实上,她的高傲的办法使得主任得去便宜。她这种由人格上进攻的战法,在二十年前或者还能大获全胜;主任是读书要脸面的人呀,按老规矩说。按老规矩,王朗是可以被骂死的呀。可是,现在的主任只求事情过得去:开除了,学生不要求回来,这岂不很顺手;骂几句算得了什么?老太太白费了力气,没把主任怎样了。她觉得她该死了。她一辈子站在礼义廉耻上,中等人家的规矩上,现在这些似乎已不存在了。她越想越气。"作品在此树立了注重脸面、注重礼义廉耻的交往理性,体现了继承传统文化中合理的道德资源、否定现代商业社会功利化倾向的价值取向。

  作品不仅通过直接描写牛老太太的言行来表达对其所遵从的合理交往理性的敬意,还通过牛天赐对母亲规矩的怀想,从侧面强化了这一价值取向。作品理解牛天赐儿时对母亲的规矩颇感束缚,从而表达了尊重儿童渴望自由天性的现代思想;作品也认同牛天赐在混乱世界中怀想妈妈规矩的想法,从而表达对合理交往理性的向往。牛天赐在学校里受孩子们欺负,心想:"妈妈的专制是要讲一片道理的,这群小孩是强暴而完全不讲理。……逐渐的他学着妈妈的办法判断别人:'这小子,没规矩!'到他自己作了错事,他才马马虎虎。""妈活着,他恨那些规矩;妈死了,他找不着规矩了,心中无倚无靠,好似失了主儿的狗。"正因为在牛老太太的"官派"中有合理交往理性的内涵,她才不像老舍创作中的另一个"官派"女性人物——《四世同堂》中的大赤包那样成为一个完全的反面角色。牛老太太是一个受到隐含作者的调侃、批评但最终仍然深得隐含作者喜爱的北京市民的典型。

  《牛天赐传》从人的自我规划、人对社会的要求、人与人之间的交往三个层面建构现代理性价值。作品倡导人自律自为、勤勉奋斗的精神，在人的职业选择上表现出重商轻官的价值取向。作品还呼唤公平、正义、和谐的社会秩序，建构人与人之间公平交往、注重个体尊严的交往理性。《牛天赐传》的根本价值取向是建构现代文明。

二　建构超理性价值

现代理性精神是现代社会确立的根基，但现代文化在维护理性价值的同时，最终也深谙人的主体性不仅应该包含理性精神，还应当包含非理性冲动、超理性需求；现代文化建设不仅应该确认理性价值，还应该确认部分非理性价值、部分超理性价值。老舍《牛天赐传》在为现代理性价值呼喊的同时，也通过阐释超理性价值开拓出了人的存在的新境界。

第一，《牛天赐传》在赞赏无为无不为的人生态度中反思理性世界的僵化性质，建构超理性境界。这典型地体现在牛老者的形象塑造上。

牛老者是个极普通的商人，毫无"官派"，长相不体面，为人随和，处事经商似乎都随随便便、马马虎虎，没有非要坚持不可的原则，也不斤斤计较，但在商业上却无往而不胜。"假若他是条鱼，他永远不会去抢上水，而老在泥上溜着。""这可并非是说，他是个弱者，处处失败。事实上，他很成功。他不晓得怎么成的功。他有种非智慧的智慧，最善于歪打正着。……对什么他也不是真正内行，哪一行的人也不诚心佩服他。他永远笑着'碰'。可是多少回了，这种碰法使金钱归了他。"作品并没有深入去探究牛老者商业成功的内在奥秘，而是通过外视点描述其似无为却无往而不胜的经商状态，表达对超理性智慧的赞赏。

牛老者是与牛老太太对位的人物。作品让牛老者的随和、马虎与牛老太太的强势、规矩多形成对比。作品从牛天赐的角度看："妈妈是条条有理，不许别人说话；爸爸是马马虎虎，凡事抹稀泥。天赐就是在一块铁与一块豆腐之间活了七岁。"隐含作者在赞赏牛老者与嘲讽牛老太太中反思了理性世界的僵化特质。但作品对牛老者超理性智慧的赞赏并没有走向反理性，而是让超理性智慧构成对理性价值的有益补充。这体现在两个方面：首先，牛老者的无为中包含着有为，其无为的价值认定依赖于结果上的有为。即牛老者的稀里糊涂不过是他通向成功的途径，不是彻底的超越、淡然。其次，牛老者的无为，虽然处处与牛老太太的有为形成对比，但根本上还是依赖牛老太太的有为而存。牛老太太过世后，牛老者失去了这一可以依赖的对立面，便侧重凸显出自己有为的一面。因此，牛天赐"只觉得妈是在爸身上活着呢，爸和妈一样的厉害了"。

《牛天赐传》在塑造牛老者这一传统商人的形象时，所汲取的超理性资源是以老子《道德经》为代表的那一脉"无为无不为"的中国传统道家智慧，不是《庄子》那种"坐忘""见独"的超然生命境界。这种超理性资源更不同于现代文化普遍彰显的人的下意识冲动等非理性意识。这也从一个方面显示出老舍在现代文化建构方面的文化守成心态。

第二，《牛天赐传》在肯定幻想的合理性中守护心灵的多重需求、开拓生命存在的诗意境界。

牛天赐自幼擅长在想象中忘却现实的困境，在闹着玩儿中寻找人生的趣味。作品并没有批评他这种逃避现实、自欺欺人的精神状态，而是理解弱者需要通过幻想来抵御现实无奈的心理需求。作品在人忘却现实困境的幻想中开发出了生命存在的诗意境界，丰富了人的主体性内涵。

幼时，牛天赐因腿慢而被同学们排斥在游戏之外，"自然他会用想象自慰，而且附带着反抗看不起他的人：'你等着，有一天我会生出一对翅膀，满天去飞，你们谁也不会！'"闹学潮的时候，牛天赐沉浸在刺客来临的幻想中，"抱着竹板刀，在大门内站着，……他十分的真诚"，觉得自己"是行侠作义的真黄天霸了"。父亲死后，恶亲戚持刀抢劫牛家，"天赐不敢动，呆呆的看着男女们往外搬运东西，……看着看着，天赐感到了趣味，他欣赏他们给他的地位——大家好象都是他的仆人，而他监督着他们给搬家呢，他的身分很高。虽然刀子始终没离开他的身旁，可是他觉得他须及时的享受，他微笑着，有时还帮句嘴儿：'掉地上一把扇子，老太太。'他惹不起他们，可是他会想象着乐观"。

在想象中乐观，牛天赐面对压迫的态度与阿Q何其相似；而老舍的价值判断与鲁迅何其不同！在想象中乐观，丝毫不能改变牛天赐的现实处境，也产生不出对抗恶势力的精神力量，但隐含作者并没从精英知识分子的启蒙立场出发去批判弱者的这种"精神胜利法"，而是在调侃中善意地理解了弱者在严酷的环境中需要生存下去、需要保护自己心灵免遭屠戮的精神需求。老舍在人不直面惨淡人生真相的生存态度中，看到的不是人的精神委顿，而是生命飞翔的欢欣。作品由此开发出人存在的一种诗意：在忘却现实窘境中建构精神自由的境界，在幻想中保存自我的主体性。老舍这种理解幻想的诗意言说，与鲁迅的国民性批判立场，分别从超理性精神需求与理性追问的角度守护了生命的合理存在方式，都是中国现代文化的宝贵资源。

第三，在幽默戏谑的叙事态度中建构达观的人生态度。

《牛天赐传》的写作态度，既有严肃的现实人生关怀，也有明显的游戏性质。隐含作者、叙述者有时完全沉醉于幽默戏谑。这既体现了老舍直面乱世只能无奈地从自己的内心求达观的心情，也在一个层面上赋予游戏建构生命本体价值的意义。肯定游戏这一人生态度的正面价值，作品实际上就弘扬了超理性价值。尽管老舍自己在谈创作时对这种游戏态度并不满意，自我反思说"故意招笑与无病呻吟的罪过原是一样的"[①]，但在1933年已经写出《离婚》这种"把幽默看住了"[②]的优秀作品后，1934年又回头来写《牛天赐传》这种不时沉醉于戏谑的小说，一方面固然有《论语》半月刊连载这种形式规范的引导[③]，另一方面也体现了老舍心灵中确有不被自己理性所认可的游戏于文字的精神需求。这是老舍对满族文化血脉的自然承传[④]。它也说明了幽默戏谑是人类不可抑制的非理性需求。

《牛天赐传》以戏仿英雄传奇的方式写牛天赐这样一个私孩子的传记，只叙

---

① 老舍：《我怎样写〈牛天赐传〉》，原载《宇宙风》1936年第22期；转引自《老舍研究资料（上）》（曾广灿、吴怀斌编），北京．知识产权出版社，2010年版，第479页。
② 老舍：《我怎样写〈离婚〉》，原载《宇宙风》1935年第7期；转引自《老舍研究资料（上）》（曾广灿、吴怀斌编），北京．知识产权出版社，2010年版，第470页。
③ 老舍在《我怎样写〈牛天赐传〉》中说："我的困难是每一期只要四五千字，既要顾到故事的连续，又须处处轻松招笑。为要达到此目的，我只好抱着幽默死啃……"
④ 关纪新的《老舍文学艺术之中的满族文化调式》对此有深入的阐释。见关纪新：《老舍与民族文化》，沈阳．辽宁民族出版社，2008年版，第222—263页。

述百姓生活琐事，不与宏大历史挂钩，从而颠覆了英雄传奇的正统性、贵族性、神圣性。作品充满民间谐趣，其幽默格调不同于林语堂所倡导的绅士阶层的冲淡式的幽默①，而更富于语言狂欢的意味。这种语言狂欢，使得《牛天赐传》不同于其同时期创作那种以悲郁为幽默之内核的主调②，显得轻松活泼。其中固然有少数"油腔滑调"③之处，如"拿奶妈的介绍人开的玩笑（称之为'驴'并反复借代）"④，但就整体而言，《牛天赐传》那些全知第三人称叙述者高高在上的语言狂欢，有时虽然并不指向严肃的现实人生追问，只是展示隐含作者轻松戏谑的喜剧趣味，却也并没有什么恶俗的情调，而能给人以精神愉悦。如因传记文学在传统上只写英雄就以"英雄"称谓调侃普通孩子牛天赐，如对牛天赐"换毛的鸡""隐士卖梨""狗长犄角"的善意嘲笑⑤。《牛天赐传》的这些轻松戏谑，往往与情节浑然一体，并不像老舍最早的创作《老张的哲学》那样，戏谑常常因与情节脱节而造成小说结构的拖沓。《牛天赐传》的轻松戏谑应该视作老舍之幽默的一个成功代表。这类轻松戏谑与以悲郁为内核的幽默是老舍幽默风格的双峰。

总之，《牛天赐传》不是通过张扬个性、为人的下意识冲动辩护的方式来建构超理性价值的，而是通过对中国传统道家哲学的回归，通过对弱者心灵诗意的发掘，通过戏谑的言说态度来寻找超理性的资源。

《牛天赐传》的超理性价值取向是对其理性价值取向的补充，其超理性价值

---

① 林语堂认为："讽刺每趋于酸腐，去其酸辣，而达到冲淡心境，变成幽默。"见林语堂《论幽默》，载《林语堂散文》（林语堂著、范炎选编），杭州：浙江文艺出版社，2000年版，第64页。
② 孙洁认为老舍幽默的特点在于"以悲郁为内核的幽默"，并以《猫城记》《离婚》《骆驼祥子》等作品为例，展开了细致而富有说服力的分析论证。见孙洁：《世纪彷徨：老舍论》，南昌：百花洲文艺出版社，2003年版，第46—52页。
③ 老舍曾说："油腔滑调是我的风格的一大毛病。"见老舍：《〈老舍选集〉自序》，原载1950年8月20日《人民日报》；转引自《老舍文集》第十六卷，北京：人民文学出版社，1981年版，第220页。
④ 孙洁：《世纪彷徨：老舍论》，南昌：百花洲文艺出版社，2003年版，第40页。
⑤ "换毛的鸡""隐士卖梨""狗长犄角"分别是《牛天赐传》第九章、第二十三章、第二十四章的标题。见《老舍文集》第二卷，北京：人民文学出版社，1981年版，第429页、第530页、第537页。

取向并没有对其理性价值取向形成根本性的颠覆。《牛天赐传》所建构的理性价值，强调人的自律自为，呼唤合理的社会秩序，追求公平正义。这是现代文化的重要基石。《牛天赐传》所建构的超理性价值，开拓了生命存在的诗意境界。《牛天赐传》通过呼唤现代理性价值和超理性价值，从一个不可或缺的角度参与了中国文化的现代化建设，展示出思想内涵的丰富性。

原载《中国文化研究》2013 年第 2 期

乐生旷达，优雅风趣

——梁实秋散文论[*]

梁实秋的散文大致分四类：一类体会日常生活趣味，代表作品如《雅舍》《聋》《理发》《下棋》《白猫王子五岁》等；一类对社会现象进行文明批评，代表作品如《旁若无人》《排队》等；一类怀人忆旧，代表作品如《槐园梦忆》《清华八年》等；一类是读书札记，如《莎士比亚与性》《约翰孙的字典》等。前三类是作家直接面对现实生活的人生感怀，第四类是作家对书本知识的感悟介绍，也间接折射出作家对现实人生的看法。梁实秋散文以第一类数量最多。

梁实秋散文擅长以旷达幽默的态度对日常事物、世相人情、人生境遇进行审美把握，从而在对日常生活的眷顾中建立起超越世俗功利的人生境界，由此展示出作家乐生旷达、优雅风趣的自在情怀。

---

[*] 本文所引梁实秋作品，全部出自梁实秋：《梁实秋精选集》，北京．北京燕山出版社，2006年版。

一　乐生旷达，从容优雅

梁实秋的第一本散文集名为《雅舍小品》，"雅舍散文"后来成为梁实秋散文的特定称谓。尽管"雅舍"是住宅名，与梁实秋散文的风格无关，但优雅又确实是梁实秋散文的基本格调。梁实秋散文的优雅风格并不来自对世俗生活的摒弃、反抗，恰恰相反，他的散文始终不排斥日常的世俗生活，而优雅正是来自对待日常世俗生活的旷达态度。这种旷达便是乐生而不偏执，对世俗生活持一种超功利的有情态度。其情满而不溢，文章便由此产生一种从容优雅的美。

首先，梁实秋对随缘而遇的外界事物持旷达有情的态度。这些外界事物，如20世纪40年代在四川所居的"雅舍"、七八十年代在台北所养的白猫黑猫等，有两个共同特点：第一，它们都不是梁实秋悉心求索之所得，不过因某种因缘相遇；第二，这些事物从现实功利角度看都不是什么名贵之物。梁实秋对待它们的态度也有两个特点：一是有缘便有情，相遇便报之以喜爱关怀之心；二是虽喜爱但并不偏执，情感是有节制的。总之，作家对待这些事物的态度是温馨而又旷达的。

> 我不论住在那里，只要住得稍久，对那房子便发生感情，非不得已我还舍不得搬。这"雅舍"，我初来时仅求其能蔽风雨，并不敢存奢望，现在住了两个多月，我的好感油然而生。虽然我已渐渐感觉它并不能蔽风雨，因为有窗而无玻璃，风来则洞若凉亭，有瓦而空隙不少，雨来则渗如滴漏。
> （《雅舍》）

"雅舍"在房子"蔽风雨"的功能上比较欠缺。梁实秋对它的恋眷之情，只因"住得稍久"的缘分而生，完全超越实用的现实功利目的。这样，作者便在对住所这种世俗物质的眷顾之中建立起了超越世俗的优雅态度。与刘禹锡的《陋室铭》比，梁实秋在《雅舍》中并没有强调"谈笑有鸿儒，往来无白丁"的文化精英感，也没有着意建构"唯吾德馨"的道德自豪感。他虽铺陈雅舍的种种特点，但归根结底，有情还是缘于"住得稍久"的缘分。此中作者表露的是一种乐生健康、随缘欢喜的生命态度。

白猫王子是梁实秋晚年散文中的名猫。然而，它只是一只流浪到家门口的台湾土猫，并非什么名品，但相伴便是缘分，梁实秋并不以别人品猫的标准来左右自己的感情，也不以占有的态度来苛责宠物，先后写了《白猫王子五岁》《白猫王子六岁》《白猫王子七岁》《白猫王子八岁》《白猫王子九岁》《白猫王子》等多篇散文记述其行状，表达自己的温情关爱。如：

> 猫有时跳到我的书桌上，在我的稿纸上趴着睡着了，或是蹲在桌灯下面藉着灯泡散发的热气而呼噜呼噜的假寐，这时节我没有误会，我不认为他是有意的来破我寂寞。是他寂寞，要我来陪他，不是看我寂寞而他来陪我。……我们只好"片时欢乐且相亲"，愿我的猫长久享受他的鱼餐锦被，吃饱了就睡，睡足了就吃。(《白猫王子五岁》)

关爱一只猫而至于理解猫自身的生命逻辑，这里，梁实秋显示了他超越自我中心意识、关爱一切生命的有情态度和广博胸襟。

尽管喜爱"雅舍"、喜欢猫，梁实秋并没有产生不忍分离的执着欲念。"雅舍""聚蚊成雷"，但梁实秋说：

> 冬天一到，蚊子自然绝迹，明年夏天——谁知道我还是否住在"雅舍"！(《雅舍》)

> "雅舍"非我所有，我仅是房客之一。但思"天地者万物之逆旅"，人生本来如寄，我住"雅舍"一日，"雅舍"即一日为我所有。即使此一日亦不能算是我有，至少此一日"雅舍"所能给予之苦辣酸甜，我实躬受亲尝。(《雅舍》)

这种有情而不偏执的情感，亦是一种生命的健康。它说明创作主体既有包纳随缘之物的胸襟，又能不为物所困。若有情若无情的态度中，梁实秋建立起了人与外部事物的温馨关系，又拒绝了物对生命的操控、异化。

注重体会自我与日常事物的随缘关系，而不建构自我的精英角色意识、不强调自我的道德优越感，梁实秋散文在文化心理上承传的显然是中国古代文人中的名士传统[①]，而区别于在道德人格上以圣贤品格自律自傲的儒士传统。有情而又

[①] 汪文顶在《春华秋实　圆熟雅致——略论梁实秋的散文》一文中评价《雅舍》的艺术风貌说："这样的人品文调，当属于旷达俊逸、优雅淡远之类吧，与中国名士风一脉相承。"见汪文顶：《现代散文史论》，福州. 福建教育出版社，1994年版，第270页。

不执着，梁实秋的人生态度显然还受到了佛家色空观念、因缘观念的潜在影响。强调事物与自我的缘分，而不在意事物本身的品牌等级，梁实秋的文化心理显然更接近雅在我心的传统雅士，而区别于当下对日常生活进行审美化、讲究品牌等级的"小资"。

随缘欢喜、旷达有情，梁实秋写物的名篇因为蕴含丰富的人生观内涵而显得蕴藉丰腴。人生观内涵的厚薄，也决定了他写物散文的艺术成就并不均等。《雅舍小品》《雅舍散文》各集的成就远胜《西雅图札记》诸篇。究其原因，是因为梁实秋介绍美国风物的时候，往往只有好奇心和知识欲在起作用，并未投注更多的人生观内涵去与异域之物做深层精神交流，并未升华到对事物韵味的把握上。而在写本土风物的时候，梁实秋把自己由中华文化浸染而凝成的人生态度贯彻到了对物的态度上，达到了物与神游的境界，因此能顾盼生辉，点化平凡之物为神奇。晚年在台北回忆北平风物，除随缘乐生的有情态度之外，梁实秋还熔铸进了深厚的故土之思，因此即便只是谈食物，文章也仍不失蕴藉有味。

除对外界事物，梁实秋还对人生状态、自我生命境遇也持有情旷达的态度。理发、散步、请客、旅行、听戏、拜年、饮酒、下棋，以及中年、老年、退休乃至聋，都是他津津乐道的散文题目。这些平常的人生状态，他经历过之后，又在散文中体验其况味。这艺术的体验与描述，对于梁实秋而言，不是对日常生趣的否定，而是对日常生活中体现出的生之趣味的精粹提炼与重新回味，使之升华出超越现实的韵味，从而充分体现出梁实秋热爱现世人生、注重生趣体验的乐生态度。因此，汪文顶认为："他抒写闲情逸趣，表达的是安时处顺、自由自在的人生襟怀、恬淡心境和生命情调，不避世归隐而自有雅人深致。"[①]

同样注重体验日常生活趣味，梁实秋与时时感到人生之路的终点是死、觉得人在现世中总是寂寞孤独的周作人不同，死亡在梁实秋的感觉世界里并没有构成生的阴影。这一点，梁实秋继承了中国传统文化"未知生，焉知死"的思路。他只是体验生趣，并不思考生命的终点问题；而且，生之种种趣味，在梁实秋的感

[①] 汪文顶：《春华秋实　圆熟雅致——略论梁实秋的散文》，载《现代散文史论》（汪文顶著），福州．福建教育出版社，1994年版，第278页。

觉世界中营造出温馨的气氛，使得人无论是独处还是群居都不感到孤独寂寞。这样，梁实秋对人生况味的审美体验，就不像周作人散文那样总带着苦味和涩味。

最能充分体现梁实秋这种乐生态度的，莫过于他对自己耳聋状态的体会。散文《聋》中，梁实秋说："我虽然没有全聋，可是也聋得可以。"但对此他丝毫没有哀戚之心。他津津有味地介绍自己如何听不见闹钟、门铃、电话铃所带来的麻烦，饶有趣味地讨论耳聋是否足以避飞短流长的问题，最后他说：

> 安于聋聩亦非易易。因为大家习惯了把我当做一个耳聪的人，并且不习惯于和一个聋子相处。看人嘴唇动，我可不敢唯唯否否，因为何时宜唯唯，何时宜否否，其间大有讲究。我曾经一律以点头称是来应付，结果闹出很尴尬的场面。我发现最好的应付方法是面部无表情，作白痴状。瞎子常戴黑眼镜，走路时以手杖探地，人人知道他是瞎子，都会躲着他。聋子没有标帜，两只耳朵好好的，不像是什么零件出了毛病的人。还有热心人士会附在我耳边窃窃私语，其实吱吱喳喳的耳语我更听不见，只觉得一口口的唾沫星子喷在我的脸上，而且只好听其自干。

梁实秋并没有因年老耳聋而产生生命即将终结的焦虑感，没有因耳聋感喟自我生命已不完整。他把耳聋当作一种崭新的人生经验来享受并且与读者分享。耳聋所带来的不便，在这篇散文中变成了生趣的一种。作家旷达乐生的精神在此达到了巅峰。

虽然没有面对生命有限性的焦虑感，但梁实秋并未在直面死亡之后建构起超越生命有限性的人生哲学。他只把注意力集中在生之趣味的欢欣中，而对生命的有限性视而不见。心境不因生老病死而趋于黯淡，始终保持对人生的勃勃兴致，梁实秋的人生观是最健康开朗的人生观。在种种人生趣味的体会中，建立起并不对抗日常生活的超越意识，梁实秋的人生观具有了形而上的哲学高度。回避了对死亡问题的思考，摒弃了个体孤独感的体验，梁实秋的人生哲学并不是一种向死而生的人生哲学。这又使得此种人生哲学在形而上的深度上显出它的有限性。具有一定的超越意识，但并不彻底，这正是梁实秋散文在人生哲学深度方面的特点。

二　幽默风趣，亦庄亦谐

现实生活中的人生经验有令人愉快的和令人不愉快的两类，梁实秋凭着随缘乐生的人生态度，在散文创作中均把它们升华为生之趣味，从而造就了令人愉悦的艺术效果。

令人愉快的人生经验，如"'雅舍'最宜月夜"(《雅舍》)、青岛"真正令人流连不忍去"(《忆青岛》)、新年装上为聋者服务的电话(《新年乐事》)等，是梁实秋散文中状写的生趣；但是梁实秋最擅长的乃是化腐朽为神奇，使得令人不愉快的人生经验，如理发，如为客所苦，如邻居的声音干扰，如下棋时对方不动声色，如自己的耳聋，等等，经过艺术点化均变成津津有味的生之趣味，而用以点化的"法宝"就是作家的幽默感。如：

> 如果你交一个刽子手朋友，他一见到你就会相度你的脖颈，何处下刀相宜，这是他的职业使然。理发匠俟你坐定之后，便伸胳膊挽袖相度你那一脑袋的毛发，对于毛发所依附的人并无兴趣。一块白绸布往你身上一罩，不见得是新洗的，往往是斑斑点点的如虎皮宣。随后是一根布条在咽喉处一勒。当然不会致命，不过箍得也就够紧，如果是自己的颈子大概舍不得用那样大的力。头发是以剪为原则，但是附带着生薅硬拔的却也不免，……(《理发》)

理发本有不舒适的一面，但梁实秋在叙说的时候，故意夸大了自己的不愉快，把理发行为夸张为施虐行为，从而产生谐趣的效果，令人忍俊不禁。此种幽默夸张，并不导向对理发师的批评，却使得理发中稍稍有点不适的人生经验，在艺术地进行回味时转换成了给人精神享受的人生况味。

梁实秋一贯被人视为文明批评的那一类散文，实际上并不以批评的思想力量见长，而仍以点化负面人生经验为人生谐趣见长。"对于世俗生活之丑陋现象的玩味和幽默"[①]，是梁实秋散文的重要内容。《旁若无人》《排队》《谦让》等文对国人的某些不良习性均有所批评。《旁若无人》中，他批评有些人看电影的时候用

[①] 汪文顶:《春华秋实　圆熟雅致——略论梁实秋的散文》，载《现代散文史论》(汪文顶著)，福州．福建教育出版社，1994年版，第271页。

脚尖抖别人的椅子,批评有些人打哈欠的时候"把口里的獠牙露出来"、还"带音乐的",批评有的人漱口说话声音太大以致打扰了别人的清静。最后他希望人们能提醒自己"这世界上除了自己还有别人"。《排队》中,他批评有些人"不守秩序、不排队"的习惯。《谦让》中,他批评"一般人处世的一条道理,那便是:可以无须让的时候,则无妨谦让一番,于人无利,于己无损;在该让的时候,则不谦让,以免损己;在应该不让的时候,则必定谦让,于己有利,于人无损"。梁实秋批评的现象都是日常生活中的各种不文明行为。他要么只限于对现象的批评,根本没有兴趣由此进一步对世道人心、社会历史做深入剖析;要么对这些现象后面的心理动因略有分析,但也只是浅尝辄止,仍不以思想的犀利深刻见长。梁实秋进行文明批评的理性热情在散文中总是被他的谐趣心怀、幽默兴味所分散。他一面理性地进行文明批评,一面又超越道德理性,对这些不文明现象做审美点化,使之变成人生趣味之一种。如:

> 在电影院里,我们大概都常遇到一种不愉快的经验。在你聚精会神的静坐着看电影的时候,会忽然觉得身下坐着的椅子颤动起来,动得很匀,不至于把你从座位里掀出去,动得很促,不至于把你颠摇入睡,颤动之快慢急徐,恰好令你觉得他讨厌。大概是轻微地震罢?左右探察震源,忽然又不颤动了。在你刚收起心来继续看电影的时候,颤动又来了。如果下决心寻找震源,不久就可以发现,毛病大概是出在附近的一位先生的大腿上。他的足尖踏在前排椅撑上,绷足了劲,利用腿筋的弹性,很优游的在那里发抖。(《旁若无人》)

这段描写批评了电影院中抖腿这种不文明行为,但作家在写作的时候突出了"我们"探寻颤动原因时的好奇心,这就使得"我们"原本"不愉快"的感受转换成一种足以改变日常生活单调性的、新奇的人生经验。感受上的新奇性与行为的不文明性在价值取向上形成落差,文章便产生了亦谐亦庄的艺术魅力。尽管作家最终用"旁若无人"来归结抖腿者的心理动因,然而这"对人心的讥嘲是轻微的,但是散文的幽默趣味却是浓烈的,独特的"[①]。对人心的讥嘲尽管轻微,从中却仍

[①] 这本是孙绍振对梁实秋《不亦快哉》一文的评论,见《散文中抒情与幽默的冲突——当代幽默散文考察之四》,载《当代中国文学的艺术探险》(孙绍振著),福州.福建教育出版社,1998年版,第311页。

然体现出梁实秋崇尚文明的价值取向；而幽默的态度则显出创作主体心态上的优游自在，造成散文艺术上的魅力。正面趣味只建立在"我们"的心理好奇上，理性判断上仍把损人行为归为负面行为，梁实秋散文的幽默便完全避免了恶俗的可能，显得谑而不虐、优雅风趣。

梁实秋的《女人》《男人》等散文名篇，均应从幽默散文的艺术追求上理解作家的兴味所在，不可把它们坐实为性别研究的思想杂文。《女人》说"女人喜欢说谎""女人善变""女人善哭""女人胆小""女人聪明"等，《男人》说男人脏、"男人懒""男人多半自私"、男人好议论女人等。这些观点如果严格从理性批评的角度看，显然失之于以偏概全，犯了本质主义的错误。然而，故意而连续地以偏概全并进行夸张铺陈，恰好造成幽默的趣味。显然，梁实秋的本意并不在于研究女人和男人的性别特质、性别差异，他不过是顺手借用对女人、男人的通行看法，而用自己的幽默感来点化诸种人性特征，尤其是负面的人性特征，在或为之辩解、或对其微讽中既投注自己的人性观念，更灌之以自己从谐趣偏好中流露出的勃勃人生热情，从而使作品显得兴味盎然、生机勃勃。

梁实秋不仅以幽默趣味对待他人所呈现出的世相人情，而且长于自嘲。梁实秋在《老年》中戏谑地夸张自己的老丑，在《聋》《白猫王子五岁》中津津有味地描述自己的耳聋，均令人忍俊不禁。故而，孙绍振认为："在实践中，用戏谑性自嘲，在艺术上创造完整的软幽默风格，而且影响了台湾、香港一代幽默散文家的当推梁实秋。"①

梁实秋固然为一代幽默散文大师，但亦有幽默不当的时候，这便是当他以幽默的态度观照某些人生困境或困窘者的时候。《乞丐》中，他以亦庄亦谐的态度发掘乞丐生活的正面价值："他的生活之最优越处是自由；鹑衣百结，无拘无束，街头流浪，无签到请假之烦，只求免于冻馁，富贵于我如浮云。"无论是庄还是谐，这里都透出绅士对困窘者缺少同情理解的隔膜心肠。《穷》一篇说到"人越穷，越靠他本身的成色……人穷还可落个清闲……"，这样的话不是用以自嘲，

---

① 孙绍振：《论台港和大陆散文中之硬幽默和软幽默——当代幽默散文考察之五》，载《当代中国文学的艺术探险》（孙绍振著），福州．福建教育出版社，1998年版，第335—336页。

而是用以设想别人的处境，便同样在貌似温厚中显出隔膜乃至冷漠来了。但这类散文在梁实秋散文中数量极少。

生活中某些沉重的东西原不宜以戏谑态度使之趣味化。梁实秋对自己生命中真正难以超越的沉重便取严肃而非幽默的态度。《槐园梦忆》是悼亡之作，梁实秋长歌当哭，回忆自己与亡妻程季淑一生相伴的情缘。文章不改雅舍散文关注日常生活、少写略写时代历史重大事件的特色，却一改其散文幽默达观的态度，"衷心伤悲，掷笔三叹"（《槐园梦忆》），其情感人至深。

梁实秋的散文就整体风格而言，旷达乐生，幽默风趣，而又从容优雅。这根源于他的人生态度，也有赖于他的学养。

原载《海南师范学院学报》2007 年第 5 期

贾平凹《怀念狼》的
原始思维与概念化写作问题*

在当代自然生态文学的创作与研究中，克服人类的主体霸权、尊重自然和其他物种这个基本原则，已成共识。但是，如何把这一原则落实下来，做到既超越人类的主体霸权又关怀人类的生存处境，既尊重其他物种的主体性又直面各物种间的食物链关系，仍是亟待深入探讨的问题。人类与其他物种共同生活在地球上，相互间的关系是多维度的，并非只要号召人类放下屠刀、拥抱大自然就可以建成与其他物种和谐相处的理想乐园。因为各物种的生存方式是交叉互渗的，其关系至少有如下三个层面：第一个层面，由于彼此间是互利共生的，因此也是相互依赖的；第二个层面，由于彼此间存在食物链关系，因此也是相互杀伐竞争的；第三个层面，彼此间可能是相互交感的，因此存在着精神上的多种共鸣。人尊重其他物种的主体性，既可以凭借现代科学思维尊重物种间的平衡发展关系，凭借科学知识理解人与动物之间的感应性，也可以回到原始思维和诗性思维中体

---

* 本文所引《怀念狼》文本，全部出自贾平凹：《怀念狼》，北京．作家出版社，2000年版。

验人与物之间丰富多样的精神共通性，想象人与其他物种之间的转换性。人如何对待其他物种，人在与万物的关联中如何确定自我的位置，人如何在领会其他物种的生存方式中拓展自己的生存境界，此中涉及的诸多价值判断皆需要回到人与其他物种共处的具体生存境遇中，在尊重生命的基本立场上，在理解多元文明的基础上，进行深入探讨。

除了价值观是否正确之外，评判自然生态文学还有艺术性的尺度，即作家是否能够把合理的生命观、自然观以丰富的艺术想象而不是以枯燥的概念化方式表达出来。自然生态文学也与其他题材的文学创作一样，需要以探索人类心灵过去未曾达到的生命境界为己任，以塑造以往文学中未曾出现的生动的人物形象为旨归，而不能仅仅满足于演绎正确的生态观念，不能把文学仅仅当作传递生态思想的传声筒。

自然生态文学的价值观问题与艺术性问题并不是截然分开的，而是相互关联、相互影响的。李玫就曾指出，生态写作中的诗性话语既是一种"生命观"、一种"生态伦理立场"，也是一种"审美建构"[①]，也就是说，诗性话语既牵系着生态思想，也关涉作品的艺术构思。本文以贾平凹2000年发表的长篇小说《怀念狼》为例，着重探讨在自然生态写作中，人兽相通的原始思维在生态思想与艺术构思两方面的意义。

《怀念狼》发表不久，温惠宇就敏锐地指出这部作品存在"思想性大于艺术性"的缺憾。他认为《怀念狼》在生态思想方面"旨意高远，蕴含深刻"，但在艺术方面存在"情节单调，直线发展""故弄玄虚，神秘莫测"的缺点[②]。本文认为，《怀念狼》确实存在"情节单调，直线发展"的缺点，但是要改变其概念化写作的状况，除了剔除玄虚内容、完全走现实主义的创作之路外，还有一条相反的艺术路径可能更为可行：解放小说中已然存在但又被压抑着的原始思维，用人兽相通的玄幻想象营构出一个神奇的艺术世界，并在这一想象中探索出一个生命

---

① 李玫：《诗性话语建构与新时期生态写作的本土化生成——以〈额尔古纳河右岸〉为中心》，载《东南大学学报》2017年第19卷第6期。
② 温惠宇：《"狼"的幽远意旨与文本的形而下操作——读析贾平凹〈怀念狼〉》，载《当代文坛》2002年第5期。

存在的独特境界。薛琳、陈晓明等曾经高度肯定《怀念狼》中魔幻性的原始思维的价值①，本文则沿着他们的这一思路进一步探讨《怀念狼》原始思维与概念化写作之间的关系，并就自然生态写作中的原始思维问题展开一些初步的理论思辨。

一 正确的生态理念与概念化写作问题

贾平凹《怀念狼》的可取之处在于传达了关于人与环境的关系问题、人的生命力问题的具有辩证性、复调性的正确理念，但由于作品不能跳出概念化写作的窠臼，因此在艺术水准上并没有达到贾平凹之前创作的《废都》《白夜》《高老庄》等长篇小说的高度，只是展示了作者要超越自己、另辟蹊径的一种不成功的努力而已。

《怀念狼》把人与狼的关系定位为对立又相依存的矛盾平衡关系，让猎人在要不要打死商州地区仅剩的十五只恶狼这一两难境地中进退维谷，从而凸显"人见了狼是不能不打的，这就是人。但人又不能没有了狼，这就又是人"的观点。这就从人类与动物的关系这一角度，勾画出人类当前面临的一种生存困境。它既向人类敲响了保持生态平衡的警钟，警戒人类不能对狼赶尽杀绝；又充分理解人类难以与凶残的狼和平共处的处境，并且呼唤着人类日渐萎缩的原始生命力。《怀念狼》不仅超越了人类要战胜动物的单向思维，也超越了只要人愿意就必定能与狼情意相通这类一厢情愿的天真想象。它既能明了原始生存状态中的残酷、险恶，"终结了人试图通过重归自然完成自我救赎的梦想"②；也能正视现代生态文明思想对原始生命力的压抑，并且把残酷、险恶当作激发人类生命力量的内在需求，从而在辩证复调之中达到了思想的丰富深刻。贾平凹曾说："人是在与狼的斗争中成为人的，狼的消失使人陷入了慌恐、孤独、衰弱和卑鄙，乃至死亡的境

---

① 薛琳：《〈怀念狼〉与魔幻性》，载《外国文学》2002年第2期。陈晓明：《他"披着狼皮"写作——从〈怀念狼〉看贾平凹的"转向"》，载《文学评论》2015年第1期。
② 陈晓明：《他"披着狼皮"写作——从〈怀念狼〉看贾平凹的"转向"》，载《文学评论》2015年第1期，第15页。

地。怀念狼是怀念着勃发的生命，怀念英雄，怀念着世界的平衡。"① 小说结尾，把狼全打死的雄耳川人，变成了"动不动就发狂"的人狼。《怀念狼》把人必须尊重动物的自然生态伦理与人必须成就自我的生命境界建构结合起来，又把人的生命境界建构展开为人必须兼具文明精神与原始生命力这两个维度，从而避免了思维的偏至单一。

但深刻中正的思想，只是艺术成功的必要条件，而不是充分条件。艺术创造还有其自身的审美规律。如果仅仅把艺术形象当作演绎深刻思想的工具，而不从生命存在的丰富性、多样性上把握人物内心，那么只能导致艺术的僵死。《怀念狼》的致命缺点就是把人物当作思想的传声筒，使不同人物之间的冲突完全成为作家多层生态观念之间的冲突，从而导致人物形象类型化、概念化。

《怀念狼》的核心人物是过去的捕狼队队长、如今的生态环境保护委员会委员傅山。他也是故事内叙述者"我"的舅舅。舅舅的主要内心矛盾，与其两个身份相对应，是保护狼的责任与猎杀狼的欲望之间的冲突，简单明了。而"我"与商州村民，则分别是舅舅傅山内心矛盾两方面内容外化后的承担者。"我"以及站在"我"背后的行署专员，是坚定的生态环境保护者，反对猎杀狼。"我"在和舅舅一起寻找十五只狼、为它们拍照的途中，不断体会舅舅的内心矛盾，并时时出来点醒舅舅的理智，遏止他打狼的冲动，强化他的生态保护意识，抑制他的猎人特征。而商州各村尤其是雄耳川的村民，作为狼祸的受害者，为了保护生命，见狼就打。他们激发起舅舅作为猎人的内心冲动，与舅舅一起打杀了最后的几只狼，最终又因为怀念狼而使自己变成了人狼。"我"和村民的立场对峙就是舅舅心中理智与情感的对峙，也是两种文化观念之间的冲突。村民战胜了"我"，也就是舅舅的猎人冲动战胜了他的生态保护意识。整部小说，主要人物、主要事件的设置完全是为演绎作家关于生态平衡的观念服务的。尽管作家没有对两种对立的观念做出简单的是非判断，从而使二者构成对话，增加了小说的思想张力；而且在这部作品中，"狼既是实在物，又是象征物"，"狼其实是自然的象

---

① 廖增湖、贾平凹：《贾平凹访谈录——关于〈怀念狼〉》，载《当代作家评论》2000年第4期。

征,狼与人的关系其实隐喻着人与自然、人作为主体与对象即客体的关系"[①];但这些丰富的思想内涵并没有给小说的人物形象增加多少灵动的艺术风采。主要人物舅舅、"我"乃至雄耳川村民的形象,基本上没有溢出为作家不能打狼和不能不打狼这两层生态观念服务的范围,他们只不过是为了完成小说先行的生态平衡主题而被作家控制在手中的提线木偶,不具备生命固有的立体感、多面性。这些扁平的概念化人物,因为缺乏生命的丰富内涵,始终无法站立起来与隐含作者构成对话关系;隐含作者也没有把隐含读者预设为对话者,而仅仅把隐含读者假定为等待他慢慢演绎生态观念的被动接受者。总之,主要人物和主要情节的概念化倾向,决定了这部小说从根本上来说只是一部借人物形象提出问题、演绎问题的"问题小说"。

大约是为了弥补主要人物形象概念化所带来的枯燥沉闷,作家特意设置了烂头这个猎人作为舅舅猎人形象的补充。舅舅沉默寡言,严于律己;烂头便诙谐饶舌,好色贪吃,粗鄙直率,热衷于黄色笑话,又对舅舅忠诚崇拜,是一个助手型人物。烂头放任感性的逐色猎食行为,让"我们"寻找狼的旅途妙趣横生,给小说带来了生动的谐趣。设置这个带着小丑喜剧特征的人物形象,小说不失体面地暗暗展示了作者对乡村俗文化的迷恋。但过于追求谐趣,作者又不免让烂头过多地承担乡村俗趣的贯穿者角色,而疏于人物性格的深层刻画。烂头是一个一出场就定型的人物,随着情节的发展,其个性特征只是在同一层面上不断重复,而没有随着情境的变化而发展,最终不免流于表面化。此外,烂头的出现尽管丰富了小说中的猎人形象,使小说具备了庄谐杂糅的多重美学色彩,但烂头既没有对主人公舅舅的思想行为产生什么影响,也没有在情节发展中起到关键性的作用,所以这个诙谐的人物并没有改变整部小说演绎观念的基本走向。

二 被压抑的原始思维

尽管《怀念狼》在人物形象塑造和主题构思上存在概念化写作的弊端,但这

---

① 高玉:《〈怀念狼〉:一种终极关怀》,载《四川大学学报》2002年第5期,第81页。

部作品也内含着突破这种艺术缺陷的性灵之光。那就是对狼的描写完全不受科学知识的羁绊，而进入到原始思维中，由此建构出了人兽相通的神奇境界。遗憾的是，这种神异的原始思维在小说结构中是从属性和碎片化的，终究不能从根本上颠覆小说概念化的艺术缺憾。

这部小说的神来之笔，在于以乡村原始思维写人兽相通的奇幻景象。正如薛琳所言："……魔幻性却是《怀念狼》最显眼的文本特征，是它的创新性和探索性的主要体现。"① 文中既有人与兽的互相幻化，也有人兽之间的情意沟通。舅舅铺床的狼皮在每个关键时刻都有感应功能②；金丝猴变成金发女人来跪谢舅舅的狼口救命之恩；五只狼变成一个老者、两个大人、两个小孩一起到村里偷猪，还要求"我"给他们照相，邀请"我"去做客；一只老狼被村里人赶急了，就变成走亲戚看女儿的老头，被舅舅唾了唾沫之后才现出原形，继而又伪装成猪披好雨衣坐在村人的摩托车后座上；深山的老道为狼治病，狼送金香玉感谢他……这些都不是以传说的形式镶嵌在小说现实描写的缝隙中，而是以"我"亲眼所见为凭据，作为现实存在的一部分展示在小说中。乡村人兽相通的原始思维，对现代文明思维中强调人兽区别的常识构成挑战，在陌生化带来的新鲜感中开启了一扇通往神奇瑰丽的艺术世界的大门，也引导我们重新思考人性与兽性问题，从另一个角度探究人与动物世界的关系。可惜的是，作者并没有充分放开这一思维，让它天马行空地随意挥洒，而是把它压抑在所要演绎的生态平衡观念的主框架中成为一系列点缀，所以它仍然无法从根本上使小说突破"问题小说"概念化的总体艺术局限，只是让小说在各个局部闪耀着艺术灵性的光芒而已。

造成思想观念锁住艺术灵性的根源，是作家思维中祛魅的科学世界观压抑了他的乡村原始思维。《怀念狼》中的现代文明观念既包含不能打狼的生态保护观念，也包含祛魅的科学世界观；《怀念狼》中的原始思维，既包含人不得不打

---

① 薛琳：《〈怀念狼〉与魔幻性》，载《外国文学》2002年第2期，第76页。
② 陈晓明曾经从艺术想象的角度高度评价《怀念狼》中这张具有感应功能的狼皮。他说："小说从开篇困顿平淡的叙述，一步步走向神奇怪异，靠的就是那张狼皮发动的叙述攻势。"见陈晓明：《他"披着狼皮"写作——从〈怀念狼〉看贾平凹的"转向"》，载《文学评论》2015年第1期，第7页。

狼的生存斗争思想,也包含人兽相通的世界观。小说安排现代文明观念的代表者"我"——省报记者子明,来承担小说的叙述者角色,这就让祛魅的科学世界观处于话语权力的优势地位。尽管"我"把人兽相通的景象当作眼见的客观现象来描述,表现了现代文明人对乡村原始思维的认同、退让,但"我"眼见为实的立场中,带着不得不信的论证姿态,带着唯恐他人不信的说服态度,这就不可能达到村民们从来就不曾质疑、无须论证的高度自信、充分沉醉的境界,从而就无法对这一思维中可能产生的似幻似真的神异世界展开更为充分的想象。设置这一文明人主导的叙述结构,有思想和形式两方面的原因。思想方面,这是隐含作者对祛魅的科学立场的谨慎坚守,对原始思维的保守克制。与隐含作者最贴近的人物无疑是这个旁观原始乡村的省报记者子明——"我"。尽管"我"最终以理解的态度旁观了雄耳川人不得不打狼、最终又变成狼的行为,尽管"我"回到州城后变得与现代都市格格不入,但无论如何,"我"终究不是真正的雄耳川人,仍然代表站在现代科学立场上的城里人。这说明隐含作者在身份认同上终究不愿真正逃离现代文明立场,只不过是站在现代文明的立场上到乡村原始思维中去汲取可供吸收的营养碎片而已。形式方面,作品这是在尝试以往先锋作家爱用的文明人窥探原始世界的叙事套路。或许在《废都》《白夜》《高老庄》等作品较多借鉴中国古代世情小说写作艺术之后,贾平凹想改变一下叙事策略,进行突破自己的艺术创新实践,但由于"我"的概念化倾向,以及"我"的文明人身份对作品非现实主义因素的压抑,这显然是一次不成功的形式实验。

实际上,从艺术构思的角度看,"我"也是一个可以取消的人物。既然小说中舅舅的身份已经由猎人转化为生态环境保护委员会委员,他的形象就已经内在地包含了要保护狼的观念;而且猎人失去对手后陷于孤独的生命苍凉,也以朴素的方式表达了人不能没有狼的生态平衡需求,那么,代表这一观念的人物"我"在一定程度上就是一种重复设置,再加上"我"性格内涵贫瘠,是一个完全概念化的人物,那么,"我"从小说艺术的角度看就是一个多余的设置。实际上,取消这个"我",把叙述者转为天然地带着原始思维的舅舅或者其他村民,那么,不得不打狼和不能没有狼的矛盾仍不会消失,这样小说的生态思想深度仍不会受到多大损害,而原始思维也可能在相对自由的发挥中幻出更为完整、瑰丽的七宝楼台,从而完全改变小说演绎思想观念的艺术缺憾。遗憾的是,作者受制于现代文明观念,还是谨慎地把这一原始思维压制在现代生态观念的条条框框之中,从而使得这部小说终究不过是一部观念压住性灵、思想大于形象的小说。尽管贾平凹在观念上很明了"……关注社会和现实的不一定只写现实生活题材,而即使写了现实生活并不一定就是现实主义"①的道理,但在《怀念狼》的创作实践中,他对以原始思维观照现实生活可能产生的非现实主义艺术效果仍然缺乏足够的自信或者兴趣。

三 原始思维与理性精神:多元并存、相互质询

《怀念狼》不敢充分放开人兽相通的原始思维,从浅层上看是一个作家的艺术灵性不能自由挥洒的问题,因为原始思维具有形象性和互渗性特点②,与艺术思维因相似而相通,天然就是文学艺术创作的宝贵资源,文学史上许多瑰丽的艺术想象都得益于原始思维的生动发挥;但往深层追问便可以发现,原始思维敢不敢自由挥洒,牵系的是生命哲学问题,即作家乃至整个时代文化是如何理解人类的存在方式的这一问题。作家如果要充分汲取原始思维中富含的艺术资源,那么要改变的并不仅仅是一部作品的构思,而应该要突破自己对整个世界以及自我生命的认知模式。《怀念狼》之所以让人兽相通的原始思维囚禁在正确的生态理念框架之中,是因为这部作品的生态理念固然发前人所未发,但一旦表达出来,其正确性是不容置疑的,作者对此是有把握的;可是,人兽相通的原始思维,在现代文化语境中却面临着科学世界观的森严壁垒。如果沉浸到这一人兽互相幻化、人兽心意相通的艺术世界中,那么作者就必须从根本上改变自己的世界认知模式。这点,作者固然心向往之,但最终仍是畏忌的。然而,文学的功能乃是灵魂的探险,其先锋性就在于以种种个性化的生存体验来探索突破陈规的可能性,因

---

① 贾平凹:《怀念狼·后记》,载《怀念狼》(贾平凹著),北京:作家出版社,2000年版,第271页。
② 列维-布留尔在《原始思维》的第二章中论述了原始思维的"互渗律"。见列维-布留尔著,丁由译:《原始思维》,北京:商务印书馆,1985年版,第62—98页。

此可以说，摆脱文明羁绊、回归原始思维是当代自然生态写作突破困境、摆脱平庸的可能路径之一。陈晓明曾经高度赞叹贾平凹《怀念狼》中的原始思维："因为有了这张狼皮，贾平凹有恃无恐，几乎是出神入化，他披着这张狼皮，为所欲为，无所不能，笔力所及，目击道存。"[①] 但令人遗憾的是，这种出神入化的灵魂探险在《怀念狼》中是被囚禁在概念化写作的框架中的。

然而，当代哲学反思现代性，实际上已经为原始思维在当代文化构成中争回了一席之地。人类追寻现代性，方法是脱离原始思维走向理性精神，并以进步论的线性发展观把原始思维判定为落后、愚昧。现代文化发展的道路就是一条破除原始思维的祛魅之路。但是，当代文化反思现代性时，却又蓦然发现简单否定原始思维实际上是粗暴地遗弃了生命存在的一种方式。"所有非科学的策略不一定都是蒙昧主义的。就像我先前说过的，存在着一些通过科学研究是无法取得的经验和知识的领域。"[②] 原始思维中的巫灵观念、人兽相通观念，与现代科学理性一样，既有敞开一片生命存在之境的功能，也都有自己的偏至之处，不能因认同一种观念就断然全盘否定另一种观念的合理性。实际上，作为一种历史的反拨，"让世界'复魅'的呼声终于在韦伯过世后不久高涨起来，形成了下自民间俗众，上至领衔科学家在内的世界性的普泛要求"[③]。当代艺术要健康发展，就应该让科学思维与原始思维都充分发展，使二者之间构成一个广阔的张力空间；同时，还要让二者互相质询，在充满活力的对话中扬弃各自的局限性，使二者因汲取反思性资源而都能得到健康的发展。在这一原则下倡导文学创作中的原始思维，就不是简单的复古，而是一方面要改变现代科学理性完全压抑原始思维的偏至局面，使得与艺术思维具有亲缘性的原始思维得以自由发展，使得人与宇宙万物开启一种陌生化的关系模式，另一方面也要借助现代理性精神剔除原始思维中违逆基本人文精神的成分，如漠视生命的血腥杀伐，如奴役底层的恃强凌弱。蒲松龄的《聊

---

① 陈晓明：《他"披着狼皮"写作——从〈怀念狼〉看贾平凹的"转向"》，载《文学评论》2015年第1期，第7页。
② 马文·哈里斯著，张海洋、王曼萍译：《文化唯物主义》，北京．华夏出版社，1989年版，第368页。
③ 叶舒宪：《巫术思维与文学的复生——〈哈利·波特〉现象的文化阐释》，载《文艺研究》2002年第3期，第61页。

斋志异》、安徒生童话、J.K. 罗琳的《哈利·波特》系列故事，都是原始灵巫思维与某些人文精神结合的成功范例。这正如黄轶所言："生态书写应避免'现代'和'传统'对立起来，停下脚步蜷缩在前一阶次的文明社会生活形态之中，而是应该探寻在社会发展的进程中人性的最佳形态。"①

当然，如何界定理性思维与原始思维各自的边界和底线，并没有多少现成的规则可循。理性思维与原始思维，都有各自的认识论和价值观。它们既是不同层面的问题，又有着千丝万缕的内在关联性。如何辨析其中的是与非，需要更多的思想家、艺术家进行更为大胆的实践。人类存在方式的探索，并不是一场沿着既定规划路线行进的乌托邦实践，而是一场没有地图的灵魂探险。每个艺术家都是未带地图的旅人，他/她需要既小心又大胆地穿过一片片布雷区，为自己实际上也是为整个人类，去探索那一条条诗意的林中之路。

原载《中国当代文学研究》2019 年第 2 期

---

① 黄轶：《中国当代小说的生态批判》，北京．北京大学出版社，2014 年版，第 193 页。

井上靖小说《敦煌》的生命境界建构

1959年发表的中篇小说《敦煌》是日本文学家井上靖（1907—1991）的代表作[①]。它把小说虚构与历史叙述交织在一起，对敦煌藏经洞的成因进行了生动的想象，塑造了赵行德这一在西夏军队中服役的汉族读书人形象。尽管作品的历史背景介绍真实可信，但是核心人物赵行德的曲折经历却属虚构。固然有不少国外读者通过《敦煌》才了解了中国西部的一些历史事实和地理知识，以至认为"这个故事的真正主人公还是这座敦煌城本身"[②]，但是作品的西部知识在小说的整体结构中是服务于赵行德的情怀建构的，而赵行德"正是作者梦幻中所向往

[①] 《敦煌》最初于1959年1月至5月在日本《群像》杂志上连载。中国国内自20世纪80年代以来已经先后正式出版了董学昌、王庆江、郭来舜、龚益善、郑民钦、刘慕沙的译本，网络上还有赵兴健的译本。各版本对原文的忠实度不同，译文的文采也不同。本文引文采用郭来舜、戴璨之校的译本。该译本收录于《西域小说集》，1985年由甘肃人民出版社出版。它不以文采见长，但忠实于原作，且出版年代也相对较早。

[②] 河上彻太郎著、龚益善译：《跋》，载井上靖著、龚益善译：《敦煌》，北京：新华出版社，1986年版，第217—218页。

的驰驱在沙漠中的自己"①，因此《敦煌》本质上不是还原事实的历史叙述和地理介绍，而是井上靖言说自我心志的文学想象。实际上，井上靖的中国历史题材小说，可以分为两类。一类偏重于回到当时的历史语境中理解古代中国人的生命状况，如《楼兰》《昆仑之玉》《苍狼》；另一类则偏重于借中国古代人物阐释作家自我对人生境界的理解，如《敦煌》。

尽管《敦煌》刚发表不久，日本文学评论家龟井胜一郎就指出《敦煌》"压缩"和"凝结"了"井上靖的诗魂"②，近年中国研究者卢茂君也认为《敦煌》不过是"借'历史'这个场景塑造人物"③，谭玮和杨柳青都点明《敦煌》人物"缺少中国特色"④，但是仍有不少研究者仅仅把《敦煌》的价值限定在对中国古代西部历史的认识上，已有研究对《敦煌》在个体生命存在方式上的独到思考缺少充分认识。本文认为，《敦煌》所传达的，主要不是作家对宋代中国人生存状态的还原和理解，而是作家对人的存在境界的崭新开拓；《敦煌》在赵行德等人物形象塑造中所建构的独特生命境界，才是其核心价值之所在。《敦煌》融合东西方多种文化资源，从事功、伦理、情爱、信仰四个维度共同建构了一种既超然淡漠又执着坚忍的生命境界。主人公赵行德淡然于一般中国传统士人孜孜追求的功名成就和念念不忘的家国伦理，却执着追求超功利性的知识、经验，忠诚于偶遇的岗位职守；他以随缘的态度对待生死，却执着于爱情的忠贞；他不把财产放在眼里，却珍爱佛经。《敦煌》以理解的态度展示赵行德的种种人生选择，作品由此显示出了不同于中国作家西域题材创作和历史题材创作的独特价值取向。

---

① 山本健吉著、王庆江译：《西域小说集解说》，载《井上靖西域小说选》（井上靖著，耿金声、王庆江译），乌鲁木齐．新疆人民出版社，1984年版，第568—569页。
② 福田宏年：《井上靖評覺伝》，日本东京．集英社，1979年版，第209页；转引自《井上靖的中国题材历史小说探究》（卢茂君著），吉林大学2008年博士学位论文，第68页。
③ 卢茂君：《井上靖的中国题材历史小说探究》，吉林大学2008年博士学位论文，第35页。
④ 谭玮说：《敦煌》的人物"缺少中国特色的精神面貌，与井上靖的内心世界有着相似之处"。见谭玮：《井上靖中国历史题材小说〈敦煌〉中的中国形象研究》，湖南大学2010年硕士学位论文，第1页。杨柳青说：赵行德是"不循于中国传统的儒生"。见杨柳青：《井上靖小说中的西域世界——以〈敦煌〉〈楼兰〉〈异域人〉为中心》，北京语言大学2014年硕士学位论文，第22页。

一 事功：超功利性的人生追求

《敦煌》想象了一条士人追求超功利性知识和超功利性生命体验的人生道路，由此从事功这一维度建构了一种既超然淡漠又入世执着的独特生命境界。它既区别于中国传统儒家士人或现代仁人志士的济世情怀，又区别于中国传统隐逸之士的无所执着。

《敦煌》主人公大宋举人赵行德最初走的是隋唐以来中国传统儒家士人最典型的一条人生道路——参加科举考试，追求金榜题名、学而优则仕的世俗荣耀。这条世俗大道虽然拥挤，但赵行德依其才学不难脱颖而出。可是小说一开头就设置了一个意外事件让他在顿悟中离开这种人生追求，转而去摸索一条在中国传统和现代文化结构中都不具有普遍性的人生蹊径：赵行德从科举考场出来，路见一个西夏女子被人置于刀俎之下，面临剁砍零卖的命运却对生死淡然，不禁深受震撼，觉得这足以从根本上动摇自己"迄今所持的考虑问题的方法及对待人生的态度"，连自己因做梦而错过进士考试这种重大挫败也完全不放在心上了。他仅仅凭着对西夏民族的好奇心，便不顾艰难险阻、生死安危，决然向西北行进，去探究一个陌生世界。

赵行德对西夏的好奇是一种超功利性的人生追求。把西夏女子在生死关头沉着的性格视为西夏的民族性，赵行德由对一个人的好奇而产生了对一个民族的求知欲，但他探究西夏民族性的思路中，并不含汉民族救亡图存的目的，而是"缘于一种古今中外共通的对文化和人性的纯粹追求与向往"[①]。他既不是为了"师夷之长技"去寻找其他民族的优点，也不是为了"制夷"而去研究敌人的特性[②]。尽管他早已知晓西夏对宋朝的威胁，但是，身处西北边陲，"何亮的安边策也好，西夏将来成为中国之大患的看法也好，此时此刻都已从赵行德的头脑中消失了"。他的求知目的不仅不含儒家士人的救国情怀，也不含唐僧西行取经、普度众生那类具有出世性质的济世情怀，亦不含中国传统士大夫著书立言的追求。赵行德在

[①] 刘素桂、叶琳：《溶解、超越与文化的回归——井上靖"西域"小说中的文化观初探》，载《北京社会科学》2014年第8期，第77页。

[②] "师夷之长技以制夷"的思想由魏源提出，在晚清以来的中国思想界有广泛的影响。见魏源撰、陈华等点校注释：《海国图志》，长沙．岳麓书社，1998年版，第1页。

西行中不仅放下了自己的世俗功名追求，放下了自己的生死安危，也放下了知识的任何一种功利性目的。

尽管赵行德的西夏认知追求没有任何功利目的，却因知识所指乃是现实中的民族性格而不是彼岸超验世界，所以仍具有眷注现世人生的入世特点。赵行德把探究西夏民族性的知识追求和人生经验追求视为人生大业，因此其生命境界又有十分执着的特点。赵行德天生就有"执迷于一事的热情"。向禁行的凉州前线行进，"他虽预感到有危险，却毫无惧怕之意"，甚至大义凛然地说："如果害怕判成斩罪，那就会一事无成。"这一切显然不同于道家文化和佛教文化中放下现实人生功利追求后所向往的虚静无为或空无所执的生命状态，而具有积极入世、执着有为的英雄豪气。

赵行德的知识追求还具有注重生命体验性的特点。首先，他的知识追求产生的兴趣点来源于现实中西夏女子对生死的淡漠态度，而不是来自书本知识。不仅在洛阳城中西夏女子的这一态度给他醍醐灌顶般的触动感，而且，当他在西夏国都兴庆生活了一段时间、产生倦怠无聊的心理后，也是关于这个西夏女子的记忆再次激发了他重返前线而不是返回中原的热情。其次，他探究知识的方式是文字学习与人生体验相结合。他为学习西夏文，决计亲自前往西夏，"甚至还想深入西夏人的群居生活中去"。这固然有在宋朝找不到学习途径这一现实原因，但这亦展现了其知识追求重视实践性、注重人生体验性的特点。尽管他始终保持着对西夏文字的激情，但他探寻的并不是纯粹的理性知识，而是十分注重以知识丰富自我的生命体验。

总之，《敦煌》在赵行德放下科举追求、放下自我的生死安危去探究西夏民族特性的人生选择中所建构的这一种既超然淡漠又入世执着的独特生命状态，其超功利性区别于中国士人的经世致用立场，而更接近西方知识分子传统中的纯粹的爱智慧精神；其注重实践性、注重人生体验性的特点，则又疏离西方的理性主义传统，具有明显的东方文化特质。这一人生境界是井上靖在扬弃中融会东西方文化传统后对人的存在方式和生命激情的独到阐释。

二 伦理：忠于职守，而不是忠于家国

士人赵行德不仅在自我人生道路的选择上表现出超越士人功名追求的特点，而且在整个伦理观念上表现出家国意识相当淡漠的特点。这主要表现在两方面：一方面是他在西夏军队中服役时忠于职责，丝毫不受汉民族忠君爱国思想之制约；另一方面是他怀念中原故土的思乡情怀中并不包含汉民族的家国认同意识。作品由此也建构了一种既疏离儒家家国意识，亦疏离道家、释家出世情怀，却忠于职守的生命状态。

赵行德在西夏军队中忠于职责，没有民族身份焦虑，这主要体现在三方面。首先，尽管他是被强征入伍而成为西夏军队汉人先锋部中的一员的，但他并不试图逃脱，反而努力操练，以保住西夏士兵身份，而不愿被淘汰为垦荒之边民。其次，赵行德作为西夏炮手，在每一场战斗中都尽心尽责地冲锋陷阵，并不在意西夏所要征伐的是回纥还是"通宋的"吐蕃。他完全不考虑他的冲锋陷阵是否损害汉民族利益。再次，阅兵中见到西夏元帅李元昊，赵行德敞开心扉感受李元昊的超常魅力，并无任何民族排斥心理。总之，汉人赵行德在西夏军队中丝毫没有苏武牧羊时那种身陷异族的精神痛苦，而是迅速超越自己的民族身份，忠诚地履行自己在异族军队中的职责。这一心理特点全然没有汉族文化中根深蒂固的夷夏之辨观念和家国忠诚意识，而更接近本尼狄克特在《菊与刀》中所阐释的日本文化心理。本尼狄克特在分析日本战俘时说，哪怕他们原先是极端的国家主义者，死不投降却无奈被俘后，竟可能认真地与盟军合作，"就好像他们在生命中已经翻开了新的一页，上面所写与旧页上的正好相反；但是他们却显示出了同样的忠诚"[1]。赵行德的形象塑造中显然投射了日本人的这一独特民族心理：在绝境中不再拘泥于旧的家国忠诚意识，而能放下包袱去认真履行新义务。

小说后半部，赵行德跟随朱王礼反叛西夏，脱离了对西夏的忠诚，这必然会在一定程度上产生汉民族的认同意识，但是他的反叛是跟随朱王礼而动，有一定的被动性，而且，他是在得知李元昊将以血腥手段对待沙州汉人后才赞同朱王礼

---

[1] 露丝·本尼狄克特著、北塔译：《菊与刀——日本文化面面观》，上海．上海三联书店，2011年版，第27页。

的反叛决定，因此，其反叛动因中，民生因素高于民族身份认同意识这一因素。可以说，即便加入了汉人反叛西夏的战斗，赵行德的民族身份认同意识也并不强烈。他总体上是一个民族身份认同意识比较淡漠的汉族士人。

作品中，朱王礼等人在汉民族身份认同方面的矛盾复杂态度，与赵行德淡漠的民族意识形成参差对照。这体现了井上靖对古代中国人民族意识的多重理解。朱王礼等其他西夏军队中的汉人官兵，虽然比赵行德多了一些汉族身份焦虑，平日忌讳别人提起他们被西夏俘获的往事，但这并不妨碍他们为西夏勇敢作战。小说前半段，朱王礼效忠西夏，汉民族认同意识方面的淡漠态度压倒了其眷恋心态；小说后半段，朱王礼反叛西夏，起因虽是他所单恋的回纥王女为李元昊所霸占，但反叛中其汉民族认同意识完全占了上风。对朱王礼复杂心态的理解，使得作品对民族认同、国家认同意识的态度显得丰富多层，但是，就总体而言，《敦煌》所表现出的民族认同意识远较中国作家淡漠得多。

赵行德的故土之思中也不含作为中华文化核心精神的家国意识。漂泊在西北边陲，无论是在肃州，还是在沙州，抑或是在瓜州，赵行德心中时时弥漫着怀乡的愁绪，但他的乡愁并没有引向伦理亲情的牵系，也不包含国族认同意识。他的乡愁仅仅是对中原日常生活场景的怀念。沙州大战前夕，"赵行德的脑海中，忽然浮现出宋国都城开封的繁华街道。大道上车水马龙，身穿绫罗绸缎的男男女女摩肩继踵，清风吹拂着道路两旁的榆树……"这类浮现在赵行德心头的故土风情，只是一种纯粹的市井风貌，其中并不投射亲人、故友、君王的身影。作品不仅在人物关系上把赵行德设置成一个独立的个体，而且在人物心理刻画方面也把赵行德想象成心中"无父无君"的无所羁绊的自由原子。他赴西夏、滞留在西北，完全可以根据个人心绪做自由选择，并没有任何家庭义务和国家责任的现实牵挂或心理羁绊。而且，他这种滤去家国认同意识的乡愁还有一个限度，即不足以成为他返乡的精神动力。赵行德滞留西北不归，并非返回中原有什么困难，而是他根本就没有返乡的愿望。把乡愁严格限定在与宗族认同、民族认同无关的范围内，赵行德的怀乡之情疏离了汉民族的家国认同观念，而"作者并没有批判他淡薄的农耕家园意识"。①

---

① 杨柳青：《井上靖小说中的西域世界——以〈敦煌〉〈楼兰〉〈异域人〉为中心》，北京语言大学2014年硕士学位论文，第22页。

总之，忠于在异族军队中的职守，虽思念故土却没有归乡的愿望，赵行德的这一人生状况既不合儒家家国伦理，也疏离道家、释家的出世逍遥境界。这其中的淡漠与执着，承载的更多是作家井上靖自身所属的日本民族的集体无意识和作家本人对个体生命状态的理解，而不是作者对宋代汉民族文化心理的领会。《敦煌》由此也呈现出不同于《异域人》《楼兰》等井上靖自己创作的其他中国西部题材小说的主题意蕴。《异域人》《楼兰》的写作目的与《敦煌》相反，主要不是抒发日本民族和作家自我的心志，而是多角度探究古代中国各民族执着的民族意识。《异域人》写班超对西域的苦心经营，隐含作者完全理解班超坚定的汉民族本位立场。《楼兰》写楼兰－鄯善几百年间在汉王朝与匈奴政权的夹缝中谋生存的苦难历程，隐含作者也完全理解弱小民族立场、批评汉王朝民族政策的立场。《敦煌》与《异域人》《楼兰》的差异，展示了井上靖创作的多样性。

三 情爱：礼赞爱情，尊重女性

《敦煌》所塑造的男女情爱境界融会东西方文化资源，缠绵悱恻，执着深邃，蕴含着关爱女性生命的文化理念，还被赋予了形而上的精神价值。

作品在赵行德的形象塑造中注入了关爱女性生命的人道情怀。赵行德在洛阳把西夏女子从刀俎下赎出，在甘州保护回纥王女免受西夏官兵的凌辱，最初都不含私欲，只是要搭救临危的性命，别无其他诉求。尽管他在与回纥王女亲密相处的第七天终滋生出欲望，并与之产生了缠绵悱恻的情爱关系，但他最初解救落难女性，并没有把她们当作欲望对象；过后他更没有把自己的解救行为当作情爱的筹码。建构这种超越欲望目的的关爱女性的男性生命境界，体现的是隐含作者尊重女性生命的人道情怀。

作品在赵行德与回纥王女的情爱关系中，还显示了注重男性自省意识的态度。赵行德从兴庆回到前线，发现队长朱王礼也有一条回纥王女的月光玉项链，初不能释怀，但赵行德立刻自省："认为自己现在没有了解这件事的权利，因为对那女子许下诺言后，自己却失信了。"赵行德一直为自己没有按照约定的一年期限准时回到甘州而自责,作品由此建构了男性在两性关系方面自省自律、注重良知的生命境界。

作品还从男女两方面共同建构了爱情忠贞的崇高生命境界。《敦煌》既想象回纥王女为赵行德殉情自尽,也想象男性人物赵行德、朱王礼是挚爱回纥王女的情痴。尽管赵行德在兴庆学习西夏文的时候曾有一段时间淡漠了对回纥王女的情感,但这只是他与回纥王女情爱关系中的一个插曲而已。重返甘州前线,经历了回纥王女的殉情事件,赵行德的情爱更加坚定执着。故事近结尾时,他"即使面临杀身的危险,也不愿因此而交出项链来换取一条生路"。显然,他珍惜的不是财宝而是情爱。骁勇善战的朱王礼更是单恋回纥王女的痴男。回纥王女的项链对于朱王礼来说,其重要性不亚于《红楼梦》中通灵宝玉对于贾宝玉的意义。朱王礼战死疆场之前托梦给赵行德说:"我想那条项链丢失,也就是我的气数已尽,取李元昊首级的事,也已无望,大概只能抱恨终生。"把女性饰品视为护佑男性生命的通灵宝物,"不能不说暗含着王女对朱之重要意义"①。女性为男性殉情自尽、男性生命与女性信物相始终,这一系列浪漫想象把男女之间的缠绵悱恻之情推到了极致。把忠于爱情的品质赋予男女双方人物,《敦煌》的情爱境界既崇高深邃,也超越了单方面要求女性节烈的传统男权道德。

作品还通过赵行德的精神升华,把忠贞的爱情确认为与"常人感情"相区别的"纯净完美的东西",从而赋之于形而上的精神价值。在从肃州到瓜州的军旅中,"每当回忆起回纥女子之事,赵行德就感到某种安宁的静谧感充满了自己的五脏六腑。这已不是对故人的恋爱心和悲叹之情,而是超脱了这些常人感情的有如对纯净完美的东西所持的赞叹"。这样,作品也就把爱情升华到人类最美好的精神现象层面上,给予崇高的礼赞了。与"常人感情"相区别的"纯净完美的东西"这一概念,指向形而上世界,有着本体论哲学的思维印迹。而"对纯净完美的东西所持的赞叹",又与日本固有的"物哀"的抒情传统有着千丝万缕的联系。这表明井上靖的文化承传是多重的。把爱情礼赞为"纯净完美的东西",显然不是作家对宋代中国文化的领会,它折射出的是隐含作者自身的现代爱情观。因为

---

① 赵建萍:《井上靖〈敦煌〉中人物的叙事学阐释》,载《新疆职业大学学报》2013 年第 1 期,第 37 页。

中国古代主流文化往往只在"食色，性也"①的立场上把男女情爱理解为本能欲望，虽然《长恨歌》等优秀文学作品能够在接纳并超越本能欲望的层面上理解男女之间的深情，但明代之前的中国文学并没有把爱情的意义提升到形而上的精神现象层面上，而明代《牡丹亭》、清代《红楼梦》等作品对爱情的形而上礼赞、对女性的尊重则一般被视为是中国文学现代性萌芽的表征之一。

《敦煌》在超越男权的层面上礼赞忠贞的爱情，关爱女性生命，并且把爱情的意义升华到形而上的本体论层面上，这体现了井上靖对男女情爱所能达到的崇高生命境界的深切领会。《敦煌》这种尊重女性、歌唱爱情的现代情爱观念也同样体现在他的西域小说《漆胡樽》《洪水》中。所不同的是，《敦煌》是正面肯定忠于爱情的男性，《漆胡樽》《洪水》则从反面批评了背叛情爱的男性。《漆胡樽》中的第二个故事，汉俘陈某为了能逃回汉地，卑鄙地情诱匈奴酋长之妻而不顾其生死。《洪水》写汉将索劢为了驱退洪水，竟然把同居四年的亚夏族女人当活祭献给河神，最终给自己和军队招来了灭顶之灾。

四　信仰：有限度的佛缘

赵行德初为认识西夏民族性而到西北边陲，但在小说后半部，他的兴趣点完全转到佛教上了。作品也在对赵行德读经、译经、抄经、护经行为的书写中，展示出对佛教的独特接受维度。作品在生死去留问题上认同佛教的因缘论、随缘观，却无视佛教否定男女情爱的出世思想，这就生成了一种对生死淡然而对情爱执着的生命境界。

《敦煌》是在直面死亡问题中引入佛教信仰问题的。有感于回纥王女的死，赵行德一改过去轻视僧侣的态度，对佛教产生了浓厚的兴趣；而目睹众多战场枯骨，他更增添了寻找信仰的迫切感。此时，"在赵行德看来，所谓人者，日益显得渺小，人的蝇营狗苟也是毫无意义的。于是，赋于这种渺小的、无意义的人以某种价值的宗教，不禁引起了赵行德的极大兴趣"。由直面生死问题而体会到人

---

① 孟子著，杨伯峻、杨逢彬注译：《孟子》，长沙．岳麓书社，2000年版，第190页。

的渺小脆弱，由此思考生命存在的无意义性，进而去寻找更高的价值追求，从而进入佛教信仰，这显然契合佛教的基本思维。

《敦煌》还展示了对佛教因缘论、随缘观的独特接受维度。佛教以因缘解释事物发生的缘由，认为万物都是因缘生灭、变化无常的，因而也是空无自性的，由此教导人们要以随缘、不执着的态度对待人生境况，追求更高层面的心灵解脱。赵行德研读佛经后，以因缘论解释自己的种种人生际遇，但他只是以随缘无执的态度对待生死去留，却仍然执着于男女情爱，因此他对佛教因缘论、随缘观的接受是有偏重、不彻底的。首先，生死去留问题上，他能够较为彻底地接受佛教的因缘论、随缘观。不仅阅读佛经后他有了明确的佛教人生态度，实际上在接触佛教之前他就隐隐地有相似的思维方式。尽管佛教是在回纥王女死后才进入赵行德的视野的，但是之前他早已在战场上置生死于度外，这种心态与佛教随缘的人生观多有契合。早在甘州烽火台上，"那种对于死亡的恐怖感业已从他身上消失殆尽"。后来，"他两天参加一次征战，奇怪的是他并没有惜死之心"。显然，他的无所畏惧，并不是基于对战斗意义的认同，而是基于生死随缘的超然的人生观。阅读佛经后，赵行德更明确地用佛教因缘论理解生死去留问题。朱王礼建议他寻找机会回到中原去，但赵行德认为，"这一切都是因缘。自己绝不会拒绝返回宋国的，可也并没有迫切地踏上宋国土地的心情"。沙州大战前夕，"不知战火将于何时殃及的时刻，对赵行德来说，却是一段安静的时间"。在毁城的大劫难之前，内心平静安详，赵行德确实已经超越了执恋世俗生命的贪著心，获得了佛教涅槃境界所提示的清净心。其次，在情爱问题上，赵行德虽能以因缘论理解男女关系，却始终没有看空爱情，因此他在这个问题上对佛教思想的接受程度就不如生死问题那么彻底。回顾与回纥王女的悲欢离合，赵行德尽管对朱王礼感叹说"一切都是因缘"，但他并没有做到随缘放下。这不仅体现在他以"纯净完美的东西"这一带着形而上意味的观念礼赞爱情上，还体现在他对回纥王女的绵长思念中。在甘州城下发愿超度回纥王女后，赵行德开始诵读《金刚般若波罗蜜多经》中的启请发愿文，"正在诵经的赵行德不禁热泪盈眶。泪水和流淌的汗珠一起淌过双颊，掉落在城墙的红土上"。这种执着、动情的心态，显然违逆了《金刚般若波罗蜜多经》所提示的"应无所住而生其心"的"清净"立场。但是不仅赵行德没有正视这爱情与佛理之间的冲突，隐含作者也没有审视这显而易见的矛盾。这说明隐含作者对佛教缘起性空观点的接受是有限度、不完全的。

《敦煌》还以理解的态度展示了佛教的功德观念。赵行德译经、抄经，皆相信其有超度亡灵、保佑百姓的功德业力。重返回纥王女自杀的甘州城下，赵行德"想把有关经典的事业都作为对回纥王女的供养"。沙州大战前夕，他还乘隙抄写《般若心经》一部，藏之于千佛洞窟中，其动机，一是保佑"城隍安泰，百姓康宁"，二是保佑回纥王女"不溺幽冥""获福无量"。

《敦煌》还从保护人类公共文化财产的角度肯定了保护佛经的立场。赵行德护经，是《敦煌》的一个关键性情节。沙州大战前夕，赵行德利用商人尉迟光的贪婪心态，移花接木，把寺庙中的大量佛经伪装成王府财物藏入敦煌石窟。当时赵行德想："财宝、生命和权力，都是其持有者个人的东西。但是经典则不同，它不属任何个人所有。只要不烧掉，保存在那里就行了，谁也抢不走，也不会属于任何人。只要不烧掉，放在那里就有价值。"强调"它不属任何个人所有"，这是针对尉迟光抢掠财物的贪婪心而言的，同时这段话也说明赵行德及隐含作者是基于佛经与其他人类公共财产的共同性来确认其价值的，作品在此并没有强调佛经区别于其他经典、区别于其他人类公共财产的独特价值。这与其说是一个佛教徒的态度，毋宁说是一个人类文化遗产保护者的态度。实际上，作品末尾写到清末敦煌藏经洞重见天日，而后"又过了不知多少春秋，人们才认识到，这些资料不仅使东方学，也使世界文化史所有领域的研究都为之改观"。这更是进一步从文化研究的角度而非弘扬佛法的角度确认敦煌佛经的意义。总之，《敦煌》的护经立场更侧重于文化承传而非弘扬佛教，而作品在赵行德尽力护经、漠视财物的行为中，也建构了一种既积极有为、执着坚忍又超凡脱俗、安然平静的生命状态。

五　余论及小结

《敦煌》把虚构的赵行德故事放在一个较为真实的历史背景中演绎。作品在如下三方面都严谨可信，基本符合历史叙述的规范：一是宋朝、西夏、回纥、吐蕃之间的关系介绍，二是历史年代记述，三是西域地理空间描述[①]。但这些仅仅

---

① 刘锋晋的论文《关于井上靖的历史小说〈敦煌〉》《关于井上靖的历史小说〈敦煌〉（续）》，详细考证了该小说与历史本事、野史笔记之间的关系。两文分别载《成都师专学报》1992年第2期、1993年第1期。

是赵行德故事展开的背景。这种历史背景介绍对小说的意义生成来说绝非可有可无，如在赵行德故事已经终止的结尾部分交代敦煌藏经洞20世纪初被发现的历程，这不仅加强了小说的知识性特点，还形成了把赵行德护经行为放在人类历史发展进程中审视的广阔视野，从而暗示了这样的乐观精神：个体生命虽然有限，但人类的文化承传却生生不息。小说《敦煌》以及据其改编的同名电影之所以能够在日本乃至全世界产生广泛的影响①，亦得益于其历史地理知识介绍和诗意的风景描写充分满足了外国读者、观众对异域历史景观的好奇心。就连中国作家冰心在《井上靖西域小说选》的《序》中也说："我要从井上靖先生这本历史小说中来认识了解我自己国家西北地区，当年的美梦般的风景和人物。"②但是，我们更需清醒地认识到这些知识在小说中的作用是从属性的，小说的根本价值在于它对人的存在能够提供多少新的阐释。

《敦煌》文学成就的根本点在于，在主人公赵行德独特的有所为和有所不为中，生成了一种既超然淡漠而又执着坚忍的生命境界。它融会了东西方和古今多种文化资源，并与之形成对话，有所继承亦有所舍弃。其扬与弃，自成一家之言，极富创造性，充分展示了隐含作者对个体生命存在方式的独到见解。《敦煌》在生命境界建构上的特点也提示我们，评价域外作家中国题材作品中的思想价值，在追问作品与中国历史事实契合不契合、追问隐含作者对待中国的态度之上，还应该更加全面深入地探究隐含作者主体的心灵特质，从而真正把握作品的核心精神。

原载《福建师范大学学报》2018年第6期

---

① 电影《敦煌》于1988年出品，根据井上靖小说《敦煌》改编，由佐藤纯弥导演，西田敏行、佐藤浩市、中川安奈主演，曾获日本电影界多种奖项。它把日本的敦煌热推向了高峰。
② 冰心：《〈井上靖西域小说选〉序》，载《井上靖西域小说选》（井上靖著，耿金生、王庆江译），乌鲁木齐．新疆人民出版社，1984年版，第1页。

女性文学理论建设及研究现状分析

中国现代文学传统的性别意识反思

一 回应当代文化的精神建构需求

从中国现代文学研究的当代性角度考虑，对中国现代文学传统进行性别意识反思，将有利于当代文化的精神建构。

中国现代文学研究必须回应当代精神建构问题，必须能够为当代文化建设提供思想资源。这就要求中国现代文学研究的问题必须从当代文化中产生，同时它对问题的回答也必须尽量整合进当代先进的思想资源。因为"……无论是现代文学研究迄今为止的历史，还是那悠久的在清代被称为'国学'的传统，都一再表明了，研究者对当代生活的深切的关怀，每每正是人文学术的活力的来源"[①]，也是学术的价值之所在。而当代文化的男性中心意识仍然十分强烈，这在当代文学创作与批评中就有明显的表现。男女两性主体性平等，在主体性平等的前提下尊重性别与个体的差异性这个观念，在当代文学创作和当代文学批评中，远没有如

[①] 王晓明：《现代文学研究的"当代性"问题：面对当代生活的挑战》，载《文学评论》2002年第2期。

民主、自由等观念那样成为精英知识界的共识，更枉提大众层面的普遍认可了。至少它远没有普遍进入作家和批评家、研究者的潜意识而成为一种内在、自发的人文价值尺度。当代文学与现代文学具有很强的同质性，许多当代问题都应该溯源到现代文学中去进行深入反思。

至今，文学研究、文学批评中，一直有一种观点，认为现当代男性作家普遍同情女性苦难遭际，普遍赞美女性、歌颂女性，便是男性已经充分尊重女性的表现，便是性别意识问题已经不成其为问题的理由。当然，男性作家同情女性苦难遭际、代女性提出控诉，自然要比认为女人本来就该死好得多。然而，这是远远不够的。中国现代启蒙男作家、革命男作家，中国新时期男作家，对女性苦难遭际的描写，往往还是从男性视域出发进行创作的。女性在男性作家的文本中，除了作为受难者而成为男性控诉封建礼教、敌对阶级、极左专制思潮的道具之外[①]，主要还成为作品男性人物乃至男性作家视域中的男性精神对象物和男性欲望对象物，成为男性主体视域中的客体。一种性别在一定程度上、一定层面上以另一种性别作为精神对象物和欲望对象物，本无可厚非。关键在于这种客体化必须以不压倒异性生命逻辑为前提，必须是两性之间的文化对话、立场对话，而不应该是一种性别的独白与专制。两性必须是互为主客体的存在，同时男女又应是多元并立的主体。问题就在于，中国现当代文学中的这种对异性的客体化，往往单方面发生在男性把女性对象化上，而不是男女双方相互进行的一种行为。更为严重的是，男性作家在把女性客体化、对象化的写作中，往往并没有同时或在另一层面上将其整合进女性视域，往往压抑了女性自身的生命逻辑，甚至包含了一种性别对另一种性别的霸权统治意识，把女性对先进男性、先进意识形态理念的臣服作为她们获得同情的前提，从而压抑了女性主体性，使得女性在男性同情、悲悯、赞赏、鄙视的目光中再次沦为男性中心文化中无言的他者、在场的缺席者，成为附属于男性的第二性。女性或于苦难中沉沦，或获得拯救，表现的往往

---

① 孟悦、戴锦华说："……在五四时代，老旧中国妇女不仅是一个经过删削的形象，而且也是约定俗成的符号，她必须首先承担'死者'的功能，以便使作者可以指控、审判那一父亲的历史。"见孟悦、戴锦华：《浮出历史地表——现代妇女文学研究》，郑州．河南人民出版社，1989年版，第10页。

都不过是男性对女性世界的价值判断或想象性期待,而没有充分表现出女性自身的生命真实与生命欲求。

至于男作家赞美女性,也存在是否尊重女性自身生命逻辑、是否尊重女性主体性的价值差别。周作人曾经激烈地说过:

> 我固然不喜欢像古代教徒之说女人是恶魔,但尤不喜欢有些女性崇拜家,硬颂扬女人是圣母,这实在与老流氓之要求贞女有同样的可恶:我所赞同者是混合说……①

原因便在于这种颂扬,表面上看起来要比"男女之别,竟差五百劫之分,男为七宝金身,女为五漏之体"②的恶咒友善得多,但实际上仍不过是出于男性一己渴望被拯救、被庇护的心理需求而对女性所做的假想,并没有顾及女性生命的真实性,在把女性界定为道德楷模、美的典范的同时,剥夺了女性合理的生命欲求,从而对女性生命的丰富性形成压抑、造成异化。中国现当代文学,固然有从女性自我生命逻辑出发发掘女性人性美的创作,但仍大量充斥着这种从男性视域出发、忽视女性内在生命需求的圣母颂歌。至今的文学研究、文学批评中,尊重女性生命本体价值、理解女性自身的生命逻辑,也就是说从主体性建构的层面上尊重女性,显然远没有成为共识。

有一种观点认为,20世纪90年代以来的文学创作中存在大量关于女性欲望的描写,便是女性主义泛滥的结果,由此认为现在是女性主义走过头、应该收束的时候。这种观点恰恰是出于对女性主义的无知,对男权中心文化现状的盲视。20世纪90年代的男作家创作,往往大量铺写女性欲望,认可女性欲望,确认女性心理中确实存在种种非常态的性需求,诸如被虐、被强奸、妻妾成群等。这种性开放描写,仿佛是对女性欲望的宽容、对女性人性的解禁,但实际上却是通过操纵话语霸权,在女性沉溺于种种不平等性关系的描述中,暗暗确认了男性文化对女性施虐的合理性,确认了男权文化关于女性卑贱的本质界定,使女性在性主

---

① 周作人:《北沟沿通信》,载《周作人散文》第二集(周作人著,张明高、范桥编),北京.中国广播电视出版社,1992年版,第419页。
② 佚名:《太华山紫金镇两世修行刘香宝卷》,转引自《周作人散文》第一集(周作人著,张明高、范桥编),北京.中国广播电视出版社,1992年版,第593页。

动的表象下再次沦为男性纵欲的对象、践踏的对象[①]。二十世纪八九十年代以来，一些女作家打破男性中心意识重围，在创作中建构女性主体性[②]，从而使得当代文化出现珍贵的性别多声部局面，显出性别对话场景。但女作家对女性主体性的艰难建构，远不足以形成扭转男性中心文化专制局面的力量。倒是女性在写作中诉说自我欲望这一女性发现自己的主体性建构行为，在男性性消费眼光的窥视下，很容易地蜕变为对女性自我的异化事件，反过来消解了女性主体性。受市场利益原则驱动，某些女作家也自觉不自觉地把女性欲望演化为取悦男性欲望的工具，通过自我客体化、自我奴化来争取为男性中心文化所消费，从而达到畅销目的。女性欲望依然成为畅销的文化消费品，恰恰证明了当代文化中男性中心意识无所不在的事实。这一男权传统，有它的古代性文化根源。从古代小说戏曲，一直到近现代通俗文学、现代海派文学，再到二十世纪九十年代文学，这种把女性作为纯粹性客体从而消解女性主体性的做法是一脉相承的。

综上所述，现当代文学创作中仍普遍存在男性中心意识，普遍存在以女性为消费品的性别奴役观念。这就亟待一种主张男女主体性平等，并在主体性平等的前提下尊重性别差异性、个体差异性的人文价值观念来完成文化转型工作。

二 回应中国现代文学的现代性追求

从中国现代文学自身的现代性要求考虑，反思其男性中心意识符合恩格斯所说的"历史观点"[③]这一文学批评标准。

有一种观点认为，用女性主义观点批评现代作家的男性中心意识，是一种没

---

① 参看丁帆、陈霖:《略论近年小说中女性形象的一种"他塑"》，载《学术研究》1995年第3期；刘慧英:《90年代文学话语中的欲望对象化——对女性形象的肆意歪曲和践踏》，载《中国女性文化（NO.1）》（荒林、王红旗主编），北京．中国文联出版社，2000年版；盛英:《女性批判：当代中国男作家的男权话语》，载《文学评论丛刊》第5卷第2期。
② 参看王宇:《主体性建构：对近20年女性主义叙事的一种理解》，载《小说评论》2000年第6期。
③ 恩格斯:《致斐迪南·拉萨尔》，载《马克思恩格斯列宁斯大林文艺论著选读》，南昌．江西人民出版社，1983年版，第193页。

有历史感的苛求。这就涉及两性主体性平等的文化观念是否符合中国现代文化的历史语境问题。实际上,现代文学的现代性特质,尽管内涵丰富,也没有统一定论,但中国现代文化理念首先就是建立在激烈批判前现代文化主奴对峙的封建等级意识的基础上的①,其核心内涵应是人与人之间相互平等的民主意识,应是尊重生命主体意识的自由观念、个性解放观念。而男性中心意识,作为一种性别等级观念,把男女关系界定为主奴关系、主从关系,就从根本上违背了现代民主精神,违背了现代人性观念,显然不应该被看作中国现代文化现代性内质中本来就可以包容的东西。

实际上,中国现代文化的最高思想成就本身就包含着对男性中心意识的批判。鲁迅的《我之节烈观》(《坟》)、《娜拉走后怎样》(《坟》),周作人的《北沟沿通信》(《谈虎集下卷》)、《妇女问题与东方文明等》(《永日集》),等等,便站在两性主体性平等的文化立场上,从女性的生存境遇和生命逻辑出发,反对要求妇女单方面为男子守节的节烈观,反对儒道佛轻蔑女性的"不净观",指出妇女的解放首先必须是经济的解放和性的解放。更为可贵的是,他们的批判不仅指向封建礼教、封建制度,而且初步包含着对现代文化自身的反思。周作人早在《北沟沿通信》中就说道:

> 现代的大谬误是一切以男子为标准,即妇女运动也逃不出这个圈子,故有女子以男性化为解放之现象,甚至关于性的事情也以男子观点为依据,赞扬女性之被动性,而以有些女子性心理上的事实为有失尊严,连女子自己也都不肯承认了。

舒芜阐释说:

> 这里说的"男性观点""男子标准",有两方面的含义:一方面是"像男子那样的",另一方面是"像男子所希望的"。②

也就是说,中国现代男性文学在理性的显在层面上以解放妇女为己任,其思想智慧本身就已经对以男性自身的模式为尺度和以男性自身的欲望为尺度的妇女标

---

① 参看钱理群的鲁迅研究系列论文、著作。
② 舒芜:《女性的发现——周作人的妇女观》,载《回归五四》(舒芜著),沈阳:辽宁教育出版社,1999年版,第443页。

准提出了批评，从而使得现代男性文化主体在整合进女性生命逻辑的过程中，自身也获得了超越性提升。丁玲、萧红、张爱玲等的现代女性创作也与男性中心意识直接对峙，既否定男权文化对女性的压制，也反思女性在男权高压下的生命异化。这些就足以证明尊重女性主体性观念，是中国现代文化现代性内在的一种先锋思想，而不是外在的、违背历史逻辑的苛求。

当然，限于中国现代文化自身发展过程中的复杂性，尊重女性主体性的观念，在现代男性启蒙思想家的理论中，更多地作为一种纲领、作为一种总体思想原则而存在。"五四"时代，尊重女性主体性的观念与代妇女安排解放之路的观念、封建男权观念是并存的。"五四"之后，从宏观发展趋势看，中国现代文化中的个性主义观念不可避免地被集体主义观念所接收、征服，旧的男权文化观念还没有被男女主体性平等观念所克服，政治化的男性类特性又抑制了包括妇女在内的单个人个性健康发展的可能，压抑了女性的类特性。理性认识方面的情况如此，创作方面的情况更不容乐观。中国现代文学创作中，始终存在强大的男性中心意识；尊重女性主体性观念始终没有压倒男权文化观念。究其深层原因，乃是由于中国现代多数男性作家在思考妇女问题的时候，更多的是站在代女性控诉的立场上向与己无关的旧势力开火，而普遍缺少自审精神，未曾拷问过"我是不是也吃过几片女人的肉"（鲁迅《狂人日记》），未曾追问过现代男性自我是否可能也在精神深处继承了男权集体无意识的因子。现代男性作为反叛的子辈、反叛的革命者这一进步身份，遮蔽了他们在男/女关系结构中掌握霸权的专制实质，使他们在过分圣洁化的自我确认中，忽视了自己在为女性、为自己寻找解放之路的时候实际上仍在实践着压抑女性的男性中心意识这一价值盲区和事实盲区。进步、革命这一政治化的意识形态，在中国现代文化语境中，不仅作为一种显在的权威理念，逐步整合并且转换了中国古代文化中固有的集体主义传统，于不知不觉中消解了"五四"现代个性主义精神，从而压制住了包括女性在内的个体生命的独特性；而且作为一种深层理念渗透进中国现代男性作家的潜意识中，使中国现代男性文学的女性幻梦中所包含的蒙昧实质、专制特征，由于意识形态先进理念的介入而被罩上冠冕堂皇的面纱，显得隐蔽，显得难以辨认。"五四"新文学运动以来：

能在作品中真正以女性的视域来解释社会文化现象,来塑造起有自身独立品格的女性形象尚未出现,就连西人眼中认为当时最擅长描写女性的茅盾,也只是用一种深藏着炽烈情感的"冷峻"外部描写来把女性作为情绪宣泄的对象进行"人生"阐释的。①

因此,男女主体性平等的观念,既是现代文化内部的一种历史需求,同时又是一种被压抑的现代性,并没有得到充分发展。现代文化中的男性中心观念,是一种只有存在必然性而没有价值合理性的性别专制观念,始终没有得到彻底有效的清扫。性别意识领域一直是中国现代文学现代性最为匮乏的领域。这就足以证明现在反思中国现代文学性别意识的必要性、迫切性了。

三 在主体性平等的前提下认同差异性的人文价值尺度

反思中国现代文学的性别意识,首要的问题是用什么来反思,也就是说你用以反思的正面价值立场是什么。

这里首先涉及的问题是解构与建构、现代与后现代的关系问题。有一种观点认为现在是解构的时代,是"主体已经死亡"的后现代时代,不应该再提两性主体性平等的观念,不应该去建构什么,只有永远的批判与解构才是合理的。这种观点的错误在于:一是对中国文化现实缺乏切合实际的把握;二是对西方文化语境缺少深切的理解;三是没有正确理解批判与建设、解构与建构的关系。正如丁帆先生所言:

在后现代主义理论家那里,如福柯就认为启蒙制造了"进步"的神话,但是仔细想来,则正是欧洲经历过了"启蒙"的文化阶段,而我们恰恰没有这种文化经历,因此,照搬生长在另一个文化语境中的理论,往往是要出问题的,哪怕是大师的话也得打个问号。②

---

① 丁帆:《男性文化视域的终结——当前小说创作中的女权意识和女权主义批评断想》,载《文学的玄览:1979—1997》(丁帆著),北京:北京出版社,1998年版,第478页。
② 丁帆:《序二》,载《中国现代文学的性别意识》(李玲著),北京:人民文学出版社,2002年版,第9页。

而且，在西方文化语境中：

> 后现代性并不必然意味着现代性的终结，或现代性遭拒绝的耻辱。后现代性不过是现代精神长久地、审慎地和清醒地注视自身而已，注视自己的状况和过去的劳作，它并不十分喜欢所看到的东西，感受到一种改变的迫切需要。①

针对中国现当代文化实际，参考西方文化中现代性与后现代的关系，可知当前发展中国文化，显然并不是要放弃在中国现代社会中本来就没有得到长足发展的现代性，而是应该在以现代理性精神、生命意识批判封建专制思想、等级观念、奴性意识的同时，也整合进后现代文化的思想资源，从而在建构中国文化现代性的同时保持对现代性的反思，构成"现代性的张力"②，否则我们的文化在许多方面都只能滞留在前现代文化的压制生命合理性状态。当前，不懈地解构中国文化中的男性中心意识，与积极地建构符合生命合理性的女性主义人文价值观念，应是事物不可分割的两面。我们只能在建构合理的女性主义人文价值观念的同时，坚持在不断变化的文化实践中保持对已经建构起来的观念进行动态反思，才可能完成不断解构男权中心意识的文化使命。正面价值立场的匮乏，必然导致批判的乏力。

我们首先可以整合的理论资源是马克思主义妇女解放理论。马克思、恩格斯着重从经济基础与上层建筑之间的关系来分析妇女问题，认为妇女受压迫的起源是社会分工和阶级的出现，"妇女解放的第一个先决条件就是一切女性重新回到公共的劳动中去"③。这无疑抓住了妇女问题的一个根本点。这个理论，在分析当今中国社会妇女问题的许多方面时仍然十分有力。但是，马克思主义妇女解放理论在社会主义国家的实践中，往往存在被国家权力话语政治化的弊端。中国自解放区以来的妇女解放运动，一般着眼于让妇女"投身于社会革命、阶级斗争、民

---

① Zygmunt Baurman, Modernity and Ambivalence (Cambridge: Polity,1991), p.272. 转引自《现代性的张力》(周宪著)，北京．首都师范大学出版社，2001年版，第20页。
② "现代性的张力"这个概念来源于周宪的论文《现代性的张力》。见周宪:《现代性的张力》，北京．首都师范大学出版社，2001年版，第3—20页。
③ 恩格斯:《家庭、私有制和国家的起源》，载《马克思恩格斯选集》第四卷上册，北京．人民出版社，1972年版，第71页。

族斗争的洪流之中,在社会/阶级/集团的解放中解放自己,故更多着眼于社会底层妇女,主张知识女性要向工农兵学习,改造自己的世界观"①,同时,还侧重于以政治化的男性类特性作为妇女解放的普遍标准,从而忽略了个人主体意识的独立价值,忽略了对男/女两性不平等关系的审视,因此在一定程度上完成解放妇女使命的同时,又在一定程度上违背了妇女解放的初衷。

西方当代女性主义理论作为一种批判男权观念的外来现代文化理论,自身内部就有多种流派,在解决中国文化的男性中心问题时,自有其适用的一面,也有其水土不服的地方,但其解构男权中心意识、注重女性意识的觉醒这一核心内涵应是符合当代中国文化的建构需求的。我们在吸取其批判精神的时候,应该仔细辨析这种理论产生的西方文化语境,仔细研究中国现当代文化的性别意识状况,由此深入探讨西方女性主义理论在解决中国文化问题时的有效性部分和需要修正的部分,从而针对中国现当代文化的男性中心实际建构本土化的中国女性主义理论。实际上,中国的女性主义批评者,在接收西方女性主义理论的时候,一般都比较谨慎地回避了"女性比男性优越"的激进女性主义立场,而普遍注重男女两性的差异性与平等性的统一。

反思中国文学中的性别问题,还有一个不能忽略的思想资源,便是中国现代文化自身所包含的合理的性别思想。如前所述,中国现代文学在其性别思想的最高成就上,已经包含着对现代妇女问题较为深刻的思考。当代中国的女性主义批评,主要关注西方女性主义理论,对周作人等"五四"启蒙思想家的现代女性思考,显然对接不够②。

反思中国文学中的性别问题,还应该注意从当代哲学发展中汲取理论资源。胡塞尔的"交互主体性"概念、拉康的"主体间性"概念、巴赫金的对话理论,都包含着对主体性哲学中主体对客体霸权意识的反思、批判。当代女性主义批评应该汲取这一思想资源,建构起性别关系中的主体间性意识、对话意识,从而更

---

① 刘思谦:《女性·妇女·女性主义·女性文学批评》,载《南方文坛》1998年第2期,第16页。
② 周作人著,舒芜编录:《女性的发现——知堂妇女论类抄》,北京.文化艺术出版社,1990年版。可供参考。

有效地批判男权文化把女性客体化中所包含的霸权意识,也避免女性主义批评中可能产生的偏狭性。

有一种观点认为,中国古代文化讲阴阳互易互补,并没有歧视女性的意思,而且中国文学之中充满阴柔之气,本身就是对女性气质的嘉奖,所以我们只要避开宋明理学,回到中国古代文化经典中就可以了。这种观点的错误之处就在于无视中国儒道文化的角色等级观念中所包含的专制性质。实际上,中国儒道文化传统,在哲学思想上一方面强调阴阳互补、阴阳平衡的辩证关系,另一方面又强调阴阳的角色分工,确定了阴不可以越界而居阳位的基本准则。这实际上就在思维中确立了阴阳关系中阳为矛盾的主要方面、阴只能居于矛盾的次要方面的角色意识。"乾始能以美利利天下"(《周易·文言》),"坤道其顺乎!承天而时行"(《周易·文言》)。抽象的阴阳关系落实为具体的君臣关系、夫妻关系时,居于阳位的君王、夫君可以尊"天行健,君子以自强不息"(《周易·大象传》)的原则,行充满阳刚之气的乾道;也可以奉"知其雄,守其雌,为天下溪"(老子《道德经·第二十八章》)之训,行以柔克刚的谦谦之道。无论出入左右,他们始终是具有主体性地位的矛盾主导一方。而居于阴位的臣子、妻妾尽管在个人修养上也可以追求天道光明而致"元亨利贞"(《周易·乾卦第一》),但"阴虽有美,含之,以从王事,弗敢成也。地道也,妻道也,臣道也"(《周易·文言》)。其在角色意识上却始终不能阴乘阳位[①],只能谨守"乃顺承天"的"柔顺"品格(《周易·象传》),以辅佐君王、夫君来完成自己的角色使命,是不具备主体性地位的矛盾次要一方。这种在角色意识上确立等级关系而非对话关系的阴阳思维,就决定了中国传统文化无论如何辩证,无论如何强调阴阳互易,无论包含多么深刻的哲学智慧,终究仍是一种维护君贵臣卑、夫贵妻卑的内在包含着专制性质的文化。其"表面的二元实际上乃是一元的统治":

> 表面上看是一种二元对立思维,主张事物的矛盾性和辩证关系,但实质上则是择其一端而舍弃另一端,暗中施行隐蔽的权力话语力量,对"异

[①] 黄寿祺、张善文在《读易要例》中指出:"《易》例以阴爻乘阳爻为'乘刚',象征弱者乘凌强者、'小人'乘凌'君子',爻义多不吉善。但阳爻居阴爻之上则不言'乘',认为是理之所常。由此可以看出《周易》'扶阳抑阴'的思想。"见黄寿祺、张善文:《周易译注》,上海.上海古籍出版社,2001年版,第44页。

己"和"他者"加以排斥，进而趋向于某种文化暴力和霸权。①

除非当代文化能够在儒家《易传》之外、在儒道释思想之外对《周易》进行新的阐释，剔除其角色等级意识，从而建构出符合中国文化转型需求的新的文明②，否则，简单地谈回到中国文化儒道释经典中是无益于当代性别意识的反思的。

如何整合马克思主义妇女解放理论、西方当代女性主义理论、中国现代性别思想以及当代哲学思想等多种性别思想资源，首先必须从解决现当代中国文化性别问题的现实有效性出发。本文倡导男女两性主体性平等，在主体性平等的前提下尊重性别和个体的差异性这种观念。这包含着对封建性别等级文化的批判，也包含着对以平等的名义用政治化的男性类特性压抑性别差异性、个体生命差异性这一历史的反思。男女两性在主体性方面的平等，就意味着不能拿男性的尺度作为普遍的人的尺度来衡量女性生命，而应该尊重女性生命自身的逻辑，尊重男女两性的差异性；同时对性别差异性、个体差异性的认同，也必须以现代多元文化观念为思想基础，承认不同性别、不同个体多元并立的存在价值，避免由承认差异性出发而回归女不如男或走向男不如女的性别等级观念。倡导男女两性主体性上的平等，也包含着女性主义立场对男性合理生命逻辑的尊重，说明这种性别立场是对男权文化传统的本体性否定，而不是男女轮回式的反叛。倡导尊重女性主体性，就要求作家只有在承认女性主体性价值的前提下才可以自由地赞美女性人性美，可以自由地批判女性人性恶，这就要求叙事文学的隐含作者审视女性人物时必须不含男性偏见，要求作品中的女性人物审视世界时必须取女性视角。

四 应注意的几个问题

反思中国现代文学的性别意识，也不能仅仅集中在鸳鸯蝴蝶派作家、新感觉派作家等二三流作家甚至不入流作家的创作上；而应该包括，甚至首先应该集中

---

① 周宪：《从一元到多元》，载《文艺理论研究》2002年第2期，第22页。
② 吴炫认为对《易经》的重新阐释是必要的。他认为："面对中国当代文化的创新需求，迫切需要建立能'离开'循环、建立独特的不死世界的新的二元论哲学，以完成对《易经》自然性和谐精神'不同而平衡'的当代阐释。"见吴炫：《中国当代思想批判》，上海．学林出版社，2001版，第6页。

在对现代经典作家创作的反思上。只有深入反思经典作家的性别意识，才能有效地弥补中国现代文学男性在性别意识领域自审意识不足这一缺憾。也只有包含对经典作家创作的反思，对一个时代文化的反思，才是彻底、充分的。现代经典作家创作是否存在男性中心意识，自有他们的创作为证。研究者不应该先设定一个神圣的禁忌圈把他们保护起来。还是让他们以自己的创作直面男女主体性平等这一价值尺度来为自己辩护吧！

反思中国现代文学的性别意识，还应包含对男女作家创作双方面的反思。应该仔细辨析男作家创作中对传统性别等级观念的超越，更应该仔细辨析男作家在进步的名义下对性别等级观念的不自觉继承和重新建构。后者更为隐蔽，至今为止受到的文化批判也更为有限。应该仔细辨析女作家创作在现代女性主体性建构方面的业绩，也应该深入反思现代女作家是否有自觉不自觉屈服于男权文化传统的一面。因为以为女性生存立言为起点的女性主义批评负有多重的文化使命：

> 一方面是消除人类中单一的男性文化视域阴影的全方位的笼罩；一方面又要担负与男性文化世界共同改造民族文化精神的重任；另一方面还要面对女性文化世界内结构的自我审视和批判，在自我生命的矛盾运动中求得发展和更新。①

对现代文学性别意识的反思，本质上还是一种文学反思，那么，这一种性别批评就必须是思想反思与艺术批评的结合。这一种批评，固然应该重视作家的宣言，但更应该注重分析作家的艺术想象。因为艺术想象作为作家的白日梦，比其理性宣言更能深刻地表现作家的潜意识，所以也更能深刻地表现一个时代的集体无意识。而这些集体无意识在文化中的生命力往往强于浮于时代文化表层的理性宣言。

原载《海南师范学院学报》2003年第5期

---

① 丁帆：《男性文化视域的终结——当前小说创作中的女权意识和女权主义批评断想》，载《文学的玄览：1979—1997》（丁帆著），北京：北京出版社，1998年版，第487页。

女性文学主体性论纲

"把女性主体性作为女性文学的基本内涵，并把'五四'新文化运动中诞生的以人的发现和女性的发现（即周作人所说的'为人和为女的双重自觉'）为精神血脉的'五四'女作家群的出现，作为我国女性文学的开端，而把这之前由晚明开始直到晚清和民国初期如秋瑾女侠等的具有朦胧的人文主义觉醒的女诗人们的创作作为中国女性文学的一个长长的序幕，是我的基本的女性文学观。"[1] 把女性主体性作为界定女性文学的基本原则，刘思谦无疑抓住了女性文学的本质。本文在赞成、认可刘思谦这一概念界定和历史划分的前提下，拟将主体性理论、主体间性理论与叙事学等其他文化、文学理论相结合，进一步探讨女性文学的主体性问题。

---

[1] 刘思谦：《女性文学这个概念》，载《南开学报》2005年第2期，第4页。

一 隐含作者的女性主体性

作为确立女性文学内涵的女性主体性，无疑应是专指隐含作者[①]的女性主体性，而非作品中女性人物的主体性或叙述者的主体性；而且，此种主体性应是剔除了霸权的、经过现代修正的主体性，因而实际上是一种主体间性[②]。因为"……主体间性并不是对主体性的绝对否定，而是对主体性的现代修正，是在新的基础上重新确立主体性。主体间性也翻译为交互主体性，后一种译法更能体现它与主体性的关系，即不是反主体性，而是主体间的交互关系"[③]。

从表现对象来说，女性文学可以表现张扬女性主体性的生活场景，也可以表现女性主体性沉沦的图景；可以刻画具有女性主体意识的人物，也可以刻画无主体性的女性人物或反女性主体性的男性人物或倒置性承袭男性霸权的女性人物。关键是女性文学在观照各种生活场景和各色人物的时候，必须贯彻尊重女性主体性而并不建构任何霸权的价值立场。这种价值立场以各种方式渗透于文本中，必然是隐含作者的一种文化态度。

关注叙述学理论，区分隐含作者立场与作品中人物立场的差别，可以有效地避免混淆作品价值取向与作品表现对象的失误。有人说，现实生活中女性经常处于无主体性状态中，某某作品不过是真实表现了这一种状况而已，何必一定要苛求作家都去贯彻坚守女性主体性的立场？这种观点首先就陷入了作家有可能纯客观地去表现生活现象和大众生活观念这一认识误区。事实上，价值立场上不偏不倚的纯客观叙述是不存在的。零度叙述不过存在于语言层面上，它使得作者的价值立场显得隐蔽，因而更耐人寻味，但并不可能从根本上取消价值判断。所谓客观表现女性的无主体性状态，如果不能渗透进否定的态度，就会成为对女性非存

[①] "隐含作者"是布斯在《小说修辞学》中提出的概念。"它的形象是读者在阅读过程中根据文本建立起来的，它是文本中作者的形象，……它通过作品的整体构思，通过各种叙事策略，通过文本的意识形态和价值标准来显示自己的存在。"见罗钢：《叙事学导论》，昆明．云南人民出版社，1994年版，第214页。

[②] 参看刘思谦：《性别视角的综合性与双性主体间性》，李玲：《主体间性与中国现代男性立场》。两文均载《河南大学学报》2006年第2期。

[③] 杨春时：《现代性与中国文化》，北京．国际文化出版公司，2002年版，第156页。

在的默许。批评中还存在另一种失误,即根据作品中的某某人物是毫无女性主体意识的人物,就立即判定该作家的性别立场成问题。这显然忽略了作家价值立场与作品中人物的价值立场之间可能存在的差别,即忽略了作品的叙述态度这一关键问题。"在强调文学要表现真实的女界人生的同时,一些论者将文学所反映的东西当作生活实事去处置,特别是将人物所表现的性别倾向与作家本人的性别价值倚重等同。"① 林树明 1992 年就指出性别批评中存在这一失误,"可经过十多年的历程,如此简单化的毛病仍普遍存在"②。

女性文学在表现具有女性主体意识的人物或展示女性主体性的生活场景时,隐含作者应该投以肯定的态度;女性文学在表现反女性主体性的人物及场景的时候,隐含作者应该投以否定的态度。总而言之,隐含作者应该具有明确的守护女性主体性且不建构任何霸权的价值立场。这就涉及隐含作者的主体性与人物主体性之间的关系问题。既然女性文学应该守护的是隐含作者的女性主体性,而非作品中人物的女性主体性,那么,这是否与叙述学理论中反复强调要重视人物主体性的观点相抵牾呢?

事实上,叙述学中强调尊重人物的主体性,并不意味着要让隐含作者的主体性退场。叙述学中所强调的人物主体性,有两个层面的意味:一个是技术层面的,意指作家不应该让人物变成作家思想的传声筒,而应该让人物性格具有其自身的内在逻辑性,具有人性的丰富性,总之,应该避免概念化写作;另一个是价值层面的,意指隐含作者应该尊重人物的价值立场,不应该以权威态度评判作品中人物的是非,而应该以对话的态度尊重作品中人物的价值取向。仅仅在叙事技巧方面强调隐含作者应该尊重人物基于其存在的人性丰富性,并不足以对隐含作者的价值立场造成什么冲击,因为这一原则并未真正挑战隐含作者在最高层面上控制作品价值走向的原则;而在价值层面上强调隐含作者要以对话的态度而非一元独霸的态度对待作品中的人物,就有可能从根本上挑战作品中隐含作者的权威地位,这就产生了隐含作者坚守女性主体性何以可能的问题。

---

① 林树明:《新时期的女性文学研究述评》,载《上海文论》1992 年第 4 期。
② 林树明:《论当前中国女性主义文学批评的问题》,载《湘潭大学学报》2006 年第 3 期,第 42 页。

然而，当下叙述学从价值建构层面上强调尊重作品中人物的主体性，并非倡导让隐含作者的主体性退场，并非倡导放弃作家的价值立场。首先，叙述学强调尊重人物的主体性，意即强调隐含作者要以对话的态度对待人物，那么，它就不是非此即彼地让隐含作者的主体性退场，而是让人物与隐含作者同时具有主体地位，从而构建出主体间的新型关系，否则对话的前提就不存在。其次，多元主体之间的对话可能产生多元立场，从而避免先验本质对存在的压抑，使得文学中人的存在具备了开放的性质，但也并非倡导走向相对主义和价值虚无主义。以对主体间性关系的理解尊重生命的多种选择，尊重存在价值的多元性质，是文学应持的一种基本态度；穿越现实的不完满性，追问可能生活的维度，守护本真的存在，则是文学应该坚持的另一种基本态度。只有这两种基本态度兼顾，文学才能实现探索存在意义的目的。文学作品中人物的某种价值立场能否作为应被尊重的多元价值之一维，应该看它是否具有守护本真存在、追问可能生活的意义。陀思妥耶夫斯基的《罪与罚》之所以让巴赫金赞不绝口，是因为隐含作者并没有以权威的态度武断地判定拉斯科尔尼科夫杀人是绝对的善或绝对的恶。这里，隐含作者尊重人物主体性，理解其内在矛盾，是由于根据良心的原则和社会公平的原则，拉斯科尔尼科夫杀死那位放高利贷的老太婆正是恶善兼具的。隐含作者在此并非无价值判断，而是在对拉斯科尔尼科夫内心矛盾的充分理解中既坚守了良心的原则，也坚守了社会公平的原则，并且探问了人的道德困境。隐含作者正是通过尊重人物的主体性来构建自我的主体性，正是在理解人物的价值难题中叩问了何为本真的存在这一命题。由此可见，陀思妥耶夫斯基在创作中实践着的、巴赫金在理论上强调着的尊重作品中人物的价值立场这一原则，仍然是以人物的价值立场符合叩问本真存在为前提的。他们并非无原则地让隐含作者放弃对一切人物立场进行价值评价。《罪与罚》中的"未婚夫"卢仁受到隐含作者的唾弃，是因为他极度自私、虚荣。这说明，叙述学中强调隐含作者不应该以权威的态度而应该以对话的态度对待作品中的人物，并不意味着要求隐含作者放弃对人物立场进行价值评判，而是指隐含作者应该耐心聆听人物的声音从而不放弃探索本真存在的机会，而当人物的立场损害到本真存在时，隐含作者仍然应该有明确的否定态度。

这样，当作品中的人物持反女性主体性的立场时，隐含作者就应该理直气壮地对其进行价值否定，因为反女性主体性的立场伤害了人类一半的尊严和利益，是本真存在的异化。现实中的人总是有缺陷的，男性有时难以超越自我的视域限制，容易陷入自我中心思维中，从而站到反女性主体性的立场上，女性有时难以抵抗世俗的价值观，从而认同反女性主体性的女奴立场。隐含作者体谅人性的脆弱与不完美，也仍然应该把此种男性心理和女性心理作为人性的缺点来体谅，也就是说，隐含作者在悲悯人性的弱点时仍然应该以视之为弱点为前提。这样文学作品对人性之弱点的体谅、悲悯就不至于堕落到纵容乃至与之同谋的立场上。在张爱玲的《红玫瑰与白玫瑰》中，男性人物佟振保的欲望指向"红玫瑰式"的热情女性，观念上他却认为只应该娶"白玫瑰式"的传统淑女，隐含作者悲悯他欲望与观念分离所带来的内心痛苦、人格分裂，但是这种悲悯是与否定结合在一起的。作品以"坏女人"王娇蕊成长为痴情恋女并进而成长为母亲的经历，反驳了佟振保对"红玫瑰式"女性的妖魔化想象。作品中，固然佟振保对"红玫瑰式"女性的妖魔化想象在技术层面上始终与王娇蕊的女性成长话语构成交锋的对话关系，两个人物谁也没有改变对方的观念；但在作品的价值层面上，隐含作者则明确否定佟振保的女性偏见，以王娇蕊成长经历的书写完成了作品维护女性主体性的立场。隐含作者既悲悯又否定了男性人物反女性主体性的性别想象模式，作品最终在艺术审美的层面上超越了现实人性的不完美性，守护了本真的存在。

二 女性隐含作者与男性人物

女性文学以守护女性主体性、守护本真存在为要旨，就产生了守护女性主体性的隐含作者如何对待作品中男性人物的问题。尽管在人类文明史上，女性主体性曾经长期受男性霸权的压制，但是当下建构女性主体性并非要把男欺女关系改造为女欺男关系，而是应该超越主客二元对立的思维模式，把男女关系理解为主体间的关系，也就是说女性隐含作者应该以主体间的态度对待笔下的男性人物、对待自我。那么，这个女性隐含作者在审视笔下男性人物的时候，就应该避免"唯性别成分论",即应该避免以身份定是非,而应该把作品中的男性人物理解为另一个平等的主体,以主体间性原则审视男性他者并反观女性自我。主体间性原则强调女性文学作品中女性隐含作者与笔下男性人物都是平等的主体,都不是另一方主体霸权压制之下纯客体性的存在物;同时这两个平等的主体在对方目光的观照下又都在一定程度上兼具客体的性质,从而限制了自我主体霸权扩张的可能性,增添了主体的自我反思性质。这样,女性隐含作者在充分理解笔下男性人物对女性的爱欲时,又应该能够不去迎合某些男性人物纯粹物化女性的情爱想象;女性隐含作者在批判某些男性人物完全以男性需求来阉割女性生命完整性的思维偏执时,又应该能够理解男性在不压抑女性主体性的前提下对女性合理的性别期待。总之,女性隐含作者以主体间的关系来把握自我与笔下男性人物之间的关系,应该既能抗拒男性霸权意识,又能超越女性之我执,从而达到对女性和男性本真存在的共同守护。

女性文学反抗传统男性霸权,在性别关系中追求公平正义。这种反抗具有弱者对抗强权的性质,在当下它实际上又面临着是否包含怨恨气质、是否缺乏高贵的精神向度这一拷问。

尼采把怨恨界定为"颠倒的价值目标的设定——其方向必然是向外,而不是反过来指向了自己",并把它归为"奴隶道德",认为"一切高尚的道德都来自一种凯旋般的自我肯定,而奴隶道德从一开始就对'外在''他人''非我'加以否定"[1]。舍勒进一步阐释说"怨恨的根源都与一种特殊的、把自身与别人进行价值攀比的方式有关"[2],他又认为并非所有的比较都指向怨恨,"雅人在比较之前体验价值;俗人则只在比较中或通过比较体验价值"[3],只有俗人"其软弱的次类型将变成怨恨型"[4],"怨恨是一种有明确的前因后果的心灵自我毒害"[5]。由此可见,被界定为

---

[1] 尼采:《论道德的谱系——一篇论战檄文》,载《论道德的谱系·善恶之彼岸》(尼采著),桂林.漓江出版社,2000年版,第20页。
[2] 舍勒:《道德建构中的怨恨》,载《舍勒选集》上册(刘小枫选编),上海.上海三联书店,1999年版,第409页。
[3] 舍勒:《道德建构中的怨恨》,载《舍勒选集》上册(刘小枫选编),上海.上海三联书店,1999年版,第411页。
[4] 舍勒:《道德建构中的怨恨》,载《舍勒选集》上册(刘小枫选编),上海.上海三联书店,1999年版,第412页。
[5] 舍勒:《道德建构中的怨恨》,载《舍勒选集》上册(刘小枫选编),上海.上海三联书店,1999年版,第401页。

负面价值的"怨恨"必须满足如下三个必要条件：第一，它产生于弱者心中；第二，它是一种斤斤计较而又无能为力的态度；第三，它没有终极价值追求。

女性文学在反抗传统男权的时候，女性隐含作者确实常常承载着女性作为弱者的历史重负，在追求与男性同等的主体地位时确实常常陷入无能为力的文化感受中，但是获得主体意识的女性隐含作者却并非"在比较之前"没有终极价值追求。守望男女两性的本真存在、建构男女之间的主体间性关系是女性文学的终极价值追求。此种价值追求恰恰是"在比较之前"体验到的价值。因此女性文学不是在弱者地位上嫉妒男性的强者地位，而是以生命的本真存在、以主体间性关系为价值尺度，既反抗女性自我的无主体性地位，也悲悯男性在君临于女性之上、张扬主体霸权时所陷入的生命异化状态，悲悯男性在其他社会等级关系中可能沦为完全客体的无主体性状态，同时还警惕女性自我克隆男性霸权的可能。总之，女性文学尽管基于文学的象征本性而必然要从生活细节中探求深意，却不是仅仅在利益上与男性斤斤计较，更完全不是要把男性从霸权主体的地位上拉到无主体性的地位上，而是以对本真存在的追问反对一切生命的异化状态，以对主体间性关系的追求反对任何一种性别的主体沦丧与主体霸权扩张。而仅仅处于攀比的怨恨情结中是产生不出女性文学守护本真存在、建构主体间性关系的高贵的精神向度的。

这样，当女性隐含作者面对作品中持霸权观念的男性人物时，其敏锐的批判态度中必然包含着深切的悲悯。对生命的大爱是女性文学的根基。当女性隐含作者面对作品中具有主体间性思维的男性时，其赞赏的态度中必然含着心有灵犀一点通的喜悦。追寻"在比较之前"体验到的终极价值，是女性文学的目的论意义。在目的论层面上，女性文学应能超越奴隶道德中的怨恨之气，而具备"与世界和实事本身直接沟通"[①]的高贵气度。

---

① 舍勒：《道德建构中的怨恨》，载《舍勒选集》上册（刘小枫选编），上海．上海三联书店，1999年版，第425页。

三 女性隐含作者与女性人物

女性隐含作者不仅要面对作品中的男性人物，还要面对作品中的女性人物。隐含作者与人物即使同为女性，她们之间仍然不是未被分化的混沌的同一体，而是两个独立的主体。她们之间的关系也应该是主体间的关系。

把女性人物视为无主体性的纯粹客体，是传统男权文学的基本立场。如："倩何人唤取红巾翠袖，揾英雄泪"（辛弃疾《水龙吟·登建康赏心亭》），"设想英雄垂暮日，温柔不住住何乡"（龚自珍《己亥杂诗·少年虽亦薄汤武》）……在这类抒写男性怀抱的作品中，女性对于男性世界来说未尝不是重要的，但是其重要性仅仅在于其工具性。当女性仅仅作为"红巾翠袖"为男性失意英雄营造温柔之乡的时候，她们并没有机会获得同等主体的地位并与男性隐含作者进行深层的精神交流。男性隐含作者即使以喜爱之情凝视这些装饰他们梦想的女性人物，其目光由于未曾承载主体间性的内涵而在本质上仍是空洞的、轻蔑的。

把女性人物视为女性隐含作者的同一体，则是女性主体意识初步兴起时期的特征。当女性隐含作者初次睁眼审视男性世界的时候，异性世界给她们带来强烈的异己感。她们体会到女性主体性存在的艰辛，不免希望由复数的"我们"来驱散心中的软弱感。女性隐含作者通过与女性人物合一构成复数的"我们"，固然有利于在异己的环境中保存女性主体性之星火，但是未经充分个性化的女性主体意识却也难以达到在深层探索女性存在的境界。在"五四"时期"海滨故人"群女作家庐隐、石评梅、陆晶清的创作中，隐含作者时常与主要女性人物简单同一。《海滨故人》中，隐含作者在精神层次上把自己与感伤的女主人公露沙合为一体，二者之间构不成相互探问的精神张力，构不成主体间性的对话关系，这自然就在一定程度上限制了《海滨故人》往更深处追问女性精神世界的可能性。新时期的女性文学再度兴起时，在张洁的《方舟》中，梁倩、柳泉、曹荆华三位女性固然性格各异、经历不同，但是彼此间在缺少深层精神交锋的情况下构成统一的女性同盟，并不审视、探问对方的精神世界，隐含作者对这三个女性人物也同样只是在"你将格外的不幸，因为你是女人"（《方舟·题记》）这单一层面理解其生存艰辛，而没有作为他者去探问她们更深的精神世界，探问她们之间的关系。

隐含作者与笔下人物这几个立场上未经分化的女性构成混沌同一的"我们"的世界，作品也就在一定程度上失去了更深一层辨析女性人性的机会。

在女性文学主体意识比较成熟的作品中，女性隐含作者不仅与笔下男性人物而且与笔下女性人物构成主体间的对话关系，而不仅仅是简单的同一关系。在张爱玲的《倾城之恋》中，白流苏出于传统女性生存境遇的限制，只能通过"谋爱"来"谋生"。争取被一个男人所爱、获得太太的名分，是她生存的必要条件。这样，与范柳原的交往中，她无暇关注范柳原的内心激情，对范柳原"我自己也不懂得我自己——可是我要你懂得我！我要你懂得我"的心灵呼唤毫无反应，只是希望能抓住机会成为范太太，不要沦为范柳原的情妇或回上海去当五个孩子的后妈。隐含作者深切理解、悲悯白流苏只能在生存层面上努力、无条件侈谈爱情的生存困境，同时又以男女双方"死生契阔，与子相悦，执子之手，与子偕老"的爱情尺度来观照、否定倾城之前白流苏心中的爱情贫瘠。前者展示了隐含作者理解女性历史命运、现实处境的思想深度，后者展示了隐含作者在情爱问题上的理想主义尺度。这样，隐含作者对女性人物既有深层共鸣又有反思审视。由于反思否定与悲悯共鸣这两个层面共在，反思否定就没有流于苛酷刻薄，就不至于在隐含作者与人物之间建立起人格等级的优劣关系，悲悯共鸣就没有流于纵容放任，而能承担守护生命本真存在的使命。这就在女性人物与隐含作者之间形成了主体间的对话关系，而不是简单的同一关系。

四 小结

在叙事文学中，隐含作者不能在作品中直接现身，他/她总是要在作品中派出自己的代表——叙述者。这就涉及叙述者是否可靠的问题[①]。当叙述者可靠的时候，他/她就是隐含作者的忠实代表，其价值立场与隐含作者完全同一；当叙述者不可靠的时候，其价值立场虽然与隐含作者相冲突，但这种冲突、对话是局部

---

① 布斯把叙述者分为可靠的和不可靠的两类。见布斯：《小说修辞学》，北京．北京大学出版社，1987年版。

的，不可能在整体上颠覆作品的价值走向。隐含作者必然要在整体局面上操控而不是放任自己的代表——叙述者的。这样，女性文学中的叙述者可靠与否，只可能影响作品的艺术特色或艺术水准的高低，而不可能影响作品是否能够守护女性主体性这个价值层面上的问题。艺术特色、艺术水准与价值走向是不同层次的问题，所以，叙述者与隐含作者之间的关系在此存而不论。

另外，本文是在目的论（teleology）层面上探索女性文学主体性建构的问题，是从可能的维度而非现实已然存在的状态探究女性文学的应然性质。已有的女性创作在守护本真存在、建构主体间性方面未必都能达到目的论层面上所要求的完满状态，但这并不能瓦解守护本真存在、建构女性隐含作者的主体意识、在女性隐含作者与男女人物之间建构主体间性关系这一系列女性文学的目的论要求。

原载《南开学报》2007年第4期

评新时期的冰心研究

前　言

冰心是世纪的同龄人,是"五四"文学革命的元老,是中国现当代成名最早、拥有最广大读者的女作家。其小说、诗歌、散文创作在新文学建设之初即全面铺开,当即受到读者的热烈欢迎和评论界的热切关注。70多年来,她始终关注社会人生,笔耕不辍。20世纪80年代,她的创作生命又再度焕发青春,小说创作获得全国优秀短篇小说奖,散文创作也体现了炉火纯青的本色。

评论界对冰心创作状况的热切关注始于1919年中国现代文学建设之初。70多年来,随着中国现当代文学思潮的变迁、发展,冰心研究也走过一段曲折的长路。"五四"时期,"为人生"的最初的现实主义批评初步肯定了冰心用"爱"来解答人生本质的创作动机。20世纪30年代,左翼文学运动兴起,茅盾的《冰心论》[1]以革命现实主义为价值尺度,在肯定冰心关心社会现状、安慰人生的"好心肠"的同时,更着重指出"爱的哲学"在解释、改造社会黑暗现实方面的软

---

[1] 茅盾:《冰心论》,载《文学》1934年第3卷第2号。

弱、无力。这体现了茅盾在冰心思想研究和左翼文学倡导方面的独到贡献。但把针对无产阶级革命文学家的特殊标准拿来普遍地要求其他作家，过分强调文学直接改造现实的功能，却又导致对冰心人道主义思想积极意义认识不足的局限。而其他一些左翼批评者，则往往从庸俗社会学观点出发，极为不公正地将"爱的哲学"斥为与时代精神相悖的"旧思想"而加以全面否定。巴金等立足于人道主义立场的批评在一定程度上弥补了对冰心人道主义思想积极意义认识不足的缺陷，肯定了其人性关怀的正面价值，遗憾的是这种肯定一直未成为冰心思想研究中的主旋律。在很长一段时间内，对冰心思想的研究都存在着评价过低的缺憾。1949年以后的冰心研究，一方面对冰心创作做了更为深入、全面的具体研究；另一方面，更多的是发展了无产阶级革命文学运动倡导时期所犯的"左"的错误，膨胀成对冰心早期创作思想的基本否定，乃至"文革"时期对冰心创作思想的完全抹杀。

新时期，冰心研究改变了较长一段时间冷寂、停滞的状况，逐渐克服了长期积存的"左"倾错误，从不同的视角、以不同的方式深入发展，获得新的发现和新的结论，呈现出蓬勃发展的新气象。新时期出现的冰心研究论文总共有250多篇，"中国现代文学史资料汇编·乙种丛书"中出了《冰心研究资料》[1]，还先后出现了三本冰心传记著作。范伯群、曾华鹏的《冰心评传》重评不重传，详细考察了冰心从1919年至粉碎"四人帮"以后的文学创作道路，清晰地勾画出冰心思想发展的历程，探究了冰心创作风格的内在特质和发展变化[2]。他们立足于现实主义文学理论，以辩证唯物主义为指导思想，将冰心创作与作家主体世界观变化、时代环境变化结合起来考察，注重探索冰心创作的社会价值、历史价值和艺术价值，肯定了冰心对中国现代文学的突出贡献。第二本传记是肖凤的《冰心传》[3]。该书的特色在于评、传结合，将作家从出生到20世纪80年代初的生活道路和创作道路结合起来考察，努力"写出一个活生生的人物形象"。第三本传记

---

[1] 范伯群编：《冰心研究资料》，北京．北京出版社，1984年版。收集的资料自1919年至1982年。
[2] 范伯群、曾华鹏：《冰心评传》，北京．人民文学出版社，1983年版。
[3] 肖凤：《冰心传》，北京．北京十月文艺出版社，1987年版。

是卓如的《冰心传》①。卓如的传记重传不重评,从冰心出生写到 1951 年从海外归来。作者以丰富翔实的史料为基础,以深刻的理解为前提,充满敬意地进入冰心的思想、情感世界,用诗意盎然的文笔勾画出这位冰清玉洁的东方才女生活中的重大转折和心灵中的细微颤动,具有美文的特点。有关方面还成立了冰心研究会,创办了研究会会刊《爱心》杂志,组织了冰心作品研讨会,组织选编了《冰心研究资料》(1919 年至 1993 年)、《永远的冰心》(回忆录)等书,目前冰心纪念馆也在筹建中。作品出版方面,四川人民出版社、香港三联书店、海峡文艺出版社等出版社出版了多卷本的冰心作品选集,上海文艺出版社出版了六卷本的《冰心文集》,十卷本的《冰心全集》也将由海峡文艺出版社推出。

新时期的冰心研究较以往有本质的飞跃,出现了崭新的面貌。但就具体研究的各个侧面而言,又存在着极不平衡的局面。目前的研究现状与这位"国之瑰宝"、文坛巨匠的崇高人格、创作成就和巨大影响还是很不相称的。现在已有一切可能把冰心研究引向丰富和深化。笔者写作本文的目的,即在分析冰心研究的现状,确认成绩,指出偏颇,追索原因,为冰心研究的新拓展贡献自己的绵薄之力。

本文接下来从创作思想研究、艺术成就研究、创作心理研究三个部分展开论述。

一　创作思想研究

新时期最初的冰心思想研究,是从政治上的平反开始的。冰心一生,思想有不断的发展、升华,但人道主义是其基本内核,她的"爱的哲学"在新时期之前相当长的一段时间内被定性为"实质上是资产阶级人道主义、人性论在文学创作上的反映","和时代的要求是背道而驰的",被置于受审判、受践踏的地位②。新时期的研究首先是以蹒跚的步履在政治上给"爱的哲学"平反。平反的前提是政

---

① 卓如:《冰心传》,上海.上海文艺出版社,1990 年版。
② 中山大学中文系 56 级现代文学研究小组:《冰心早期作品初探》,载《中山大学学报》1960 年第 3 期,第 28—29 页。

治观念的变化，即根据历史事实，把新民主主义时期的民族资产阶级、小资产阶级重新列为反帝反封建统一战线内的力量，这样，资产阶级的意识形态也就不再完全被斥为反动的东西。在此前提下，评论者们陆续提出，"爱的哲学""母爱文学"虽"并不代表革命的主流"，有"唯心主义倾向"，但它作为"人道主义思潮在新文学领域内的反映"，"和反帝反封建的革命主流不是相悖而是一致的"①。这种政治上的平反洗刷了泼在冰心创作上的极"左"的污水，具有重要的意义，但其价值体系仍然是文学附属于政治，用政治、革命的价值标准来衡量文学的价值。这就无法给冰心这种"爱的哲学"以更高的评价，因为冰心的"爱"毕竟还不属于无产阶级的阶级意识。这样，有的论者为了在政治上给"爱的哲学"以更高的评价，就牵强地去论证在冰心早期"博爱思想的体系里，对祖国的爱是放在第一位的"②。这显然并不符合作品实际。冰心无疑是一个爱国者，但在她博爱的思想体系中，她是以自然之爱、儿童之爱、母爱作为人生的解答和慰安的。爱国主义作为一种品格素质自然常从她的文字中流溢出来，但在多数时候这并不是她特意去倡导、思考的。

当文学在狭窄的政治藩篱中兜转多年之后，必然要冲出来去寻找更广阔的天地。20世纪80年代中后期，人们逐渐由过去对文学只做社会的、政治的把握转向做审美的、心理的把握，转向用文化的广阔视野来重新审视现代文学史。这种文学观念的开拓，也给冰心研究带来了全新的转机。人们发现：

> 冰心关于爱和美的描写，在当时的文坛上，与批判现实文学实在是起了一定的互补作用的，没有批判现实文学大潮的猛烈冲击，不足以摇醒昏睡中的人们，给现存社会以毁灭性的打击；没有爱与美的涓涓细流注入人们心田，也不足以慰藉、感化黑暗中的灵魂，提高人类自身的有序化程度。尽管说后者对现存社会的打击，远不及暴露文学来得直接、有力，但却从文化的层次上，对现实作了深层的干预。因此，那种以与现实关系为由，否定或轻视这类表现主题的观点，都是站不住脚的。③

---

① 乐齐：《试论冰心的"母爱文学"》，载《新文学论丛》1982年第3期。
② 乐齐：《试论冰心的"母爱文学"》，载《新文学论丛》1982年第3期。
③ 王喜绒：《应该重新思考的另一种歌唱——冰心创作新论》，载《兰州大学学报》1988年第4期，第94页。

经过几十年的风雨之后，冰心这位"爱"的歌者终于得到了应有的肯定。从文化的视角看冰心的创作，也使研究者更多地注意到冰心对民族优秀文化传统的继承以及这种继承在"五四"新文学建设中的意义。有的论者提出"从中国传统文化中得来的老庄哲学精华""使冰心面对激烈的爱憎矛盾，始终保持超脱、达观的认识"①。有的文章则着力论证冰心早期作品中"爱父母、爱人"的思想与孔子"仁爱"思想、孟子思想之间的内在联系②。

20世纪30年代，郁达夫曾注意到冰心创作的女性特质。20世纪80年代中期，女性主义这股世界性的进步思潮涌进国内，它也引发了人们对冰心创作女性特质和冰心妇女观、家庭观较为集中的关注。刘思谦在《冰心：迷离的东方女性之真》一文中认为：

> 冰心的家庭问题小说里的家庭观念，深层的心理便是由这没有断裂的母爱的纽带为核心的健全的女性角色心理。其观念的、显在的层次，……是传统的、男性中心的，然而内在的、心理的层次则是自然的、女性的。③

女性作为一种性别，不仅是自然的，也是历史的和社会的。因此女性主义研究往往和文化的研究交融在一起。许多论者都在冰心与现代其他女作家的比较研究中，考察女作家创作的共性和冰心创作的特性。对冰心创作的女性特质的研究，对冰心家庭观、妇女观的探索，拓展了冰心思想研究的深度和广度，但我国的女性主义研究尚处于初创阶段，借鉴西方理论还有个消化、吸收的过程，还要考虑到东西方文化观念的异同点。有的论者就不免存在着将东方特点、女性特质混同于封建性、奴性的误会，将冰心笔下的女性形象归结为"喜欢把自己的灵魂依附于外物或他人的'淑女型'女性"。这里显然对冰心的早期小说有所误解，没有看到冰心小说中的"五四"时代精神。事实恰恰相反，冰心小说中的女性正面形象都是自觉、主动地承担起社会责任和家庭责任的现代女性。在现代社会中，如

---

① 于河生：《论冰心、庐隐早期创作的人生哲学》，载《西北师范大学学报》1991年第4期。
② 马璧玲：《试论冰心"爱的哲学"——冰心早期作品初探》，载《中国现代文学研究丛刊》1982年第3期。
③ 刘思谦：《"娜拉"言说——中国现代女作家心路纪程》，上海．上海文艺出版社，1993年版，第105页。

何处理好男女平等与男女有别的关系，如何塑造好现代女性形象，冰心都做了先行的探索。这方面的研究显然还是不够的，有待深入拓展。

"爱的哲学"的概念是阿英在 20 世纪 30 年代初提出的。他从"母亲的爱""伟大的海""童年的回忆"三方面界定其内容[①]。此后"爱的哲学"的提法受到冰心本人和学术界的肯定。"爱的哲学"的具体内涵一般也被理解为"母爱""自然之爱""儿童之爱"，但研究的重心一直落在对"爱的哲学"思想价值的评价上，而较少去探究"爱的哲学"的内部组成，较少去仔细辨析"母爱""自然之爱""儿童之爱"的丰富内涵。然而，放弃了对"爱的哲学"内涵的深入思辨，实际上也就从根本上模糊了对某些重要问题的认识，比如，冰心"爱的哲学"的东方特色、"五四"特点，冰心人道主义思想与西方人道主义思想的关系，冰心人道主义思想在整个中国现代文学人道主义思想中的位置，等等。新时期研究在这方面仍无根本的改观。实际上，冰心的"母爱""自然之爱""儿童之爱"均有感性和哲理两个层面的意味。冰心在现实中起了烦闷，就躲进母亲的怀里寻求解脱。她的"母爱"首先是一种世俗的人间亲情，源于冰心自身情感的体验，她进而把这种情感体验升华到哲学层面，认为它构成世界和谐、友爱的本质，并用它来对抗令人失望的现实。其"儿童之爱"亦有两个层面的意味。感性层面上从儿童的天真、儿童间的亲情中体会人性的美。哲理层面的意味则是它更主要的内涵，是用儿童无知无识的真纯状态与有知识便有挥之不去的烦闷的成人世界相对，赞美其"无"即大"有"的内涵。将它理解为哲学中的最高境界，与之相通的审美趣味、哲理思索是对"沉默""宁静"以及"死亡"的充满诗意的赞颂。冰心对自然的热爱则更多出自爱美的天性，出自对"宇宙""生命"的诗意感悟。人既膜拜大自然的神秘美，又与自然和谐、感应，共同构成宇宙的大调和。这里，自然并不像母亲的怀抱、儿童的世界那样与现实社会直接对立，但人与自然的和谐、人在自然怀抱中获得的安宁感间接地与人在现实中的失望感构成对比，自然给人以慰藉与安抚。冰心在她的创作中歌唱母爱、歌唱儿童、歌唱自然、歌唱宇宙的和谐，以此来抵御现实的虚无。她的"爱的哲学"显然不同于哲学家构筑的逻辑

---

① 黄英（阿英）:《谢冰心》，载《现代中国女作家》（黄英编），上海．北新书局，1931 年版。

严密的哲学体系，刘思谦称之为"艺术的宗教"，她说：

> 她就不像有的哲学家那样把自己的体验敲碎纳入概念范畴的框架归结为抽象的本质，而是始终固守自己这份鲜活的体验，通过逻辑驳论上升为关于人类宇宙的普遍信念，从而在普遍的哲学意义上维护了爱的价值。①

但总的来说，在新时期的研究中，人们注重的仍是对"爱的哲学"正确与否的评价，而较为忽略对"爱的哲学"具体内涵的探究。这显然是舍本逐末的。

在新时期的冰心创作思想研究中，显然还存在着另一个被忽略的重要问题，即冰心新时期创作本身的思想研究。学术界关注的仍只是冰心早期的创作思想。新时期，冰心和许多富有良知的优秀知识分子一样，经历了"文革"的煎熬之后，不仅没有沉溺于个人的恩怨得失，没有陷于颓废、失望，反而更增强了对祖国、对人民命运的忧患意识。她从深切的爱国之心出发，以清明的理性反思历史之后，一方面既乐观、通达地相信党的领导，相信国家会有美好的前途，另一方面，对我们国家在社会主义初级阶段还存在的许多丑恶现象也有了更清醒和真切的认识。这样，她对祖国、人民的爱，往往就通过对社会丑恶现象的深切痛恨、对国家命运的强烈忧患来表达。这特别体现在她对知识分子问题、教育问题的热忱关注上，体现在《我请求》《无士则如何》《我呜咽着看完〈国殇〉》等大声疾呼的杂文中。新时期冰心"爱的思想"较前几个时期有明显的发展，熔铸了更为现实的内容和力量，范伯群、曾华鹏称之为"烈火之后的凤凰再生"②。但就总体而言，对冰心新时期创作思想的研究却始终未形成深入讨论的局面。

二　艺术成就研究

对冰心创作方法的研究是新时期出现的一个新课题。以前的评论虽没有正面论及冰心的创作方法，但学术界历来都是以现实主义文艺标准来衡量冰心的作品

---

① 刘思谦：《"娜拉"言说——中国现代女作家心路纪程》，上海．上海文艺出版社，1993年版，第113页。
② 范伯群、曾华鹏：《"归来以后"三十春——论冰心在建国后的作品》，载《苏州大学学报》1982年第1期，第26—35页。

的。把丰富多彩的文学创作纳入一种创作方法的框架中，就难免要削足适履，把冰心创作的浪漫主义特质视为短处。新时期的研究者，则注意从作品实际出发分析冰心的创作方法，注意到了文学研究会和创造社作家创作互相渗透的事实。刘岸汀的《论冰心前期创作的浪漫主义倾向》运用浪漫主义艺术标准，从歌颂自然的题材与主题、艺术表现的主观色彩、自然率真的美学风格三方面，论证了冰心前期创作的浪漫主义倾向，并且比较了冰心与鲁迅、郭沫若、郁达夫等现代作家的创作风格，指出冰心前期的创作方法属于"东方古典式的自我型浪漫主义"类型[1]。

艺术风格研究方面，20世纪20、30年代的评论就已强调了冰心创作"温柔""典雅"的调子。20世纪60年代，范伯群、曾华鹏对其做了全面、详细的考察，以冰心诗中"满蕴着温柔，微带着忧愁，欲语又停留"的诗的女神形象来概括其1949年以前的创作风格特征，并指出1949年以后趋于明朗的变化[2]。这种概括既包含了冰心创作情感上的特点，又包含了艺术上的追求，为后来的研究者所共认。新时期的研究在继承这些成果的同时，体现出多角度深入的特点。有的文章着重强调"冰心早期的创作风格不是单一的"，认为"它既有婉约、含蓄和秀逸的一面，也有激昂悲愤的另一面"，前者主要体现在《繁星》《春水》《寄小读者》中，后者主要体现在"问题小说"中[3]。

"冰心体"概念的提出和发展，较为集中地展现了冰心艺术成就研究方面的成果。阿英在20世纪30年代初即提出"冰心体"的概念。从"诗似的散文的文字"和"从旧式的文字方面所引申出来的中国式的句法"两方面简要说明冰心创作的散文诗特质和句法特点，以此肯定冰心在中国现代文学文体建设上的独特贡献[4]。此后，"冰心体"这个名称一直被研究界沿用下来。20世纪80年代，方锡德将阿英提出的这两方面的内容推进了一步，从体裁、语汇、篇章结构三个角度

---

[1] 刘岸汀：《论冰心前期创作的浪漫主义倾向》，载《扬州师范学院学报》1990年第3期，第21—31页。
[2] 范伯群、曾华鹏：《论冰心的创作》，载《文学评论》1964年第1期，第41—63页。
[3] 任伟光：《冰心的创作风格及其变化——对冰心建国前艺术风格的几点看法》，载《中国现代文学研究丛刊》1986年第1期，第165—177页。
[4] 黄英（阿英）：《谢冰心》，载《现代中国女作家》（黄英编），上海．北新书局，1931年版。

做了详细、切实的探究,丰富了"冰心体"的内涵。他认为冰心在小说的描写内容、结构方式、意蕴核心等方面,都已经改变了传统小说文体常规的叙事功能,为小说引进了大量的抒情写意功能,从而创造了"抒情小说"这一新体式。这主要是冰心"在强大抒情文学传统下勇于探索和实践的结果"。"主观情绪具象化的抒情方式,诗情与哲理的融合,对山水自然的远景审美观照和间色的运用",使冰心散文"具备了散文诗的特点"。他断定"冰心是现代一位优秀的抒情文体家"[1]。方锡德显然是把阿英"冰心体"的粗略概括推进了一步。这种探究虽极为可贵,但也还没有完全揭示出"冰心体"风姿绰约的丰富内涵。"冰心体"中的"体"即文体,在这里是指作家的创作风格,即作家在其一系列作品的内容和形式中所表现出来的独特性。冰心在70多年的创作生涯中,创作了大量脍炙人口的优秀作品,其创作风格既有固定不变的特质,又有不断发展的特点,在作品的主题、题材、体裁、结构、语言、表现手法等多方面均有自己独特的追求。钱理群等人合著的《中国现代文学三十年》在论及"冰心体"时,既指出了冰心散文富有诗意美和画面美的特点,强调了语言上的贡献,又扩大并包含了"爱的哲学"的思想内容,但限于文学史篇幅,未能展开详细、深入的探讨[2]。与冰心创作的实际状况相比,目前的研究对"冰心体"内涵的揭示相对粗陋。"冰心体"作为一种独特的风格,在中国现代散文文体建设方面所做出的贡献、所存在的局限、所应有的地位都是值得探究的课题。

与忽视冰心新时期创作的思想研究相对应,目前,对冰心艺术成就、艺术风格方面的探索主要也还只限于新时期以前的创作。新时期,冰心随着思想的转变、升华,创作风格也有明显的转变。她的"爱"的思想常常借对社会丑恶现象的强烈痛恨和对国家命运的深切关怀来表达,她对人生境界也有更旷达、透彻的领会,这样,她歌唱爱和美的抒情文体也就必然逐渐被以社会批评、文明批评为特征的杂文所渗透或替代,她的笔墨也必然由原来温柔的调子而渐趋硬朗,由原来的反复吟唱而趋向简洁洗练。这种艺术上的转变在老作家中具有普遍性,巴

---

[1] 方锡德:《论"冰心体"》,载《中国现代小说与文学传统》(方锡德著),北京.北京大学出版社,1992年版,第424—453页。
[2] 钱理群等:《中国现代文学三十年》,上海.上海文艺出版社,1987年版。

金、孙犁、郭风的创作也都表现出共同的特征,但新时期的研究对此却缺少应有的关注。

三 创作心理研究

对冰心创作心理的关注主要围绕着冰心的思维宜不宜于诗歌创作、如何解释冰心散文和小说的诗化特点这两个相关的问题展开。20世纪20年代,梁实秋认为"冰心女士是一个散文作者、小说作者,不适宜于诗"。他分析其创作心理方面的原因是"表现力强而想象力弱","理智富而情感分子薄"[①]。这一时期的研究者就冰心情感特质是冷还是热展开了一场颇为热烈的讨论,虽未形成定评,但深化了认识,开启了思路。后来,冰心也说自己"没有喷溢的情感"[②]。20世纪60年代,范伯群、曾华鹏则将冰心的情感特征归为"涌溢的潜流"[③]。至20世纪80年代,孙歌重提这个话题。他分析冰心小诗的基本情绪是"糅合着悲哀的静穆",并从个人气质、与现实的关系两方面分析"静穆"与"悲哀"的具体特质。结合诗歌艺术规范,孙歌认为"冰心的弱点在于她缺乏诗的想象力与表现力,而不在于她缺少感情",因为"静穆不等于冰冷"。"冰心缺少变形的能力","却能够驯服不可融合的情感","她的诗神过于和谐了,容不得任何极端的感情",因此"冰心小诗无可替代的独特之处,恰恰在于它们暗示了'五四'时期人本主义精神之外的另一个层次,即在批判封建制度的同时所表现出的对于传统文化的眷恋"。"冰心虽有诗情,却不能得心应手地驾驭诗歌这个轻骑。"[④]

方锡德也将冰心创作冲动的心理情绪特征和她的诗歌观念结合起来,考察何以冰心散文的抒情方式是"主观情绪的具象化"。他认为"冰心散文创作的契机,往往就是诗情的触发",冰心之所以坚持把这种诗的灵感融化进散文的艺术形式,

---

① 梁实秋:《〈繁星〉与〈春水〉》,载《创造周报》半年汇刊第1辑第12号。
② 冰心:《冰心全集·自序》,上海.北新书局,1933年版。
③ 范伯群、曾华鹏:《论冰心的创作》,载《文学评论》1964年第1期,第41—63页。
④ 孙歌:《静穆而忧伤的女神——读冰心的〈繁星〉〈春水〉》,载《诗探索》1984年第11期,第44—47页。

主要由于她认为诗总是有格律的,"诗人的才情决定冰心的诗情只能洒脱自然地挥写,可是又时常担心流畅的诗情被格律所凝涩",于是"就转向了能够更加自由挥写的散文创作"。"因此,冰心的散文就其本质来说,乃是诗情的散文化。"①这些评论的主要特点是将冰心思维情感等心理特征与不同的艺术形式的规范结合起来考察,从而深化了这两方面的研究。

在冰心的文化心理、艺术气质研究方面,茅盾先生在20世纪30年代即提出:"'极端派'的思想,她是不喜欢的。"②新时期,刘思谦进一步确认冰心的文化态度是"健全、稳重的",冰心的艺术气质是"融合吸收了东方和西方的人文主义精神的古典主义"③。

冰心创作心理其他方面的研究却还有待开拓。冰心自己曾说她早期之所以偏重于歌唱"爱"与"美",并非没有察觉到社会的阴暗面,而是觉得社会给人的失望太多、打击太多,她要发掘生活中美好的事物,给人以鼓励、安慰。这种自觉的选择是出于济世的愿望。而无论是歌唱美好还是揭露黑暗,均于世有益,自觉选择对"爱"与"美"的歌唱,必然有作家自身的心理因素在起诱导作用。这或许可以用作家童年的家庭生活经验以及后来的生活经历来解释。冰心曾说过:

  我觉得我的童年生活是快乐的,开朗的,首先是健康的。该得到的爱,我都得到了,该爱的人,我也都爱了。④

健康的情感经历造就了健康的心理。它使得冰心在风沙扑面的年代里始终更多地执着于歌唱人类精神中美好的东西;晚年历经"文革"浩劫,也仍对祖国的未来、对中国共产党的领导抱着坚定的信念,能以豁达的态度彻悟人生。

此外,在创作的各个时期,冰心作为创作者主体的心理也是发展变化的。在《寄小读者》时期,我们看到的是一个冰雪聪明的少女;在《关于女人》时期,我们看到的是一个幽默、达观、坚定的妇女;在《陶奇的暑期日记》时期,我们

---

① 方锡德:《论"冰心体"》,载《中国现代小说与文学传统》(方锡德著),北京:北京大学出版社,1992年版,第424—453页。
② 茅盾:《冰心论》,载《文学》1934年第3卷第2号。
③ 刘思谦:《"娜拉"言说——中国现代女作家心路纪程》,上海:上海文艺出版社,1993年版,第99—100页。
④ 冰心:《童年杂忆》,载《新文学史料》1981年第3期。

看到的是一个关心少年儿童成长、循循善诱的教育者；在《冰心近作选》时期，我们看到的则是一个忧国忧民、旷达善感的睿智的老人。关于冰心创作每一时期的心理特质及其发展变化线索的研究，目前也还十分欠缺。

冰心始终被称为歌唱童心和富有童心的作家，她自身所富有的"童心"，应是真挚之性情的代名词。除真挚之外，她并未有多少儿童的天真、拙稚、顽皮。她在《寄小读者》中所表现的天真、纯洁完全是少女式的，她并没有把自己的心态儿童化。因此，《寄小读者》与其说是儿童文学作品，不如说是抒情散文。以往的评论由于未能正确把握冰心的创作心态，只是简单地从《寄小读者》的名称出发，将儿童文学的批评标准拿来衡量《寄小读者》的成败，这往往导致异质的批评，使问题纠缠不清。

此外，冰心的文学理论和文学批评活动、冰心创作对新文学的影响，在新时期的研究中仍未受到应有的重视。

冰心创作之初，即说明"我做小说的目的，是要想感化社会"[①]，表明自己"为人生"的艺术观。此后，"为人生"不仅体现在她的创作中，也体现在她的文学批评活动中。冰心主要的文学批评活动是将自己看到的好作品推荐介绍给读者，以及为他人的作品作序跋。冰心还十分强调文学创作中的"真"字，认为文学是作家个性的自我表现。出于对文学表现自我和文学社会作用的共同理解，她特别强调作家的人格修养，说："蓄道德能文章。"[②]对文学创作技巧，特别是作品结构和语言方面的功夫，冰心也十分重视。在具体文学种类的建设上，冰心经常表达对散文的喜爱和理解，热心倡导儿童文学。她曾撰文谈自己对儿童文学创作和儿童文学重要性的见解，热忱扶持儿童文学创作新人。

冰心在92岁高龄之际写的《上冰心研究会同人书》，不仅体现了她严于律己、谦逊好学、不断追求进步的优秀品格到老不变，而且表达了她对文学研究的精辟见解。她说：

"研究"是一个科学的名词。科学的态度是：严肃的，客观的，细致

---

① 冰心:《我做小说，何曾悲观》，载1919年11月11日《晨报》。
② 冰心:《蓄道德能文章》，载1921年9月20日《晨报》。

的，深入的，容不得半点私情。研究者像一位握着尖利的手术刀的生物学家，对于手底下的待剖的生物，冷静沉着地将健全的部分和残废的部分分割了出来，放在解剖桌上，对学生详细解析，让他们好好学习。

我将以待剖者的身份，静待解剖的结果来改正自己！①

在文学家的造就、中国新诗的未来、诗人与政治的关系、中国古典文学的鉴赏等方面，冰心都曾撰文或演讲，表明自己独到的见解。

在冰心创作对新文学的影响方面，周作人曾说《繁星》"辗转模仿的很多"，阿英也谈及"冰心体"散文在青年中的流行情况。但此后，这方面的研究并未深入下去。从许多作家的自述中可以看出，冰心对整个新文学尤其是港台和东南亚华文文学的影响是巨大的，但在研究方面还缺少理论和史学方面的总结。

结　语

新时期，以政治上拨乱反正为起点，冰心研究在创作思想研究、艺术成就研究、创作心理研究各方面都取得了巨大的进展。创作思想研究由政治上的平反走向文化价值上的探讨，并且开拓了冰心创作的女性意识、冰心的妇女观、冰心的家庭观等研究新领域，从而出现了多维视野的立体研究格局。艺术成就研究方面，注意到了冰心创作方法、艺术风格多样性统一的特征，并且对"冰心体"的内涵做了具体化的深入探究。创作心理研究方面，沿着将冰心的思维、情感等心理特点与不同艺术形式规范结合考察的思路，做了进一步的仔细辨析，得出了新的结论。与此同时，在研究的各方面又都存在着许多被忽略的地方和许多亟待解决的问题。就总体状况而言，冰心受到评论界充分关注的仍只是她的早期创作，即20世纪20年代的创作，以后的创作研究相对显得冷寂得多。就各个具体的研究侧面而言：在创作思想研究方面，则存在着对"爱的哲学"内涵缺乏深入辨析、运用新的研究方法牵强比附的缺点；在艺术成就研究方面，"冰心体"的丰富内涵、"冰心体"在中国现代散文发展中的地位等问题都亟待深入揭示；在

---

① 冰心：《上冰心研究会同人书》，载《爱心》第1卷第1期。

创作心理研究方面，则存在着面太窄的问题，冰心偏重于歌唱"爱"与"美"的心理基础、冰心在创作各个时期的心理变化等都是尚待开拓的课题；冰心的文学理论和文学批评活动、冰心创作在新文学中的影响，在新时期也仍未受到应有的重视。

总结现状是为了开拓未来。进一步拓展冰心研究，须做好以下几个方面的工作：

1. 立足于文本，实事求是。

研究一个作家须从作品实际出发，这似乎是一个最简单的道理，但要做好却很不容易。以往研究中的许多偏差都源自对基本事实的误解。上文谈到的在"爱的哲学"的思想研究方面，有的研究者在发表自己的见解之前，就未曾从实际阅读中仔细辨析其内涵，而是不假思索地照搬别人的概括，这样自己一发挥，就有可能失之千里。"爱的哲学"中的"儿童之爱"是成人喜爱儿童还是儿童之间互相友爱抑或是儿童爱成人，是经验世界的人性体验还是哲理上的思辨，在有些文章里存在着混淆、模糊的情况。对冰心笔下女性形象是具有东方特色的现代女性还是缺少主体意识的旧女性的争论，显然也与对作品缺少认真解读有关。科学的研究应该是通过对作品的仔细解读逐步形成自己的观点。只有踏实地深入到"实事"之中才能求出真理这个"是"来。推动冰心研究进一步发展的基础是尊重事实，是深入、正确地解读作品本身，即回到冰心创作本身上去。

2. 提高理论素养，正确运用理论工具。

研究是以一种理论为价值尺度，去衡量作品实际。理论尺度的正确与否、理论素养的高低决定着批评者眼光的正确与否、深邃与否。20世纪30年代，一部分左翼文学批评者在初步接触马克思主义这个理论武器时，从教条主义出发，未能正确把握这个真理，导致了"左"的偏差，给予冰心创作极不公正的厉声呵斥，这是一个应该引起后来者充分警戒的教训。新时期冰心研究迅速发展，正是依赖于研究者思想的解放、思维方式的改进、价值观的转换，即依赖于理论尺度的转换。人们首先在政治尺度上，改变对"五四"时代小资产阶级的评价，继而发现在政治尺度之外，还可以用文化尺度等衡量文学创作的思想价值，这从根本上改变了冰心创作研究的局面。但在方法论热带来新的思维方式、丰富冰心研究视角、深化冰心研究的同时，有些研究者对新理论生搬硬套，也使研究者与研究对象之间隔上另一层有色玻璃。从文化角度、女性主义文学批评角度透视冰心创作，存在着对东西方文化的理解准确与否的问题，存在着对女性本质的理解问题。正确评价冰心创作，就要求评论者摘除有色眼镜，正确把握理论工具，提高理论素养。

3. 用发展的眼光看待冰心 70 多年的创作长途。

冰心创作是一个动态发展的过程，各时期创作在思想、艺术方面存在着内在联系，又有各自不同的特色。目前的研究视点主要集中于冰心的早期创作，冰心仍主要是作为新文学运动初期的优秀作家为研究界所接受。至于冰心"爱"的思想，冰心的艺术创造在 20 世纪 40 年代、20 世纪 50 年代、新时期的发展变化，却成为研究视线的盲点。这自然也就妨碍了对冰心创作全貌的把握。研究的这种倾斜状况是作品在读者中的影响和作家创作与时代中心思潮的关系这两点造成的。这自有其合理性，亦存在着不足之处。冰心一生歌唱"爱"，各个时期"爱"的思想有一贯之处，亦有不同的内涵。"爱"的思想是随着她人生阅历的增加而不断趋向成熟、坚实的。早期以女儿身份对母爱富有诗情与哲理意味的歌唱，在《关于女人》中衍化为对中华民族优秀妇女身上平凡而伟大品质的赞颂；到 20 世纪 50 年代，这种母爱又发展为作家本人关怀少年儿童的温霭情怀；而到晚年，爱的柔和圣洁的光辉之中又增加了疾恶如仇的耀眼光芒。就一个作家的整体研究而言，忽视其思想成熟和趋于成熟时期的创作研究是不完备的。而且，冰心 20 世纪 30、40 年代的写人散文在艺术创造技巧上也有很大的发展。《关于女人》也曾是抗战大后方的一本畅销书，它探讨的问题具有超越一个具体时代的价值。冰心晚年散文的杂文化现象在老作家中具有普遍性，其语言趋于简淡凝练，亦具有繁而复归于朴的隽永意味。这些晚期创作亦有很高的研究价值，不应当受到忽视。进一步发展冰心研究的一个重要方向即拓展研究者的视野，拓宽研究领域，用历史发展的眼光去看待冰心 70 多年的创作长途，重视冰心中年和晚年的创作，宏观地把握冰心研究的全貌。

4. 开展横向比较，深化研究工作。

有比较才有鉴别，有比较才能定位。横向比较的繁荣是文学研究深化的重要环节和重要标志。但在整个冰心研究中,比较研究还远远不够。目前,冰心研究中的比较研究主要还限于与泰戈尔思想的比较、与庐隐和丁玲这两位现代女作家的创作比较这两个初步展开的课题上。如果能深入开展冰心人道主义思想与西方人道主义思想异同点的比较,深入开展冰心与"五四"其他作家的比较、与泰戈尔的比较,那么,对冰心"爱的哲学"的评价、对冰心在中国现代文学人道主义思潮中的位置必能有更深一层的把握,对"冰心体"在中国现代散文文体上居于中上的地位这一点也会有更进一步的确定。如果能深入开展冰心与中国现当代女作家、与古代以及外国女作家的比较,也将更有利于把握冰心创作的女性特质。

  总之,要切实发展冰心研究,就需要我们在多方面进行努力,需要我们埋下头去做踏实的工作。愿冰心研究不断有令人喜悦的飞跃。

原载《中国现代文学研究丛刊》1996年第4期

后　记

　　1996年我在《中国现代文学研究丛刊》上发表第一篇论文《评新时期的冰心研究》，至今20多年的时光已经过去了。收在这个集子里的20篇论文是从我20多年间写的近百篇论文中精选出来的。选文的标准，首先自然是我自己的敝帚自珍，其次是注意每一阶段成果的代表性，此外也略略兼顾到个别文章因不合类而整合不进其他专著这个因素。

　　近二三十年，文学研究的发展丰富多样，但我最喜欢的一直是文本细读基础上的作品论、作家论。这源于我所受的学术训练，也源于我当初踏入文学领域的初心：通过阅读作品来理解人，理解那个写作的人的心灵。人世纷繁，但最吸引我的一直是人的内心世界的丰富性、多样性。世界之奇妙，皆因每一个人的内宇宙都不相同。这在日常交往中往往是体会不深的。人大概只有在进入文学创作、艺术创造等迷狂状态时，才会把一些平时连自己也说不清、道不明的情绪、愿望，以想象的方式曲折地表达出来。解读这个深邃的想象世界给我带来无限的乐趣。感应文学经典所昭示的人类精神世界，我们囚禁自我于书斋的单调生活，实际上也就自带着群星闪耀的璀璨光芒，内含着诗与远方的意境。

　　文本细读基础上的作品论、作家论，以解密隐含作者的精神特质、文化立场为落脚点，内中自然也包含着审美鉴赏、历史文化阐释、心理分析等诸多因素。这些丰赡的内容，皆需以准确地把握文本实际内涵为立足点。如何做到既能敏锐地洞察作品的深层意蕴，又能避免脱离文本实际的过度阐释，还要能说出一些前人研究成果未曾发现的新意来，是一个艰难的挑战。但人生的乐趣本就是戴着镣铐的舞蹈，艰难本身即是乐趣之所在。哪怕为之倒在歧路上，那也不过是书蠹们应当承受的命运。

　　既为选集，本该还有几篇我近年的邓拓研究论文，但因各种原因还是没有收录。然而世间原本就没有圆满的事，因此也算不上有什么遗憾。要说有什么遗憾，那便是时光流逝得太快，一辈子能做的事竟是那么少！

  一路走来，给我帮助的师友和学生很多，感谢之意留在心中，在此就不一一罗列他们的名字了。然而不得不特意提及的是我的硕士导师姚春树教授、我的博士导师范伯群教授和庄浩然教授、我的博士后合作导师丁帆教授、我访学时的合作导师李惠仪教授。感谢他们对我的教诲，也感谢他们对我的包容！还要感谢我的工作单位北京语言大学，17年间它为我提供了良好的工作条件，还直接资助了本书的出版。最后要感谢的是本书责编吴清老师，她既严谨负责又谦和友善，让我享受了合作的愉快。

李玲

2019年2月于北京语言大学